2018年

中国
短篇小说
排行榜

贺绍俊 主编

百花洲文艺出版社
BAIHUAZHOU LITERATURE AND ART PRESS

图书在版编目（CIP）数据

2018年中国短篇小说排行榜 / 贺绍俊主编. —— 南昌：
百花洲文艺出版社，2019.1
ISBN 978-7-5500-3111-1

Ⅰ.①2… Ⅱ.①贺… Ⅲ.①短篇小说 – 小说集 – 中国 – 当代
Ⅳ.①I247.7

中国版本图书馆CIP数据核字（2018）第253588号

2018年中国短篇小说排行榜

贺绍俊　主编

出 版 人	姚雪雪
责任编辑	胡青松
书籍设计	方　方
制　　作	何　丹
出版发行	百花洲文艺出版社
社　　址	南昌市红谷滩新区世贸路898号博能中心20楼
邮　　编	330038
经　　销	全国新华书店
印　　刷	江西千叶彩印有限公司
开　　本	850mm×1168mm 1/16　印张 20.75
版　　次	2019年1月第1版第1次印刷
字　　数	250千字
书　　号	ISBN 978-7-5500-3111-1
定　　价	43.50元

赣版权登字　05-2018-482
邮购联系　0791-86895108
网　　址　http://www.bhzwy.com
图书若有印装错误，影响阅读，可向承印厂联系调换。

目　录

1

你好，妈妈

雷　默

我姓金，单名乙，上面还有个哥哥，叫金甲。从名字及排行上看，我父亲在设想下一代阵容上有一份雄心勃勃的计划，但由于我，他的理想过早地破灭了。

随着我呱呱坠地，我母亲过世了，她死于难产大出血。

"你是妈妈用命换来的。"金甲第一次这么对我说的时候，我已经六岁，距离那场事故过去了整整六年，我毫不知情。那天，十一岁的金甲和六岁的我挤在一张破沙发上看动画片《葫芦兄弟》，大概是七个葫芦兄弟提醒了金甲，他本该有一大帮兄弟，而眼下却只有我一个，他才突然冒出了这句话。

我不知道该如何应对，那时候我已经知道了死亡是怎么回事。就在前不久，整天嘻嘻哈哈的玉萍阿姨溺水死了，据说那天晚上她喝了点酒，然后一个人去水库洗澡，倒在及膝深的水里没有起来。找到她的时候，她被水草覆盖，就露了几缕头发在外面，整个人都僵直了，手上挂着一块毛巾，毛巾上叮着几颗螺蛳。她三个儿女挤在一张藤椅上，哭成一团乱麻。我觉得这是非常不好的事，空气中散发着令人不快的味道，我也不喜欢那种一边停放着棺材，一边吹吹打打的氛围，那是一条生命没了。我不清楚母亲当时是怎么没的，用金甲的

1

话来理解，好像我和她中间隔着一道门，我一脚跨进了门，她一脚跨出了门，这之后，我们再也没有遇到过。

金甲见我没动静，似乎也意识到话说重了，他主动地来跟我示好。他从书包里翻出了一包"唐僧肉"，递给我。用好吃的零食来疗伤，是金甲惯用的手法。每年暑假，电视里都会播放《西游记》，有个食品厂脑筋非常好使，发明了一种零食，叫"唐僧肉"，吃上去鲜美无比，嚼起来还有肉感，我至今也没弄明白那到底是用什么材料做的。我们从父亲那里讨到零钱，然后去小店换成"唐僧肉"，每次我和金甲都均分，往往我先吃完，金甲的"唐僧肉"却没没了。他总是骗我说已经吃完了，却经常趁我不注意偷偷地吃。我怀疑他有个神奇的宝贝，把"唐僧肉"存放在里面，会一包变两包……永远吃不完。

这次不一样，我接下了"唐僧肉"，却迟迟开心不起来。金甲见我闷闷不乐，他给自己打了鸡血，学着葫芦娃的模样，在那里大喊大叫。他只要一兴奋，我就不好意思不理他，但我总感觉，每次一兴奋准出事。果然，在沙发上蹦跳了几下，就听到下面的木板发出了清脆的断裂声。金甲和我都愣住了，小心翼翼地从沙发上下来，趴到地上去察看。沙发底部好端端的，没有断裂的木板，金甲说没事，他一屁股坐回沙发上，又是一记惊心动魄的声音。

"断了！"我喊了一声。

金甲吓得脸色也变了，他默默地穿上拖鞋，看着门外。

院子里，父亲正在给我们做玩具弓箭。为了这把弓箭，他砍了好多竹子。我们家院子里的竹子不是毛竹，是春竹，细细长长。这堆竹子也不是父亲一口气砍的，他砍一棵，修剪完枝条，觉得不合适，便丢弃在一旁，再砍一棵。显然父亲也不太擅长做玩具，既然答应了，他只好硬着头皮在做，砍刀、钢锯、榔头散落一地，他被这个玩具困住了，满头大汗，嘴巴里不停地骂人，骂归骂，但他又不肯停下来，他好像就是这么个臭脾气。

金甲很怕把他招惹进来。闯下祸，似乎搁置一段时间，父亲的怒气会消掉一些。金甲在屋里转了个圈，突然跟我说，第一下断裂是我造成的，没有第一下，他坐上去，那木板不会断。我蒙了，说实话，事情刚刚发生，但我也记不清到底是谁在沙发上蹦跶，造成了沙发木板的断裂。当时，我们两个人都在沙发上又蹦又跳，混乱当中，谁踩断的木板？

金甲总是这么聪明，如果是一个人造成的后果，父亲会把怒火全撒到那个人身上，那人肯定遭殃，如果两个人分担，父亲的责罚会轻很多。我和金甲激烈地争辩起来，父亲放下手中的活计进来了。他问出了什么事，我和金甲都没有急着说，似乎谁先把这事说出来，就是谁弄断的木板。

父亲让金甲先说，金甲说完了，他会让我再复述一遍，这是他一贯的做法，两个孩子，他一直用均匀的方法对待，对谁都不偏心。在陈述的过程中，他不喜欢我们插嘴，我和金甲之间的分歧，他会自己做一个判断。

我以为逃不过一顿挨打，没想到父亲检查了沙发后说："本来就快破了，看看还能不能修好，以后当心点。"

这事就这么过了，我和金甲心中大喜，果断放弃了看动画片，快速地逃窜到外面，生怕父亲反悔，又追罚我们。在奔跑的过程中，我突然想到了这事的起源在于金甲。我常常这样，在事情发生的时候，理不清头绪，事后把事情捋一遍，会找到问题的根源。我跟金甲说："应该怪你的，你不提妈妈，我会生气吗？我不生气，你会在沙发上逗我开心吗？"金甲笑嘻嘻地看着我说："爸爸都不计较了，你还想着，再提，我不让你跟着了。"我只好放弃了争辩，转头又问他："你记得妈妈是什么样子的吗？"

金甲贼兮兮地看了我一眼说："当然知道，可我不会告诉你。"

我丧气极了，金甲转眼之间又有了鬼主意，"你绕着这棵树跑十圈，我告诉你。"金甲指着池塘边的大樟树说。那棵樟树我们几个孩子一起手拉手抱过，需要九个人才能围起来，树干像一堵陡峭的悬崖，已经没有人可以爬上去了，它的树冠高过了所有的屋顶，我总是很羡慕它，觉得大树长到足够大，就远离了各种伤害。

"跑就跑。"我围着大樟树跑了起来，金甲在一旁给我记数，跑到第五圈

3

的时候，我就晕了，脚下的路往后退得飞快，我想尽办法，想让自己慢下来，却还是感觉到天旋地转。我扶住了树干，喘着粗气，金甲在旁边催促着，说停下来不算。我又跑起来，接连不断地摔跤，金甲在一旁看得哈哈大笑。

跑完后，我拉住了金甲，让他告诉我妈妈的样子。我们家里没有妈妈的一点痕迹，她穿过的衣服，用过的东西，什么都没有留下。金甲显得很神秘，他凑近我，用头顶住了我的头说："你觉得妈妈会是什么样子？"

我的脑袋中豁然出现了《葫芦兄弟》的画面，妈妈会不会也是一条葫芦藤？上面挂满了葫芦，葫芦熟了，掉到地上，蹦出来一个孩子？

金甲笑得前俯后仰，他说："傻瓜！那是植物，人怎么可能是葫芦变的。"

我问他："那是什么变的？"

"妈妈跟玉萍阿姨差不多，我用这只眼睛看到过的。"金甲指着他的左眼，他说得一本正经，我觉得他不像在骗人。金甲又说，"那个地方只能用一只眼睛看，她住在一个箱子里，爸爸看完就锁上了。"

我惊讶得瞪大了眼睛，眩晕的感觉还在眼前晃荡，抬起头，阳光透过树冠照下来，晃动的光斑像天上有人在朝我眨眼睛，那感觉美妙极了。我想象着那个住着妈妈的箱子，原来她并不是没了，而是找了个地方躲起来了。

"那箱子大吗？"

"当然大！铜锁比你手臂还粗，钥匙一直由爸爸保管着。你不能去看，连我也只能偷偷地看。"金甲特意叮嘱我，这事不能跟任何人说，尤其是父亲，不然他以后再也看不到妈妈了。虽然我也想看到妈妈，但我怕一提，连金甲也不跟我说妈妈了，只好点点头。金甲又变戏法似的从裤袋里掏出了一包"唐僧肉"，他说："这真的是最后一包了，你一半，我一半。"他艰难地分了一小撮给我，没有他说的那么爽气。

那个午后，因为从金甲那里获得了一个巨大的秘密，我觉得空气都是香喷喷的。金甲提议去后山的柿子树那里玩，我高兴地答应了，一路尾随着他。他跑得飞快，经常在远处停下来等我，等了几回后，他有点不耐烦了，说带着尾巴真不方便。我也不跟他生气，金甲好像长到了身体快破壳的年纪，他跟我说过，地球引力对他快不起作用了，他感觉自己会飞。

那棵蓬勃的柿子树据说是我爷爷的爷爷种下的，现在正是它生命力最旺盛的时候，我和金甲夏天的一半时光都是在这里度过的。金甲到了柿子树下，总会往手心里吐一口唾沫，搓一搓，然后像猴子一样灵巧地攀上树枝，其中有一条横卧的树枝可以睡觉，那上面的树皮已经被金甲的屁股磨得精光。金甲挂着两条腿坐在上面，看着树底下爬不上去的我，眼睛里既得意，又有点炫耀的意味。

那天，他突然心血来潮，要拉我上树，说有重要的事告诉我。我对别的不感兴趣，但上树对我来说充满了诱惑。我试着爬过那棵树，因为够不到第一个树杈，抱着树干蹬两下就溜下来，还经常擦破腿上的皮。尝试了几次，都以失败告终，我就再也没爬过那棵树，其实，我做梦都想上去。

金甲一条腿挂在了树枝上，左手攀住了上面的树杈，像只猴子一样垂了下来，我握住了他的右手，使劲往上爬，他夸张地喊起来，说我太沉了，像头猪。可说归说，他的手并没有松，扯住我的手臂往上拉，我见他脸憋得通红，红得带了绛紫色。树干还是要命的光滑，我的两条腿在那里不停地打滑，我在树下说："要不算了，我不上去了。"金甲并没有立刻松开手，他又做了一番努力，然后把我放回了地面。

手一松，他的脸上的紫红色立刻就消散了。看着他不停地甩手喊累，我打起了退堂鼓："上不去，算了。"金甲在上面怪我，他说："你自己不努力，我怎么可能拉你上来？拉一头死猪比拉一头活猪难多了。"他好像跟这件事耗上了，这点跟父亲的脾气很像，不懂得知难而退，一定要死磕到底。

我越退缩，他就越想坚持，弄得我兴致了无，想一走了之。这时金甲从树枝上飞跃而下，一把拦住我，他劝导了我一番，耐心地告诉我，先迈左脚，脚尖搁在一个凹槽上，再迈右脚，放在另一个高一点的凹槽里，然后再上一步，挂住第一个树杈，这样就上树了。他又回到了原来的位置，像猴子捞月似的垂了下来，我按照他的指点，一步一步地往上攀，终于爬到了树枝上。

在树枝上一坐下来，金甲大舒一口气，他冲我大喊："笨死了。"我却觉得非常的惬意，脱离了地面，那真是一种神奇的感觉。金甲在我身旁窜来窜去，还微微地摇晃着树枝，我紧紧地扳住树杈，感觉浑身硬成了一块铁板。金甲却像没事一样提醒我放轻松点，他闹了一会，在我身旁坐了下来。

"一棵大树，两个小人，有没有觉得很诗情画意啊。"金甲得意地说。我点点头，看到他伸出舌头，添了一圈上嘴唇，那里的绒毛黏在皮肤上，湿漉漉的，好像比前阵子黑了一点，也长了一点。

我问金甲："你会不会长胡子？"

金甲惊异地看着我，他说："你怎么知道我要跟你说的事？"

我说："不知道啊，原来你要说这个事，那我不听。"

金甲说："不是我的事，是我们班的长脚，他平时上厕所从来不跟我们一起，老是一个人偷偷摸摸地躲在角落里撒尿，别人说他那里长毛了。我还不信，有一次，趁着他不注意，走到他身后，一把把他的裤子脱了下来，很多人都看到了，说那里果然有毛，而且是黑毛，比胡子还长。"金甲说完，怪笑起来，笑得上气不接下气，好不容易收住了，他又说，"长脚当场就哭了，跑到老师那里去告状，结果我挨了一顿批评。老师说这是正常的生理现象，到了一定时候，每个男孩身上都会长毛，嘴唇上也会长胡子。咦——难看死了！"金甲露出一脸的鄙夷，我也被他说得恶心起来，我说："我不想那里长毛。"

金甲说："谁想啊？可这事由不得你，这几天晚上睡觉的时候，我摸摸自己那里，好像有东西要钻出来，刺喇喇的。"

金甲一脸愁容，他发呆的样子让我觉得这事确实挺烦人的。金甲的眼睛中充满了忧愁，他说："如果和长脚一样，长那么难看的毛，我就从树上跳下去，摔死。"这念头是如此可怕，我险些从树上一头栽下去。我强烈要求金甲把我从树上放下去，金甲犹豫了一下，同意了。

我们从柿子树上下来，径直回了家。父亲还在忙着给我们做玩具弓箭，看样子快成型了，削好的竹片用火一烤，弯曲成了弓的形状，他正在给弓上弦。旁边还立着一个人，我认识她，她在菜市场卖活鹅，大概经常跟鹅待在一起，她看上去也像鹅，四肢短小，屁股快垂到地上，走起路来一摇一摆的。她经常来我家里，跟我父亲说，家里少个女人总是不成样子的。她同情地看着我和金甲，似乎想让我们跟她一起觉得自己身世可怜。父亲每次都苦笑着说，现在也习惯了。说完，他一脸慈祥地看看我和金甲，那眼神似乎在征求我们意见。

金甲总是对她充满敌意，他似乎知道她不怀好意。因为金甲仇视，我也跟着仇视，只要她跨进家门，我就会马上跨出门外。有时候，她会尖着嗓门说："我又不会吃了你们的，躲着我干吗？"说这话的时候，我总是不敢看她的样子，我怕一抬头真的会看到她张开的嘴巴。在我和金甲的身上白费了力气，她就开始四处转悠，然后跟我父亲说，这房子的方位不太好，一般的房屋都是朝南的，再不济也是朝东南或者西南的，我们家的房子朝向正西，所以家里会出事。我父亲听了就笑笑，说那是迷信。

我特别不喜欢她的神神道道，这让她看起来像个巫婆。金甲比我勇敢，看着她转来转去，会赶她走。被一个孩子赶，她觉得很没面子，并不立即就离开，还是到处转悠，渐渐地转到门外。她一到门外，我就立刻进屋，能远远地听到她跟我父亲说："你孩子真厉害，会赶人了。"我父亲直起腰，看着我和金甲，这明明没有我什么事，可那时候我很愿意跟金甲站在一起。父亲教育我们，小孩不能这么没礼貌，对大人要尊重。金甲鼻子里喷出一声很响的气，同时脸涨得通红。就在父亲要爆发的时候，那女人说："算了算了，没有妈妈，孩子总难管教一些。"她说着风凉话走了，似乎她来我家，就是为了挑拨一下我们和父亲的关系，她走路的样子更加难看，从一只母鹅变成了一只公鹅。她走了以后，父亲自动地平息了下来，我总怀疑，很多事情，大人都是做样子给别人看的，连生气都要假装一下。

父亲像没事一样，把做好的两把弓箭递给了我和金甲，这让我们欣喜不已。他给我们各做了三支箭，也是用竹子削的。他先给我们做了示范，冲树上射了一箭，我听到树叶发出一阵哗啦啦的叫喊声，那支箭被耗光了力气，跌跌撞撞地从树枝上摔下来，又轻巧地落回到地面上。父亲捡回了那支箭，一脸满意地回来了，他说练到有准头了，可以射下鸟来。

我和金甲几乎同时有了个梦想，希望可以射到鸟，做一个小小的猎人。但那仅仅是一个梦想，我们猫着腰，蹑手蹑脚地在树底下钻来钻去，也一本正经地冲麻雀开弓，但离谱的误差很快消磨完了我们的兴致。于是我们把目标转向了别的动物，家里的黄狗很快遭了殃。金甲对着它的后腿射了一箭，黄狗哀嚎着跳了起来，我们在一旁看得快笑晕过去，兴奋得抱在一起庆祝。

很多动物都成了我和金甲射箭的目标，我们拿着弓箭找伦叔家的公鹅报了仇，这只趾高气扬的公鹅每次碰到我，都会追着我跑，有几次跑慢了，还被它狠狠地啄过。但这些动物并不笨，它们不会等着挨你的箭，必须追着它们跑，一跑起来，射中它们的概率就没有偷袭的时候那么高。我和金甲得出了结论，最好玩的还是家里的黄狗，虽然它也会痛得跳起来躲开，但你招呼它一下，它又会乖乖地回来。

我们就这么一次又一次地消磨黄狗对我们的忠诚，直到有一天我看到了黄狗的不情愿，我喊它的时候，它的两条前腿动了一下，又站住了，它远远地看了我一眼，注意到了我手中的弓箭，故意把头转过去，望着别处，两只耳朵竖得笔挺。金甲怒吼道："造反了，你给我过来。"黄狗吓了一跳，它的两条前腿本能地想奔跑起来，可疼痛记忆让它条件反射似的收住了脚。金甲放下了手里的弓箭，朝黄狗跑过去，嘴里开始呼唤它。黄狗冲他亲热地摇晃起尾巴来，金甲跑到它身边，一把抱住了它，然后冲我大喊："快过来，射它。"

我举着弓箭跑了过去，黄狗意识到了危险，开始激烈地挣扎，金甲也没料到黄狗还有这么大的劲，在他怀里左冲右撞，把他带得踉踉跄跄。金甲使出了浑身的劲，想用身体压住黄狗，他一边试图制服黄狗，一边冲我喊："愣着干吗？快射它！"

于是我搭箭上弓，冲着挣扎的黄狗射了一箭，可就在箭离开弓弦的一瞬间，金甲被黄狗掀翻在了地上，黄狗一骨碌起身跑开了，那支箭阴差阳错地插到了金甲的脸上。他痛苦地倒在地上打滚，满脸是血，我彻底吓蒙了。

父亲听到动静，从屋里跑了出来，他一把抱起了在地上打滚的金甲，试图掰开金甲的双手。金甲在那里撕心裂肺地哭喊，他哭着跟父亲说："我看不见了。"我这才发现，那支箭插在了金甲的左眼上。恐惧让我瑟瑟发抖，我走上前去，被父亲一巴掌扇翻在地，他冲我大吼："滚远点，你这个害人精！"

我忘了疼痛，也忘了哭泣。以前我以为一个人哭了就是最害怕的时候，其实不是，恐惧到了极点，人会变成一张白纸，什么都没有，轻飘飘的，只想飞走。

父亲抱着金甲，一路狂奔，他去了伦叔家，伦叔的拖拉机停在门口，说明他已经拉石灰回来了。随后我看到伦叔急匆匆地从屋里出来，摇响了拖拉机，父亲抱着金甲坐在满是石灰的帆布上，父亲看了我一眼，那眼神茫然空洞，我本能地低下头去。拖拉机去了镇上，金甲的哭喊声听起来是那么揪心，很多人跑出来看究竟，看到了远去的拖拉机，在那里七嘴八舌地议论。我听到了自己心跳的声音，胸口那里隔着衣服，能看到上下剧烈的起伏。我很担心，心脏会不会从那里飞出来？

那天傍晚，伦叔一个人回来了，他看到我，竟出奇的和蔼。他告诉我，金甲伤得挺重，镇里的卫生院吃不消，已经派救护车送到县城医院去了。他留我在他家吃晚饭，给我盛了饭，送到我手上，又拿了一双筷子递给我。我拿起筷子，发觉手抖得厉害。伦叔说，"别想了，吃饭吧。"

我把头埋在碗里，使劲往嘴里扒饭，吃着吃着，我感觉有眼泪滴下来，滴到了碗里，可我不想让伦叔看到，把脸埋得更深了。那些被眼泪泡过的饭粒，吃进嘴里咸得有些走味。我越吃越伤心，鸡骨似的肩胛抽动得厉害，伦叔拍着我的背说："你怎么了？"我抬起头问他："晚上能不能睡在您家？"伦叔说当然可以了。

其实，我不敢讲出来，金甲出事后，我想念我妈妈了，但是晚上一个人住在那个屋子里，我又开始害怕，我很担心，妈妈从黑暗中走出来，即便是抚慰，我也感到毛骨悚然。那个鹅一样的女人说我们家的屋子方位不对，这加剧了我的恐惧。

吃完饭后，伦叔帮我洗了脚，让我睡在他的脚后头。夏天挺热的，他家的凉席有些黏人，睡着睡着，我闻到了一股艾草的味道，那股味道让我很放松，很快地进入了梦乡。伦叔第二天跟我说，我晚上睡了，抱着他的脚，他整晚都没敢翻身，怕吵醒我。我听了觉得很难为情。伦叔却笑笑，问我是不是做梦了。我摇摇头，心里却想，这艾草的味道会不会是伦叔身上散发出来的？

就这样，我在伦叔家吃住了差不多一个月时间，一个月过后，父亲和金甲回来了，金甲的脸上缠着绷带，只露了一只眼睛在外面，父亲消瘦了很多，眼窝子凹进去，看人的目光有点深邃。他们回到村里，引来很多人嘘寒问暖，父亲一一向他们道谢，然后他来伦叔家把我接回去。一个月过去了，父亲的怒气已经消散了，他对我不冷不淡的，轻声喊道："回去。"我默默地跟在他身后，回到家里，金甲露在绷带外面的眼睛看了我一眼，也没有跟我打招呼。

我问他："你还疼吗？"

他摇摇头说："还好，已经不疼了。"他说话声音小小的，像个腼腆的小姑娘，离开了一段日子，金甲好像对家里的一切都陌生了，四处打量着周围，像在别人家做客，不敢轻易地去碰触东西。

这种生分让我觉得别扭，我突然在心头涌起一股莫名的客气劲，主动地去烧了一壶开水，给父亲倒了一杯茶。端过去的时候，他指了指桌子，示意我放在上面。他沉默良久，然后跟我说："以后你离金甲远点。"我"哦"地应了一声，脸迅速地烫了起来。我看了一眼金甲，他也正好看我，一副不知所措的样子。

金甲出事后，我感觉自己的处境完全变了。只要我一接近小伙伴，他们的父母会立即把他们喊回身边，他们像看怪物一样地看着我。我听到过他们的窃窃私语，他们说："离他远点，他不知道轻重的。""这么小年纪，对自己的哥哥都敢下这么重的手。""别忘了，他妈妈是怎么没的，这人是个灾星。"我很想告诉他们，我不是故意的，可他们远远地躲着我，似乎我身上携带着瘟疫病菌。

父亲叮嘱我之后，我主动地远离了金甲，也许他们说的是对的呢？我就是一个灾星。可几天过后，金甲主动地来跟我说话。

我和他保持一段距离，我说："别靠近了，爸爸看到了不好。"

金甲却像没事一样，晃着脑袋说："这事不怪你，怪我自己运气不好。"

"可谁能保证你跟我玩了，以后不会再出事呢？"

"出就出吧，我不跟你玩，你还跟谁玩？"金甲说得很轻松，我却听得鼻子发酸，我说，"你真的不疼了？没骗我吗？"

"不信你自己过来摸摸。"他把那些绷带扯开了一道缝，让我看里面受伤的眼睛。我犹豫了一下，凑上前去，看到里面的眼睛闭着，眼眶周围还有结痂的血迹。

"拆了布条，你以后还能看见吗？"我忧心忡忡地问。

"医生说看不见了，管它呢，看不见就看不见了，不是还有一只是好的吗？"

"我宁愿伤的人是我，如果我受伤了，你们可以不用担心。"

金甲推了我一把说："别瞎说！你以为这很好玩吗？"金甲这一推，我感觉他下手挺重的，但我心里很痛快，觉得他挺仗义的。我难以想象，如果这一箭射到别人的眼睛里，将会是什么样的后果。

那个鹅一样的女人已经来我家附近转悠过很多次了，这次她瞅准机会，逮到了缠满绷带的金甲，嘴巴里发出了"啧啧啧"的声音，她说："伤得这么重啊，让我看看，让我看看。"她凑近了金甲，金甲厌恶地闪到了一边。她又看着我说："这是你闯的祸吧？"我也没有理她。

"这事得亏发生在你们亲兄弟身上，要换成别人，那还不把家给掀翻了？"她继续说着。见她又要往我家里闯，金甲一把挡住了门，我也跟了上去，靠在了门的另一侧，堵死了她的去路。这时候，我父亲从屋里出来了，他拨开了我们。那个女人跟我父亲说："你还让他们一起玩啊？"

父亲愣了一下，他看了看金甲，又看了看我说："没事，现在他们应该有分寸了。"那一瞬间，我注意到父亲漠然的表情开始融化了。

"这还有分寸哪？到时候闹出人命来，后悔都来不及了。"

父亲尴尬地笑笑说："不会，不会，哪有那么严重。"他看我的眼神像大鸟看着雏鸟，他似乎才意识到我这只雏鸟快被大自然淘汰了，他突然心生了不舍，想把我呵护起来。

鹅女人眨了眨眼睛，跟我父亲小声说："我没说错吧？这房子的朝向有问题。"

父亲的脸上顿时布满了阴云，他的声音沉了下来："你不要给我瞎说，再胡扯，我们家不欢迎你来。"鹅女人讨了没趣，翻了翻白眼走了。我看到父亲像受了打击，在台阶上坐了半天，脚边丢满了烟屁股。

金甲受伤后，父亲每天晚上必来一趟我们的卧室，他一推开门，我们就必须睡觉，直到我们鼾声起来，他才退出房间，所以我一次都没看到过他关上门出去的样子。父亲总是比我们更晚睡觉，更早地醒来，他每天都比我们多活几个小时。

有一天，我突然纳闷起来，那段我们睡得毫无知觉的时间里，父亲在干什么呢？金甲瞥了我一眼说："那还会有别的？在跟妈妈见面呗。"他突然来了兴致，凑近我耳朵，给我出了个主意。

那天晚上，我和金甲早早地躺到了被窝里，假装睡着了。过了一阵，父亲推开我们的房门，看到我们熟睡的样子，他放心地掩上门退了出去。又过了一会，如果不是金甲提醒我，我真的又睡过去了。他指指门外，示意我出去。我蹑手蹑脚地来到了父亲的卧室门外，卧室的门关着，通过锁孔，我看到父亲背对着门，他果然在跟人悄悄地说话。他说金甲的眼睛好不了了，这是一辈子的事，也不能怪小的，要怪就怪他给我们做了那个该死的玩具。他说着说着，双手抱住了头，显得痛苦不堪。

我在门外几乎要喊出声来："哦，妈妈！"父亲似乎听到了动静，他抬起了头。我听到箱子盖合上的声音，他站了起来，朝门口走来，我正想往回走，他拉开了门，问我干什么。我紧张地捂住了嘴巴，支支吾吾地说，起来上厕所。他一脸严肃地跟我说，"小心伤风，快去睡觉。"我看了他一眼，他脸上抹得很干净，没有哭过的痕迹。

这之后，金甲去拆了线，他的眼睛好像被摘除了一些东西，小了很多，起初一直闭着，某一天，他也能眨巴着睁开一道缝，只是那里面全是眼白，眼白往上翻，似乎不想再看这个纷扰的世界。

半年过后，父亲突然跟我们宣布，他把房子卖了，以很低的价格转手给了伦叔。金甲立刻不安起来，问："那我们住哪里？"

父亲笑了笑说："鸦雀窝。"

鸦雀窝是一个地名，跟我们住的上庄并不远，两三里路。父亲用伦叔买房的钱在那里重新买了一个房子，也是别人住过的。我们举家搬过去后才发现，新家比原来的房子还破旧。父亲请瓦工重新理了瓦片，补上了屋顶的漏洞。但老旧的墙体疏松不堪，一碰就会簌簌地往下掉石灰，有的地方还结了霜一样的磷粉，金甲用纸片刮着，说收集起来可以放烟火。

搬家那天，我特意留意了从父亲卧室里搬出来的箱子，一个接一个的大箱子，并没有用铜锁锁上，倒是有一个很不起眼的小箱子挂着一把铜锁。我很诧异，是父亲施了魔法吗？让箱子变得这么小？妈妈住在那么小的箱子里，她是怎么钻进去的呢？我试图接近这个箱子，父亲看着我，那如炬的目光让我心里打起了鼓。

金甲悄悄给了我一个肯定的眼神，那时候我确定这就是他说的那个箱子。我不知道哪里来的勇气，突然跟父亲说："妈妈住在里面吗？"问完后，我像做错了事，满脸通红。我看到父亲的脸色变得凝重起来，他一言不发，抽了足足一支烟，才跟我和金甲说："你们怎么知道的？"

我并没有正面回答父亲，那时候我只顾着自己，只想把要说的话都尽快说出来。我深信，只要一迟疑，那些话就会溜走，再也想不起来。我也怕一犹豫，那些话就再也没有机会说出口。我说："我想看看她。"

父亲又停顿了一阵，他默默地从口袋中掏出了钥匙，我和金甲都凑了上去，他却让我们退开一段距离，我们往后退了几步站住了，父亲用奇怪的眼神看着我们，似乎在丈量和他的距离，等他觉得安全了，才开始动手开锁。那把铜锁的钥匙非常简单，就是一个弯曲的铁片，一插进去，铜锁就自动地弹开了。那时候，我感觉我的心提到了嗓子眼上，父亲把箱子掀开了一小半，从里面拿出了一张发黄的照片。

我眼尖，就在父亲开箱子取照片的时候，看到了箱子里的一切，里面没有妈妈，只有一套衣服，衣服是灰色的，好像很脏，上面有一块块黑色的斑渍。更让我惊讶的是我和金甲玩过的那两把弓箭也放在里面，只是已经折断了。我曾经在家里偷偷地找过那两把弓箭，不知道从什么时候起，它们就不见了，原来是被父亲收起来了。我猜金甲也看到了那两把断了的弓箭，他的表情很复杂，既吃惊，又有点若有所失的样子。

父亲递过来的照片上有三个人，两个大人，一个婴儿，他们都让我感到陌生。看着看着，我突然认出了父亲，那时候的父亲脸颊没肉，却留着两撇淡淡的八字胡，他的头发比现在浓密，仿佛还有点卷曲，他穿着一件白衬衣和一条裤筒很大的紧身裤，一副意气风发的样子。旁边的女人手上抱着一个婴儿，父亲说那是金甲。那么小的金甲把我逗乐了，金甲却说他完全不记得小时候的模样了。

我们的注意力落到那个女人身上，那就是妈妈。我想叫她一声，发觉她终究还是太陌生了，但这种陌生的感觉又有点奇怪，仿佛在哪里见过。我恍然间醒悟过来，应该是在金甲的身上。金甲一半长得像父亲，一半长得像妈妈，他那张脸很容易看出父亲年轻时的轮廓，只是眼睛不大像，他长了双眼皮，而父亲是单眼皮，我觉得这里面藏着妈妈的秘密。

父亲说，这就是我们的妈妈，之所以没让我们看到，他怕我们太想念她。我说，不让我们看，我们也想念她啊。说这句话的时候，我看着照片上的妈妈，她仿佛也听到了，能从她脸上看出笑意来。

看到了妈妈后，金甲开始有点闷闷不乐。他偷偷地跟我说，这跟他以前看到的妈妈的样子不太一样。我问他以前是什么样子的，金甲有点闪烁其词，最终他那只完好的右眼冒出了精光，他非常肯定地说，妈妈的头发不是这个样子的，而是一头大波浪。

照片上的妈妈头发是直的，而且扎着两条辫子，看上去确实一般了点。我一直弄不明白，为什么金甲非得认定那个大波浪头发的女人才是我们的妈妈。他似乎有点和以前不太一样了。搬入新家后，我发现了一个重大的秘密，房子不再朝着太阳落山的方向了，但也不是朝向正南，应该是偏东一些，每天太阳一升起，阳光就铺满屋前的空地，空气中有股棉花的味道，暖洋洋的。我把这个秘密告诉了金甲，金甲说他早知道了。父亲竟然相信了别人的谣言，这让他愤愤不平。

金甲说："这都是大人的把戏，从来没考虑过我们的感受。"我能理解他，换了一个地方生活，确实给我们带来了很多不适应。比如和玩伴扎堆的生活不见了，上庄的那些曾经亲密无间的小伙伴，好像一夜之间都失去了联系。金甲一想到这点，就会骂他们没有良心。鸦雀窝也有金甲的同学，但是个女同学。金甲说，他不和女的玩。每次只要远远地看见女同学走来，金甲就会"噌"地跃上别的岔路，避开和女同学碰面。那个女同学的脸永远是红的，红到耳朵根上，我不知道她在害羞什么。

金甲说，我们两个在别人眼里不一样。我问他为什么会不一样，他没有说。从金甲讳莫如深的表情里，我觉得很多东西都变形了，包括他身后的房子。搬到这里来以后，我和金甲有很长一段时间都睡不好觉。父亲说，这是认床的缘故，几乎每个孩子都认床，等习惯了就会好的。

每天一躺上那张床，金甲就把眼睛睁得大大的，他开始念叨我们原来的房子，原来的房子已经熟稔于心。出门就是一片院子，院子的栅栏外面是一条小溪，左侧是伦叔家的屋屁股，墙上长满了青苔和杂草，左侧的弄堂出去是一口小池塘，池塘边就是那棵大樟树，它像把巨伞盖住了我家的屋顶……

那天晚上，我对金甲说："要么回上庄去看看？"金甲叹一声气说："已经是别人的房子了，还看什么！"我说："不看房子也可以，可以找人一起玩啊。"金甲突然没好气地说了一声："要去你去，我不去。"

等我醒来的时候，金甲已经醒了，他两只手枕在后脑勺，正盯着墙壁上那扇又小又高的窗户发呆，我问他在想什么，他说没想什么，就发呆。那扇窗户渐渐的有一缕阳光照射进来，把房间照亮了。金甲问我："到了这里后，你每天醒来的第一件事是不是问自己：我在哪里？"

我几乎跳了起来，像身体的某个敏感部分被人扎了一针，我说："是啊，每天醒来，总是分不清在哪里，需要好好想一想。"

金甲"嗖"地坐了起来，他说："我改主意了，回上庄去看看，反正那地方是回不去了，说不定好好道个别，之后就好了呢。"

我感觉那天的太阳有种吹吹打打的欢喜劲，一路上我都眯着眼睛在打量它。金甲问我在看什么，我说看天空。金甲说，没飞机有什么好看的。

我们说着回到了上庄，走进老屋前的院子，发现那里也变得有些陌生了。那房子现在住进了伦叔的老父亲，伦叔瘫痪多年的母亲前不久刚刚过世。丧偶的老头无精打采地坐在门口的小凳子上，他倚着墙壁，右手握着拐杖，头靠在拐杖上打盹。金甲嘀咕了一句："他会不会也快死了？"

这让气氛顿时紧张了起来，可屋门大开，我和金甲抵挡不住进屋的强烈念头，我们放轻了脚步，悄悄地绕过他，我很担心他突然醒来，好在我们走得足够小心，没有闹出任何响动，顺利地进入了我们曾经的家。

搬家的时候，父亲只取走了一部分家具，有很多我们曾经用过的家具还摆在原来的位置，比如那张剥了漆的八仙桌，我们吃饭一直用小桌，那张八仙桌就沦落在角落里，用来堆放杂物。还有那把破沙发，后来父亲在断裂的地方钉了一块木板，把它加固了，还能凑合着用。

看到那把沙发，我和金甲不约而同地站住了，那年我们挤在上面看动画片的场景仿佛在眼前刚刚发生，现在上面似乎还坐着十一岁的金甲和六岁的我。

"那时候，我们完好无损。"我突然像宣布重大消息似的说。

再看金甲，他的眼眶中有了泪水，他迅速地一把擦去，示意我跟他再往里走。外面光线很亮，屋子里的尘埃在光柱里肆意舞动，我们仿佛被一股魔力吸引，一直上了楼梯。金甲一路走，一路念念有词，他发出的声音很小，我屏住呼吸也没听清楚他到底在说什么。从他的模样看，仿佛在跟人说话，可那个跟他对话的人究竟是谁呢？我想着想着，突然茅塞顿开，应该是妈妈！

那一刻，我也产生了幻觉，在卧室附近，一头大波浪的妈妈浑身散发着淡淡的光芒，她一手扶着门框，一边冲着我们微笑。我"嘿"地叫了一声，"妈妈"两个字差点从我嘴巴里冲了出去。

原载《江南》2018年第2期

妈妈叫我沿着大路走

郭 爽

2018年 中国短篇小说排行榜

两栋相邻的房子。两座花园里的枝条攀越过篱笆交缠在一起。两个金发男孩。小的四岁，大的七岁。小的那个还在母腹中时，他们就已相识。"隔壁家的小家伙。"这是德国南方最富裕的地区，毗邻黑森林，城镇古老悠远，社区整洁有序。这里，三分之二的人信新教，三分之一的人信天主教。可忽略的零头里，不知信什么或者什么也不信。

"我们只是在彼此身体上探索，某种程度上，他是我的男朋友。但也可以说他不是。"费恩说。费恩是那个小一点的金发男孩。他在邻居男孩身上的"探索"，是指十一岁时，对方十四岁时，他们第一次的性经历。

"我们是一起长大的。他经常睡在我的房间里，当他来时，我就告诉父母不能进房间。"

夏天的花园浓绿，如墨如漆。蝴蝶或蛾子扇动翅膀，点点白色飞近。房门即将关闭的缝隙里，费恩的金色睫毛轻轻抖动了一下。身后的男孩比他高大，健壮，几乎可以说是个男人了。

十八年后，费恩与我坐在柏林普伦茨劳贝格一处露天咖啡座。他喝一口茶，用纸巾压压嘴角，"我们没有正式地分手，只是越来越疏远。他过上了另一种生活，发胖了，酗酒。交了一个又一个女朋友。"

金发费恩马上就要二十九岁。现在他住在柏林，离开小镇已十年。他享受英式早餐，煮咖啡用意大利摩卡壶，偶尔自己做咖喱饭。看着我的东方面孔，他说自己最怀念的中国食物是火锅和重庆小面。

他不是那种随处可见的伪装者，用充满符号的生活方式来塑造一个想象的自我。让食物变得不再是食物，变成某种身份。他只是坦然对待自己胃的游踪，一如对待这具身体上的其他器官。

他有高智商人群里常见的，淡淡的冷漠。精致的雕花水晶罩子保护着的一个自我。可一旦他笑出声来，就像晴空里放出的一连串烟花，敞亮，明朗，白色笑声绽放在婴儿蓝天幕上。

"我想，父母在我很小的时候就知道了。"

就像我们察觉了父母的秘密，先是针刺一般猛地缩回手，继而别过头去不看一样，父母又怎么会不知道我们的秘密呢？一扇门能挡住什么。同一屋檐下，呼吸着你我的呼吸，舔舐着你我的伤口，在洞悉了什么后，不过低眉不语。

"中国人说的'那回事'。"

费恩给我看他与父母一起在意大利旅游的照片。断壁颓垣中，南欧凶猛的阳光随意倾泻。母亲穿白色棉质连身裙，蓝色牛仔衬衫随意绑在肩上。父亲穿亚麻衬衫，乐福鞋。两人都戴着墨镜，同时看向拍照的费恩，目光中埋着一条隐形的绳索。两人看起来都很年轻，保养得宜，身体语言透出中产阶级的悠闲与守序。

他们很晚才要孩子。经历了二十世纪六十年代席卷世界的学生运动浪潮后，这对夫妇到老都流淌着嬉皮的血液。费恩出生后，他们决定不再要孩子，为了更自由的生活。而费恩这孩子聪明极了，在学校表现得就像个天才。虽然他们一人教数学，一人教英文，却罕见地从没管过儿子的功课。

但这个儿子却不是一般的不同。

"我从小就喜欢漂亮东西，高跟鞋。喜欢打扮自己。喜欢让自己看起来不一样。似乎有什么东西潜藏在我的皮肤下面，要破土而出，跟我相认。"

母亲显然更早察觉。"一起看电视，我会跟妈妈说，啊这个男演员长得真帅啊。"

只是没有被修正。母亲宠爱这个聪明的孩子，任由他去抓取喜欢的东西。不管是洋娃娃，连衣裙，还是积木或玩具枪。毕竟他们是"二战"后西德幸运的一代，德国的经济正高速递增，可以说万事万物欣欣向荣。一切物质梦想不用太费力气就可以实现。养育孩子大可不必冀望他的未来如何闪耀。松弛，美好，世界似乎在二十世纪已动荡得太过剧烈，到了八九十年代，理想主义的光让一切都变得柔软起来。

可以说是幸运地，金发费恩就这么在镇上一点点长大。

这是个只有35000人口的小镇，名城环绕，它寂寂无闻。镇上的居民沿袭了自古以来经营盐业的商业头脑，闷声发财。镇上最出名的企业，是全国最大的房产贷款公司，用一只会招手的狐狸作吉祥物。也有其他带点灰色的历史。"二战"时，纳粹在镇上建过一个集中营，于是1945年小镇遭受了美军轰炸。大部分的中世纪古建筑被毁。战后，部分建筑得到修复，新建筑也开始出现。总的来说，这里既不美丽，也不丑陋。没出过艺术家、文学家。最地道的本地菜，是加入小块香肠和面包的土豆浓汤。

对一个孩子而言，平庸的家乡，其好处与坏处暂时不会显现。大部分时候，一个孩子只需要足够能释放其肢体的空间与场景。草地、树丛、河滩，或者台阶、沙堆，甚至一堵墙壁。只有当幻想与美的意识觉醒后，平庸的一切才开始显得匮乏沉闷。

金发费恩已经可以在花园里奔跑。

每个晚上，父母会花两个小时给他讲故事。长长的阅读与想象。像所有小男孩一样，他喜欢海盗的故事，但跟绝大多数孩子不同，他最喜欢的是那些非常非常悲伤的故事。卖火柴的小女孩在圣诞夜里一根接一根擦亮火柴，在天堂幻象里冻死。小红帽被狼吃进了肚子，连带着迷惑她的针叶林、蘑菇和外婆的帽子。一起听故事的孩子受不了，哭了起来，费恩却要求听这些故事，一遍又一遍。长大后，他会用"悲伤"来描述这些故事的质地，但还是个孩子的他，无法解释这种痴迷。他比同龄甚至年长的孩子更能体会到人类情感的细微之处，那些介于悲剧与喜剧之间的漠然和神秘。

等到费恩再大一点，可以独自出门拜访外婆时，也更多地向这个世界暴露出了自己的不同。

外公和外婆住在小镇上不远处。如今，距离费恩第一次独自出门去看她，外婆已经在镇上居住了四十年。她的故土在"二战"后被划归波兰，于是背井离乡。她的生活从这栋异乡的房子里开始，她的女儿在这栋房子里出生，而这一天，她在这栋老房子里，等待她第一次独自上门的外孙。

费恩已经记不清，自己第一次独自去外婆家时，有没有听过《小红帽》的故事了。就像大部分时候，想象和现实被上帝手中的捕蝇板粘在一起一样，我们将之称为记忆。

他打扮了自己。多年后的一天，当被我问到"你小时候最喜欢做什么事"时，费恩脱口而出，"打扮自己。"打扮自己，用服装做道具做武器。但他并不是真的中意那些布料和颜色。只是用这些东西把小小的身体包裹起来的时候，他似乎看起来跟周围的孩子都不一样了。那时候，他还不知道，所谓不一样，就是切近独一无二，是每一个受造真正的显现与起誓。

时间在童话里的流逝方式，与我们所理解的"永恒"近似。费恩化身为小红帽、踏出家门那一刻，他踩进了自己无法控制、人类的祖先无数次进入过的河流。从"吱呀"一声推开家门开始。

去外婆家，只需出门后左转，经过几栋红屋顶的房子，到达河边，跨过石桥，追索着教堂钟声的方向再往前走一条街。费恩回想着这条跟母亲走了许多次的路线，然而此刻母亲消失了，连一个透明的虚线画成的母亲都没有。

最初的几步，像美人鱼拥有了双腿后，踩在刀尖上一般的疼痛和恐惧。花园，蜜蜂，鼠尾草让人快乐的气味渐渐被抛在身后，雾化成童年遥远、棒棒糖味道的背景。对街那位寡居的太太，从白色窗帘的缝隙里透出一只眼睛，看着这个细胳膊的小人儿披挂得像个印第安人一样蹒跚前行。

熟悉的生活暂时退却。一片新鲜中，费恩挥舞着的双臂、迈动着的双腿，都属于自己。一个隐秘又开放的容器。

费恩遇见狼。在桥上。

没有窥视，没有觊觎，也没有引诱。费恩的狼压根就没把他放在眼里。那是一个少年。一头红发下却有东方人一样狭长的眼睛。在费恩到达桥头时，他正脱掉上衣，准备爬到桥底去。那里恶作剧地挂着一对皮鞋。河对岸，一些更大的男孩趴着看热闹。那是具白得耀眼的身体，多年后费恩告诉我，肌肉和皮肤包覆在刚刚长成的骨骼上，呼吸一样轻巧。那纤巧的身体攀爬在桥墩陈旧的黑色石头上时，却力大惊人。

费恩呆傻地看着他的狼，忘记了该走的路，直至那堆看热闹的大孩子无聊地走上桥来，一把抓下他印第安人的帽子摔在了地上。

"万圣节的小鬼！"

费恩还冻结在红发少年攀爬之姿带来的震撼中，任由那些人扯掉他的斗篷，拍打他的脑袋，痴傻一般。

"我最喜欢狼，狼肚子里装满了石头。"

想到石头在狼的肚子里"哐哐"作响，费恩笑出了声。他没有告诉我，那天后来发生了什么。

只是说，到达外婆家时，外婆把他拥入怀中，"可怜的孩子，你都湿透了！"外婆接过他手中湿漉漉的帽子，剥掉他湿透了的斗篷。光着上身站在外婆家的起居室里，灰尘在傍晚的光线里转动。费恩觉得自己轻松极了。

像每个孩子在不经意间拥抱棉被，而得到了触电般的快感一样。那天，费恩也发现了让他困惑又羞耻的秘密。红发少年白得耀眼的身体，从腹部点燃了他的身体。整条脊柱灼热得要扑出身体。这秘密击中他时的声响过于巨大，他觉得自己几乎聋了。整个身子都"嗡嗡"作响,从白昼到黑夜,他只好睁大双眼张开嘴巴,让身体里疾驰的喧嚣奔去未知的出口。

如果有人在回忆时告诉你,"我的童年是艰难的",大部分时候,他都在陈述物质的贫乏带给柔嫩幼小身体的折磨。或者,家庭的变动带来的情感受创、缺失以及给稚嫩心灵带来的损害。很少有人像费恩这样,那么早就被自我、身份这些东西碾压和鞭笞,以至于成了他记忆里的"哐哐"作响的硬石头。

"男生在一起谈论女生,或者其他'汉子气概'的话题时,我就装作若无其事,跟他们站在一起。他们说什么,我就学着说一样的。学着让自己看起来像个正常人。"

最初,他想要遮挡那些与生俱来的裂缝。

费恩家离教堂有两个街区,那位有点跛脚的牧师常在星期五的下午登门拜访。虽然费恩父母并非虔诚教徒,但那些来自《圣经》的字眼总能飘上楼梯,从门缝里挤进费恩的卧室,让他的罪恶无处躲藏。

一次又一次,他躲在房间里,看母亲送牧师离开。每一次,母亲或父亲都会把牧师送到花园入口,提醒他避开花园小道上那几块有点硌脚的大石头。通常,母亲会在牧师离开后,弹一首赞美诗钢琴曲。父亲会跟着吟唱两句。他们的生活安全,平凡,有动荡后顺服下来的静谧,更有费恩无法走进之处,只属于真正亲密的两人。

赞美诗响起时,费恩总是想哭。母亲的手指怎样轻柔地按压琴键,也曾怎样轻柔地拂过他的额头。他窒息于长期战战兢兢生活、生怕暴露自我的恐惧之中,以及他根本说不出口,只能吞咽下去的,对父母巨大而无声的爱。

小镇上当然也有丑闻。但没有哪一桩属于两个男人之间的事。费恩安静,羞怯,学业总是名列前茅。他观察着,也渐渐明白,虽然对街的老太太总是悄悄杀死一只又一只的猫,而去领圣餐的人中总有一两个冒着酒气,但是,属于自己的秘密一旦暴露,他将无法在小镇生存下去。

"教堂的钟声怎样传遍整个小镇，丑闻就会怎样传遍整个小镇。"

欢愉太短暂，像借来的光景。来自相邻那栋房子里的金发男孩，教会他如何用肉体抚平恐惧。两具小小的，尚未成形的肉体。但那些动作，那些手势，总带着一种视而不见的惊慌。来不及去细看他的和自己的身体，还没有等身体暖和起来，就匆匆完成了那套自以为属于成人世界的程序。以为身体可以是武器，让其疼痛，破碎，就有了一点跟造物主讨价还价的本钱，可以换回一点羞耻的欢愉。

夏天的傍晚，那些要下雨的时刻，蜜蜂显得格外慌张。它们的翅膀挥舞得过于用力，以至于费恩几乎要担心那透明的羽翼就要烧起来。跟被曝晒了几天的土壤一样"啦啦"作响。然后雨点就砸下来了。部分愚蠢的蜜蜂还没有学会逃亡，在紫色的气流里挣扎，扑腾，直至倒地，被临时冲出的一条条小水沟卷走。

身体疼痛的时候，费恩可以明白无误地确认它是属于自己的。哪怕这疼痛带着未知的恐惧和已知的羞耻。可总有点距离，他说不清，有什么东西，卡在他未成形的灵魂和这具身体之间。

很快，隔壁男孩进入了更为残酷的高中时代。几次在足球队里被队友羞辱后，他开始跟啦啦队的女孩约会。女孩，女孩，女孩。三周换一个，三周换一个。啦啦队的女孩跳跃到半空，劈开双腿。乳房抖动，嘴唇战栗，一种约定俗成的欲望与纾解。他与费恩不再往来。

高中，如果你记得的话，就像第二次婴儿期，穿着衣服，但光着屁股。荷尔蒙冲昏了大部分人的头脑，性事的得失成败是最高的炫耀资本。女孩们挺高胸脯露出大腿，男孩们津津乐道安全套的品牌。谁也不想成为滞销货。谁也不想与众不同。因为那意味着，你在性这场追逐大战中，成为末端残次品。从来如此，进入成人世界的第一道门，不过是学会老套的调情，用一个个崭新的肉体。

费恩的伪装已经不能只是言语。当人人都在谈论如何操翻一个女孩时，他显得太沉默，太可疑了。

高一暑假，费恩一家照例去国外旅游。在成长岁月里，每年父母都要带他一起出去旅游三到五次，欧洲，非洲，亚洲。中产阶级的生活方式安适得像永动机，发出催眠般的节奏。如果你愿意闭着眼，就可以永久地闭着眼。

这一次，他们去的是埃及。

那天早晨起来，母亲身体不太舒服。三人用完早餐后，在酒店的仿古庭园里休息。庭园周围种着成排的棕榈和无花果树，正中一个池塘，浮莲点点。在东方韵味的蓝色晨霭中，导游出现了。这是父母专职雇佣的一名埃及历史专家，正在攻读博士学位。浅棕色的皮肤，有活力的青色胡楂。"请叫我萨姆。"

由于出发得较晚，游览完吉萨金字塔后，已经是下午了。萨姆提议，休整一下后，前往附近一座小墓葬，费时短，人流少，给这一天做个轻松的结束。

没有什么可疑。一切都在安全的警戒线以内。

高中生费恩拿着一杯胡萝卜汁走进幽暗的墓穴。与其他墓葬里皇室成员的木乃伊，或者炫目的珠宝相比，这里显得过分朴实了。壁画被时间冲刷得斑驳晦暗，不经解说完全看不出任何迷人之处。

萨姆指点着那些扁平的人脸，解释他们的长幼尊卑。还有环绕的文字，讲述着复活的伟大使命，以及法老跨越生死两界的权柄。那些法老死后替代其心脏的圣甲虫，总是穿着蓝绿色的闪光盔甲。

胡萝卜汁很快履行了自己的历史使命，就是被费恩打翻在裤子上。擦了又擦后，父母与萨姆已走得很远。

距离费恩第一次遇见狼，已经过去了很多年。以至于他都忘了，狼是怎样不留一道抓痕就将他生吞活剥了下去。在那天之前，虽然他知道自己喜欢漂亮东西，喜欢与众不同，但哪个聪明孩子不是这样呢？那位红发少年再也没有出现在镇上过。费恩甚至怀疑，他也许是自己的臆想。

之后就是邻居少年壮硕洁白的肢体，轻如蝉翼的覆盖。但在身体惊天动地的发育和内心无法逃遁的羞耻中，费恩更多地把这份关系划归性。身体像石块，交叠着垒出一座异教徒的神庙。

但在这个阴暗潮湿的洞穴中，遇见狼那天的记忆找回了费恩。那是从嘴唇到脚趾都紧张得战栗的干渴，一个人想要献出自己的冲动。是肉欲的冲动外，更加无法填平的，深渊般的对爱的渴求。对联结的渴求，对杀死孤独与绝望的渴求。

在渴望面前，费恩知道，自己并没有学乖。

这是幅太过奇怪的壁画。两个男子，面对面，手握手，鼻尖轻轻触碰在一起。由于壁画的下半截已经剥落，费恩无法辨认清楚，他们是不是暹罗人最崇拜的连体婴。但从他们几乎一致的身高、装扮和在举止里给予对方的尊重来看，至少，这是两位极亲密的朋友。

"他们可能是连体婴，也有可能是两位同性恋者。"萨姆回来找他，发现这孩子痴痴盯着壁画。

费恩看他一眼，不作声。昏暗中，他们看不清彼此的神色。

"学者们为此争吵不休，谁也无法说服谁。"萨姆语气调侃。

"你觉得呢？"费恩问。

"看他们的头上，"萨姆的手往神秘处浮动，"那两个凸起来的词。两个人的名字。中间几个字母是一样的，都是古埃及语里'联合'一词。这是两个连在一起的人，无论是肉体上与生俱来的连接，还是后天情同手足的精神连接。事实就是，两个男人的连接。"

虽是黑暗中，但费恩感觉自己的耳朵烫得发红，整个脸都要燃烧起来。而萨姆的气息越来越重，越来越近。

成年人的引诱，多少都带一点脏。鼻息的味道不属于少年清洁的身体，来自哪里，费恩恐惧得不敢去想。壁画上，两位男子似乎在嘲笑这世俗的重演与复制。他们手握手，面对面，蒸腾出隔绝了世界的亲密。

费恩扭转身，步子大得几乎要跑起来，要快快回到父母安全的堡垒，不容陌生人挑衅与亵渎的襁褓。呼吸粗得鼓膜上响起了一记又一记重槌。

狭长的过道中，一个阿拉伯男子带着四位太太与费恩擦身而过。四幅长长的面纱上，黑白分明的眼珠惊愕地看着这个面容激动得几乎扭曲的金发男孩。

"如果你一直很恐惧，你几乎就是死了。"

高中生费恩看见自己分裂成了两个。那个伪装的自己负责承担外在的社会身份，那份拙劣让人恶心。他模仿着低俗的话语，下流的动作，像淋了雨的羊一样惊慌失措。只为了合群。或者不被认出是异类。这个费恩抱着书、夹着球，走在千人一面的河流里。有时候面具会刺进他的面孔，像是要永久地长进肉里。他不敢睁眼去看。恐惧太重了，压垮了一切。

更有无尽的孤独。

一个女孩喜欢上了费恩。"越来越多的人议论，你为什么不跟她在一起？"

最开始，费恩犹豫着。"我告诉她，我不是个你想象的好人，并不值得你喜欢。也告诉她，我们在一起并不会有什么未来，一切都会让你失望。"

慢慢地，善良但无效的拒绝让费恩厌倦，更可怕的是，他发现自己并不那么想做一个纯粹的好人。如果伪装折磨的是自己，那面对一个自愿的牺牲品，为何不欣然接受，减轻每日每夜啃啮自己的痛苦？

"我说好吧，我们交往，但是两年后我就要去柏林。我会自己一个人去，不会跟谁一起。这两年时间内，无论发生什么事，无论我们爱不爱对方。高考之后我就会走，一个人走。"

学校的声音开始没那么刺耳。但费恩清楚，他在滑向一个新的自我。一个成年人觉得不痛不痒，却开始浑浊和残忍的那个自我。没有什么是纯白色了，也没有什么再是雨后云层间那一小片蓝。都浑浊了。

外婆就要八十岁了。从家出发去看她，费恩已经只需步行三分钟。蜜蜂，河水，树梢上熟透了的苹果，都可以轻松甩在身后。甚至那时近时远的钟声，只要步子迈得够大，你都可以随时将之抛开。

他也这么盯着前方，目不斜视，抛开了女友。没有多少爱的话，分手就只是说一声永不会再见的再见。彼此身体上的印记，手指间温柔浮动的云朵，都迅速风干储存进记忆区。

费恩如愿以偿离开小镇，到柏林上大学。逃离之后，家乡缩变为一个非必须的选择。费恩越来越少回去。

"回去要么陪父母待着，要么他们来柏林看我。我不喜欢那个小镇。那里的人隐藏在面具背后。也许这样让他们觉得安全。但我不喜欢安全，它是自由的反面。"

强者费恩大步向前，穿越森林，积雪，沼泽和苔原。他对自己离家后的蜕变漠然视之，告诉我故事梗概，却拒绝讲述细节。他遇到了谁，爱了谁，离开了谁，更深的恐惧，他出柜，失恋，接受一个人的生活。

他从外婆家逃了出来，在针叶林自由自在，不必期待一个目的地。

我觉得必须提起另一个金发男孩。

"你还记得他？他过上了另一种生活，发胖了，酗酒。每次我回老家看见他，他都是喝醉的。我想他只是借酒精来麻醉自己，这样他就可以不思考。"

费恩轻描淡写，无视我对戏剧性或大团圆的庸俗渴求。除了头发还是金色，那个人跟他已没有共通之处，也无甚意义。只是在那些极少的时刻，他醉醺醺的背影提醒费恩曾有的伪装与惶恐，像个耻辱的印记。

英式早餐早已吃完、撤走，我们喝了一杯茶，续了一杯，又一杯。太阳开始偏西，越来越多越来越重的阴影压在身上。也许我们一起坐时光机走得太远，此刻柏林初冬的阴沉要变本加厉地让我们摔回现实。

就在我犹豫着不知如何继续时，费恩说："想不想去我家看看？"

斯堪的纳维亚式的白色，挑高的屋梁上有精致的雕花。房间几乎是空旷的，一条狭长的走廊连接起各个房间，沙发、桌椅像天使蛋糕上仅有的几颗草莓一样散落。不过，费恩的"草莓"不是艳丽的粉色，而是大地色和靛蓝色。

追赶太阳一般，我们快步从露天咖啡座离开。等到达一个街区外的公寓入口时，金色的余晖已完全被大地吸光了。寒意刺骨，柏林浸泡在苍茫暮色中。

我们似乎耗尽了一天里的说话配额，在费恩问了"咖啡？"后，两人都没有再出声。

一个房间里，两个还算陌生的人，沉默着坐了快二十分钟。其间费恩用摩卡壶煮了咖啡，给我倒了咖啡。拿出了糖罐。从冰箱里取出了牛奶。我加了糖，开始喝咖啡。松弛的，绒毯一样的沉默。这种松弛是不可能出现在异性之间的。虽然我们的谈话剪除了距离，但真正能抹除两个陌生身体之间僵硬的对峙感的，并不是言语。人与人，社会身份的交手中，若卸除了性别身份的桎梏与定论，就会出现这种无比自由的珍稀时刻。回归到抽象的人上去，谈些真正重要的事。

刚开始黑起来的天，在窗外是天鹅绒蓝。我感激这一刻。

白天，当我在接连问了几个跟父母、家庭有关的问题后，浅浅地道了个歉，希望没有冒犯到费恩。

"你可以问我任何事。"他这样回答。

从没有人敢这样跟我说。毕竟，谁没有一点秘密呢。惊讶之余，我肆无忌惮地问起来。直至问题和答案把我们带入早已告别的纯真水域。

然而就像你们看到的上述童年故事一样，我们毕竟是大人，或者说我们都早被诱使我们的狼同化了。讲故事的人和听故事的耳朵都带着聪明又世故的法则，对被我们抛弃的世界不屑一顾。

我们的沉默，大致就是这样，疲倦，意兴阑珊。对自己的部分失望。对人类社会规则的再度确认与随之产生的无聊感。与对方无太大关系。

费恩脱掉了下午一直穿着的橘色防风夹克，只穿一件浅灰色短袖T恤，光脚踩在地板上。而我也脱掉了靴子和大衣。暖气温度适中，从四面八方将我们的身体淹没在温泉一般丝棉一般的半透明气息中。

手机响，费恩一边讲电话，一边走去隔壁房间。暖气片"咔嗒"一声。光脚的费恩步子很轻。

我从沙发上站起来，走到书架前，打量费恩的读物。《蒂凡尼的早餐》，卡波特。《风景中的人类》，叔本华。《玫瑰之名》，艾柯。还有许多哲学大部头。英文书与德文书一半一半。书架第二层两个银色雕花的小相框里，一张照片是一位蓄须穿军装的老人，一张是两个穿短裤的男孩。跟费恩的言语不同，费恩的房间更念旧，更多时光的柔情。

"猜猜哪个是我？"费恩看着我手中那两个男孩的合照。

我指指左边那个眉目更清秀的男孩。费恩点头。

我再指指右边那个高一点的男孩，"是他吗？"

"哪个他？"

"那个他。"

"是他。"

"这是你几岁？"

"五岁。"

"那他就是八岁。"

"事实上，这是我五岁生日那天。"背景里有几个绑在栅栏上的气球。

"在家里的花园？"

"妈妈烤了蛋糕，我们吮着手指上的奶油。还有很多小熊软糖。我吃得太多了，不停地放屁，后来才知道自己对明胶过敏。"

我笑出声来。

"这是我外公。我高中时他去世了。"

"你长得很像他。"

咖啡因在我们的身体里动起来，两人渐渐恢复了精神，说话也响亮起来。

他给我看手机里更多的照片、视频。他的男友们都长得非常英俊。有时候，两人在日光下。有时候，很多人在派对里。

房间是个神秘的器皿。负责盛放肢体，并能阻挡溢出肢体、想要飘上天空去靠近那不可知的未知的一枚枚灵魂。

男友们都是漂亮宝贝。

在房间里，他们打扮成兔女郎、美少女战士、艺伎，或者Lady Gaga、麦当娜、碧昂斯。我一个一个猜那些扮相是谁，刻薄地点评"假胸看起来太硬"之类。两人笑个不停。说到激动处，费恩马上站起来模仿那些异装后的姿态。我们就像两个互相给对方出主意打扮的小姐妹，一边谈论着镇上那些最风骚的女孩有多美或多蠢，一边着力展示自己对性感或诱惑的见解。不甘示弱。

Lana Del Rey在音箱里大声唱着，我被费恩手机里的视频逗得直不起腰。一个男孩前凸后翘，大声唱着歌。鼓风机吹动着他的假发，每次高音来临，他都猛然甩一下头发，你可以想象的极度风情。于是他也真的，风情万种。这是一种游戏，僵硬的身体想要变得柔软，坚毅的眼神想要变得顺服，壮硕的腰肢想要变得柔媚。于是他们蹬上高跟鞋，穿上迷你裙，套上渔网袜，亮出最红的唇，扑闪最翘的睫毛。

像是一种滑稽的表演。可是又是谁规定的，踩在高跟鞋上大腿必须柔嫩纤细，而不是任意姿态？或者当风扇吹起来时，像八爪鱼一样散开、舞动的长发，又一定得带几分柔情？虽然我的理智在运作，但浓重的妆容、裸露出来的皮肤、强烈的性暗示，仍让我难以克服。轻微的恶心。那些不合常规的边界，冲撞着我们被规则驯化的部分自我。

都是在房间里，或大或小的房间。似乎进入一个房间，合上门，就可以成就一个新世界。除了那些没有生命的家具，房间里的每一个身体都在努力地要成为什么。成为跟他们被既定的模样所不同的什么。

那些可笑的吊带袜、天使翅膀、面纱、高筒靴，不过是通往再造之途的工具。而肢体与肢体之间的亲昵，手机拍下的图像与影像，只是一点请求与见证。看哪，我们再造了自己。

也有女人夹杂其中。费恩的好朋友。她露着真的乳沟，真的大腿，皮肤真的柔嫩着。

我难过起来。能明白这对他们来说是快乐，是游戏，是做伴与玩耍。但我真的伤感起来。

费恩跟着Remix版的Lana Del Rey晃动着身体。他苍白，瘦而结实，身体美极了，闭眼时就像个金发的天使。他的身体折射出一个我双眼所不能见的世界。

我们像爱尔兰人那样把威士忌加进咖啡里，所以很快，心脏像坐火箭一样"飕飕"地冲出大气层直奔火星，而大脑却陷进了彩色的沼泽，每转动一次都需要很长、很长的时间。

我开始痴呆地看着费恩笑，嘴唇发麻，手指僵硬，并像个小孩一样央求他："讲一个故事吧，讲一个故事。"

费恩的笑容同样缓慢，他举起一只手，然后断电了一样，手跌回沙发上，低沉但清亮的声音传过来。

"很久很久以前，有一个小男孩，他从小就觉得自己与众不同。而他也确实与众不同。太阳照耀他，月亮照耀他，清白的太阳和月亮都照耀他。他怀揣着自己与众不同的秘密一天天长大。

"终于，他长到了足够大的年龄，在离开家去上大学的前一晚，他决定写信告诉父母他的秘密。第二天一早，他就要坐火车去北方，他知道自己以后不会再回来了。

"这封信很短，短得只有三行。但写完后，他却失眠了整晚。第二天一早，父母还没有起床他就离开了家。他把那封信放在床头，却无力承担这一后果。他的秘密太可怕了，没有谁应该跟他一起承担这后果，哪怕是他的父母。

"在火车上，他坐到自己预订的座位包厢里，却忍不住大哭起来。也许，他再也不能回到这个家了。清白的太阳照耀着他的旅程，清白的太阳知道一切秘密。"

一种不好的预感。

我挣扎着坐起来。咖啡因和酒精混合后在我眼前炸出一串又一串蓝色橘色亮粉色的电波气流。我费力地控制舌头和语句。

"不，我不要听你的结局。"我看着他说，"费恩，相信我，如果这不是一个好的结局，就不要说出来，好吗？"

Lana Del Rey还在唱啊唱。

"我可以写一个故事送给你。事实上，我之所以迷恋写故事，就是因为，我们他妈的可以写结局。"

费恩的声音时近时远，他似乎忘记了我的存在，自顾自地走下去。

"小男孩去了北方的大城市，遇到了一个男人。

"他自信，坚定，总是告诉他，不要怕，去表现出真正的自己你就赢了。因为你已经失去了太多，早已无可失去。

"小男孩很爱他，愿意为他付出一切。可男人不喜欢他这样没有自我。他是个成熟男人了，满世界飞，有自己的事业。而男孩还太年轻。

"就这样，在一起两年后，他们分手了。男孩发现他很难再爱上别人。因为之后没有另一个人，会要求他先爱惜自己再爱别人。他也就知道，这些人并不是真的爱他。

"真正的恐惧是什么呢？真正的渴望又是什么呢？恋人本身就是长着四只脚四只手两个脑袋的怪兽。被劈开后，要去寻找到对方并再度连体。

"那么所谓爱呢？辨认出对方后的倾心交付。厌恶对方后的冷漠弃绝。所谓离别。

"不论我们承认不承认，这世上总是有些人活得要更痛苦些。这些被视作幸运儿的人，比那些羡慕他们的人活得更动荡。而那些认为他们是幸运儿的人，则更容易获得安稳的幸福。

"当然，可以短暂做伴。甚至，长久地做伴，以为自己不再渴望。但一个很少被人提到的秘密就是，人只有在爱的时候，才有真正的价值。才能不同于草木，走兽。人和人之间最神秘的连接。才能让你活着，才能忘了一切。"

长久的沉默。我不想去看费恩的脸。也不想让他看到我濒临破碎的脸。

很久之后，我们才从各自的沙发上爬起来，点燃一支烟。用力喷出的烟雾，就像一场反地心引力的细雪。

"有时候只是时机不对。"我试图让气氛滑向平庸与安全。

"也许。他让我知道我能做任何我想做的事。"

"你不怕了？"

"我怕。"

"哪怕像现在这样一直一个人生活下去？"

"就这样一个人生活下去。"

"还爱着他？"

"如果爱可以跟占有无关的话。"

门铃突然响了。

法比奥一定有两米高。一米六六的我站起来只到他胸口。他的手掌厚实，干燥，温暖，用力握手后，我稍微清醒了一点。

法比奥拎着两袋食物。整整两袋。他巨人一般的身躯踏进客厅后，震得房间里的雪"簌簌"掉落。圣诞铃铛，麋鹿，雪橇也"唰"一下涌进房间来。他就是送给我们这两个又饿又冷的孩子的圣诞老人。

我们乖乖跟着他走到厨房去，闻着肉桂、丁香、柠檬和苹果在铜锅里沸腾，糖分被蒸发，凝结，焦化，变成甜蜜的味道，变成我们一人一杯捧住的治愈之药。

费恩说，法比奥是他的好朋友。我心里惊叹着法比奥让人震惊的美貌。

"所以，你们下午都在谈什么？"法比奥给我的杯子加苹果茶。

"小红帽的事。"费恩"咯咯"地笑，还醉得很厉害。

我则因为陌生人的出现警觉起来，猛地清醒了，"聊费恩小时候的事，在南部。"

"我还真有一顶小红帽。"法比奥说，他出生在意大利乡村，在他们的童话里，"王子"从不叫"王子"，叫"国王的儿子"。他的小红帽，是学校周年庆的纪念品。

"噢你们意大利人，除了面条就知道妈妈！"费恩嚷嚷。

"我们聊的其实是，从哪一天开始，你意识到自己是个男孩的。"我对法比奥说。

"噢，我吗？"法比奥转过身来，"我有三个姐姐，当她们不再带我一起玩的时候，我哭了。我不知道为什么。她们说，'你是男孩了呀，不能跟着我们去这去那了。'就这样，我就被变成了男孩。但你知道，这句话只是一个魔咒，我们需要破除它。"

一口平底锅里，他用干白煮贻贝，另一口锅里煮着意面。贻贝煮好后倒在盘子里备用，平底锅里加油、辣椒末，意面滤水倒进去翻炒。再撒上芝士碎末、香草碎末。香气"轰"一下腾起来。

费恩看起来清醒了一点："我们是被别人告知的。通知一样，喂，你叫这个名字。你的父母是谁。你是男是女。你长得好不好看。你聪明还是蠢。别人会告诉你，从小到大。"

"是那些不能做的事告诉我，我是女孩。"我说。

"所以，你可以说这些都是扯淡。"费恩两只手有节奏地拍打桌子，像在催促上菜。

"大概七八岁的时候，那段时间，我常常故意做一些极其大胆的事。从五楼的阳台上爬到邻居家去啊，或者野蛮地打男孩啊，像是在试探，到底有什么才是边界。是不是我做了这些事，我就会是个男孩了。"我说。

费恩点头，"试过之后你会发现，其实都无所谓。很多人一辈子都只用一个姿势做爱，因为他不敢，没机会，或者，根本在'一件事该怎么做'上，习惯了服从。对他们来说，世界早已存在，人类早已存在，只用重复就好。"

"哪怕是自己的身体。"

"哪怕是自己的身体。"

"不只是身体。"法比奥给我们的盘子里倒入炒意面。

"很多更重要的'第一次'，被追求美好表象的庸俗之心掩盖了。比如，第一次撒谎，第一次自慰，第一次背叛。"我大口吃意面。

"这些都是为了自己，完全为了自己。"费恩说。

法比奥跳起舞来。巨人的舞步。口袋里的钥匙随着他的身体"叮叮"作响。

他告诉我们，从撒丁岛到柏林，距离比我们想象中的更远。但因为他天生高大，所以走得比谁都快。沿途的风景，"吓得你只好一直睁着眼睛。"

他不相信训诫，只相信本能。欲望是最基本的驱动力。但世界仍狠狠教训了他。在酒吧的后巷，他被一群恐同的男人痛殴。差点在脸上划上永久耻辱的标记。在远洋的货轮上，他拒绝跟一个大副交媾，结果被水管差点捅穿了直肠。那些睁着眼睛的日与夜，跟狗没有区别。更不要说日复一日折磨人的歧视，与家人不可能割裂的关系。世俗社会，宗教伦理，没有一点缝隙让像他这样的异类存在。"如何对得起你从小就信仰的上帝？"

所以要在房间里插上天使翅膀，要在被遮蔽的屋顶下让肢体裸露，让那不被允许不被祝福的肢体现出原形来。

在接受了费恩一切理所应当的说法后，法比奥的话再度痛击我，让我无路可逃。

与费恩不同，法比奥的父母没法面对这个事实。他们只是乡间的农民。而法比奥只是一个厨师，他没法像费恩这样，以知识分子经过训练的头脑去陈述这些事。

痛苦因此更加剧烈。而消除痛苦的方法，也更直接。只需让自己的身体摆上去。主动或被动的，称得上是男友的，或者根本连名字都不知道的。

爱这个字眼，从来都是被教育而出。当没有范本可以模仿时，就只能自己去铺出一条路来。用时间，用血肉，这些可以分食给上帝或魔鬼的东西。

法比奥快乐得很。在与狼游弋的过程中，为什么要穿上红色的斗篷，不过是为了让红色的气息穿透细密的树林与风，被狼嗅到。而那一头金发，那一副肢体，那一双细嫩的手，都要遮蔽起来，在被发现之前，在被发现之后，都不再重要。

"想想狼，法比奥，你进了森林就永远出不来。"费恩说。

"最糟的不过是，我们不回去。"法比奥说。

"事实上，我们也根本回不去。"我说。

蘑菇的滋味甜美，野花的香味沁脾。谁让我们穿上了红色的斗篷。如果不去怪罪，那就不要忧虑。在针叶林里，有未知但可以确定的恐惧，吞噬与湮灭。

法比奥说，在意大利，狼被孩子们叫作"狼叔叔"。

"狼叔叔，我就要躲起来了。"

姐姐们离开他，结伴去玩洋娃娃的那天，他躲在远远的墙角看了很久。她们轮流给那个脏兮兮的洋娃娃当妈妈。梳起娃娃亚麻色的头发，编织成发辫。把勺子和水杯递到娃娃嘴边，再轻轻拍打它的后背，好像它真的被食物呛到了。还用纸巾给娃娃擦屁股。几双手扇动在鼻子边，似乎娃娃真的臭起来了。最后，扒掉娃娃的衣裙，把那橡胶做成的小身体泡在水盆里，一点点清洗着并不肮脏的橡胶肢体。小小的脸蛋，小小的脖颈，小小的胸脯，小小的屁股。小而真实的一切。姐姐们抬眼看看墙根下的法比奥，不赶他，但也不欢迎他。只是彼此远远地看着了。

法比奥把最后一点苹果茶倒进我的杯子里。他低头时，我看见他脖子上仍挂着一个小小的十字架。

这世上，小红帽最后都会学乖。

"这次可真是九死一生！以后，我绝不会再那样做了。如果妈妈让我沿着大路走，我就老老实实沿着大路走吧。"

大路，那就是另一种故事了。

但我说了由我来写结局，所以，雪粒跌落，天使蹁跹，我祈愿——这里出现的三个小红帽，永远都学不乖。

原载《西湖》2018年第2期

会有一条叫王新大的鱼

须一瓜

2013年 中国短篇小说排行榜

一

　　阴雨天持续了三周半，劈头而来万里晴空，让人们有点中奖的呆怔。住高层的人不太敢多看天，因为天蓝得透黑，令人眩晕。放晴才一小会儿，家家户户的阳台上，就竞相披挂出万花筒一样潮湿的衣物，好像太阳把每一家都炸得杂碎流溢。小区里一栋栋高楼，就像刚升出海面的大方柱，挂满了筋筋吊吊的"海蛎海带"之类。

　　一楼，两家相邻的院子里，也都架着洗晒的被单、床单，绿篱上还有一匾红艳的枸杞。几只指甲大小的五月灰蝶，在两家院子的绿篱中翻飞。一个四岁左右的孩子，仰着脸张开双手，像盲人一样在院子里慢慢游动。她的手碰到摊晒被单的金属晾衣架，小身子停了停，猫下腰从被单下穿过，然后，继续张着小手慢慢地移动，又碰到绿篱，她慢慢转身折回。那是院子的边界，小女孩沿着绿篱矮墙，摸索到两家院子中隔绿篱的稀疏处，用力把自己挤了过去。身上黄白格子的背带工装裤，都沾上了绿篱嫩枝上的积水和绿汁。

　　这样，她就到了隔壁邻居的院子里。小女孩依然保持张开双手的盲人姿势，进行探险似的摸索游走着。蹲在院子水池边修整水龙头的男人，站起来注视着出现在院子里的小客人。他觉得这个盲人小孩会摔倒，但是，他不能确定她是不是淘气。

果然，小女孩说："你在干什么？"

"龙头坏了。"

"怎么坏了？"

"关不紧了，漏水。"

"鱼呢？"

"什么鱼？"

"原来在这！"小女孩指着四季桂树下。

"原来你不是小瞎子。"

"鱼呢？"

"吃掉了。"

小女孩瞪大了她的小眼睛。她不再假装盲人，走到四季桂下，弯腰张望寻找了好一会儿，走到水池边。

"你真的把鱼吃掉了？"

他在水龙头连接口缠生料带。小女孩又看看他家的防蚊纱门，小心翼翼地问："鱼在不在里面？"

"嗯，在我肚子里。"

他漫不经心地应了一句。小女孩说的是四季桂树下那一瓦钵金鱼，里面一直有几只金鱼在深绿色的水草里生活着。母亲前天晚上，就是在这里滑倒，鱼缸被倒下的一盆月季砸破了。月季本来在花架子上，花架子是母亲摔倒时，企图用手去抓而拉倒的。母亲从医院回来，现场就被钟点阿姨收拾掉了。流出来的金鱼自然都干死了。

"——你是谁？"

小女孩的怒责是突然发出的。吓了他一跳。低头一看，那张仰起的小脸上，一颗气急败坏的眼泪在闪闪欲落。他笑起来，如果不是施工的手太脏，他可能会拍拍孩子。但是，他只是笑了，没有任何认错表示。小女孩哇地哭起来：“你敢吃掉金鱼……”

他有点慌张，看看隔壁邻居并没有人出来。他对小女孩做出嘘的手势，请她止哭。

“这是爷爷奶奶的鱼！也是……我的鱼。”小女孩说到后面，因为吹牛而底气不足，声音小了下来。但是，很快她又厉声说：“就不是你的鱼！”

“是我的鱼。是我送给我爸妈的。”

他们在哪里？

“就是你叫爷爷奶奶的。”

小女孩怔愣着，脸憋得死白：“……你是骗子！——坏人！”

二

“以后再漏水，也别接了，让它流。接两桶水才省了多少钱？这医院一趟，两千多块钱，可以买多少吨水啊，你自己算！”

一个灰发老太太愁苦地坐在餐桌边。她的右边胳膊打着雪白的石膏绷带吊着。餐桌另一边是个几乎秃头的长眉老头，他拿着放大镜在看报纸，另一只手悄悄地摸到糖果盒里，拿到了一颗巧克力球。老太太啪地打了他的手一下，那颗糖球掉在盒子里。手自然缩回的老头，好像压根没有偷糖这么回事，低下脑袋，假装更专注地用放大镜阅读报纸。

做儿子的把客厅顶灯、壁灯啪啪啪地全部打开。那个重重的动作，看得出他很不高兴。但灰发老太站起来就过去关灯。儿子吼：“你省这个电费干什么？老爸都快趴到报纸上了！”

“大白天的，开什么灯啊。”

“这是一楼！采光差！这么昏暗不难受吗？”

“暗点我才舒服。”

"你舒服我不舒服行不行?!"儿子又把灯打开。

"太刺眼了我。"

"你到我家怎没说刺眼?——成天不舍得开灯,哪天半夜起来摔一跤,你就知道住院费比电费贵!

"谁家大白天开灯啊。"

"——别这么省行不行啊,我的老妈,水啊、电啊、煤气啊,你就放手用吧。都一把年纪了,你可以享受了。难道摔断了手腕还教训不够?要是你也像冯欣公公那样摔成偏瘫,那你就要害死我和冯欣了。"

"亲家快出院了吧?"

"不知道。"

"我和你爸是锻炼太极拳的,我们才不会像他那样不经摔。"

"拜托!"

"他成天打麻将,不爱运动……"

"你管好自己吧。老爸又不能当人用,你再有问题,冯欣要疯了,她公爹都照顾不过来,小卷马上中考,我可是请了年假来陪你的,拜托你了!"

"我叫你不要来,谁让你请假?我指挥你老爸他还是会帮我两下的。钟点阿姨不是上午都在家里?"

"好啦好啦!够了!"

"上个月搬来的邻居也很好,他们有个保姆,很勤快的,叫好春。有急事,我可以叫她。"

"……他家有个三四岁的小女孩?"

"你看到小袜子了?她妈妈眼睛瞎啦。"

老太太来了兴致,"听保姆说,是车祸哪。只剩一只眼睛有一点点视力,根本看不出她瞎,听说老公还是老板。"

手机响了,那儿子在接电话。

"一米二,对,装在马桶前面的墙上做扶手。够了。我量过了。哎对,你们那有没有防滑垫？我要把卫生间铺满，对，防滑的。九十乘一米三，要扣除马桶位置，谢谢谢谢！——你们几点到？不要太晚，老人吃饭比较早，我会在，你们尽快。"

"又买什么？！我从来没有滑倒过！别乱花钱啊！"

儿子打了"你去你去"的手势。灰发老太太以为儿子说没买没买，便宽心地继续说：

"他们一搬过来啊，就送了一个台湾凤梨过来。大大的绿绿的，没想到非常甜。你爸爸爱吃得不得了，害得我赶紧送了一大碗饺子过去，我们可不欠别人的情……"

儿子又在接电话。

"……行，那你直接跟主任汇报，直说！就说那犯开设赌场罪的家伙，又被判监外执行，入矫宣告完他就说，赌场我还得接着开，不然我没法活——你直说。回头我也找主任。尿毒症他不收监，我们社区矫正又能拿尿毒症怎么处理？！"

儿子冲着电话大发雷霆，眼眉凶悍丑恶，唾沫星子用力飞溅在茶几玻璃面上。老太太寻望着那颗唾沫星子的落地处，有点出神。她觉得儿子很了不起，干的事业很威武。

儿子放下电话，发现母亲已经把餐桌上的茶点盒子收藏到柜子上了。医生不让父亲吃糖，日益严重的老年痴呆症，几乎让父亲忘记淡漠了岁月带来的一切，但是，他牢牢记着糖的美好。只要一有机会，他就把糖块放进嘴里。

"伟啊你再跟物业反映一下，我们住一楼，车库又没有车，你的车多久来一次啊，凭什么收我们的电梯使用费？"

儿子在看手机。

老太太说，"我们老了，说话根本没有人听。哼，他们不知道，我们孩子都是公务员。老头子也是搞民政退下的，再不行我找人大反映去——你去就要穿司法局的制服去谈。"

儿子看着手机在微微发笑，后来干脆笑出来。老太太困惑地看着儿子，看着看着，老太太也笑了。儿子看着手机的傻笑，让母亲很舒心，虽然她不知道儿子为什么忽然开心了。冯伟比冯欣小五岁，也快四十了，一脸横肉铜铃眼，不笑的时候，表情稳重里透着乖戾，其实讨人嫌。但在母亲眼里却都是孩提时的好看样子。老太太笑眯眯地慢慢走近墙壁顶灯开关。她又看了看外面明亮的太阳光，确定应该关灯。这半个月阴雨天的白天都没有开灯，今天大太阳天开灯，实在太可惜了。就像捉迷藏胜利似的，老太太偷偷把顶灯开关轻轻按掉。她以为可以像以前那样，不被儿子发现。但冯伟马上跳了起来。

跳起来的儿子真是凶相毕露：

"——钱、不、是、省、出、来、的！！"

"要吃人啊。"老太太讪讪地笑着。

"你怎么不点蜡烛过去！"

父亲慢吞吞地插了一句：蜡烛更贵哦。

"不说话没人当你是哑巴！"老太太掉头就对老头子猛烈开火，霎时就没有了对待儿子的娇宠慈和。

三

从租来的停车位走到自家门道电梯口，要走二百零一步。但是，这个大型小区人车稠密，能租到车位就不错了。妻子车祸失明后，他就决定租个带院子的一楼房子，方便妻子安全进出晒太阳。电梯门出来，左转几步就是家了。和往常一样，两层门都开着，妻子和小袜子站在门口等他。出电梯还没有左转，小脚步噗叽噗叽地奔了过来，小丫头扑进他怀里。照例，他蹲下让小丫头骑在脖子上。

前进！小丫头喊。

妻子的眼睛完全看不出瞎了，但是她微微抬起又放下的手，暴露了她用手替代眼睛的习惯正在形成。她偏着脸，那个角度的狭窄视线里，她能模糊看到光与人影。妻子天籁的沉静的美，似乎并没有被致盲的车祸损坏。每当如此，他都会感到心尖微颤。他不明白，这样一个人，怎么可能在他被捕时，驾车失控逆行。

撞击时，她的头狠狠地磕在方向盘上。但是，今天，他没有像往常一样拍扶妻子，而是没换鞋就快步进屋，掏出一个类似老人手机的黑色手机，马上充上电。

"今天怎么这么早？"妻子说。

"真他妈厉害。居然知道它没电了，我自己还不知道，一个电话过来恶狠狠地命令马上充电。"

"昨天我提醒过你呀。"

"充了，可能谁碰歪了，接触不良。"

"我没有！爸爸。上次妈妈说不能动，我就没有动了。"

"你乖，去给爸拿拖鞋。"

"爸爸，我昨天做梦了。让妈妈说。"

"你自己的梦自己说。"

"妈妈说。"

"妈妈想再听一遍。"

"通知明天政治学习，在区司法所。——天，更早一个短信是后天到马口山西园劳动。"

"我梦到爸爸被坏人绑在树上。妈妈睡在水里。"

"明天后天不是云南合作方要来？！"

"现在不能也不敢叫他们改时间了，已经改过一次了。"

"后来很多人来救爸爸，谁都解不开绳子。"

"我看这个合作会黄掉。"

"黄就黄吧。没办法的事。社区矫正是绝对不允许请假的，都说那个管教很变态。"

"我自己做的梦，后来我自己都哭了……"

"要不，我们就跟云南合作方说真实情况？"

"说一个刑事罪犯在缓刑期，诸多不便请多关照？"

"嗯。"

"如果是你，在那么多请求合作的对象中，你会选择这样的人吗？"

小丫头把手里骑自行车的娃娃玩具，使劲掼在沙发上。

"哦！哦哦，我们在听呢。你说。你的梦。让爸爸先停。"

"不礼貌！都说大人说话不要插嘴，为什么我一说，你们就插嘴？"

"好吧，你说，爸爸听。"

"后来一个哥哥来了，他用很大的刀割断绳子，把爸爸的手都割破了，血流了很多很多。爸爸就把妈妈从水里抱起来了。你们就去照相，旁边有一座绿色的、很高的滑滑梯，很好玩的滑滑梯。"

"你在滑滑梯上哭吗？"

"不是。我还在做梦，我是醒来才哭的。"

"为什么哭呢？"

"醒太快了，不然，就可以梦到我们三个一起去滑滑梯！天那么高的、绿色的滑滑梯！它真的有天那么高！"

男人把孩子再次抱了起来。

"张姐、姜总，小明会来，馄饨馅还放姜末吗？他讨厌生姜。"

妻子的脸偏向丈夫。他想了想，咕哝了一句：大学念了，工作也几年了，怎么就是学不会吃姜呢？上辈子是寒流吗？

妻子对厨房里移动过来的脚步声说，"还是放吧，春好，减半。老姜爱吃。小明的女同学好像也会吃姜。"

"我不要哥哥的女同学来！"

"为什么？"

"就不要！哥哥是我的！"

"嘉子姐姐要嫁给你小明哥哥的，是一家人。"

"我嫁给哥哥！我和哥哥是一家人！"

"哈哈，等你长大，小明哥哥都老啦——"

"春好，别跟袜子说这些。"

四

"嘘——别闹。我抱抱你就走。"

"装什么乖，为什么不敢说我们早在一起了？！"

"我爸妈死板的人。尤其是我爸，他痛恨没有责任感的状态。"

"——你弄疼我了！"

"嘘——嘘！我家隔音不好。"

"袜子真的是你爸妈亲生的？他们都五十几岁了嘛。"

"哎哟哟！嘶——这么狠，谋杀亲夫啊？！"

"你上次就说，会告诉我家里的事。现在说。"

"都几点了，不说我尖叫了。"

"尖叫干吗？"

"让你爸妈知道，你从客厅进来强奸我！"

"哦喔，我的蛇蝎心肝。你想知道什么？"

"你爱我多少，就告诉我多少。"

"你能严守秘密吗？"

"能。"

"袜子是一对高中生的孩子。"

"啊——？！"

"两人都是学霸，面临几个月后高考的那个春节初二，女孩突然早产下小袜子，全家人快疯了。女孩的家在乡下，她的姑姑是镇里医院的护士，她的朋友的朋友和我妈妈是好闺蜜。好闺蜜知道我妈妈喜欢孩子，就劝我妈说，你有钱又有闲，干脆把宝宝接过来养。不然，这个小宝宝肯定会被女方父母弄死，而这对高中生的前途可能也完了。"

"太恐怖了。"

"我父母在两个小时内做出了决定，还有我。我支持。"

"怎么养啊！"

"很难，几次小袜子差点就死了。出生时，她不到八个月，比一棵大白菜还小，我看到她红红小小的一团肉，整个手掌，只有我一个拇指大。"

"吓死人啦！"

"终于可以接回家的那天，我们一家三口都去了。一见到那团红肉，我看到我爸爸有一点后退，但是当他接过襁褓时，一下子换成了尽力保护的姿势，好像要把袜子抱进自己身体里；我妈妈，也是这样。就像第一次看到那团小东西，她似乎有点害怕，脖子直了直，但很快，她把脸贴在了袜子很难看的小巴巴脸上。那个时候，我的眼泪都热了，觉得不保护她根本不行。"

"那对高中生，你见过吗？"

"从没见过。本来说好，我们家和他们永不相见。但是，那两个学霸太聪明了，高考完，不知怎么的，还是找到了我父母。男生说，绝不再来，只为了对恩人说声谢谢。"

"你父母怎么说？"

"我父亲揍了他一顿，说，有的事责任如山，你给我记住！"

"那你妈妈怎么说？"

"我妈妈说，你们安心读书吧。这个事情永远过去了。小袜子的身世，在她合适的时候，我自己会告诉她。请你们从此不要再来了。"

"我父亲事后说，那个男孩根本不相信女孩生了孩子。他是想眼见为实，不受人讹诈。"

"女孩家里人讹诈他了？"

"将心比心，肯定有点麻烦吧，但我父母没问。"

"不过，怎么会没有一个人发现女孩怀孕？真是太奇怪。"

"妈妈的闺蜜说，女孩体形比较胖。到六七个月开始显肚子时，又进入了冬天。而女孩自己不知道怀孕，是她生理期本来就不准。早孕反应的时候，她以为是胃病，男孩还买了肠胃药偷偷给她。"

"他们高考顺利吗？"

"男孩上了北大。女孩成绩大受影响，只考上了省师大。后来我父亲又揍了男孩一顿。我妈说，差点把他踢死了。"

"早恋鸳鸯分手了？"

"早就分了，大学第一年好像。"

"那你爸为什么揍他？"

"太晚了，下次说吧。"

"不行！"

"我真的困了。"

"这样吊我胃口，我会失眠的！"

"改天一定说——别吻了，我不吃美人计——哎哎，天哪。"

"我尖叫了？"

"求你。我明天要接机，睡不了懒觉。"

五

马口山西大门前。三十多个社区矫正对象排成三排，每人手里都拿着一张纸。队伍男多女少，全是被法院判处管制、拘役、被宣告缓刑及假释或在监外执行的其他社区服刑人员。矫正人员"入矫宣告"时要保证，其随身携带的定位监督手机每天二十四小时开机；每周到司法所报到一次，每半个月向司法所上交一份思想汇报和矫正心得体会。还有，每月参加社区服务不少于十二小时，每月参加学习受教育时间不少于八小时。

矫正小组的助理们，流动性可能很大。不时变换新面孔。唯一不变的是冯组长。听说他是辖区司法所唯一的公务员。但是脾气很不好，一双"Ω"似的奇怪大眼睛，透着吃惊与不耐烦，成天不是自己不高兴，就是别人让他不高兴。平时组织社矫服刑人员学习劳动的，都是司法助理们和司法志愿者。只有两会期间或其他重要日子，或者助理不在岗时，冯组长才会亲自来。社矫服刑人员都知道他的暴躁和不高兴。

冯组长杀气腾腾地一走过来，队伍就自动整齐了一些。

"心得！"司法志愿者一声吆喝。

队伍纷纷举起那张写好了的纸片。

"定位手机！"

队伍里的三十多条胳膊，唰唰举起黑黑的定位手机。

"邱婷娅！出列！"冯组长暴喝。

一个恹恹而狐媚的女子，扭着胯，走T台似的，用扭胯的猫步，从最后一排走了出来，站到了冯组长跟前。她翻着眼睛恹恹地看天。

"为什么关机？！"

"没钱续费呀。"

"去借！"

"名声不好，人家都不借——冯组长，你借我两百？"

"姜顺东！"冯组长突然冲着队伍，又一声暴喝。

姜顺东连忙高声应答：到！

"出列！"

"是！"

"昨天没打电话！"

"报告政府！打了，是没人接。"

"没人接？！"

"那电话没人接，我就打了张助理的电话。"

"他怎么说？！"

"他也没接，但是肯定有电话记录。"

"我警告你！姜顺东！若核实出你撒谎，我立马撤矫收监！"

"是！"

今天的劳动是清扫西园垃圾。

邱婷娅好像认为姜顺东是同类，干活一直走在他身边。但是，她不太肯弯腰捡垃圾，有时把空矿泉水瓶踢给姜顺东让他捡，就算是参加了劳动。

"神经病！哪有劳动不发工具的。昨天我刚做过美甲。"

姜顺东不理她，也不接话茬。其实，所有社区矫正服刑人员彼此都不说话。潜意识里，都是彼此相忘最好。邱婷娅好像是个例外。

"喂，你什么罪？"

姜顺东弯腰一路捡着果核、纸屑、食品空袋。邱婷娅跟了过去。

"我是诈骗，判三缓三，我怀孕了。"

姜顺东站直了，回头看她。

"嘿嘿。这是女人最好的法律武器，他们每次都拿我没辙。你什么罪？"

邱婷娅在休闲椅上，拿过遗弃或忘记的一本杂志，把它塞进姜顺东的垃圾袋里。

——"喂，说说话嘛，时间过得快一点。

你什么罪啊？"

"伪造国家机关证件罪。拘役五个月，缓六个月。"

"厉害啊！你骗到了什么大项目？伪造海关报关单？进出口证明？还是矿产木材什么的许可证？"

"捡了一个弃婴。想给她上户口。"

"什么什么？！你说什么？！"

姜顺东走远了。

"哎，你不会是人贩子吧？喂！"

姜顺东没有回头。全凭手捡垃圾，让他的腰弯得很难受，但是他也并不想按摩捶打腰部而停留。邱婷娅再度追了上来。

"看你也不像坏人，我告诉你吧，我以前的男朋友就有这个线。在贵州还是云南那边，他们是和真正的医院内部人员合作，弄来的是真正的"出生医学证明"。从没一个失手，购买方都上了户口。你还自己伪造！太傻太太傻啦！"

姜顺东呆呆地看着这个女诈骗犯。

"弃婴呢？得不到了吧？——真是笨到家了。"

姜顺东突然啐了口："你懂个屁！！"

"姜顺东！"

远处传来冯管教的怒吼，姜顺东吓了一大跳。

他连忙大声喊："到！"

冯组长一棍子敲在休闲椅背上："劳动还是聊天？！"

半坡上，冯组长的短棍子，枪筒一样直指他们。

"过来！八角亭这边，你俩包干！"

"操鸡巴！"邱婷娅低声诅咒着，"人人都躲着呢！都是醉后呕吐物，用手刮啊！"

姜东顺大步跑向八角亭。

他不敢也不愿再跟邱婷娅讲话。

六

在院子里单手浇花的灰发老太太，目不转睛地看着隔壁院子里的盲眼女人。那个女人在翻晒一个大竹匾里的鲜红枸杞。那女人视而不见的睁眼瞎面容，一开始让老太太很不习惯，甚至不高兴。但是，通过那家人的碎嘴热情的保姆，老太太把自身的优越慢慢转化为怜悯。

所以，当那女人失手把那匾枸杞打翻而茫然呆怔的时候，老太太不顾自己一只打了石膏的胳膊还吊着，急忙到了隔壁院子里。

"我来我来——好春呢？"

51

"说春好啊？带袜子去买菜了——谢谢您。也可以放到春好回来捡的。"

"那不还潮了？你们家成大晒枸杞。是治疗眼睛吗？"

"嗯，是。反正也吃不坏。"

"有个偏方，你试试。十九号楼那对退休体育老师，都脱掉老花镜了！很简单，你记一下。每天桂圆干三颗、这枸杞放十粒、红枣一颗，枣皮要划破。然后用一小纸盒奶那么多的水，炖。一日两次当茶喝。很有效！"

"谢谢啊，我吃了很多偏方……"

"这个肯定有用！我眼睛越老越糟糕，我是没那个闲工夫，我们老头你也看到，已经是海默症了——知道吗？就是老年痴呆症了，不能当人用的。"

"啊。"

"他记不住很多人，经常忘记回家的路。

我也不让他单独出门，他就是记着回来，也会捡很多垃圾带回来，偷偷藏到自己床底下——上次，带了一根可怕的旧皮带，还有一顶假发，吓得我女儿尖叫跳脚。"

"啊！"

"对了。我跟春好和小袜子说了，不要给爷爷巧克力吃，什么糖都不能给，医生交代的。小袜子喜欢爷爷，老给他糖。"

"是嘛，最近是袜子老要糖吃。昨天还向我要了瑞士糖，各种颜色的。以前，她不怎么吃糖，包括巧克力。她喜欢吃咸的，鱼虾肉蛋。"

"肯定是死老头子向她要的！"

"不会吧。"

"会！我亲耳听到过，一老一小隔着这个院子树篱笆，袜子问，爷爷你要几个？老头子说，全部。小丫头说，不能全部。三个。我赶紧从卫生间冲出来，他们俩已经分完糖了。小丫头看见我把老头子的糖夺走，冲着我一直翻白眼。跟她讲道理，三四岁的人哪里懂。后来好久，她一看到我就狠狠翻白眼。"

"不好意思。我等下就跟小袜子说。"

"没事,她现在跟我和好了。那天我一出院,她就过来问候我。告诉我要多吃骨头汤,要不然手会很痛。"

"呵呵,她自己摔断过手。太顽皮了,这孩子,所以我们才搬过来,因为我现在更看不住她了。原来我们住高楼,有一次,她爬到碰窗里,差点打开逃生保险锁头,如果钻出去,就直接掉下七楼了;还有一次,更小,我带人上楼看宽带信号线,忽然感觉小家伙没有声音,我赶紧下楼,到处找,在阳台上,看见一只小凳子摆在洗衣机前面,洗衣机桶里伸出一只小手来,摸索着想按操作键要开动洗衣机;就在我们搬来的前半个月,她不知怎么旋转的,把自己吊在窗帘上。不是保姆及时进门,她可能就被吊死了。这个孩子,只要五分钟没有看到她的身影、听到她的动静,我们都会紧张害怕。"

白发老太太笑得喘气。"我会帮你看着点。听保姆说,这是你自己家的房子?我还以为你是租户。"

"本来是买给我父母住的,但他们后来更喜欢住海南我弟弟家。——谢谢您啊。您大概把手都捡脏了,您自己也不方便。"

"没事没事!最近我儿子成天往这跑。在卫生间装扶手啊,地板上铺防滑垫啊,还把我俩的拖鞋也扔了,又买了防滑拖鞋。——你说,老骨头哪有那么娇气啊,怎么可能一直摔跤?"

"孩子一片孝心呢。"

"小题大做!我女儿也是,她公公摔中风了,还在住院。所以,我一摔,他们姐弟就大惊小怪了。她自己忙得要死,昨天晚上还送了两瓶钙片过来,还有一罐蛋白粉。很贵的!

唉,真是!浪费钱!"

"您真有福气啊。不过还是要小心点。"

七

老姜在给妻子胫骨涂跌打油的时候，妻子一直把头偏到窗外。那里青紫了一大块，她摔到木箱子上，箱里是沉重的样品。他知道很疼。那总是丢三落四的保姆，总是想起什么就撒手不顾眼前。春好看出男主人阴郁的臭脸，大声辩护说："袜子拿生日蜡烛去厨房灶头玩火，我冲过去都来不及啊！"她不说夺下蜡烛后，接了津津有味的长电话。妻子被客厅中横倒的拖把杆绊倒时，她还在厨房门口眉飞色舞地讲电话。

老姜早就看出，妻子有点怕得罪保姆，因为看不见。他想，如果当时他没有替妻子去拿户口手续，那么，妻子肯定不可能车祸弄瞎了眼睛。或者一起去？不过，那会两人都陷入麻烦吗？真难说。其实，去递交申请材料的时候，倒是他和妻子一起去的。当时妻子紧张地抓紧他的手，一下子，那只手都是汗水。

主意是妻子朋友的朋友出的。说很多人都这样，顺利办下了户口。老姜的河北老家还有人，他通过老家堂叔问了问，堂叔就去打听。

堂叔回复说："可以办，但是对方要收钱。"

"多少钱？"回复说，"假的一百五，真的一万一。"

当然要真的，一万一汇过去，一周后，真的"出生医学证明"就到了。袜子（姜丁芽）的出生地点成了河北邢台威县妇幼保健院。

"孩子在父亲老家出生？"户籍女警说。

"是，好照顾些。"

"半个月后，过来拿结果吧。"

看来这个花一万一买的"出生医学证明"靠谱。老姜得意感慨："堂叔他们本来也就是胆小本分人，回头我们再寄点感谢费去。"

最有风险的接触，看起来完全平安无事。那么，半个月后，妻子说自己去拿落户结果，老姜也没有异议。但是，那一天，妻子重感冒发烧不退。老姜便自己前往。这一去，就一夜未归，直到取保候审手续办理后才出来。

他们得意得太早了。

老姜一到办证柜台，里面的女警就招呼他进里面办公室。

"这份出生医学证明，到底哪来的？"

"……有问题吗？"

"你说实话吧。"

"是……弄来的。"

"孩子哪来的？"

"晨练的时候，在中山公园门口捡的，她在襁褓里哭，天很冷。"

"有证人吗？"

"有几个人围着。我妻子觉得可怜，童毯上都是蚂蚁。我们就抱回去了。"老姜讲述的是他亲眼目击的另一个弃婴画面。

"这出生证明哪来的？"

"丰厝天桥下，买的。"

"多少钱？"

"一千多块吧。"

"为什么要这样干？"

"我妻子喜欢那个女孩。我们也有能力抚养。所以，就商量接受她。"

"为什么不通过正规途径呢？"

"临时起意，我们有个儿子，二十多岁了。听说，有孩子，就不能领养。"

"你知道这是造假吗？"

"唔……算吧。只想给孩子一个公平教育的机会，没有这证明，没有户口，她连正常幼儿园都进不了。"

"嗯，我理解。等一会派出所的警察过来，你就这么实话实说吧。"

"还有警察要来？"

"对，程序如此。"

"那孩子能落户吗？"

"你说呢，这出生医学证明是假的。"

"你不给我办？你不是说我态度好吗？"

"走法律程序吧。"

办公室过道里传来调侃问候的嬉笑，音声渐近，那未落的话音把两个警服人影送进来。进门来，就变成两张严肃臭脸。其中一个一对大刀似的刀眉下，两只豆荚眼眼圈青灰，小烟灰缸似的。满脸是蔑视和不耐烦。这令老姜非常不高兴。大刀眉一指老姜，另一个年轻警察立刻过来铐他的手腕。

老姜猛然抽手，不让铐。他的手甩到了给他上手铐的人鼻尖。那警察一脚踢在老姜大腿上。大刀眉也一脚猛踹：蹲下！

户籍女警：先别铐他吧，态度挺配合的。

老姜硬挺挺地站在窗边，他连那个假模假样的户籍女警都恼火，半拧的身姿，愤怒而防卫，随时提防着警察铐他或揍他，一张脸因为怒火而憋得很狰狞。

他们带他上了警车，去了他们所在的派出所。

"孩子哪买的？——昂？"

"我说了，是捡养的弃婴。"

"在做好事是不是？！还要表扬你是不是？！"

"麻烦你们请去查查，我有儿子，事业稳定，生活小康。别以为人人都是人贩子。纳税人不是养你们瞎打拐！"

"嚯，你以为你是他妈的谁？！"

"再推！注意对群众的态度！"

"群众？好，请问群众，你这假证明，哪弄的？"

"别拿我手机！"

"假证明哪来的？！"

"你把手机还我！我妻子高烧，母亲偏瘫，宝宝晚饭都没人弄！"

"这证明，到底哪来的？"

"丰厝天桥买的。手机给我！"

"你提供家庭资讯，让人帮你伪造一份假的出生医学证明？"

"不然孩子上不了户口。我用手机打个电话。天黑了。"

"这证明是不是你伪造的？"

"我没有别的办法。"

"是不是？"

"是。请让我打个电话，再不打家里会出事的！"

"伪造这个假证明，你花了多少钱？"

"要不用你们的电话打？"

"做假证明，你花了多少钱？"

"我家里现在，老的老，病的病，小的小。如果你执意忽视我的一再请求，出了事，你要承担一切后果！"

那时候，老姜的内心，比外表还嚣张。

八

"师父，阿弥陀佛。"

"阿弥陀佛。"

"早就想来了，可我的眼睛已经不能开车了。对我来说，现在寺庙太远了。"

"阿弥陀佛。在家诵读经书、诚心修行也一样。若是经典所在之处，即为有佛，若尊重弟子。"

"有个问题，一直想请教师父。为什么，我们抱养弃婴替人消灾，却遭遇这么大的苦难。"

法师轻缓地给女施主布茶。眼盲的女施主，基本准确地把目光聚焦在茶盅轻响的茶盘附近。

"从出事那天起，我就基本看不见了。我也按照师父在电话里教导的做了，诵经、放生，我都做了。孩子父亲取保候审后，一年半都过去了，我们以为免诉了，可是，三个月前，突然开庭了。判了拘役五个月，缓刑六个月。我们变成罪人了。"

法师点头。

"出院后这一年半，我试遍了各种治疗眼睛的偏方，都没有用。做梦的时候，突然恢复了视力，结果醒来人就更难受。医生让我不要哭了，我哪里忍得住眼泪呢，不是善有善报吗？而师父说的前世业力，我这一世怎么知道啊。"

"生命就像河流，怎么能拒绝上游带来的东西呢？好坏都下来了。"

"我觉得一世承担一世，才公平的啊。"

"孩子好吗？"

"啊，本来还想带她来的。很聪明，就是非常顽皮。我们第一次去看她的时候，她就能长时间地看着我和她爸爸，那个眼神，一点都不像没有满月的婴儿。"

"什么样的眼神？"

"就是……嗯，就是很依赖我们的那样子。好像她知道自己无依无靠了。"

"她爸爸后来说，那小眼神看得他心都哆嗦了。儿子出生的时候，我们都没有这样在心里发颤过，儿子也没有这个眼神。说起来，这和亲生的没有区别啊。"

"还是有吧。你没有十月怀胎之苦，现在的刑劳之灾、眼盲之祸，是不是一种平衡呢？"法师微笑。

"哦，师父，您说得有点道理。不过，这比怀胎生产的痛苦太多了呀。"

"假如，你们不救她，情况是不是就一定更好呢？会不会也许正因为救她，你们才避过了更糟糕的处境？换句话说，她使你们转境了。用比较糟糕的结果，替换了非常糟糕的结果？有没有可能？——请用茶吧。"

"师父在宽慰我。"

"业障是宽慰不掉的。"

"那么，师父，我的眼睛是不能恢复了？"

"该恢复的自然会恢复。"

"如果最后的这点光感都保不住，我可能坚持不下去了。"

"不会的，请用热茶。一个人，生生世世的生命就像大海，每一世的人生，不过是海上的浪花。"

"唉，师父……这朵浪花……太难了。我先生那天跟我说，他现在在外面，感觉人人都在蔑视他。他觉得自己额头上就像刻了耻辱记号。真的难……"

"挺好啊。这也是消除先世罪业的方式啊。"

九

律师是高中的同学，发小。取保候审是律师同学弄的。

那天晚上，警察到底还是同意姜顺东给家里打了电话。一个小时后，妻子车祸的消息就过来了。她在赶往派出所的路上，把车开上了逆行道。律师同学过来的时候，姜顺东差点哭了。他认为是妻子高烧烧糊涂了。律师是儿子搬的救兵。

妻子住院半个月后，姜顺东偏瘫的母亲突然去世，好像是不忍心再给儿子添乱，医院家里两头奔忙。医院是眼睛失明妻子，家中是屎尿在床的娘。取保候审的儿子的心弦也快绷断了。小袜子倒和每一任保姆都友情深长，虽然每一任保姆都恨不得每天把她绑在小椅子上。否则，她们的心智就必须每天都跟着她进行真心大冒险。

律师同学最终没有出庭辩护。

"如果你不说实话，我没法为你洗脱罪名。你又何必浪费委托费。"

"说了实话，我堂叔那边怎么办？"

"现在严打拐卖儿童，你说实话，我的非罪辩护才有基础。这最多是治安管理处罚条例处理一下就够了。你说实话就好，说实话！其他交给我！"

"说了实话，那两个高中生不也完了？"

"扯淡！都什么时候了？！"

"问题是，都抖搂出来了，对小袜子也没一点好处，只有麻烦。"

"喂，你想好了？"

"你不是说，就是判也不是重罪？"

"是。至少我认为是，我也在努力。"

"那就这样吧。"

"撤了委托吧，出庭我也没什么可辩的。"

"……"

"……"

"心里真堵啊。央企二十年，自己的事业也挺顺的，嘿，忽然就成了阶下囚。"

"你活该。"

"清白了一辈子，晚节不保。"

"活该！"

"那孩子非常可爱。"

"小眼睛，奔儿头，丑丑的。"

"你没仔细看。"

"一眼就够了，希望她长大孝顺你们。"

"到底还要等多久，我说开庭。"

"等他们闲的时候。这种小破案子！"

"你爸为什么又揍了那个男高中生？"

"他讨厌他。"

"讲啊，讲故事！"

"案子拖了一年九个月才审，袜子都快三岁了。也就是说，那对高中生已经在大学快两年了。"

"他们不是已经分手了吗？"

"女生不愿分手，以此要挟男的。而男生家因为这个丑事，当时就给了女生家一笔钱，后来还协议补偿资助女生大学费用什么的。男家后来不知是飞来灵感，还是资助得累了，就怀疑这个事情是女生家虚构的。"

"不可能！谁会用这个讹人。"

"对，本来也过去了，毕竟揭开疮疤谁也不体面。当男的要分手，女的不干时，这个旧事又成为武器。"

"他们想干什么？"

"女生要维护爱情，男生要毁灭过去。见过世面的名校男生，和父母达成一致意见。农村女孩，即使曾经学霸，门户也错了，就是感情消失了。"

"男生想把过去毁尸灭迹？"

"差不多吧，他来查证虚实，居然说头发拔几根，就可以做亲子鉴定，说准确率有百分之九十九点几。"

"天啊，他真有勇气。"

"我父亲被纠缠不过，最后同意在公园门口见他。他送了花篮，然后塞给我父亲一点抚慰金，说是他父母的一点心意，然后就开始自以为是地打听收养细节，谈亲子鉴定。"

"你爸怎么说。"

"我父亲什么也没有说。后来，我爸爸说，这个男人即使名校毕业，也改不了骨头低贱。"

"你爸什么也不说？"

"对。他把男生给的钱，唰唰地全部撕碎，直接抛进湖里。男生还在讶异中，老爸就出手了，说是连抡好几个巴掌。"

"不是差点踢死他吗？"

"怎么可能？气话了。老爸说差点一脚把他揣进湖里，结果还是一脚踢飞花篮。"

"该踢那混蛋啊。"

"今非昔比了，老爸现在很害怕法律。"

"为什么啊？"

"有时候法律就是正义的魔鬼。"

"啊，好像……"

"就是！就看你处于法律的哪个时空节点上。有的点长满青苔，你一不小心就会滑倒的。"

十一

"——爷爷！——冯爷爷！"

"小袜子，你干吗？"

"爷爷呢，奶奶，我想下跳棋。"

"爷爷在厕所，你又拿糖来了！"

"不是，这是跳棋。"

"那只手！"

"是我自己吃的，QQ糖。奶奶帮我跟爷爷说，我在院子里等他下棋好不好。"

"不好，你老给他吃糖，医生说他不能吃糖！"

"医生怎么没有说我不能吃糖？"

"爷爷是病人，吃糖会死的！"

"也没有死啊。"

"你说什么？！"

"以前他都吃了。"

"小袜子！你要是再带糖来找爷爷玩，我就不让你来了！"

中午之前，小袜子和冯家爷爷在冯家院子里的小石桌上下跳棋。春好说，她把小袜子拎回家吃饭的时候，冯爷爷那时还在石桌旁整理报纸。等冯家奶奶出来招呼爷爷吃面条时，发现院子里什么人也没有。人呢？

慢慢地明确，整个小区都找不到冯爷爷了。老人八成又丢了。

下午快下班时，冯伟接到姐姐冯欣火燎火急的电话："老爸可能又迷路了，你赶紧去找。我把晚自习的小卷接回来后，也会去找。"

冯伟开着车，不断扩大搜找范围。父亲不带手机、不带钱，能走多远呢。晚上找人也比白天难。上次走迷路是白天，是热心人发现了，告诉巡警说，老人肚子饿了，想吃快餐。他想不起来家在哪个小区了。

一个小时后，冯伟接到母亲的电话："回来吧。你老爸被邻居捡回来了。"

"在哪里捡到的？"

"在小庙街。小袜子爸爸开车路过，正好看到他坐在马路边发呆。"

"跑那么远？"

"老头子说他是去买个老花镜。一下子想不起来坐几路车。"

"你不是说他没带钱？"

"他有老人免费乘车卡，还有私房钱——不是你就是冯欣给的！"

"人都没事吧？"

"没事，在吃烂糊面呢。隔壁家让春好送了海鲜面过来。他胃口好得很。"

"不要再让他乱跑！"

"他很久没犯迷糊了，说现在什么都想起来了。放心。告诉冯欣不要赶过来了。"

"——别再舍不得开灯！拜托！老爸看不见才会想去换眼镜！"

"胡说！我们家水电费每个月都要缴六十几块呢！"

"行啦行啦！放开用！以后水、电我替你付——行不行！"

"哎，冯伟，你要帮我找物业去掉电梯使用费——"

儿子按掉了电话。

十二

春好牵着小袜子买菜回来，发现隔壁栋独居胖老太的院子前围了好多人。老太太因为肥胖而不像快八十岁的老人。春好想胖老太太恐怕是死了。春好好奇心重，可一手提菜，一手牵着小袜子，是不是挤进人围的，她很纠结。当她看见人墙中突围出一个围裙上沾染血迹的老汉，便再也忍不住好奇心。

春好拽着小袜子，紧走几步，就听到胖老太和众人的汹涌争吵声。

"谁看见我勒死它？！它是被车撞的。"胖老太的声音像沙哑的尖叫。

"那你求林老头杀阿黄时，怎么又说是别人送你的？"一个声音喊。

"他胡说八道！我就是说，撞死的。是他想分肉吃！"

"林老头还没走远！去问！"

"问屁！老太太在撒谎！"

"老太婆就是凶手！"

"去年那只流浪狗小花，也是她吃掉的，也说是车祸！"一个女声在哭诉。

"她到底偷杀偷吃了几只流浪狗？"

"有人看到这老太婆还偷杀猫吃！"

"这么老了，还这么贪吃！"

——"嗷！闪开！她泼开水啊！"

——"烫脱狗毛的开水！"

——"小心！快抢掉那把刀！她疯啦！"

"这死老太婆疯了——啊！拖把！拖把！小心——"

"啊——阿黄的头！"

"砍下整个头啊！滚过来啦！"

"天啊，看！阿黄死不瞑目啊！"

有几个哭出来的女声。

"砸这死老太婆的窗！"

春好抱着小袜子奋力往前挤。她想挤到最前沿。但一个人挡住了她，随即把小袜子抱了过去。

"走，回去看新鱼缸！"

"哎，吓我一跳！——大哥！里面在吵什么？！"

"叔叔，先抱我看看！举高高！"

"已经吵完了，地上都是垃圾，很臭。"

"看看！我看看！"

"老太太把阿黄的头割下来了吗？我们刚到。"春好依依不舍地在人群边，冲着抱着袜子转身走的人喊。她的意思是让她看看再走。

抱着小袜子的"大哥"，并不理睬春好。

"我不要走！姐姐，春好姐姐也没有走！"

"走吧！你想不想看看新鱼缸？"

"新的？"

"昨晚我带过来的。"

"里面有几条鱼？"

"鱼下午才来，要先有鱼缸。"

"他们绝对会打起来的！"春好着急地冲着走远的一大一小背影喊。

那人转头，牛眼暴突地瞪她一眼。

“你是傻还是蠢？！”

春好很不高兴，慢慢移动身子，又分心谛听到人围里的动静，好像是老太婆的女儿杀进包围圈了。老太婆的援军到了。走了好几步远的春好，不由转身踮起脚往那里看。

“春好，不要东张西望！”一个严厉的奶声奶气的童声响起。

“你叫我什么？！”春好恼怒。赶将过来，给了小家伙一下。

“春好，管好自己的事！”

邻居男人被小袜子的严肃持重逗笑。

春好不明白邻居大哥为什么要凶巴巴地瞪她。他目光里的怒意，让她心虚。他并不是她的东家，只是她东家的邻居，但是，这个表情，让她由衷地有了畏惧和服从感。不过，她实在难舍人群那边正在升级的血腥与热闹。

小袜子转头看春好：“爷爷奶奶家下午又有鱼了！叔叔会让我选一条最好看的，做我的鱼！”

“对。你可以给它起名字。”

“就叫它wangxinda！”

“王新大？”

“对！”

“为什么叫王新大？”

“好听呀！——春好！快跟上！”

提着菜的春好，懒得回应。她也不打招呼了，闷闷地径直把菜提回了家。袜子跟着隔壁叔叔到院子里看新鱼缸。和原来的一样，都是广口大肚子的鼓形缸，也放在原来树下的位置。

“我以后会喂它吃蚊子。”

“它们吃鱼食。”

“什么叫鱼食？——嘿爸爸！”

隔壁院子，正走出一个男人。小袜子兴奋地大喊，令他转身。这一个转身，他和新鱼缸前的另一个男人都僵住了。用脚尖踢着新鱼缸听响声的小袜子，没有发现她头上两个男人的呆怔。

"呃，——冯组长！"

"姜顺东？"

"是。"

"这就是……那个孩子？"

"嗯。"

"咳，咳"

"……"

"我正好来母亲这找张发票。"

"啊。这样。"

"没想到是近邻啊。"

"是。"

"……法律就是法律，对吧。"

"嗯。对。"

"你不要忘记放原来的水草。它们要在里面做游戏。"

"当然，我会放很多水草。"

"对，宝贝。"

"呃，嗯……"

"……"

"那个……谢谢你上次把我父亲带回家。"

"顺便了。"

"啊，是啊。"

"小事。"

"爸爸，鱼食是虫做的吗？"

"不是。"

"不是。"

"爸爸，明天我就有一条自己的鱼，它叫wangxinda！"

"为什么叫王新大？"

"你跟爸爸说！"

"呃，小袜子说，叫王新大，好听！"

姜顺东不得其解，他一直不知道面对冯管教该如何接话。

冯组长转译完"wangxinda"，一直清理着嗓子，好像喉咙里一直痰痒来着。

最后，他猛力咳嗽了一声，嗯……嗯哼！——老姜你，要不过来喝喝茶？

直到这个时候，姜顺东才感到一阵松弛暖和，觉得自己的生活似乎回到了旧轨道，又像是和某种严酷如铁的对抗，终于达成了幽微的和解。

原载《青年作家》2018年第3期

在阳台上

孙　频

　　老康为了表示对小鱼的欢迎，特地在凛冽的寒风中站立了半个小时。

　　半个小时之后，终于看到戴着帽子裹着围巾的小鱼像只大兔子一样蹦到了他面前。小鱼向他摆着两只手，戴了手套熊掌似的，她尖着嗓子抱怨道，这里真的是好难找啊，我绕来绕去绕了一个大圈就是找不到进来的路，是不是富人住的地方都是这个样子啊？老康因为自己也是平生第一次入住到别墅区，自觉身价与以往略有不同，理应更端重一些才符合这别墅区的氛围，便宽容地一笑，也不多说什么，只是在前面带路。

　　小鱼本姓于，是老康退休前一个办公室的同事，一个三十岁的老姑娘。平时工作之余喜欢写几句晶莹剔透的诗，每首诗的署名是一个哀怨剔透的笔名"老少女小鱼"。让人立刻想到水中一条满脸皱纹却还如少女一般在极力嬉戏啜食粉色花瓣的鱼。老康能把小三十多岁的小鱼引为知音，除了两人都喜好写几句诗歌，还因为相亲这样一个重要的共同经历，两人都差不多相过一个加强连，实战经验之丰富足以编写一本指南手册。尤其是老康，从一头黑发一直相到满头飘雪。

　　老康在前面带路，小鱼在后面蹦蹦跳跳地跟着，从去年开始她就学会了这种走路的姿势，竟像新生婴儿刚学会走路一样，很是得意，无论走到哪里都想炫耀一下这重生的蹒跚感。此外她还学会了噘嘴这样可怕的小动作，而且一旦学会就不忍不用，于是开会的时候要噘个嘴，来上班的时候也噘下嘴。她的整张脸像一个揉好以后又拍扁的面团，两颊略带婴儿肥，五官小巧，小眼睛小鼻头，所以这一噘嘴，看起来整张脸上就只剩下了一张嘴巴。她还开始迷恋粉色，穿粉色的小短裙、粉色小皮靴，帽子上发卡上则无一例外都长着两只耳朵，好像她是一只新近加入了动物王国的兔子。反倒是在她二十多岁大学刚毕业的时候，因为知道自己年轻所以很放肆地整天穿得灰头土脸，表情迟钝，看起来像一个冬天里放久了的面包。这迟到而焦灼的少女心像一座内里的火山一样时时炙烤着她的五脏六腑，随时要喷发出来的样子，以至于她不得不勉强按捺下去才能使自己正常活动。

进了别墅一股暖气和一股阴森气同时扑面而来，黑白双煞似的，险些让人站立不稳。小鱼一边脱羽绒服，一边跺着脚呻吟，好暖和啊，究竟是富人区，暖气烧得真足啊。屋里暖气虽然烧得很足，但因为窗外都是巨大的树木，遮住了光线，屋里摆的又都是冰凉而阴气森森的红木家具，加上屋子过于辽阔，说个话都能听见回声，所以猛地进来时简直有一种古墓里的肃穆之气。这是老康妹妹的房子，他妹妹一家去欧洲度假半年，房子空着无人打理，据说房子一空很容易颓败，便请老康暂住进来，浇浇花打扫一下卫生，做了一个临时的门卫。老康自打住进别墅还没有观众来参观，此时便尽心尽力要做个地主。又是沏茶又是摆水果又是拿糕点，决意要搞出一场两个人的派对来庆祝，至于到底要庆祝什么也说不清，若只是为了能暂住在这别墅里而庆祝，似乎又显得自己太可怜。但莫名地，就是有一种要庆祝一下什么的冲动，仿佛是要庆祝人生里那些莫测的暗流涌动一般的疯狂瞬间，就那么亮一下，却可以像一只高瓦数灯泡一样连着照亮好多天。

小鱼则把别墅里的每个房间挨个都参观了一遍，一边参观一边惊呼，哇，好大的浴池。哇，这扇落地窗里能看到落日，简直像油画一样。哇，这间书房里居然有彩色玻璃，简直像教堂里一样。

哇，康老师你一个人住在这么大的屋子里害怕不害怕啊，要我一个人都吓得不敢睡觉。老康一边听着她大呼小叫，一边泰然坐在红木椅上，一边微笑一边喝着新沏的普洱。他的旧居，小鱼自然也是去过的，只是外人每次去了几乎都没有立锥之地，所以他也不欢迎别人去做客。五六十平方米的老式板楼，20世纪80年代单位分的房子，当时资历不够，还分了个顶层。屋里好像几十年没有打扫过的样子，桌上的灰尘厚得足以把人埋掉，屋里的每一件家具都在向来人倾诉着主人是一个单身长达四十年的老光棍。

从狭窄的板楼里陡然来到这辽阔的别墅里，两个人身在其中忽然显得渺小异常，两个人都有点兴奋，还有一点很尖很细的恐惧。小鱼看起来甚至有点紧张，她便用尖声的喋喋不休地说话来掩饰着自己。老康今天主动把小鱼请来做客其实是带点补偿的意味，好像从前在他那板楼里聚会亏欠了她一样，而住别墅的机会对他来说也并不是一件家常的事情，因为不够家常所以看起来不是很逼真，倒更像是一个梦境，又因为做梦的人知道这只是个梦境，所以在梦中都会感受到那种沁凉而细若游丝的悲伤。这点悲伤把两个人落在地上的影子拖得分外长分外臃肿，就像那影子里竟住了好些个魂魄，有一种冷寂的热闹。

两个人的小型聚会总也不下十多次了，这一次却有一种从没有过的崭新感和陌生感，有点像多年前的老友忽然在一个雪天重逢，又像在路边的馄饨摊上刚刚认识的两个陌生人，带着点恍惚，带着点伤感。小鱼默默地啃一口饼干喝一口茶，她在老康面前从来带一点难兄难弟之间的怜惜，还带一点女儿在父亲面前才会有的娇痴。老康退休前他们的关系已经是如此，以至于办公室里有个同事忽然有一天开他们的玩笑，你看你们俩都是单身，不如在一起过算了。小鱼被吓了一跳，立刻有一种近于乱伦的罪恶感，然后她又用眼角的余光瞥见了老康那头雪白的头发，和一层落在肩上的头皮屑，还有悄然从鬓角爬出的老年斑。

她一连几天没有理老康，好像老康真的已经带着他的一头白发和头皮屑向她求婚了一样，她简直躲闪不及，只好纵容自己一头撞上去。但过了几天老康忽然来找她帮忙，让她陪他一起去相亲，这是一种盟友的姿态，洗清了即将向她求婚的嫌疑，她答应了。来相亲的女人也带了一个闺蜜助阵，两个女人四十多岁，都打扮得珠光宝气，一人披挂着一条披肩，队服似的，但其中一个化了浓妆，这就有了小姐和丫鬟的区分。小鱼像个书童一样跟在老康身边，冷眼旁观着两个女人搔首弄姿，同时又想到再过十年自己是不是也会沦落到和一个老头子相亲的境地。这种感觉就像一个人提前看到了自己的阳寿一样，不禁背上都有一种阴惨惨的感觉。

老康的相亲虽然再一次毫无悬念地失败了，但两个人的友谊又弹了回去。毕竟，在一个机关的办公室里，一个升迁无望的女杂役和一个即将退休的老科员是最可以引为同类的，因为平素他们都是最不被人们放在眼里的，也是最无害的。而只有同类项才有被合并的可能。

小鱼盯着那扇巨大的落地窗看了很久，忽然像想起了什么，说，这是你妹妹的房子？你们是兄妹，为什么她能住这么大的房子？她的言外之意是你却为什么住那么小的破房子？老康连连摇头，用痛心疾首的表情说，是时代变得太快了，真的是连追带赶都跟不上，我们年轻时最好的职业过了不到十年却成了最底层的职业，那时候没有人愿意干的职业现在却成了最吃香的，人是赶不上时代的，也赶不上命运，要认命。她呆呆看着地上爬动的阳光，忽然又问了一句，那你说人能赶上的是什么？他说，自己的心，其实人只能活在自己的心里面，别的地方都是假的。

小鱼眯着眼睛看着窗外的远处，忽然惊呼，从这里就能看到湖，原来还是建在湖边的别墅。老康得意地说，可不是，我每天早晨都去湖边散步，风景确实是好。小鱼扭头对他说，康老师，你赶紧找个人结婚吧，趁着你现在住在别墅里。她的意思是即使是暂住在别墅里，身价也还是和从前不同了。老康看着远处沉默不语，他在告诉她，他终究是要从这别墅里搬走的，毕竟不是他的房产。

两个人喝了两壶茶，吃了一盘点心，酒足饭饱的餍足制造出了一种更大的虚空感，弥漫在空荡荡的屋子里，两个人连逃都无处可逃。老康忽然像下了什么决心一样，起身去另一间屋里翻找什么，然后捧出了一本陈旧的相册。小鱼有些紧张，看一个人的相册就是要快速浏览这个人从出生到现在六十年的压缩时间包，虽然貌似只有几张干枯的照片，但她明白这些照片只要一遇水或空气就会立刻膨胀成无边无际的浩瀚时间，人行走在其间简直会被另一个人铺天盖地的时间溺亡。

　　相册里有他五岁的照片，十岁的照片，十五岁的照片，二十二岁的照片，三十八岁的照片，五十岁的照片。她看着他在那些黑白的光阴里从一个男孩迅速地长成一个文弱青年，又长成一个发福的戴黑框眼镜的中年人，然后又急速向一头白发的老年飞奔而去，他最新的一张照片正站在春天的桃花丛中，桃花开得云蒸霞蔚，他站在其中背着两只手，腆着一个大肚子，满头白发却咧开嘴慈祥地笑着，照片里还能看到他嘴里少了一颗门牙，只留下一个黑洞。据他自己说那次是喝完酒骑着自行车回家，结果摔了一跤摔掉了一颗门牙。他当时说得很轻松，就像丢了十块钱一样。她用五分钟时间便把他的一生大致浏览了一次，似乎这样的态度又太对不起人家的一生，心里很愧疚似的，便又指着照片里的几个人问他，这是你什么人啊？老康说，这六个人全是我的父母。小鱼愕然。老康指着六个人说，喏，这两个是我的生父生母，这两个是我的养父养母，这个是我的奶妈，这个是我的继父。这个奶妈其实是我感情最深的，我生父生母成分不好，养不活孩子，就把我送到乡下，当时太小了，养父养母就给我找了个奶妈，我从小是喝着她的奶水长大的，那时候经常被她抱在怀里或者背在背上，走在路上就像坐在一条船上一样。后来她五十岁就得病去世了，我当时还写了一首诗给她，我到现在还是会一想起她就流泪。她那样的怀抱我再也回不去了。其实平时一个人的时候我是不敢打开这本相册的，不只是怕看自己年轻时的样子，还怕看到这些已经阴阳相隔的亲人们，看到他们一次我就会更孤单一次，他们都已经在那边团聚了，只剩下我一个人还在这边待着。我不是不想他们，可我更愿意把他们藏在我心里碰都碰不到的地方，好好藏在那里，让他们安安静静地住在一起，让他们就在那里看着我生老病死，直到有一天我们都团聚了就好了。

小鱼鼻子发酸，呆呆地盯着照片里的六个老人看了许久，他们脸上是一个模子里出来的呆滞表情，似乎是一段共同的岁月催眠了他们，生也如此，死也如此。小鱼又往后翻，忽然她指着一张年轻女人的黑白照片问老康，好漂亮啊，她是谁啊。老康看了一眼照片，半是得意半是谦逊地说，漂亮吗？别人也都说她漂亮，年轻时候确实还算得上漂亮吧。然后又顿了顿才凄凉地环顾着他处说，这是我的前妻，我们结婚两年就离了，那时候我们都还不到三十岁，现在都已经六十多岁了，三十多年怎么忽然就过去了。

小鱼大惊，原来你还有过这么漂亮的老婆？那怎么就离婚了呢？老康说，年轻时候吵了一架，我一生气就离开家里躲到一个朋友家住了几天没和她联系，那时候没有电话也没有手机，她也找不到我。后来等我回去了发现她也不在家里了，不知道去了哪里，结果我也找不到她。再等到后来我们终于见面了，可是心里都已经有了隔阂，又都年轻气盛，谁也不愿低头先认错，就这样错过了，后来也挽回不了就离了。又过了好多年我才明白，当初那点事算什么事啊，因为那点小事两个人就离婚了，就这么走散了。我是真的后悔了，可是已经没有用了。

那她后来又结婚了吗？

听说她离婚不久就又找了个男人结婚了，那个男人好像是哪个厂里的工人，很喜欢她，可关键是，我听说他是个独眼龙，他有一只眼珠子是假的，玻璃的，都不能转动。

那你们后来见过吗？

我知道她家住在哪里，也知道哪个阳台是她家的，可是后来我们却再也没有见过面。

那你后来为什么不再结婚？在后来的三十多年里都遇不到合适的女人吗？

老康一声长叹，倒不是没有合适的，也不是没有遇到对我好的，曾经有一个中学老师人特别好，对我也很好，我们差点就去领证了，可是真要去领证的时候我就做不到了……因为我忘不了她，我还是觉得我前妻最好，后来我遇到的所有女人在我眼里都不如我前妻。你知道吗，虽然她早就和别人结婚了，我却始终有一种感觉，就是其实我一直在等她回来。

……难怪你在三十年里一直相亲一直失败呢，其实你根本不是在相亲，你只是给自己找到了一种打发时间的方式，同时还能用这种方式欺骗自己，看，我这不是也一直在努力找那个合适的人吗。

而你心里其实比谁都清楚，这一切都是徒劳，你是必然要孤独的，你其实很享受这样的孤独，因为这孤独时时让你感觉到一种受惩罚的感觉，你觉得你就是一个应该被惩罚的人。就像一个人终日上着刑具，一旦把刑具摘了反而会受不了这种轻松，只想着能再钻进刑具里。

老康的眼泪忽然就流下来了，他说，是的，三十年前我就明白我是要孤独终老的了，可是你知道吗，我其实并不害怕，我真的一点不害怕。我觉得用余生所有的时间去等一个人回来也挺好，她会不会回来都没有关系。那时候真的太年轻了，根本就不知道什么是最好的东西，你相信吗？那时我是真的不知道啊。你知道吗？这三十多年的时间里，我每天黄昏时分都要到桃园巷散步，一年三百六十五天，无论春夏秋冬，无论刮风下雨下雪，没有一天中断过。这黄昏时去桃园巷的散步已经成了我生活中最重要的一部分，如果我一天不去就觉得有什么重要的事情没做，我会连觉都睡不着。你知道是为什么吗？因为她家就住在桃园巷，我知道是哪幢楼哪个单元哪个窗户，她家那个临街的阳台在六层，阳台上摆满了各种花花草草，我在楼下都能看见那盆开得像血一样红的天竺葵，我知道一定是她种的，因为她就喜欢这些花花草草，最喜欢的花就是天竺葵，永远像个小姑娘一样。我记得有一次我们下班一起走路回家，她手里拿着一枝同事送给她的天竺葵，说回家自己插在花盆里就能活。她大概是很开心，走着走着她忽然猴到我背上，让我背着她走，还有一次是把她的两只脚踩

75

在我的两只脚上，让我驮着她走。这些记忆我每晚睡觉前都会温习一遍，温习这些记忆的时候就会觉得那个人还在你身边，你甚至连她的呼吸都能听到。有时候我甚至都能感觉到她的碎头发又落在了我脸上，毛茸茸的，痒痒的。

那你为什么不去找她？

我不会去找她的，她已经有了自己的家庭，听说她后来的丈夫对她也不错。我也不愿意让她知道我的任何情况，不愿意让她知道我一直没有再结婚，不愿意让她知道我还是一个人住在那栋破楼里，不愿意让她知道我刚刚五十岁的时候就已经白发苍苍。我唯一想做的事情就是每天能从她家的阳台下路过，远远看一眼她的影子，知道她还住在那里，还在做饭，还在种花，还在听音乐，知道她过得安稳踏实快乐。所以我每次走到她家阳台下面的时候，总是要在那站一会，仰头看看那个阳台，看上面的那盆天竺葵长得怎么样了，看看屋里是不是亮着灯光，看看她是不是正在阳台上浇花。那些花草有的开花了有的枯死了，有的越长越大，有的枝叶没有修剪，都从栏杆缝隙里钻了出来，死了的花又被换上了新的花，只是那盆天竺葵居然一直都活着，我每次站在楼下都能看到那团火一样的颜色。三十年就这样过去了，每次我走到她家楼下的时候，都能看到那扇窗户里亮着灯，有时候窗户里还能隐隐约约飘出说话声或者是音乐声，阳台上花草的影子映在窗户上，在这花草的影子里总是有一个女人的影子在那里浇花或者摆弄花草。她和花草的影子一起像剪纸一样刻在了亮着灯光的窗户上。就是看不到她的脸，只看着这影子我也很知足了，就是五十年不见，只要她远远一个影子我就都能认出来。我就那么悄悄地站在楼下看一会，然后又悄悄离开。

她知道你每天黄昏都会从那里走过吗？

我不知道。其实每天从那里走过时，我也不希望她知道，我只是想知道她还在那里，就好像，虽然我们已经离婚了，已经连面都见不到了，我却还是生怕她过得不好，每次走到那里我都会仔细听一下那阳台里有没有吵架的声音，有没有女人的哭声。没有，从来没有，我便觉得欣慰。我每天从那里经过一次已经变成了我的一种责任，一个三十年里最牢不可破的习惯。

也许她从来都不知道你从她家的阳台下经过，她根本没有注意到楼下有一个行人在那里驻足过。她只是在过她自己的生活，和你已经没有了一点关系的生活。

那又有什么关系，那只是我一个人的事情，她知道不知道都和我没有关系，那真的只是我一个人的事情。

可是你在渐渐变老，你就不怕老了以后会越来越孤单吗？如果有一天你病了或者老得起不了床了，身边也没有一个人照顾你，你就真的不害怕吗？

心里连一个可以想念的人都没有了才是孤单的吧。你说人这一辈子活着到底是为什么？你想过吗？我这三十年里一直都在想这个问题。

她当初和别人结婚的时候考虑过你的感受吗？

你知道吗，当我每次照镜子盯着自己在镜子里的眼睛，想象着那其中的一只是玻璃球做的假眼珠子，玻璃的，连转动都不能转动，我想象自己每天都要与这样的一只玻璃眼珠对视的时候，我心里就难过得无以复加。如果当初我们不离婚，她就不需要受这样的苦。她嫁给这个男人也是为了惩罚自己吧，不是惩罚我，是为了惩罚她自己，我都知道的，我们只是用了不同的方式。

你怎么就知道她一直住在这里呢？

那盆天竺葵一直摆在阳台上，年年开花。我觉得只要天竺葵还开着，就是她在告诉我，她还在这里。有一次我还和她楼下的一个老太太聊了几句，问她六楼那家种了很多花草的人家过得怎么样。她说很少见那家的女人下楼，似乎也不上班，那家的男人有一只眼珠子是假的，好像几年前也下岗了，现在也很少见到。我就把当时身上带的所有的钱都留给老太太让她转交给六楼那家人，只是一定不要说谁给的。老太太答应了，至于她有没有把钱转交给他们我就不知道了，后来又见了那老太太我也只是对她笑了一下，并没有过去追问。因为，这都不重要了。一个人最重要的部分都是活在他心里的，不是吗？

其实你现在很想让她知道你住在这样大的别墅里，其实你很想让她知道你现在过得很好，甚至，你很想把她接到这别墅里，哪怕就坐一会，哪怕喝一杯茶就走。这样你会觉得更对得起她一点，是吗？

……是的。可是我不会这么做的。

小鱼沉吟半晌忽然说，这样吧，今天你把散步的时间往后推迟一下，看看会怎样。我陪你一起去吧。

天色开始完全黑下来的时候，老康和小鱼出现在了桃园巷。桃园巷是一条不算很宽的老巷子，巷子两边的六层楼房都已经很老旧了，当年刚建楼时在楼房和楼房之间种了很多桃树，如今这些桃树都已经长成了蓊蓊郁郁的大树，每到春天的时候，桃花缤纷绚烂，一座座灰白色的楼房沉醉在桃花丛深处，叫都叫不醒的样子。秋天的时候桃树上结满了桃子，附近的男女老少都涌到这桃园巷里来摘桃子吃，过节一样热闹。老康说的那栋楼的对面就是几棵巨大的桃树。正是冬天的晚上，一轮寒月斜挂在桃树的枝杈上，巷子里鲜有人迹，只看到路上铺着一层冰凉的月光，踩上去还似乎能听到嘎吱嘎吱的玻璃般的脆响。

两个人像同时怀揣着一个秘密，都有些紧张，不约而同放轻脚步往那栋楼下走去，一边走一边抬头张望六楼的那个阳台。远远看过去，那个阳台上亮着灯，确实有一片花草的剪影被投射在窗户上，可是并没有人影。两个人慢慢走近，刚走到楼下忽然见对面的大桃树下走出来一个人影，是一个女人的身影。

小鱼看到老康浑身一颤，他盯着那树下的女人竟动弹不得，像被冰雪忽然冻住一样。小鱼想，这莫非就是老康说的前妻？看来她是在这里等老康来？她正胡乱想着，那树下走出来的女人也看到了他们，她显然也吃了一惊，忽然又站住了，好像犹豫了片刻，然后便朝着他们走了过来，她脚步无声无息地走到他们面前，只看了他们一眼，却什么都没有说，又从他们面前走过去了，走进了那栋黑黢黢的楼房，消失了。接下来，六层的那扇窗户里的灯忽然熄灭了。

老康还被冻在那里，一动没有动，小鱼忙问他，是不是就是她？她就是你前妻吧？你看她站在这里其实是在等你呢，这说明什么？这说明她早就知道你每天会从她家楼下经过，她会在每天那个固定的时间点看到你，可是今天你比平时来晚了，她看不到你就着急了，就下楼来这里等你，结果你们就遇上了。

只见老康终于缓过来一口气，他抬头看了看六层那扇已经暗下去的窗户，忽然低低地充满沮丧地说了一句，不是她。

不是她？

不是。

第二天黄昏时分，老康和小鱼又出现在了桃园巷。他们是约好的时间，两个人碰头之后便一起向那栋楼房走去。站在楼下老康还是有些犹豫，有些不敢进去，小鱼说，昨晚不是说好的吗？然后便不由分说地拖着老康上楼，一路狂奔到六楼，小鱼站在那扇门前，一边大口喘气一边迫不及待地敲了敲门。老康则脸色惨白，伸出来擦汗的手都在不停发抖，几欲要退到小鱼身后去。敲过门之后，开始里面一片寂静，然后便听到了从里面开门的声音，门缓缓打开了一道缝，里面站着的正是昨晚他们在楼下见到的女人。

小鱼进了屋才发现这不大的一套房子里似乎只住着这女人一个人，看不到别的人影。屋里收拾得很干净，但有一种荒凉冷寂的萧索意味，似乎这里已经很久都没有人烟了。小鱼朝那阳台上看了一眼，阳台上摆满了花花草草，最显眼的就是那盆楼下都能看到的天竺葵，它被放在一只特制的高高的花架上，开满火焰色的花球，鹤立鸡群地站在一片花草里，以至于走在楼下的人只要一抬头就能看到。老康的嘴唇开了又合上，合上又张开，就是发不出任何声音，小鱼正着急的时候，女人却忽然对着老康开口了，你是来找张红的吧？其实张红在十二年前就已经去世了，不治之症。

什么？老康和小鱼同时愣在了那里。

女人转身去阳台，把那盆天竺葵小心翼翼地抱进了屋里，放在了他们面前。她说，张红早就知道你每天黄昏时散步都要经过这楼下，种了这盆天竺葵就是给你看的，就是想告诉你她过得很好，让你不要担心。其实你不知道当你每次从楼下经过抬头看阳台的时候，她就躲在楼房对面的那棵大桃树下正看着你，一直等你走过去了她才上楼。一年又一年都这样，你看着阳台上的天竺葵，她在桃树下悄悄看着你的背影。后来她得病了，她丈夫就请了个保姆来照顾她，我就是那个保姆。她病了两年，卧床不起的时候还催促我在每个黄昏的固定时间站到阳台上去浇浇花，她说我和她身高身形都比较像，站在那里远远看去就好像她站在那里一样，她说你每天这个时间都会从这里经过，要让你看到她还在这里。再后来化疗了一年还是不行，她也知道自己要死了，就叮嘱我留下来照顾她丈夫，还交代我一定记得在每个黄昏的那个固定时间站到阳台上去，那样你经过的时候就知道她还住在这里，还过得很好。她还交代，要把她的骨灰喂了这盆天竺葵，这样它就能替她活着了。自从她的骨灰撒到花盆里，这花就长得很奇怪，一年四季不停地开花，连冬天都在开花，而且花朵的颜色红得吓人。我把它高高摆在阳台上就是为了能让你每天经过的时候都看到它。

老康蹲下去，凑近了那盆天竺葵，他闭着眼睛把自己那颗满是白发的头颅轻轻贴在了那些血红色的花朵上。

女人又说，昨晚我站在阳台上一直没见你出现在楼下，不知你是怎么了，就下楼去等你，结果就碰到你了，我也不知道该怎么对你说，毕竟三十年了。张红的丈夫，也就是我后来的丈夫，半年前也去世了，去世前他把这套房子留给了我，并叮嘱我可以再找个男人结婚，但不要离开这里，一定要在每个黄昏的那个固定时间里出现在阳台上，因为他也知道你每天都会从这里经过……我想想自己都结过两次婚了，一个丈夫离婚了，一个丈夫死了，现在年龄也大了，结婚不结婚已经没意思了，我就想着还是回到老家去。只是我知道你每天都要来，不知道该怎么和你说这事，现在既然你自己找来了，我就还是告诉你吧。如果你愿意，就把这盆天竺葵带走吧，如果不愿意，留在这里也行，我会把它带回老家的。

老康抱着那盆天竺葵离开了桃园巷，小鱼跟在后面。他们离开的时候夜空里飘起了雪花，不一会他们浑身都已经落满了雪花。老康把那盆天竺葵包在了自己的大衣里，他走得很慢，像抱着一个刚出生的婴儿。

从此以后老康再没有去桃园巷散过步，即使黄昏时分再出门散步的时候，他也会选一条别的路，只是，一定会远远避开那条巷子。

倒是小鱼在来年春天的时候去了一趟桃园巷。那时候正是桃花盛开的时节，整条桃园巷都被十里桃花淹没了，微风过处，桃花像雪一样纷纷扬扬地落满整条巷子。小鱼久久站在那两棵大桃树下看着经过的行人，就像当年张红站在这里偷偷看着老康每天经过的背影。她又抬起头，眯着眼睛寻找那个六层的阳台。

在春天的光线里看上去，阳台依旧，只是已经变得空空荡荡，萧索异常，昔日的花草不知道都去了哪里，颓败的窗户紧闭着，里面没有一丝灯光透出来，好像多年都没有人住过的样子。

就在前几日，小鱼偶尔听办公室一个同事说起，老康一辈子根本没有结过婚，哪来的什么前妻。

现在小鱼站在渐渐暗下来的夜色里抬头看着这个神秘的阳台，心想，只是，都不重要了。

是的，都不再重要了。

原载《广西文学》2018年第3期

如水似铁

翟之悦

一

"这就算我们的散伙饭吧。"阿静放下筷子，柔声说。

"嗯。"毓海疑惑地看着她，点点头。

这阵子，毓海屡次提出散伙，阿静回应他的是一次次自虐，且愈演愈烈。送她回去的车上，毓海透过后视镜，见她使劲咬破嘴唇，<u>丝丝缕缕的鲜血滴在</u>苍白的下巴上，小车里渐渐散发出血腥味道；工地厨房里，她使劲撕扯刷锅用的钢丝球，被钢丝划破的一道道血痕透出她的无限幽怨；她还砸碎了住处所有的瓶瓶罐罐，恨到深处，她拾起一块锋利的碎瓷割在腕上……尽管阿静每次自虐的时间和地点不同，可态度一致，她不同意散伙。

二十出头的阿静比毓海小十岁，所以，最初看到这个小妹楚楚可怜的眼神、苍白如纸的脸颊甚至流血的指甲……毓海马上心软了。毕竟曾经好过一场，他哪能对她的痛苦视而不见？不过，心软总是暂时的，在她花样百出地自虐过无数次，而他也明里暗里提过多次散伙后，对她继续表演的苦情戏，他逐渐无动于衷。

毓海记不清自己的心肠是如何日渐硬朗起来的。还记得刚到建筑工地打工那年，胡须尚未冒起的毓海第一次目睹工友不慎被卷入机器失去了手脚的情景，吓得瘫软在地尿了裤子。可时间一长，即便见到从高楼掉下摔成肉饼的倒霉蛋，他都习以为常了。如今，本来就神经大条的包工头毓海面对工地上下形形色色的眼泪和鲜血，就像身为厨师的阿静面对柴米油盐那样自然。

因此，毓海起初还会扑过去使劲抓住她血淋淋的手说"你干吗折磨自己"，接着是"就为这点破事要死要活值吗"，到最终漠然站在一旁，看她演完全套戏码才开口："还想耍啥把戏？我看着。"

阿静反而不闹腾了，瞪着情郎，冷冷地说："有部老电影看过吗？叫《郎心如铁》。"

毓海摸了摸心脏，不假思索地说："我的心真像铁吗？都怪你肚子不争气！现在我老婆肚里有了，你只能走人。"

今晚，阿静终于自己说出了散伙的话，她的语气是平和的，也没再上演各种自虐情节。在毓海拨给阿静独住的小屋里，他俩隔着饭桌面对面坐着，无言。窗缝里挤进来一丝丝微风，从屋顶垂下来的灯泡随之轻摆。灰扑扑的土墙上，两个黑魆魆的人影晃来晃去，时而聚拢，时而散开。

阿静是厨师，为毓海工地上一百多号工人做饭。半年前，在家政公司招工的毓海一眼就看中了她。和毓海正式好上后，她不止一次问他，为什么单单选中了她？

为什么？只因她是个丰乳肥臀的青涩女孩。当时，毓海盯着她的臀部看了好半天。大屁股好生养。当然，毓海不会将这最隐秘的心思和盘托出，情到浓时，他也只说："我想要个儿子。"

"你就知道要儿子！我又不是母猪。"

阿静虽这么说，可毓海能感觉出来，她对自己是满意的。她看起来很温顺，经验告诉毓海，温顺的女孩大多心地善良。的确，即便是对工地上那些卖苦力的粗人，阿静也很礼貌。她总甜甜地称呼他们"大爷、大伯、大叔、大妈、小弟"，似乎他们都是她的家人，可她自己的家人却从不提起。毓海并不在乎这些，令他不满的是，阿静给工人打饭菜总是大手大脚的。

"他们每天累死累活，要是肚子都填不饱，你也太抠门儿了。"

毓海说："你啥都不懂！这不是给我们的儿子省奶粉钱吗。"

"开口闭口儿子儿子，你想过我吗？"阿静怨气冲冲。

"当然想啦！你赶紧给我生个大胖小子，我肯定更疼你。"毓海走过去，摸摸她的肥臀。

阿静起身离开饭桌，看着暗蒙蒙的窗外。窗外是毓海承包的工地，对面就是简陋的集体工棚。工棚里，不时有婴儿的哭声随风飘来。按规矩，家属不该在工棚留宿。可为了拴住工人，毓海对此睁一眼闭一眼。

"一家人团聚真好，哪怕是吃苦。"阿静喃喃地说。

毓海赶紧把她从窗口搂走。工棚离这里不远，他不想让多嘴的工人看见自己和阿静在一起。他冷哼一声，说："你不生儿子，我没理由离了婚和你团聚。这样吧，我介绍你去陈老板那儿，省得我们常见面，闹心！"

"大家都夸你仁义！上次那个小工庆嫂夜半临产，是你亲自开车，带上我一起送她去了医院，你还垫付了医药费。"阿静似笑非笑。

毓海瞪起眼睛："关键时候我不这样，谁肯为我卖命？"

阿静只顾沉浸在回忆里，幽幽地说："那晚我被产妇不住嘴的惨叫声吓傻了。你一把抱住我说，别怕，有我呢。我就这么昏了头跟了你。"

二

小杨挺着大肚子站在医院妇科的走廊里，对毓海说："老公，你累了，就在诊室外头歇会儿吧。我哥会陪我。"

这时，毓海的手机响了，"阿静"在屏幕上不停闪动。这是毓海跟阿静散伙后，她第一次来电。他捏着手机，心虚地觑向小杨。小杨没理会，被大舅子搀着，摇摇摆摆地走进诊室。

小杨曾告诉过毓海，她父母早逝，只剩下一个亲哥。毓海看得出来，大舅子对这个妹妹很上心。小杨怀孕后，大舅子不间断地送来营养品，还找了熟人，为小杨请来了最好的妇科医生。小杨每次孕检，大舅子总亲自陪同，毓海十分感激。

诊室里头拉起了布帘，毓海估摸着检查一时半会儿结束不了，又拿着手机慢慢向走廊那头踱去。

阿静同意散伙后，毓海把她介绍给了朋友陈老板。陈老板那里活儿少，钱又多，料想阿静会满意。果然，两个多月她都没来烦他。

电话里传来阿静的哭声："老板，你听说了吗？今早陈老板这里出事了，老王头死了。"

毓海沉默。老王头原是毓海的工人，跟阿静很熟。阿静走后，老王头也跟了过去。

"老王头还不到五十岁，从前一直在老家挖煤，井下那么危险都没去见阎王爷，居然死在工地上……按道理，两米以上的脚手架起码要绑上三根横杆才行，可这里五米多高的也只绑一根，更气人的是，陈老板没让用铁丝，竟用了便宜的铅丝来绑！老王头爬上去没站稳，一把抓住了横杆，可横杆松了……"

从阿静断断续续的诉说中，毓海得知，爬上脚手架拆塔吊的老王头掉下来死了。这样的事很常见，阿静少见多怪。毓海皱皱眉头，耐着性子问："他算老工人了，上架前也不系个安全绳？"

"安全绳太细，一崩就断了，四周又没装安全网……地上还胡乱堆着钢筋，人都戳透了……等我们发现，人已经不行了。"

大家都知道，陈老板的工地经常出事，各种各样的事故，总之是安全措施不到家。一旦出事，陈老板就赔钱了事。工人多是苦出身，发生事故后拿到钱就罢了。可去年陈老板工地上高空坠物砸死了一个二十来岁的青工，死者家属偏偏不要钱，围住工地哭着喊着要陈老板偿命。最后出动了警察，陈老板又多赔了好几十万才摆平。事情一过，陈老板的工地又照常开工了。明眼人谁不知道，这全靠陈老板的岳父斡旋———陈老板岳父跟毓海的大舅子都在建筑系统工作。

"他就知道赔钱！人都没了，赔钱有什么用？我从没见过这么黑心的老板！"不等毓海回话，阿静连珠炮似的说下去，声音愈发尖利，刺得毓海耳朵眼儿疼，"听说，这个黑心老板让工人往筏板基础里面扔毛石，节省混凝土；钢筋从来不足数……小老百姓省吃俭用攒钱买房子，他就这样造房子啊？万一塌了呢？全死！"

才几个月不见，阿静居然晓得这么多事，着实令毓海吃惊。尽管他认为这是行内公开的秘密，可陈老板的胆子也忒大了些。事实上，他们这些包工头面临着各种不得已，有苦说不出罢了。若是让陈老板晓得阿静知道了这些内幕，不知会有啥后果。毓海刚想提醒阿静，却被她堵了回去："是不是你们这些包工头，都是铁石心肠？"

毓海怒了，瞬间打消了想提醒她的念头。

"好了好了，就算你说的是实情又能怎样？至于老王头，他又不是你家人，你起个什么劲？"

阿静说："老王头平常待我像亲闺女一样，他实在太可怜了！"她似乎在抽泣。

毓海皱起眉头："你实在闲得没事干，可以叫老王头的家人去讨个说法。"说话间，大舅子正扶着妻子慢吞吞迎面走来，毓海想挂断电话。

阿静又急又气："老王头跟着养女过日子！女人哪斗得过地头蛇！"

毓海不语，阿静说得不无道理。他估摸着老王头不可能跟工地签过劳动合同，他的养女肯定也是没啥倚仗的平头小百姓，就算闹上法庭，赢面也不大。陈老板能够多赔点钱，那就算不错了。

"好吧好吧，你看着办吧。我劝你少操闲心。"毓海关掉手机。他听到阿静似乎还说了一句："我就不信老王头就白死了！"

此时，小杨和大舅子已经走到跟前。

三

阿静拿腔拿调地问毓海："老板，今天的菜好吃吗？"

毓海抬起埋在饭碗里的头，茫然望向阿静。阿静走后，毓海重新聘了个妇女做饭，可那人三天两头请假。无奈，他只好偶尔请阿静来食堂顶班。幸好这里离陈老板的工地不远。

阿静笑眯眯地举着锅铲，故意把头凑过去，俏皮地看着昔日的情郎，引得那帮狼吞虎咽的工人不住地抬眼往这边看。

毓海向另一侧挪挪，避开几乎扫到颊边的长发，随意支吾了几声，头也不回地往厨房走去。

"放心好了，我绝不会缠你，只想跟你聊聊天。"阿静无视众人的注视，大模大样地摘下袖套拍打着双臂，跟在毓海后头。毓海以前喜欢和阿静聊天，她声音好听。他俩还有那个关系时，常常聊到很晚。

见厨房里没人，毓海放松下来，把饭盆往水池里一甩，点起一支烟，背靠案板跟她打趣："你想跟我说什么？有新男友了，想让我看看？"他不敢在人前与阿静亲昵，怕有人到小杨面前搬弄是非。毓海并不害怕妻子，却怵大舅子几分。大舅子是书包翻身的典范，在建筑系统有点权势，未来的前景恐怕并不逊色于陈老板的岳父。若不是毓海当年鬼使神差报了个业余的计算机班，认识了同班学习的妻子小杨，他这个学历不高、打小工出生的乡村小子不会拥有今天的一切。小杨算不上美女，学历也不高，可她配毓海绰绰有余。小杨有城市户口，皮肤白，又很懂得穿衣打扮，最重要的是，她很拿毓海当回事，但凡毓海有啥需要，她就要求大舅子办好。美中不足的是，婚后多年小杨的肚子都是个死肚子，这难免令三代单传的毓海心急如焚，这才打起了阿静的主意。而眼下，小杨怀孕了，毓海的婚姻连唯一的不如意都没有了，他当然绝不会再让阿静打乱人生步骤。

阿静没理会毓海刚才的调侃，单刀直入地问："老板，如果有人害你，你用啥方法报仇？"

毓海甩掉烟头，喊一声："谁敢惹我？老子手下有的是人———怎么突然说这个？"

阿静撇撇嘴："哼哼，报仇不一定靠拳头。最解恨的报复就是想办法慢慢折磨他，让他生不如死……"

毓海瞪大眼睛，警觉地望着阿静。她并不躲开他的注视，依然一脸温柔娴静的模样，就像他俩还恩爱时那么贤惠。

客厅里，小杨挺着大肚子，给毓海端来一杯水："老公，干吗一直发呆？怕我肚里的是女儿？"

"怎么会呢？只要是我的种，我都喜欢！"

小杨手一抖，杯子掉在地上，砰一声碎了。毓海跳了起来。她这是怎么了？怕生女儿怕成这样？毓海倒有点内疚了。他把碎片扫掉。小杨歉意地笑笑，拿起手机进了卧室。

不知为什么，小杨在卧室里待了好久也没洗漱。她最近肚子渐大，可胃口不好，面容憔悴了下来。她几乎一有时间就和大舅子待在一起，或是通过微信谈天说地。很晚了，毓海才走进卧室，关切地询问正斜躺着拨弄手机的妻子："这个月我送你去孕检吧？总烦大哥，嫂子该有意见了！"

"没事，我哥那么喜欢孩子，嫂子不会介意的。"小杨顺手把手机塞到枕下。

"那你嫂子怎么从不来看你？"

小杨愣了愣，支支吾吾地说："嫂子事业心重，忙……她连孩子也不想生……你管他们家的闲事干吗……"

毓海伸手抚摸着小杨圆鼓鼓的肚子。小杨微笑着，一脸疲惫的样子。显然，小杨对他和阿静的事还蒙在鼓里。至于大舅子家的事，他才懒得管呢。等儿子生出来，即便小杨知道了他和阿静以前的事，又能怎样？好在阿静并不黏糊，分手后再也不来纠缠。可不知怎么的，他突然想起阿静曾问过的那句话："如果有人害你，你用啥方法报仇？"阿静当时自问自答："想办法慢慢折磨他，让他生不如死！"毓海突然有点紧张。他打算找她深谈一次。

这次是毓海约阿静到从前的小屋见面的，可微信发了好几次，她都杳无音讯。或许是她没有Wi-Fi，又舍不得流量？好几天后，阿静终于回了条微信。毓海急忙发语音消息质问她为何这么久才回复，她说最近手头事多，没有工夫上线。

"不会搭上了新男友，把我忘了吧？"这句话一发出，毓海就有点后悔，但他也懒得撤回。他确实是有醋意，虽说妻子怀孕了，他和阿静必须分手，但毕竟有过那一段。当他再次走进与阿静温存过的小屋，心还是柔软了片刻。

夜深时，阿静才过来。她似乎胖了些。毓海还没说话，阿静的微信就嘀嘀响了。她笑笑，对着手机发送语音信息："我回屋休息了。明天我会准时到。"

毓海往地上吐了口痰，不耐烦地说："我说几句就走，你消停一下！"

阿静在床边坐下，按掉手机，嬉皮笑脸地说："告诉你，我怀孕了，明天男朋友带我去复查。"

毓海心头一颤，隐约觉得有点不对劲，转念一想，又如释重负：她显然有了新归宿，该把过去放下了。不会有报复了。他抱拳说："恭喜！恭喜！"

阿静斜倚在床上，搭着床沿的双脚一荡一荡，眼睛闪闪发亮："排队检查的孕妇可真不少，她们的八卦也很有趣。有个孕妇时常由姐夫陪着来，我遇到好几次了。"

毓海了解阿静自来熟的脾气。她就喜欢聊八卦，从前工人们也爱和她唠嗑，那些街头巷尾的奇闻逸事在她脸上转换成喜怒哀乐的表情，再从她嘴里传

89

出来时，又成了一个个传奇故事。毓海不想费神，跷着二郎腿沉浸在自己的世界里，随她叨叨。

"那孕妇，她肚里的孩子是她姐夫的。"阿静见毓海没有什么兴趣，自己还是兴致勃勃，"听说，那孕妇和姐夫本来就是对恋人，却被她那姐姐横刀夺爱。或许是报应，她姐姐婚后居然不育，姐夫就提出离婚。可那孕妇已经嫁人了，不愿意跟姐夫破镜重圆。"

"那她怎么还跟姐夫有了孩子？"

"因为姐夫混得好呗！那孕妇老公的生意必须靠姐夫，而姐姐也不肯放弃这么好的丈夫。据说，姐姐对那孕妇又跪又求，终于说动了她。不过，故事最精彩的部分是……"阿静甩甩头发，卖了个关子。

"不说拉倒。"

"你看你，急什么？"阿静嘻嘻笑着，继续说，"姐妹俩和姐夫都有一腿，怕那孕妇老公知道后不好相处，所以一直对他谎称，姐夫是那孕妇的亲哥哥。反正那孕妇老公是外地人，什么都不知道。"

"这种隐私，你又怎么会知道？"

"嘿嘿！妇产医院的化验员是我初中同桌。她跟那孕妇很熟，那孕妇每次检查都找她……嗯，你有兴趣了？"

"这关我屁事！"毓海手一挥，"我倒是要跟你说，你八卦八卦，别把我俩的事四处乱说。"又补充一句："你还是个大姑娘，我老爷们儿无所谓。"

阿静盯着他，上下打量了半晌，才说："你的心真是铁打的。不过，你的意思我明白了。"

屋顶垂下的小灯洒下细密的柔光。阿静的话让毓海感到安心。他的语气也柔和了些："还有啊，陈老板那事，你最好别乱掺和。"

"陈老板的事———哦，你说的是老王头……"阿静幽幽地道，"我掺和不掺和，不要你操心。"阿静抚着自己的小腹，不再说话。她看了毓海一眼，低下头；又抬头看一眼。她的目光坚定而又温柔。毓海见状，怕自己压制不住突然升起的柔情，赶紧拉开门走了。

四

西餐厅里关了大灯，服务生挨桌点上蜡烛，摇曳的烛光渲染出夜的情调。在这黄金时段，餐厅旋门转进来的女孩一个比一个年轻时尚，以至于毓海将某个丰乳肥臀的青春身影认成了阿静。他用手抹抹冷汗，定定神，发现小杨呆坐在餐桌对面，迷茫地望着他。毓海抚着她的手，大声问："你哭丧着脸干吗？检查结果是个小子，你笑还来不及。我可是特意来犒劳你的。"

小杨噙着泪，拨弄着刀叉委屈地说："我现在太难看了！"

怀孕的确会变丑点，毓海知道孕妇总和常人两样些，哄哄就好了。

吃过晚饭，毓海将好不容易哄好的小杨送回家。他借口有事要出门，溜进了阿静的小屋，想确认一下她刚才是否在西餐厅出现。

阿静正弯腰收拾行李。她头上扎着可笑的毛巾，围裙系在前胸，小腹已经明显凸起。衣服、鞋袜、箱包摊得到处都是。

"你真打算搬走了？"毓海用小指抠着牙缝———刚才吃的牛排有点老，不搞出来难受———"去跟男朋友住？"

"我明天就搬。"阿静没有回答他第二个问题，转过身，把衣服叠成整齐的豆腐干，又手脚不停地将袜子团成小球塞进箱子的角落。

墙角的煤气炉上炖着一锅鸡汤，咕嘟咕嘟冒着泡泡和香气。见毓海盯着炉子，阿静笑道："穷人吃这个算不错了！怎比得上我提过的那个孕妇？听说，她B超结果是男孩，丈夫、姐夫和姐姐都高兴坏了，时常给她炖鲍参鱼翅进补，今晚还特意下馆子庆祝呢。"

毓海敷衍着："哦，哦，又是那个孕妇——她丈夫还不知道真相？"

"当然，她丈夫还蒙在鼓里呢！所有的男人都自认为很聪明。"

毓海抖着腿，幸灾乐祸道："要是晓得了还了得？戴绿帽子的老公杀人的心都有！"

阿静突然扭头，锐利地瞥了他一眼，阴阳怪气地说："这事儿搁在女人身上也一样。谁都不会饶了伤害自己的人！"

　　"哼，陈老板那事儿，你没再多嘴吧？"毓海瞟着她的肚子，又说，"你还是多管管你自己，快跟你男朋友结婚了事。"

　　"别人的孩子关你啥事？"阿静踢开地上的垃圾，迈着方步走到毓海跟前，眼里闪着挑衅的光，"老板，我问你，假如那孕妇是你老婆，你会怎么样———杀了她？我问了玩啊。"

　　毓海竭力控制着自己，生怕不小心扇阿静一个耳光。她果然心里有怨气，所以要编话刺激自己。他最担心的就是在儿子就要出生的节骨眼儿上，阿静蹿出来和老婆来个面对面。所以他的话必须果决一点，虽然听起来平缓。"你自己是孕妇，全世界都是孕妇。"他冷笑着说，"谁的女人谁有数，谁的女人谁领走———嗨嗨，你不是带着肚子，马上就要双喜临门了吗？"

　　阿静一怔，冷着脸咕哝了一句："是，我不是你的女人。"

　　毓海出门，回过头拱拱手，"恭喜恭喜。"

　　这次不欢而散之后，毓海很久没再见过阿静。其间，他出了趟远门，刚一回来，就接到了陈老板的电话，邀请他参加婚礼。陈老板这招儿出人意料，圈内人大多不知道陈老板何时和黄脸婆散了伙，又找了新人。对有钱的土豪来说，新人

　　满世界都是，没人关心是哪一个。婚礼安排在本城最豪华的酒店，乌压压摆了大几十桌，连走廊里的加桌都全部客满。平日不修边幅的陈老板焕然一新，从来没白过的黑脸涂得红红白白，饱鼓鼓的啤酒肚也被名牌西装小心地遮掩起来。花团锦簇的新娘被陈老板小心地护在怀里挨桌敬酒。

　　毓海来得迟，根本没来得及看门口的迎宾牌。他进门后赶紧找到自己的位子，新郎新娘已经过来敬酒了。万没想到的是，新娘竟然是阿静！他傻了，僵了，瞬间石化。是阿静光彩照人的笑脸咒语般激活了他。他哆哆嗦嗦地站起，

打算说几句场面话。陈老板环住新娘的手臂紧了紧，"砰"一声跟毓海碰一下，半真半假地说："何老板，我还不敢告诉你新娘就是阿静啊，怕你后悔。可你后悔也迟了。"他一指阿静的肚子，"她怀上啦，已经三个多月啦……"

"陈老板厉害！发红包，发红包……"立马有人跳出来凑趣。

"这样的好事不早点告诉大家！"

有人带头鼓掌有人吹起口哨，喜庆的音乐适时奏响。披着婚纱的阿静突然抬起娇羞的脸，半是含情半是挑逗地望向尴尬的毓海："何老板，你怎么不祝福我们呀？"

毓海张口结舌。正在此时，挤在身边的众人突然自动分开一条道，几个陌生男人走过来，为首的掏出一张纸，在陈老板面前晃了晃。陈老板浑身一颤，他把手里的酒杯往地上一掼，噌地就要跑。来人一拥而上，将陈老板按倒在地，铐上，押着离开大厅。周围很静，远处还在喧闹。音乐在继续，民乐《喜洋洋》。

新娘阿静转身，缓步走向舞台。盛装的新娘出现在聚光灯下。她对着话筒说话，话筒没开，大家听不见。音乐停了，一个司仪跑过去打开了话筒，阿静说："陈老板刚被警察带走，婚礼取消了。"

现场哗然，然后肃静。阿静没有多话，拖着裙摆冲毓海款款走来。她面对他，不说话，俏皮地歪着头，等他问。

毓海结结巴巴地说："这怎么，怎么回事？怎么会这样！"

阿静随手摘下新娘头纱，漫不经心地说："为什么不会这样？这多好玩。"

"你故意的？"

阿静说："我是个孤儿，那个脚手架上摔死的老王头是我养父！"

毓海呻吟一声，揉着太阳穴说："你倒是出了气，可你肚里的孩子可怎么办？"

"孩子？陈老板以为孩子是他的，只有我才知道这孩子是谁的种。我不答

93

应做他老婆，怎么能摸清他的底细？"

毓海手一挥："别废话了！你闯大祸了，聪明的就赶紧滚。"

阿静说："我不笨。我还有一点事要做。"

五

她不赶紧逃走，说还有一件事，那是什么事？

但毓海已经不想去费脑筋。事实上也已容不得他费脑筋，阿静在婚礼上藏头露尾的那句话，让他对她肚子里的孩子是谁的，产生了狐疑。孩子究竟是谁的，他没有把握。他当然懂得非此即彼，不是陈老板的，就是他自己的，他倒希望阿静话里有话只是为了折磨他。他很烦。实际上，连这个问题他也没法再费心思了，因为他老婆必须到医院待产了。

他满腹心事，苦不堪言。阴雨连绵，到处湿哒哒的。他带着大包小包的婴儿用品，小心翼翼地扶着企鹅似的小杨走进医院。

大舅子和嫂子并排站在电梯口，迎接小杨入院。在毓海印象中，这是小杨怀孕后，嫂子头一次出现。刚走出电梯，笑容满面的大舅子就将小杨扶了过去。嫂子转身进了病房，在小杨的床上拍拍弄弄。病房是单间，面积不大，地上摆着大舅子带来的果篮和鲜花。毓海像个外人似的站在门口，无聊地挖着鼻孔。

这时，阿静不知从哪个角落冒了出来。她步履蹒跚，皱着眉头，走得很别扭。她拿着一摞单子，看见毓海，把手里的纸朝他抖一抖。

阿静有气无力地冲毓海说："老板，老婆要生了？"

"嗯嗯。"众目睽睽之下，毓海不好意思不理她。怎么会这么巧？她肯定是踩着点过来的。她把老陈弄进去，怎么还不跑掉？毓海第一次发现，他对这个女人其实不了解。谁知道这个女人还要做出什么？她显然有了什么变化，她干吗不时要捂捂肚子？

阿静挪到毓海身前，撑着门框，向小杨打了个招呼。

小杨扶着腰，指指椅子，客气地说："快进来坐坐吧？你怎么又是一个人来？老公不陪你？"说着，她偏过脸对嫂子和毓海解释："我们孕检时碰见过，是熟人了。"

阿静步进了病房。"你真有福气，生个孩子有那么多人围着转！"她苦笑着对小杨说，"哪像我，五个月的引产，还得一个人扛。"

小杨看着她的肚子，大惊道："好好的，为什么不要了？"

阿静回过头，看了毓海一眼，"孩子他爸变心了，我一个人没法养。"

毓海的大舅子皱皱眉头，将身体硬插到阿静和小杨中间，温柔地对小杨说："你快生了，少说话，好好休息吧。"

这是变相的逐客令，但阿静并不计较。她看看毓海的大舅子，看看小杨的肚子，又摸摸自己的腹部。她佝偻着走过毓海身边，拽一拽他的衣角说："老板，有个事要汇报。"她继续走，似乎没人扶她一把她就要倒下去。毓海不由得跟过去。到了门外，她作势凑到他耳旁说："还记得我提过的那个孕妇吗？她就是你老婆。"她的鼻息轻轻的，但毓海如闻惊雷，"你老婆的哥哥其实是她姐夫，也是她肚里孩子的爸爸。你得知道，八卦的人并不见得句句都是八卦。"

毓海的太阳穴开始啵啵地跳动，头跟着痛起来，连眼眶都跳跃着痛。一阵晕眩，扶着墙才能站稳。

阿静紧盯着他，抖一抖手上的几张纸，轻声细语地说："喏，引产的病历。还有亲子鉴定书：你儿子的羊水，你的头发。是个儿子。"她的眼睛闪出了泪光，"他就像一泡水，流掉了。"

毓海不接她递来的纸。她伸过来，摊开。他闭上了眼睛。阿静把纸拎高，再高，高过头顶，然后手一松，几张纸飘到地上。

原载《作家》2018年第3期

一滴不剩

老　藤

一、水晶瓶

确切地说，杜克是被一瓶薰衣草精油吸引到紫城新区的。

杜克和女友小袋熊都迷恋薰衣草，尤其是杜克，每每闻到薰衣草散发出的芳香，他都会闭眼扬脸，鼻翼翕动，进入一种陶醉状态。

杜克和女友在澳洲的昆士兰大学读书，薰衣草正紫的季节，杜克会租一辆车，和女友小袋熊从布里斯班出发去库伦巴薰衣草农场观光，那里的薰衣草花田恍若童话世界，会让人生出一种想要飞翔的感觉。

也许正是这种薰衣草情结，一年前杜克选择了应聘回国，到滨海市紫城新区担任管委会副主任。促成杜克告别小袋熊一心回国工作的是一部13分钟的外宣片。那片子极地道，胜过某著名导演的奥运宣传片，每一组镜头都让人心动不已，尤其是宣传片中大量薰衣草花田的镜头，如同紫云铺地，令人惊艳不已。在杜克印象里滨海只有海和沙滩，这铺天盖地的薰衣草从何而来？当屏幕上出现一个精美的水晶瓶特写镜头时，杜克惊叫了一声：精油，薰衣草精油！杜克觉得这个水晶瓶太值得拥有了，一旦拥有，别无所求，不知怎么杜克脑子里就冒出这么一句话来。

　　滨海市的焦市长是个嘴角上弯的领导，系一条黑红黄相间的领带，英语很棒，讲话不用翻译。他在招聘会上庄严承诺，所有应聘到滨海工作的海归博士，滨海不仅要给房子、票子，而且还要给位子！也就是说要任实职。焦市长清华大学毕业，为人亲和，行事专业，身上没有陈腐自大的官气，给参加招聘会的大陆留学生们留下了不错印象。会议进入交流互动阶段，杜克走过去，自我介绍后问：滨海有薰衣草农场？焦市长说，当然有了，我们滨海有个新成立的紫城新区，被人称为东北的普罗旺斯，新区之所以叫紫城，就是因为薰衣草啊！杜克心里有只蚕蛹在动，法国的普罗旺斯和意大利的托斯卡纳都以薰衣草著称，想不到国内的滨海还有这样一个地方。他对小袋熊说想去应聘，小袋熊说，人家到澳洲来开招聘会，足见求贤若渴之心，你是学环境科学的，现在国内重视生态，回去正有用武之地。有了女友的支持，杜克第二天就去宾馆见焦市长。杜克是第一个应聘的博士，焦市长很高兴，说招聘的岗位正好有市环保局总工职位，属于副县级。杜克说，如果能去紫城新区更好。市长当即拍板，那你就去紫城，做管委会副主任，也是副县级，不过这个职位来招聘前市委没研究，需要回去走程序。杜克填了一摞表格，焦市长让秘书小吴留了电话，事情便基本落地。

　　焦市长布里斯班之行，只招了杜克一个海归博士，走程序自然就变得飞快。两个星期不到，杜克已经坐在紫城新区管委会大楼五楼的办公室上班了。杜克上班第一天，一头银发的管委会主任老纪召集五位副主任对工作重新做了分工，让杜克分管行政和环保。杜克来新区之前，管委会已有一正四副，杜克是超职数配备，老纪从常务副主任老赵手中抽出了环保，从梁副主任分管工作中拿出了行政，算是为杜克分了工。杜克注意观察了这几个同事，老赵鼻尖发红，大概有螨虫作怪，总是用手指捏鼻子，不时呲一下，显示出某种轻蔑，老赵是一个没有爱好的人，古板而冷漠，白衬衣最上端的领扣都紧系着。老梁喜爱摄影，开会总是习惯性打瞌睡，桌上连个笔记本都不摆。副主任老胡是个手

97

机控，一把年纪了却喜欢微博微信，微博粉丝超过六位数，朋友说他之所以秃顶，都是刷两微累的。喜爱写旧体诗的老姜平生吃素，却胖如厨子，讲话喜欢用四六句，合辙押韵，给人一种学问高深莫测的感觉。老胡老姜因为杜克到来没有涉及他俩的分工，对他不冷不热。紫城新区一正五副六个主任，杜克最年轻，杜克已经感觉到在四位副主任眼里，自己似乎就是个青葱学生，因为老胡见面时告诉他，自己儿子也在昆士兰大学留学。杜克很吃惊，能进昆士兰大学说明老胡儿子很优秀，反推一下，老胡智商也不会差。老姜办公室与杜克毗邻，他是第一个到杜克办公室来的管委会领导，他给杜克送来一本自己的诗集，杜克打开扉页一看，就觉得老姜不可小视，因为老姜写了"请杜克仁兄哂正"，杜克想，老姜年龄大自己十几岁却称仁兄，这是抬爱自己，哂正一词则是自谦，这样一来，老姜的诗非读不可了。相对于四位副主任，一把手老纪是个喜怒不形于色的人，老纪当过市政府办公厅副主任，有文章太守美誉，连五星级宾馆的菜单都能挑出错别字来，办公室负责材料的秀才们每一次为他写讲话稿都战战兢兢。杜克看不出老纪对自己的到来是欢迎还是不欢迎，老纪散会后对他说的几句话很实在，老纪说，紫城虽然是新区，但很多事还是要按老规矩办，否则一旦出事，没人给你顶雷。正是这句话让他对眼前这头银发肃然起敬。杜克出国之前，因为电视上一则医药广告，颠覆了他对白发的一贯信任，那则广告上一个满头白发的老中医，信誓旦旦以人格作保推销某种中药，后来被有关部门查处，说药是假药，白发老人是个骗子。在这则广告之后，他认为靠一头白发来骗人，骗走的其实是价值观，他相信了这样一句话，不是老人变坏，而是坏人变老了。

上任第二天，杜克去了趟紫城最大的紫云迷香薰衣草庄园，并找到了外宣片上那种瓶装精油。他买了两瓶，并为这精致的水晶瓶起名——梦之瓶。一瓶置于宿舍，一瓶摆放在办公室，微信发给小袋熊，小袋熊说梦之瓶这个名字好，你是水瓶座，梦之瓶应该是你的吉祥物，我只是担心你这特洛伊王子被宙斯捉了去司酒。杜克哈哈大笑，果真那样，我就到了神界。

二、战神大兜

杜克工作很简单，每天批批文件、参加会议，一切都按部就班，一切都井然有序，很快，他学会了调研，原来他根本不懂当领导还有一种工作方法叫调研，所谓调研就是下去走走看看，然后在会议室里讲讲话，电视台里露露脸，至于说了之后有没有用则没有人去管。

杜克下去调研时在绿松湖边的薰衣草花田里发现一只兜虫，甲壳黑亮，触须刚直，他知道小袋熊喜欢兜虫，便拍了照片发过去。很快小袋熊发来微信，照片上是一只威风凛凛的战神大兜，这是小袋熊新养的宠物。小袋熊说，你走了，我就养了这只战神大兜，想你的时候，就看看战神大兜。小袋熊是北京人，父亲是国家机关一位部级领导，在华中某省担任过省长。小袋熊喜欢养甲虫当宠物，杜克对此并不反感，甲虫无毒，很多人喜欢甲虫，说明环境意识提高了。微信中这只战神大兜披坚执锐，斗志昂扬，有着犀牛般的力感，犀牛才一只角，这只小小的兜虫却有三只角，中间那只角如同一柄方天画戟，难怪有"战神"之称。小袋熊有些伤感地说，你知道还有半年我要到剑桥继续读博，战神大兜怎么办？过不了海关啊。杜克说办法只有一个，放生。小袋熊说，对，放生大兜，也许会给你带来好运。

小袋熊还没放生这只战神大兜，杜克的好运就来了，一年后，杜克接替老纪，成了紫城新区一把手。

事情源于焦市长秘书小吴。在布里斯班时杜克认识了随焦市长出访的小吴，回国后两人一直保持联系。一天，小吴打来电话，说焦市长问起你了杜克，说你是他从国外招回来的人才，马上满一年了，也不知道工作怎样？小吴说，你这只大海龟好稳啊，这么长时间也不向市长汇报汇报工作。杜克觉得小吴说得有道理，就说我给市长写个报告吧，顺便谈谈紫城新区下步的发展构想。小吴说，这也好，你要是来市长这里汇报，紫城会有闲话，你抓紧写报告，我报给市长。

杜克喜爱音乐，尤其喜欢班得瑞作品，他觉得班得瑞音乐简约、清爽，不那么复杂，与班得瑞音乐相比，他觉得紫城的日子就像一台乏善可陈的拉场戏，听不出高潮。杜克有个优点，可以一心两用，比如说手上写着材料，脑子里却可以开小差想着期货指数。他戴着耳机一边听班得瑞的《月光水岸》，一边在电脑键盘上用手指跳着舞步，有一搭无一搭就敲出了一份关于紫城新区创新发展构想的报告，然后一个伊妹儿就发给了小吴。杜克为自己完成了一项任务而兴奋，他给小袋熊发微信，说自己今天当了回战神大兜，给市长上了一份万言书，紫城真的可以成为东方的普罗旺斯，关键在于要素排列、统筹管理。小袋熊说，凭我的第六感，你这份报告不会泥牛入海，说不准会引起领导的注意。报告发出第四天，市委组织部来了四个人，对新区班子进行考核。大楼里传言四起，有的说纪主任要走，有的说赵主任要提拔。梁胡姜三位副主任也紧张起来，每天早早地来到办公室，开着门办公。杜克认为自己来新区才一年，与四位资深副主任不在一个梯队里，考不考核与他关系不大，他除了开会、调研和到薰衣草花田转转外，其余时间依旧听班得瑞音乐，做键盘上的舞蹈者。入冬后，他不再喝蓝山咖啡，试着饮用薰衣草茶，薰衣草茶的泡法很简单，就在沸水中加入薰衣草花，再加一点蜂蜜即可，傍晚时喝下一杯薰衣草茶，脑子会格外镇静、清醒，一天的杂乱无章呈现在电脑显示屏上会变得条分缕析。

　　市委的决定超出新区所有人的预料，杜克接替了老纪。

　　宣布市委决定的大会干部到会率极高，会议室里白森森一片，新区干部喜欢穿白衬衣，不知什么时候，白衬衣成了新区的官服。杜克想，赤橙黄绿青蓝紫，色彩这么多，为什么偏偏都选中了白色？当他走上会场主席台时，台下的目光都集中在他身上，他有些不自然，因为他穿了一件紫色的衬衣。主席台坐了七人，市委组织部长、老纪和包括杜克在内的五位副主任，其中常务副主任老赵脸色晦暗，像宿醉未醒，坐在椅子上肩膀仄棱着，看上去很不舒服。梁主任眯着眼，似乎在假寐。胡主任油亮的头皮在灯光下如同一个伊丽莎白甜瓜，他依旧利用一切可利用的时间刷手机，神态专注，心无旁骛。姜主任嘴唇紧眠，两眼在台下搜索，似乎在找一个应到而未到的人。会议由市委组织部长主持，他严肃认真，不苟言笑，用标准的普通话宣布市委决定，纪守常同志另有任用，杜克同志任紫城新区管委会主任。大家都知道，新区党工委书记由分管副市长兼任，管委会主任实际上就是一把手。组织部长照本宣科，绝不增减半句，讲稿应该是会前审定好的。老纪也讲了半个钟头，老纪主要回顾了自己在紫城几年来的历程，表达了对紫城上下的深厚感情，但杜克一句也没记住，事情太突然，他的CPU出现了短暂的死机。部长让杜克作表态讲话，杜克没有准备，但一年副主任的历练让他学会了些讲话的本事，他先讲了感谢的话，对方方面面都表示感谢，又讲了自谦和表决心的话。这个套路进行完，脑子便不由得进入了自己的界面，他说事业就像一个键盘，无非是二十六个字母和十个数字，为什么有人能打优质文案，而有人却只能斗地主打游戏？同样是碳元素，为什么有的能成钻石，有的只能是草木灰？就是因为排列组合所致，排列组合就是管理，管理是一门科学，更是一种文明，它追求的是效能最大化。杜克跳跃的思维忽然就想到了机关食堂，就拿机关食堂来说吧，他说，如果管理到位，怎么会有蟑螂乱爬？台下发出嗡嗡议论声，大家都在机关食堂吃饭，谁也没有注意到食堂里有蟑螂。坐在前排的行政中心主任刘霞有些脸红，低下头在笔记本上记着，作为分管食堂的领导，杜克对她说过两次蟑螂的事，她也训斥过食堂管理员，但蟑螂的问题一直没有解决。

　　散会后，老纪带着五位副主任下楼送走了组织部长，纪主任转过身向杜克表示祝贺，老纪说，紫城发展的担子就交给你了。杜克说，感谢纪主任推荐我，没有您的推荐，我接不了班。赵梁胡姜四个副主任就站在身旁，论资历，四人都在杜克之上。

　　不，我没推荐你，是组织选择了你。老纪不领这个情。他说，作为新区第一任主任我想提醒你，紫城506平方公里大地是棋盘而非键盘，键盘敲错了可以改，棋盘走错了就会输。老纪说完微笑着走了。纪主任和四位副主任神情怪异，看来上级这种安排他们事先并不知情，很有些措手不及。四位副主任一一与杜克握手表示祝贺，杜克明显感到每只手都松松垮垮，像有所泄漏的气球。

杜克刚回到办公室，刘霞就影子一样跟进来，进门就哭，说自己没脸干这个主任了，连蟑螂都管不住，还怎么管人？刘霞四十多岁，保养极佳，有胸无腹，染着栗色的齐耳短发。学过评剧，很有新凤霞的扮相，她的唱腔常常让公务接待晚宴风生水起。

杜克说，我只是一时想到了蟑螂，你别往心里去，你来得正好，你抓紧做个食堂改革的方案吧，把食堂好好抓一抓，下一步食堂还要归梁主任管。

改革？刘霞愣了一下，怎么改？

杜克说，怎么改是你的事，我要的是品质和卫生，尤其不能有蟑螂。

刘霞没想到杜主任会从食堂烧第一把火，新区那么多大事，这个大海龟却专门盯住了一只食堂里的蟑螂。灭掉蟑螂应该不是难事，刘霞说，无非买一点好药。

杜克摇摇头，蟑螂这东西很厉害，一只被斩首的蟑螂，可以存活好多天，美国政府花在灭蟑螂上的支出每年高达十五亿美元，比防治艾滋病的支出还多，如果世界发生核战，什么动植物包括人类都会死光光，唯有蟑螂能活下来。

天哪，蟑螂这么厉害！刘霞惊愕不已。

杜克说，但是我相信，刘主任家中厨房里肯定没有蟑螂，因为你是个干练精致的女人，怎么会容忍蟑螂的肮脏呢？

刘霞的脸腾地红起来，那倒是，她说，我心里对蟑螂恐怖至极。

民以食为天，天出了问题，不会是小事，我要的结果是食堂不见蟑螂。杜克起身送走刘霞，转身拿起办公桌上的梦之瓶，打开瓶盖，放在鼻子下闻了闻，刚才谈论讨厌的蟑螂让他有些反胃。薰衣草精油沁人心脾的芳香让他很快五脏归位，他端详着手中的水晶瓶，心想，梦想之水，梦之瓶，当然也就是幸运之瓶。那天在布里斯班，当屏幕上出现这款水晶瓶特写时，他蓦然有了一种初恋般的冲动，这大概就是自己与紫城的缘分吧。

下午，小吴打来电话，问他：杜克，你知道投名状吗？杜克说，应该是部国产片，听说票房不错。小吴在电话里不耐烦了，得得得，我告诉你，你可不能给焦市长丢脸。

夜里，杜克做了一个梦，梦见自己变成了一只兜虫，在城市滚烫的柏油路上爬行，街旁没有绿树，各种车辆从身边呼啸而过，他时刻都有被碾成粉末的危险，他内心充满恐惧，急忙给小袋熊发微信。小袋熊回话说，你傻呀，你是战神大兜，是有翅膀的。杜克这才想到自己能飞，这时，一辆太拉拉载重卡车迎面驶来，忽悠一下把他吓醒，抬手一拭，额头上满是冷汗，是啊，威武的战神大兜虽然有三只角，但在滚滚车轮面前，不如一只螳臂。

三、喇嘛眼

杜克特别欣赏城东一个被薰衣草花田环绕的湖泊，湖泊水面不大，约有一公顷许，湖畔长满蒲苇，浅水处长着成片的鸢尾花，鸢尾花色彩与薰衣草相近，却比薰衣草浓烈。野鸭、红嘴鸥、白鹭、鸳鸯等各种水鸟在湖中栖息，摄影爱好者早就注意到了这个宝石般的天然湖泊，黎明或黄昏之时，包括梁主任在内的许多摄影爱好者会扛着长枪短炮来拍水鸟。这个湖在地图上叫绿松湖，杜克问过城建局长，为什么叫绿松湖？城建局长挠了挠头皮道，大概过去湖边有松树吧。

杜克上任第二个月，滨海最大的开发商九天集团相中了这块水面，要来开发绿松湖。招商引资工作归老赵管，九天集团做通了老赵工作，这个议题就需要上会研究。这是405会议室召开的第一次重要会议，会上，老赵讲了九天的实力和九天董事长吴怀中的魄力，说，紫城能引进九天，各项经济指标年底会上升一大截，九天揽月不成问题。九天集团的开发设计是建设环湖高档别墅区，并且取了个很洋的名字——普罗旺斯。老赵很兴奋，说，建成之日，绿松湖就成了紫城的地中海！

杜克让大家发表意见。老梁半闭着眼睛假寐了一会儿，听到杜克叫他，才缓缓睁开眼说，绿松湖是个拍鸟的绝佳之地，建了别墅，鸟就不会来了。老梁最近摄影水准大有进步，常常天不亮就起来到绿松湖拍日出、拍鸟，睡眠严重不足，白天常常犯困。老胡在看微信，老胡的微信圈有五百人，在微信群中一呼百应，是心灵鸡汤的熬制者。他说，开发不开发各有道理，要权衡一下利弊才能定。老姜则在本子上飞快地记着什么，老姜旧体诗写作也有长进，每天给自己规定写三首七律或五律，已经自费出版了两本诗集，正雄心勃勃准备冲击国家级文学大奖。老姜问，啥叫普罗旺斯？老赵解释说是欧洲一个地名。老姜说，开发尚可为，不要起洋名，功夫在诗外，别惹平头哥。老姜说的平头哥是指吴怀中，因为喜欢剃寸头被人起了个绰号平头哥。大家都发表了意见，老赵面容清癯，解开了领口的扣子，把有关绿松湖的规划图、效果图合上，等待杜克拍板。杜克说，绿松湖是紫城唯一的天然湖，还是保持原生态好。再说，天然湖泊属于社会，我们不能把它圈起来建成少数富人的私家花园。

会议不欢而散。

杜克想，自己是学环境科学的，如果默许这种恣意开发，等于给自己掌脸。他让司机开车拉他去绿松湖，想再看看绿松湖为什么会诱发吴怀中的占有欲。从办公大楼到绿松湖路程只有半个小时，出了城区便是八米宽的柏油路，路旁绿化带上种着零零散散的扫帚梅，跨过扫帚梅就是向两边延展的薰衣草花田，杜克想，难道扫帚梅比薰衣草还美吗？这个绿化带等于给一幅油画镶了个烂木框。车停下，他沿着薰衣草花田间小路缓步来到湖边，一边走，一边在心里掂量老姜说的平头哥。说实话，对吴怀中这个开发商杜克很不以为然，九天集团完全靠占政府的便宜起家，为了省钱，竟偷偷在夜里跑到山上去挖树，然后栽到自己开发的小区搞绿化，这样移植的大树成活率很低，白白毁了山林。

湖边芦苇丛中有一个戴着遮阳帽的老者在垂钓，一问，是附近的村民，受雇为薰衣草庄园看护湖泊，防止有人下网打鱼。杜克早就听说紫云迷香薰衣草庄园对绿松湖很看重，为了不让农药污染湖水，拒绝使用除草剂，铲除杂草工作就雇附近村民来做，这种自发的环保意识让杜克很感动，看来不是农民不环保，关键是你给了农民什么样的选择路径。老者把一根细细的鱼竿收起来，起身和杜克拉呱，我在电视上见过你，你是新区领导吧？杜克笑了笑，您老还看电视新闻？老者摇摇头，不看不中，免费无线台就两个台，一个是中央台，一个是新区台，没得选择，所以中央领导我认识，新区领导我也认识。杜克明白了是老者家里没有安装有线电视，电视台为了鼓励市民安装收费的高清电视，免费无线台频道一直在减少，没想到只剩下两个。中央台上面有要求，必须全覆盖。新区台是地方台，电视台不能不播。攀谈中，杜克问起这湖名的来历，老者说，绿松湖是新区成立后领导给改的，其实，附近老百姓在绿松后面还有个石字，叫绿松石湖，就是说这个泡子很像一块巨大的绿松石，绿松石你知道吧？过去喇嘛常戴着的串珠，是宝石，所以四周村民又叫这个湖为喇嘛眼。杜克觉得绿松石湖和喇嘛眼这两个名字都挺好，有文化，倒是减掉了石字的绿松湖有点俗。老者很健谈，说，喇嘛眼你知道吗？就是佛眼，佛眼是五眼中最高等级的眼，能往后看三千年，往前看三千年，世上善恶一清二楚。杜克点点头，是啊，这么好的名字，为什么要改呢？老者说，那是你们当领导的事情，当领导的手持利斧，见树就修，总嫌树权碍事，修来修去就剩个树梢，还能有乘凉的树荫吗？老者的话不无道理，杜克想，有些旁逸斜出的东西真的就是历史路标，不能一扫而光。

　　告别老者，杜克觉得自己坚持对了，哪怕老赵一万个不高兴，他也要坚持。杜克想，既然自己是战神大兜，那么第三只角就索性做柄护法宝剑，看好这只喇嘛眼。

　　杜克很显然过于乐观了，吴怀中这样的高等级开发商在滨海几乎是无坚不摧。杜克一连接了三个电话。第一个是老纪打来的，老纪已经是滨海人大常委会副主任，副市级，属于四大班子领导。老纪说，杜克啊，我记得绿松湖一带的规划是休闲旅游区吧，九天的项目似乎不违规嘛。杜克说，绿松湖是喇嘛眼，您老在的时候保护那么好，我怎敢给喇嘛眼上眼药？老纪在电话那边沉默了许久，说喇嘛眼是谁说的？杜克说，这名字是附近村民告诉我的，我想既然是眼睛，就轻易碰不得。老纪撂下了电话。次日，分管副市长打来电话，说，九天的吴怀中找到市政府，投诉紫城新区招商引资工作不作为，绿松湖他前期设计费花了一千多万，现在却拖着不批，这损失谁出？杜克说，新区从来没研究过绿松湖开发问题，没有新区同意他就自己设计，这损失与紫城新区无关。副市长深谙官场之道，没有再说什么，只是提醒杜克，吴怀中是通天人物，他连我这个副市长都不放在眼里，你可要有充分的思想准备。杜克说，我不怕，我是战神大兜。副市长不明白战神大兜是什么，问：什么战神大兜？杜克说，是我女朋友养的一只兜虫。副市长笑了，说，杜克呀你可真幽默。过了两天，小吴来电话，说，别为了一个水泡子得罪平头哥，平头哥来磨了焦市长两天，焦市长烦透了，平头哥这个人黑白两道路路通，得罪不起。杜克说，那可不是水泡子，那是喇嘛眼。小吴说，你这个远道的和尚果然不信邪，连喇嘛都拉来作挡箭牌，焦市长正是欣赏你这一点，说只有你才能六亲不认，给紫城杀出一条血路。

剃着平头的吴怀中亲自来了，吴怀中是滨海市人大常委，到市政府各局办事全是绿色通道，因为政府组成人员任命有他一票。吴怀中很低调，浑身没有一样名牌，麻质衬衣、纯棉休闲裤、白袜、隆德祥圆口黑布鞋，看上去很有范儿。他来到杜克办公室，先不谈绿松湖项目，而是和杜克唠布里斯班，唠昆士兰大学，唠杜克的女友。他说自己在布里斯班有公司，有一个团队在黄金海岸搞旅游，光黑人员工就雇了几十个，这些黑人员工来自西非丛林，忠诚勇敢，为了公司利益敢于提着柴刀去拼命。杜克听他讲完，问：你知道战神大兜吗？吴怀中愣了一下，摇摇头。杜克说，布里斯班不是非洲丛林，我在那里学习四年，还没看过打打杀杀的街景。吴怀中点燃一棵雪茄，吸了几口，很轻松地说，孔夫子说过一句话，己欲达而达人，你给我一条发财路，我也不挡你升官道，咱们相安无事。杜克说，我会和老赵商量一下，给你提供几个可选择的方案，新区对所有的投资者都一视同仁。

吴怀中没提绿松湖，临走的时候说，我回去研究一下战神大兜。

四、蟑螂的盛宴

刘霞关于食堂的改革方案迟迟没能拿出来，杜克问她，她说，早就写好了，在梁主任那里候审呢。杜克当了一把手，行政中心重归老梁管，老梁对食堂这样的小事不上心，刘霞的方案他只是画了一个圈儿便放在案头不管不问。杜克给老梁打了电话，老梁想起有这么一个文件，他叫来刘霞，让她直接找主任去汇报。他问刘霞，紫城这么多大事，杜主任怎么偏偏盯住食堂不放？刘霞说，还不是蟑螂闹的。老梁说，你是行政中心主任，过去照顾老纪多，肯定无暇照顾杜主任，要转变好角色。刘霞感动得眼泪差点流下来，老梁是个懂黄金分割的人，关心人很会对焦，刘霞觉得自己过去对老梁也照顾不够，但老梁从不挑剔。

当穿一件紫色连衣裙的刘霞来到杜克办公室时，杜克眼睛为之一亮，如果不清楚刘霞的真实年龄，他对眼前这个滑爽女人的年龄一定会产生误判。杜克想，紫色实在是一种能够混淆年龄的颜色。但这种感觉转瞬即逝，他脑子里马上就想到了食堂里的蟑螂，除掉蟑螂是他坚持改革食堂的初衷。杜克接过方案，速度浏览了一遍，刘霞的思路是承包，她要将现有的食堂职工大都调到物业去，食堂由承包人自行招聘厨师，行政中心负责监管奖罚。应该说刘霞的改革方案步伐不小。他夸奖了刘霞几句，说她真动了脑筋。刘霞说，这三十年我个人得出的工作经验就两条，前十五年是一包就灵，后十五年是一卖准成，咱机关食堂不能卖，就搞承包吧。杜克盯着电脑显示屏旁的梦之瓶说，不管怎么改，目的就两条，一条是提高品质，一条是确保卫生，尤其不能有蟑螂。刘霞说，我已经想好了，每周都抽查，发现一只蟑螂就罚承包人一百块。杜克没有表态，经济手段固然管用，但解决不了根本问题。

食堂承包，变化立见，卫生状况有了改善，主副食花样增加不少，但刚刚运行一个月，干部手机里开始传播一条微信，说食堂里做菜的油是转基因豆油，吃了这种豆油年轻人会影响生育，中年人会阳痿。紫城新区机关年轻人不少，这条微信立马就成了一条爆炸性新闻，不仅年轻人反应强烈，中年干部也愤愤不平，好像自己回家后无所作为都是这豆油所致，议论像鬼旋风，几乎是拔地而起。刘霞把情况报告给杜克，杜克让老梁过问一下，老梁带人检查了一圈，回来说，微信传言不实，人家食用油包装上写得很清楚，都是九三压榨油。

杜克问刘霞，为何微信上会有这样的假消息？刘霞说，当初承包时竞标有三家，三家都找了关系，都志在必得，但中标只能是一家，那两家怎会善罢甘休？刘霞建议，是不是让食药监局来人检验一下？杜克想，转基因豆油既然国家允许销售，就没有禁止的法理，你就是检查出是转基因，还能处罚承包人吗？他告诉刘霞，可以开个各单位办公室主任会议，由承包人说说豆油问题，谣言止于真相。

事情远远没有杜克想象的那样简单，办公室主任会议开过后，干部手机里微信更是嗞嗞叫个不停，什么越描越黑、欲盖弥彰的话都来了。还有相当级别的干部公开说，心里没鬼出来解释什么？微信上的消息越传越猛，干部们甚至开始在公开场合议论，转基因豆油问题过去怎么就没有？因为过去食堂不讲利润，现在承包了，承包当然要赚钱，利令智昏。有人开始扒承包人的来头儿，扒来扒去，扒出承包人与老梁有点远房亲属关系，老梁便成了众矢之的。老梁很生气，对刘霞动了态度，刘霞感到委屈，在杜克吃过晚饭回办公室时，她跟着上五楼来到杜克办公室。穿着紫色连衣裙的刘霞一进屋就趴在沙发上哭，哭得花枝乱颤。杜克从来没有遇到过这种情况，扶也不好，搀也不是，不知道怎样安慰她。在刘霞停止哭泣后，杜克问：你这是怎么了？刘霞擦干了眼泪道，杜主任，我这是为你当先锋、挡子弹。杜克愣了一下，问：这话怎么讲？刘霞说，食堂改革触动了一些人的利益，他们便把矛头指向了我，我是躺着也中枪。杜克笑了笑，道：你只要管住卫生和品质，时间一长大伙就习惯了。刘霞站起身，放低了语气说：我没什么，只是向你诉诉苦，也想让你知道，我是为谁而受伤。刘霞说完莞尔一笑推门走了，刘霞走后杜克才发现房间的味道不对，他的办公室一向是薰衣草的清香，突然间味道变了，作为对气味有深入研究的环境学博士，他马上判断出，这是有名的费洛蒙香水味儿。

老梁来到杜克办公室，这是老梁第一次走进杜克办公室。老梁的白衬衣明亮耀眼，坐下来眼睛便盯住电脑显示屏旁那个打开的小水晶瓶。老梁问，你喜欢薰衣草？杜克点点头。老梁说，我也喜欢，我拍了好多薰衣草照片。杜克知道老梁找自己不是谈薰衣草，便停下在键盘上舞蹈的十指，问老梁：有事吧？梁主任。老梁说，食堂的事群众议论很大，我压力也不小，我和老赵、老胡、老姜都交流过，他们认为目前这种承包不妥，想和你商量一下，换一种让干部放心的改革方式。杜克想了想，道：这是你分管的工作，本来就该你拿主意，我要的结果无非是没有蟑螂。

老梁的改革方式被他自己称为"翻烧饼"，就是停止承包，恢复过去的体制，同时机关成立一个食堂管理委员会，每周周五上午由管理委员会对食堂进行一次全面检查，重点是检查卫生。一切恢复原样，大家对食堂的议论渐渐平息，杜克发现食堂的卫生状况有所改善，刘霞汇报说检查了几次，连条蟑螂腿都没发现。

杜克和小袋熊微聊时说起此事，小袋熊嘲笑他，蟑螂喜暗怕光，昼伏夜出，大白天你能发现蟑螂吗？杜克一拍脑门儿，对呀，上午检查怎会发现蟑螂？他给刘霞打电话，让她晚上下班别走，说晚上找她有事。

刘霞在办公室特意将制服换成了紫色连衣裙，她不知道主任找她何事，这是主任第一次在晚上找自己。时间过得很慢，晚上九点，杜克给刘霞打电话，让她陪自己去食堂看看。刘霞急忙找来食堂值班的管理员，陪主任来到地下一层的食堂。灯光下，就餐大厅整洁明亮，地砖纤尘不染。杜克径直来到厨房，灶下是一排木质橱门，杜克打开一个厨门，发现里面管道口的油渍上几十只蟑螂正在大餐，灯光一照，蟑螂四散而逃。刘霞惊叫一声，下意识抓住了杜克的胳膊，杜克被抓疼了，扭头道：你怕蟑螂，为什么还让它们滋生蔓延？

我的天，刘霞说，主任你真厉害！

我厉害什么？我只是厌恶蟑螂。

五、八局之变

杜克不喜欢五楼会议室，原因有二。一是空间太大，装修豪华，似乎总有散不尽的甲醛味；二是名字过于夸张，叫国际会议厅，紫城新区从来没有外宾开会，叫什么国际会议厅呢？他把管委会领导开会的地点改在四楼405会议室。405是个圆桌会议室，两圈能容三十几人，开会不用麦克，便于讨论问题。会议室选定后，杜克让刘霞去买了一瓶薰衣草精油，打开瓶盖置于圆桌中间的花盆边，用吊兰的叶子遮挡上，让精油慢慢挥发。这样，进入405会议室，如果嗅觉灵敏的人，便会闻到一股淡淡的薰衣草花香，紫城周边都是薰衣草花田，闻到这种花香不足为奇。杜克告诉刘霞要保密，刘霞红着脸说，看来我要更换香水牌子了。

尽管小袋熊说薰衣草精油的香味有利于使会议达成一致意见，但在杜克看来，405会议室酝酿的许多大事都一波三折，尤其是对新区机构伤筋动骨的八局之变。杜克早就发现管委会工作效率低，十六个局工作根本不饱和，人浮于事不要紧，关键是多个庙就多道门槛，让来紫城办事的商户叫苦不迭。杜克记得焦市长的话，建立新区就是要杀出一条血路，既然是血路，就免不了动手术。兹事重大，杜克没让人社局操刀，自己在键盘上舞蹈了两个夜晚，敲出一份机构改革方案，方案的精髓是简政放权、压缩机构。他把十六个局压缩成八个，自己戏称这是八局之变。他把想法告诉小袋熊，已经到了英国的小袋熊很支持他的想法，说，八个局都多，你看看布里斯班，人家市政府才几个局？杜克说，情况不一样，不能照搬照套。为了稳妥起见，他把方案发给小吴，让他转呈焦市长把把关。很快小吴回话，说市长在报告上画了个圈儿，没说赞成也没说不赞成。杜克有些犯难，焦市长这个圈儿是什么意思呢？他给小袋熊发微信，小袋熊说，这个都不懂，亏你还当一把手，遇到不好表态的事就画圈儿嘛！杜克明白了，紫城新区机构问题，市长也没有最终决定权，市长画了圈儿，就等于默许他试一试。

会议室吊兰隐藏下的薰衣草精油并没稳定住与会者的情绪，因为绿松湖开发受阻而心有底火的老赵对改革方案首先发难：如果这么合并，我、老梁、老胡、老姜四人，最多一人管俩局，我们是局长还是区领导？这个问题杜克的确没想到，他心里算了一下，改革后老赵、老梁每人分管三个局，老胡、老姜每人只能分管一个，看来，副主任职数是多了，不过副主任这个层面不是新区自己能定的。老姜说，算了，我一个局也不分管了，我就干脆去管文联吧。这显然是气话了，因为新区根本没有文联。老胡说，我可以协助老赵或老梁工作，当个主任助理。老梁不说话，杜克问他意见，他抬起头说，我想问一下，这么改是上边的意见吗？如果是，我服从；如果不是，我保留意见。

杜克笑而不语。

阻力显而易见，他把目光投向圆桌中间的那盆吊兰。圆桌会议室中心是空的，刘霞在中央放了一个红木花架，花架上是一盆枝叶下垂的吊兰。杜克不知道自己在寻找什么，也许在找那个隐藏的梦之瓶，梦之瓶没有看到，他却发现吊兰叶子上有一个小小的瓢虫，这是个封闭的会议室，瓢虫怎么会进来？瓢虫进来是不是与梦之瓶有关？他脑子里开始跳跃，猛然就想到了战神大兜，大兜不是有第三只角吗？这第三只角应该有所作为。他收回遐想，目光在每个人脸上扫过，然后拍板：为了杀出一条血路，我们只能这样先行先试。散会后他把列席会议的人社局长留下来，对他下了一道死令：一边合并机构，一边制定新的工作流程，快刀斩乱麻，一个月内拿下来。人社局是唯一一个不合并的局，局长是个军转干部，有很强的执行力，他说，新区人浮于事情况十分严重，像一个越长越大的瘤子，我们看着都着急，这些人都是各种关系进来的，我真替你捏把汗，主任，操刀容易收刀难啊。人社局长了解新区错综复杂的人事关系，他想给这个海归主任提个醒。杜克笑了笑，你只管执行，天塌下来我顶着就是。

刘霞来找杜克，说，会议室一瓶薰衣草精油不够，想多放两瓶。杜克想了想，没让她多放，精油的妙用在于润物无香，潜移默化，如果搞得浓香四溢，还像会议室吗？刘霞说，可是投放少了不起作用呀，开会讨论问题容易争吵。杜克知道刘霞是个消息灵通人士，就说，对一个问题有不同意见很正常，众口一词才不正常。

紫城新区八局之变让滨海炸了庙，这则消息及后续发展成了干部手机上日日不变的头条。十六个局的局长副局长全部重新竞聘上岗，一些落聘的局长、副局长成了非领导职务，一时间杜克成了整个滨海的焦点。杜克在手机上作了设置，只要不是市领导的电话，他一概呼叫转移至办公室秘书科，他自己则一个局一个局督办。老纪打来了电话，但老纪没有提人的事，老纪说，杜克你真行，你做了我想做不敢做的事。放下电话杜克有些疑惑，他原以为最大阻力应该来自老纪，这些落聘的局长们毕竟是老纪用的，但老纪却能打来这样的电话，他觉得自己错看了老纪。主管市长也打来电话，他说，杜克啊，好歹我还兼任你们书记，这么大的事你也不和我商量一下？杜克说，市长我这是保护您啊，我要是请示您，您是同意呢还是不同意呢？

主管市长电话里笑了，道：你小子回国还不到两年，就变成了泥鳅。杜克说，市长啊，我不是泥鳅，我是兜虫。主管市长说，我不管你是泥鳅还是兜虫，你自己导演的戏自己收好场，我只能睁一只眼闭一只眼了，只要你别把天捅破。杜克心里明白，无论是老纪，还是主管市长，这些日子电话一定被打爆。

刘霞很感谢杜克，杜克没有因为上次夜查发现蟑螂而难为她，只是给她列出了几种灭蟑螂药，让她搞卫生别留死角。杜克问她，你在家搞卫生，床下、沙发下难道不打扫吗？食堂也是这个道理呀！这让她很是无地自容，好像耳后有灰被杜克发现了一般尴尬。她悄悄提示杜克说，有领导私下议论，说你不抓项目只抓机构，是思路上有偏差。杜克说，我不是抓机构，我是在抓营商环境。刘霞说，抓项目好比抓蛋糕，立竿见影；抓机构好比抓马蜂窝，抓不好还惹麻烦。杜克觉得这话有道理，却想不出这道理出自哪里。

杜克果然杀出一条血路，八局之变跟跟跄跄搞成了。小吴打来电话，说，杜克你是从一线天里穿过去的，这简直是奇迹，市委那头儿以为是政府这边的意见，政府这边以为是市委那头儿的主张，两边出于大局团结，没有哪一方出面干预，他们谁也没有想到，这样一件捅破天的大事竟然是你杜克一人在键盘上鼓捣出来的。杜克说，我是一只兜虫，脑子里没那么多羁绊，不是有这样一句话吗？一朝权在手，便把令来行。

年底，在研究政府工作报告时，市委这边提出，紫城新区机构改革这样一件大事，政府报告为什么只字没提？政府回话，市编办归市委管，这件事是市委主导，要写也该写进市委报告。市委这边恍然大悟，紫城新区八局之变，原来都是杜克所为。

六、挥发还是泄露

元旦后春节前，组织部门对市属各县区、各单位要进行年度考核。小吴来过电话，让杜克一定要重视这次考核。

杜克给小袋熊发微信，小袋熊告诉他，在剑桥她又养了一只兜虫，不过不是战神大兜，而是稀有的长戟大兜虫，体长达6厘米。这种兜虫2013年首次在英国发现，是国宝级兜虫，长戟大兜虫是宙斯的儿子，又称大力神，有了它，你就所向披靡吧。杜克笑了，他告诉小袋熊，知道自己为什么叫杜克吗？duke在英语里是领导者，自己天生就是当领导的命。小袋熊嘘他，连画圈儿的学问都不懂，还天生当领导的命呢。小袋熊说有件事她要作检讨，她把杜克的简历及几篇发表过的学术论文发给伦敦一家环保公司，这家公司很感兴趣，说杜克随时可以到公司面试。杜克说，我在紫城如日中天，你干吗忙着帮我跳槽？小袋熊说，你不了解官场的学问，如日中天之后，不就是下午了吗？杜克这才想起，小袋熊可是官宦人家的千金，见过的世面比自己多。

不幸果然被小袋熊言中。年度考核后，市委在新一轮干部调整中对杜克作了另行安排，让他去市政府研究中心当主任，属于平调，不升不降。市委决定出来当天，小吴打电话告诉他两件事，一件是吴怀中出事了，因为行贿被省纪委双规，估计要牵涉不少人。说，杜克你挺有眼光的，要是绿松湖项目真的上马，紫城会倒一批干部。另一件事是告诉他新区新来的主任是焦市长从省里挖来的，是个管理学博士，市政府研究中心主任这个位置也是焦市长争取的。杜克让小吴转达对焦市长的谢意，说自己两年没见小袋熊了，再不去见，担心小袋熊被大灰狼给拐跑。

市委组织部长来新区主持召开了领导干部大会，和上次宣布决定一样，部长面无表情，照本宣科，用标准的普通话把市委决定宣读了一遍，然后让杜克讲话。杜克精神有些溜号，一只长戟大兜虫在眼前若隐若现，他不记得自己讲了些什么，好像讲了喇嘛眼，说任何时候都要保护好这只紫城之眼，只有这只眼能回望过去，也能洞悉未来。讲话结束时掌声很热烈，他知道这种热烈是对他调走的一种欢呼。新来的主任姓什么杜克没在意，他讲了些什么杜克也不再关心，但有两个观点还是楔子一般嵌入了耳鼓，一个是滨海整体是一盘棋，这是大局；一个是新区不管怎么新，都不能成为例外的理由。

市政府研究中心来电话要派人帮杜克搬东西，他没有同意，他所有的东西一个拉杆箱就能装下，无须劳驾别人。当夜，他在食堂吃了最后一次晚饭，因为是周末，食堂餐厅就餐人很少，显得空旷肃静。值班厨师留着小胡子，在厨房里隔着玻璃冷冷地看着他，厨师们对食堂曾经发生的那次改革耿耿于怀，因为他们去当了一个月的园林工人，这种角色转换是一种耻辱。没等杜克吃完，厨师锁上厨房走人，偌大的餐厅里只有杜克一人在晚餐。杜克并无失落感，他习惯一个人吃饭，吃饭的时候他大脑会十分活跃。忽然，一股薰衣草花香飘过来，回头一看，是刘霞，刘霞穿着一件乳白色风衣，里面是件紫色开司米高领毛衣。刘霞说，杜主任，我想九点钟请您再检查一次厨房。杜克问：为什么？刘霞低下头说，只有这样，才能改变我在您心中的印象。杜克说，我心里对你什么印象呀？刘霞说，你肯定认为我是一个不讲卫生的女人，连食堂蟑螂都治不了。杜克放下筷子说，不是这样，说实话我挺欣赏你的，你很真诚。刘霞眼

中国短篇小说排行榜 2018

圈红了，紧紧咬住下唇。杜克摇摇头，道：这里的蟑螂已经与我无关，不过，你来得正好，请您打开405会议室，我一会儿想去看看这个开过无数次会议的地方。杜克决定明天一早离开，到伦敦与小袋熊过春节，他对谁都没有讲，但他很想到405会议室去一趟。

杜克回到宿舍，拿起写字台上的梦之瓶，一看，瓶子已经干了，他旋紧瓶盖，将空瓶放进拉杆箱。收拾办公室时，他发现电脑显示屏旁的梦之瓶也空了，他收好空瓶，心里有些怪自己，什么时候空的？自己太粗心大意了。他打开电脑播放器，班得瑞《非洲日落》清爽的音乐流水一般响起，仿佛带着串串气泡，拍打着他的神经，他仰在沙发椅上，脑海里一页页翻着两年来的往事。曲终，他下楼来到405会议室，楼道空空，墙壁上的壁灯散发着橘黄色的光，会议室大门虚掩，刘霞坐在会议室等他，刘霞没有穿风衣，那件高领紫色毛衣让他为之一振。刘霞站起身说，看来，杜主任对这个会议室很有感情。杜克说，我只是想起来一样东西。他进到圆桌会议中央，拨开吊兰，找到那个梦之瓶，对着日光灯在眼前晃了晃，瓶中空空如也，薰衣草精油一滴不剩。

第二天天未亮，杜克要了个滴滴快车，直接去机场。他拉着拉杆箱，迎着凛冽的寒风一个人走出宿舍，来到车前正要上车，刘霞不知从何处冒了出来，她穿着乳白色风衣，里面是紫色高领毛衣。你怎么来了？杜克这个时间离开没有告诉任何人，刘霞怎么会知道？您落了一件小东西，我给您送来了。刘霞把一个小纸袋递给他，杜克接过去正要打开，刘霞说，车上再看吧，主任。说完，展开双臂拥抱了一下杜克，然后转身走了。刘霞与他拥抱的时候，两人脸颊贴了一下，杜克感到了刘霞脸上冰凉的泪水。

路上，杜克打开小纸袋，里面是两瓶精致的薰衣草精油。

原载《北京文学》2018年第4期

转 盘

二 湘

2013年 中国短篇小说排行榜

钟贵林最早的记忆是关于死亡的。

他记得那么多细节，灰色的云雾迷蒙一片，似有似无，雨水从乌黑的屋檐角滴落在青石板上，灵堂里一批又一批跪下去又站起来的白色人影，泥泞的山路上，破碎的花瓣嵌进了黑泥地里，成了暗黄的一片。

那一年他才四岁，他不知道那到底是一刀刀一笔笔镌刻在记忆深处的，还是从大人的叙述中拼凑出来的记忆场景。

正是梅雨季节，天就一直青灰着，云被风吹得慌里慌张，雾气四散。云层下的人也是慌慌张张，却是越聚越拢。他跟着人群聚到了电线杆下。地上有个黑乎乎的人躺在那，背对着天。钟贵林走近人群，人群看到他都自动闪开。他走到最里面，往下看，看到地上的那个人一动不动，周围有一摊摊的血，混在泥土里，成了暗红的一片。那个人腰上挂着一个钥匙串，上面有个玻璃线织的小鱼儿，沾了泥，成了灰不溜秋的了。钟贵林认得那个小玩意，是父亲织的，那原是黄澄澄的身子，绿眼睛的小鱼儿。父亲手巧，青竹片儿能做成绿蝈蝈。他想，父亲是晕过去了吗。他站在那怯怯的，抬头看到对面的华大叔，华大叔看到他，眼睛就转到一边，不敢看他。周围一圈的人都不敢看他。他小小的，

116

站在那，好像一个人站在荒野里，然后他听到很远的地方传来了母亲的声音，"钟枣强，钟枣强！"他母亲付春芳一路哭喊着，披头散发地跑了过来。人群自动给她让了一条道，她走到最里面，全没看到贵林，眼睛只是看着地上的那个人，她才看了一眼，人一下子就瘫软在暗红的泥地里，喉咙里发出了一声凄厉的喊声，"钟枣强！"

钟枣强的寡母王朝英知道独子出了事并未说一个字，只是茶饭一概不吃，被送到公社卫生所吊盐水吊了三天，出殡那天她一个人待在屋里。贵林看见她坐在厢房一角草编的蒲团上，闭着眼，似老僧入定，嘴里不住念着，合着屋外的雨滴声。深灰的屋檐檐角上翘，而屋顶上是深到乌黑的一片片瓦檐。雨水从那檐角上一滴滴落下，滴在长廊的青石板上，又溅起，成了粉身碎骨的晶莹。

贵林还站在门槛上呆看着奶奶，就被母亲春芳喊了去。她给他换上白麻衣，腰上系了根草绳，头上戴了白布帽子。帽子后面拖着个长长的布条，不时碰在泥地里，黑黑的一截坠在身后。他手里端着灵牌走在前面。上山的时候贵林觉得好像父亲就在旁边，牵着他走，他一路走得轻快，不像个才四岁的孩子。父亲葬的地方在青霞山的山崖边上，路不好走，山路泥泞，送葬的人群把路边刚开的水米花踩得东倒西歪，花儿一片片都倒在了黑泥地里。好在那天开始还下着雨，后来就停了，到了落葬的时候太阳将出未出，在乌云边上勾了条金边。华大叔说是个好兆头，你爹会保佑你呢。贵林不作声，往山下看，绿幽幽的稻田里一片片漆黑如墨的屋檐就是钟家庄。封棺的时候，付春芳眼睛肿成了桃子，却是一滴泪都没有了。

祖孙三代，孤儿寡母混混沌沌地过了一年。这一年钟贵林去得最多的地方就是公社汪支书家。付春芳每天拉着他站在支书家门口，央他发送因公抚恤金。钟枣强是公社电工，那天修电线时天气不好，电线漏电。公社汪巴丹支书一开始还答应得好，后来就老是推说县里没钱下来，他也没办法。他眼睛有些斜，看着看着就斜到付春芳胸上去了。付春芳气得拉了贵林就回家。

到了第二年开春快到清明的一天，春芳说是要带贵林去镇上。贵林自父亲过世就没去过镇上了，心里高兴，晚上都睡不着了。他隐约听到母亲和奶奶在堂屋里说话，母亲似乎隐隐还在哭泣。母亲好像是提到抚恤金终于落实了，一个月有十多块钱。贵林记得母亲很久没有带他去汪支书家了。有一次，他看见母亲一个人从汪支书家那边的路头上走过来，低着头，脸上一丝笑也没有。

第二天母亲拉着他去镇上，他们沿着小渠走。小渠里的水是从水库里流下来的，下了几番春雨，溪水涨了几篙，但是依然清亮见底。贵林停住脚，细细地看，看到小小的只有拇指大的黑鱼贴着鹅卵石游。溪水一路哗哗前行，碰到石头，就成了银白。小渠沿着山一个弯又一个弯，他们也走了十几个弯，才远远看到五凤镇。

镇上沿街的一路都是小摊小点。贵林站在那个麦芽糖的画糖摊前就动不了脚了。画糖人的是个老汉，脸膛黑黑的，拢着手坐在小马凳上，看着贵林就露出一丝笑，"细伢子来一个？"小锅里流动的是金灿灿的麦芽糖，香气漫延到贵林的鼻尖，贵林看着春芳。春芳从衣兜里掏出一个透明的塑料袋，又从塑料袋里掏出一个5分硬币，递给老汉，老汉站了起来，伸出手接过硬币，他的手和脸一般黑黝黝的。"伢子，你先转个东西。"老汉前面是个木质的圆形转盘，上面画着十二生肖，贵林开始转动转盘中间的木条，木条转过公鸡，转过龙，停在旁边的五点。贵林眼睛一直盯着转盘，看看木条差点就停在龙那一格，心里直咬牙，怎么就差那么一点点！老汉拿了一个勺，从小锅里舀了一勺糖，在锅子旁边一个白石板上飞快地点了五下，又拿了根竹签子，按在中间，等了一会儿，铲起来，递给贵林。贵林都要哭了。

"我给你一角钱，你给伢子做条龙吧。这伢子是属龙的。"春芳说着，从塑料袋里掏出一张皱巴巴的毛票。老汉接了钱，又舀了一勺麦芽糖，画了条龙，递给贵林，"拿稳了啊。"贵林喜滋滋地看着，那条糖龙是透明的，阳光下更是透着亮黄色和麦芽的芬芳。"你家伢子将来是要成人中龙凤的呢。"老汉看了一眼贵林。春芳叹了口气，拉着贵林继续往前走。

春芳拉着贵林进了镇上唯一一家照相馆。上午的阳光还不强烈，从窗户缝隙里渗进来，软乎乎地，照相馆里每一个物件都像在打盹。照相的小伙子从三脚大架子上的黑布后面探出头，"大姐笑一个。"春芳就露出笑。"细伢子靠妈妈近一些，头不要歪，笑一下啊。好！"他飞快地按了一下手里黑色的东西。贵林盯着那个东西看了半天，他还不知道那个就是快门。许多年后，他一次又一次拿出那帧黑白两寸照片看，那时的母亲还很年轻，母亲的手搭在他肩上，他的头靠着母亲。那时的他还只有五岁，五岁的他并不知道那是他和母亲最后一张合影。

　　过了几天就是清明。祖孙三代去青霞山顶上给钟枣强上坟挂亲。山顶上风大，吹着天上的浮云动，吹着山下的钟家村也在转。坟头已经长了草，春芳把墓碑前面的杂草拔掉，露出"先父钟枣强之墓"几个暗红的大字。她摆了三个青瓷的碗，满斟了酒，又在前面摆了两根红香烛和三根香点上。王朝英取出一叠厚厚的碑钱开始烧。贵林认得那碑钱，是母亲从镇上的铺子买的草纸，土黄色的一叠，奶奶这几天每天都坐在长廊上用木工锉打孔。春芳叫贵林跪在地上磕头，自己也跪了下去，"枣强啊，你莫怪我啊。我就要走了，我原是要带着贵林走的，娘说你们钟家三代单传，这个根要留下来。"说着，眼泪一行行就流了下来，"妈要去哪里？"贵林心里不解，看了看春芳，又看看王朝英。朝英不说话，还在烧碑钱，黑色的纸灰被山风吹起，像黑蝴蝶一样在香火的迷烟中到处飞舞。朝英拿袖子抹眼睛，不知道是不是纸灰进了她的眼。

　　母亲付春芳是一个星期之后走的。天才麻麻亮，贵林还在睡觉。她看着他熟睡的样子，眼泪又忍不住哗哗地流。王朝英说你走吧，别把娃吵醒了，就更动不了腿了。她狠了心抹着泪转身就走了。她出了门没多久，贵林就醒转过来，一转身看见母亲不在身边，就下了地。他跑到晒谷子的禾塘上，看到土路上的小三轮突突地开起来了，他觉得母亲就坐在上面，他突然发了狂似的沿着田埂跑了起来，他一路跑，一路喊着"妈妈，妈妈！"哪里追得上，他追了一阵子，一屁股坐在田埂上，看着土路上的小三轮越来越小，车轮扬起的尘土在朝霞的光柱里旋转，沉淀，渐渐地没了踪影。

王朝英是个小脚女人。走路不利索，做事利索。她会做粽子，会做糍粑，还会纳鞋底。贵林觉得这个世界上好像没有她不会做的事。朝英白天在家里编小辫子——用稻草桔梗编的小辫子。贵林蹲在地上看，她的手法怎么可以这么快。"你要学吗？"朝英问，贵林点头。朝英找了个马凳，贵林坐在上面，从水盆里拿了三根浸泡了一夜的桔梗，一头打上结，一头就开始编，就跟编小辫子一样编，一根用完了，再拿一根，顺在一起再接着往下编，不到一个时辰，两个人面前就团了一堆织好的草辫子，长长的，卷成一团，放在里屋。

那时候的日子长，一天里能编好多的草辫子。到了赶集的日子了，朝英把编好的小辫子装了一麻袋，拿到镇上卖。编草帽的人就要这样的小辫子，他们拿回去，再裁短，一圈一圈就编出来了一顶一顶的草帽。朝英的小辫子辫得扎实，匀称，编草帽的人看了货，很快就收了。

贵林从早上朝英一出门就盼着她回来了。下午的太阳照在屋檐角了，大下午了，奶奶要回来了。贵林趴在草垛上看，他看到土路上朝英略微有点驼背的身影了，他从草垛上飞快地爬下来，跑到路口去迎她。朝英看见他，就从麻袋里拿出一把五颜六色的水果糖。贵林高兴坏了，捡了一颗黄色的糖塞进嘴里，又捡了一颗红色的给朝英，朝英说："奶奶不吃，这都是给贵林的，贵林辛勤劳动换来的。"朝英总是不太笑的，贵林有些怕她，就不再说什么。

夏天的晚上，风从山谷吹过来，吹到禾塘里。禾塘的前面是条小溪，清浅见底，小溪的下面就是稻田，稻田里有蛙声，高高低低，此起彼伏的。天上的月亮不作声，月色那么浅，那么清，月光下的草垛像是镀了一层银，透着清气儿。朝英躺在草垛下的竹椅上抽旱烟袋。她眯着眼，吸了一口，轻轻地吐出来。贵林看着那烟圈，伸出手去抓。"贵林，你也来一口？"朝英问。她把旱烟袋递给贵林，贵林怯怯地拿过来，吸了一小口就呛着了。贵林一咳，朝英就笑了，笑得眼睛眯了起来，"小东西。"她一边笑一边拍着贵林的背。贵林想，原来奶奶也有笑的时候。

朝英抽完了一袋烟了，躺在那摇着蒲扇。贵林抬头看天上。蓝黑黑的天上都是星星，多得数不过来，一颗一颗的，比荷叶上的水珠还亮。

"天上的星星真多啊。"贵林说。

"有一颗是你爸爸呢。他在天上一直看着你呢。"朝英也抬起头。

"是吗？哪一颗？"

"就是西边角上那颗。他在天上会保佑你的。"朝英指着一颗亮晶晶的星。

"我不要他在天上，我要他在地上。"贵林看着那颗星星。

朝英不作声了，贵林也不作声了。夏天的夜里，风竟然有了丝凉意。

过年了。

除夕的夜里，两个人坐在柴火灶前烤糍粑。柴火的火气把贵林的小脸烤得红红的，柴火太旺，朝英就在旁边用三个石头架了个小灶，把白花花的糍粑放在上面烤，空气里开始散发出糯米的清香。糍粑也慢慢变软变松，上面膨胀了起来，渐渐又变成金黄。朝英拿铁夹子夹了，放在灶台上。等它凉了，拿了给贵林吃。"可惜没有白糖。"朝英说。可是贵林已经觉得很好吃了。

远处稀稀拉拉有人家放炮竹，在静静的夜里回响，更添了几分落寞。贵林有些困了，迷迷糊糊他听见奶奶在耳边唱着小曲：

"铁打铁，铜打铜，

打把剪刀送姐姐，

姐姐留我歇，

我不歇，我要回去学打铁，

打铁打到正月正，

家家门口挂红灯。"

他躺在灶火前眼睛慢慢地睁不开了，只看见父亲、母亲进了门来，拉着他的手就往外走，"贵林，我们去镇上去。"贵林从柴火前站了起来，高兴地一手牵一个，他们走过金灿灿的稻田，走过小渠上的青石板桥，往五凤镇的方向走。贵林抬头看到天上却是一弯新月，在暗灰色的天空中发着太阳般黄亮的光泽，地上是如水的清亮，他有些弄不清是白天还是黑夜。他们沿着小渠一路走，小渠里的水白闪闪的，还有鱼儿从水里跃出来，在空中翻了个跟斗，又掉到溪水里。他们一直走一直走，可是转了一道又一道弯，就是不见五凤镇，却看到了钟家庄黑漆漆的一片片瓦檐。咦？怎么那路是个圆圈吗？怎么又绕回来了。贵林正诧异，父亲、母亲都不见了踪影，他难过极了，眼泪就流了下来，"爸爸，妈妈！"他喊了起来，周围却是什么都看不清，只有风吹着村口那棵白杨树，叶子沙沙作响，像秋雨，又像春蚕在咬噬着桑叶。

王朝英听见贵林在梦里喊爸爸妈妈，又见他眼角都是泪，长叹一声。灶里的柴火渐渐地就要烧尽了，只有微弱的火光在土灰里闪亮着，挣扎着。

第二天就是大年初一，贵林一早就去给新毛叔叔拜年，新毛算是他的远房亲戚，据说爷爷辈是堂兄弟。他从家后面的木门走出去，穿过土黄色的毛坯房之间窄窄的小道，又绕过天井里的打谷机，就到了新毛家的后院。后院里有一棵橘树和一棵桃树。橘树冬天并不落叶，墨绿色的叶子像是打了一层蜡，桃树却是光秃秃的，只是些土灰色的枝丫像手掌一样展开，伸向同样灰蒙蒙的天空，像是融成了一片。两棵树并排站在那，一绿一灰，一荣一枯，却都是安安静静的。新毛叔叔坐在凳子上看着院子，脚上盖了一床暗蓝色的被褥，被褥下面是个木制的四方的小火盆，上面有个把手，可以提着走。

贵林从记事起，新毛叔叔就一直坐在那了。他小时候得了小儿麻痹症，很小的时候就不能走路了。每天早上他哥哥把他从床上抱到凳子上，他就坐在那看着小院子，或是做一些活计。他腿不能动，但是手巧，会剪纸，会做装小蝈蝈的笼子。他肚子里更是装满了故事。贵林常来这个小院子，听新毛叔叔讲故事。新毛叔叔爱说鬼故事，贵林每次都吓得捂着耳朵，可是下一次，又忍不住央求他讲。

他最记得的是《翩翩》的故事。翩翩是个仙女，碰到进京赶考落第的书生。一介落魄书生，翩翩却给他做新衣裳，用芭蕉叶子做衬，天上的云朵抓一把下来做棉絮。翩翩手一比画，芭蕉和云朵就变成了舒舒服服的冬袄了。可是，如果书生一说谎，衣服就又变回叶子了。新毛叔叔最后说，"看，小孩子可不能说谎啊。"贵林后来长大了，看到这个故事，才知道是《聊斋志异》里的。而且新毛叔叔好多地方说错了，可是他还是喜欢他的版本，尤其是一说谎，衣服就变回叶子那一出。

"贵林来了。"新毛叔叔看见贵林走了过来，脸上露出笑。贵林觉得他一生下来就是笑的，就好比他一生下来就坐在那。他好像也从来不大声说话，总是那么温和，就像小渠里的水，总是不疾不徐地流。

"新毛叔叔，给你拜年。"贵林说，眼睛看了一下他前面的小桌子。桌子上没了往日里那些竹片或是柳条，而是摆着一碟子冬瓜糖和一碟子瓜子。

"今天初一，不做活计了，你吃。"新毛叔叔像是看透了他的心思。贵林拿了一根冬瓜糖，问他，"你每天都坐在这不闷吗。"

"每天走来走去也会闷的，习惯了就好了。"新毛叔叔又笑了，"会走的，不会走的，最后都得回到原地。这个世界上什么都是圆的。"

"圆的？"贵林听得有些糊涂，他突然就想起那个转糖人的转盘，"什么都是圆的，就像一个转盘？"

"是啊，圆的，连时间都是圆的。"新毛叔叔笑了，他这次笑得有些凄然，也有些诡秘。

贵林更糊涂了，他待了一阵就往家里走，只听见新毛叔叔在他背后说，"好防佳节元宵后，便是烟消火灭时。"他心里有些发毛，回头看了一眼新毛叔叔，他坐在灰色的屋檐下，脸上的神情像水库里的水，深不见底。

元宵节那天早上，王朝英带贵林去镇上赶集。贵林从画糖摊子过的时候，看了一眼老汉，又看了一眼转盘，什么都没说。王朝英也没说什么，他们去买了些家用，又买了些糯米粉。贵林一天都心里不安，熬到晚上，心里稍稍安定一些。晚上王朝英给贵林做了一碗元宵，没有馅的元宵。贵林吃了一个就不吃了。贵林记起父亲在的时候，常从公社供销社买桂花馅，包在元宵里，汤里还放了红糖，吃起来满嘴都是香甜。这么寡淡的元宵，他吃不下。王朝英叹了口气，把他碗里剩下的几个元宵都吃了。这之后没多久，她说要去洗个澡。她烧了一盆热水，倒在屋子里的圆木盆里，屋子里都是水汽，她关上了门。

贵林在外面等了好一阵，也不见奶奶出来，他在门外喊了一声奶奶，没有回应。他有些诧异，又喊了一声，还是没有，贵林有些慌，"奶奶！"他声音很大，周围是一片沉寂。他推开门，奶奶坐在木盆里一动不动，头歪在一边。

"圆的，什么都是圆的。"贵林站在那，看着圆木盆里赤条条的奶奶，脑子就想起了这句话，然后就傻在了那里。

新毛叔叔后来说："你奶奶修得好，走得这么快。"

"可是她为什么扔下我不管？"贵林问。

"你不需要她管了。你自己能管好自己。"新毛说。贵林皱着眉头，望着远处黑黢黢的青霞山。奶奶和父亲都葬在那高山顶上。

贵林开始吃百家饭，钟家村一户养他一个月，他住在哪家，他父亲那个月的抚恤金就归哪家。这个月轮到他在华大叔家吃饭，他那天听见华大叔在厨房抱怨："这个月就都吃素，没见一点肉。"华大妈看见贵林进来，忙朝他挤眼，"镇上闹猪瘟，谁还敢吃肉？"华大叔也看见贵林进来，生生地把后面一句话吞了下去。他知道自己老婆小气，贵林在的这个月，想着法子克扣伙食，生怕外人吃了。他是个怕老婆的，也就不说什么了。

贵林已经六岁，开始懂人事了，知道自己有饭吃就不错了，也不敢言语。只是他看见华大叔的大儿子外号叫鼻涕虫的每天背着个书包去山顶上的小学校上学，心里羡慕得很。有一回，他一个人跑到山顶上的学校，隔着窗棂，他看到学生们手里的教科书封面上有两个红领巾站在鲜花里，那个民办女老师带着同学们念书，"毛主席永远活在我们心里。"他心里有些发酸。山下就是钟家村，快到夏天了，水稻开始抽穗了，绿油油的一片片里有零星的几点黄。他爬到小学校后面的一棵高高的枞毛树上，站在上面往外看。山风吹得树枝一颤一颤的，满山满眼的映山红，团团簇簇，整个山头都是红的。越过那一层层红云，他似乎都能看到山外面的世界了。他在想，绕着山路一层层就到了五凤镇，过了五凤镇外面又是什么呢？

贵林没想到他在华大叔家的最后一顿饭吃上了肉。华大叔家来了个稀客。他远房的一个侄女和她的丈夫来附近探亲，顺道来看看他。他侄女叫李秀梅，那个穿着军装的男人就是她丈夫吴辰刚。吴辰刚参军在大连当兵，李秀梅后来随军也去了大连。

"你们在北方过得惯吗？听说冬天只能吃大白菜啊。"华大妈问。

"还好，小菜是没有南方多，肉类倒是不缺，海鲜也多，毕竟是海滨城市啊。"李秀梅夹了一块回锅肉。

贵林坐在边角，看到那碗回锅肉，忍不住也伸出了筷子，看到华大妈使劲盯着他看，筷子在空中拐了个弯，伸到了旁边的豆腐碗里。

"这伢子是谁？"李秀梅注意到了贵林。

"唉，可怜见的，是个孤儿，爹死了，娘改嫁到邻省，他奶奶几个月前又没了，也没有他娘的信了，现在是吃百家饭。"华大叔说。

李秀梅看了看贵林，又看了看吴辰刚，吴辰刚也盯着贵林看。

"这孩子倒是长得清清爽爽的。"吴辰刚说，"吃肉，吃肉。"他夹了一筷子肉放在贵林碗里。贵林看着华大妈，华大妈也只好说，"吃啊。"他这才把肉往嘴里送。

那天他们夫妇两个和华大叔叽叽咕咕了好一阵。原来他们夫妇两个一直没有孩子，准备领养贵林。华大叔又跑去找公社的汪书记商量了一回，汪书记说是公社没意见。

李秀梅问贵林，"贵林，你愿意和我们去北方吗？"

贵林不作声。

"那个城市好着呢，靠着海，大海，你见过吗？"秀梅又问他。

贵林还是不作声。

"经常有肉吃呢，还有带鱼，炸得金黄的带鱼。"吴辰刚说。

贵林抬起了头，问他，"可以念书吗？"

"当然，当然，大城市呢，有学校，有图书馆。"吴辰刚忙不迭地说。

"好。"贵林说了一个字。

李秀梅和吴辰刚都笑了。吴辰刚摸着他的头，"以后，你改个姓，就叫吴贵林了。好不好。"

贵林又不说话了，看着屋外的稻田和稻田后面一层一层的山。山是黛青色的底，映山红成了一层薄薄的淡红的雾气，缭绕着，晕染着那黛青。

贵林去和新毛叔叔告别，新毛叔叔拿了一张土黄的草纸，给他剪了一条龙，"贵林，你以后要成人中龙凤了。"他笑着把剪纸递给贵林。贵林拿起那条龙，阳光下，土黄色的一条龙，镂空的鳞片，似乎马上就要飞了起来。不知怎么他就想起了糖人摊子的转盘，这一次，转盘停在了龙的位置吗？

第二天一大早，李秀梅和吴辰刚一人拉着贵林的一只手，走在村口的土路上。他们坐上了小三轮，小三轮卷起土灰，在土路上突突地往前行驶，土路一边是渐渐转黄的稻田，一边是小渠，清亮亮的，泛着光。天上是刚升出来的太阳，天气有些阴暗，云气缭绕在天上，太阳也失去了光泽，让人弄不清是太阳，还是月亮。开了一段土路，就是山路，山路一道又一道的弯，钟家村的黑屋檐一会没了，一会儿又绕了出来。有一阵，贵林想，会不会像那个转盘一样又绕回到村里呢。但是钟家村终于是愈来愈远了，渐渐地成了一根黑线，又慢慢地成了一个黑点，最后，连那个黑点也不见了，只是远远的一层又一层的山，黛青的山，像波涛一样绵延，仿佛下面暗藏着无数的旋涡，而在那暗涌之上，却有一层轻渺如烟的红萦绕在山边，在天边。

原载《清明》2018年第2期

骄傲的人总是孤独的

哲　贵

　　对于梅巴丹来说，父亲突然弃世是个分界线，她的人生由此划分为两段。

　　梅巴丹不是没有想过死亡问题，可父亲才六十多岁呀，每顿能喝一斤白酒，连感冒药也没有吃过，怎么可能跟死亡发生联系？如果一定要说问题，那就是太瘦，像一根箸，可梅巴丹认为这正是父亲的优点，加上他一头白发，很是玉树临风。在梅巴丹的记忆中，父亲一直是满头银丝。她觉得父亲生来就是个"白头翁"，这才是想象中父亲应有的形象。她以为，父亲这个形象是永恒的，如他的作品一样不朽。她以此为荣。

　　父亲一直是沉默的。梅巴丹懂事以来，便开始琢磨这个老头心里装着什么怪东西。梅巴丹当然琢磨不出来，父亲像一块巨大的木头，对，是一块巨大的木头。

　　虽然父亲像木头一样沉默，但梅巴丹不怵他。梅巴丹从他的眼神看出来，他看她的眼神是柔和而温暖的。可是，他几乎一句话也不说，这让梅巴丹多少有所忌惮。他的眼神有一个无形的铁框，将她罩在铁框里，使她喘气不畅，骨骼酸疼，连走路的步伐也不敢迈得太大。

　　唯一例外是父亲喝酒的时候，即在晚上收工之后。在他们家不大的饭桌

127

上，端上梅巴丹的米饭和她喜欢吃的对虾。父亲晚上不吃主食，只喝酒，喝的是江心屿牌老酒汗。下酒菜是老三样：花生米、鸡爪皮和猪耳朵。逢到节日，会加一个菜：鱼生。鱼生就是比小指还细的小带鱼用酒糟加盐腌制而成，闻起来有股腥臭味，入嘴芬芳鲜美。

梅巴丹六周岁生日那天，父亲给她煮了一碗长寿面，煎了两个荷包蛋，还有一只又大又肥的红烧螃蟹，同时，父亲给她倒一小杯老酒汗。此酒系采集老酒煎蒸时所凝结的汗珠状液体而得。这是梅巴丹第一次真正接触白酒，她之前每天晚上裹着这股刺鼻的味道入眠，可那味道跟她没有关系，那是父亲快乐和忧伤的玩具。所以，当那杯老酒汗放在面前时，她有点猝不及防。她看了看父亲，父亲也看了看她，没有开口。梅巴丹没有再说什么，小心翼翼端起杯子，她发现白酒满出杯沿，在杯口跳动。这让她紧张，赶紧将酒倒进喉咙。一口下去，身体立即被点燃了，好似有一道闪电，要将她由内到外撕裂。她丢下杯子，在地上乱蹦乱跳，在餐厅里一圈又一圈地跑。起码跑了十分钟，身体里的火焰才慢慢熄灭。她一边跑一边狗一样吐着舌头，哇啦哇啦地叫，心里暗暗发誓，妈呀，再也不碰这鬼东西了，每天让我过生日也不碰了。当身体里的火焰熄灭后，她发现，自己的脑袋和双手开始变大，身体和双脚逐渐缩小，肉体离开了地面，像一朵云在空中飘来飘去。身体里充满了力量，又好像被抽走了所有力气。连眼皮也睁不开。这真是一件神奇的事。更神奇的是，从那以后她喜欢上老酒汗的味道和入口后的刺激，以及之后那种飘浮在空中的感觉。只不过，从那以后，她不再一口将一小杯老酒汗干掉，而是像父亲一样，一小口一小口地抿，抿一口，哈一口气，顺便去父亲碟子里夹一颗花生米，有时觉得一颗不够，又去夹一颗，再夹一颗。只有在这个时候，父亲脸上才会泛上一丝笑容，可她又疑惑地发现，父亲的眼睛闪现出若有若无的泪花。

这大概是梅巴丹对父亲最初的记忆。这个记忆是如此牢固和深邃，以致她此后无论何时何地，只要看见酒或者想起酒，脑子里立即浮现出那个场景。她爱酒的种子也从此落到了实处，并且得以展现。

2013年 中国 短篇小说排行榜

其实，梅巴丹没有想到，这不仅仅是记忆。这是她人生真正的开始。多年以后，她发现，那一杯老酒汗，从某种程度上决定了她此后看待世界的角度和态度。

在梅巴丹的记忆里，父亲将每个晚上的酒喝得异常漫长，如一个人跋涉在没有尽头的旅途。在最初几年，梅巴丹总是在饭桌上睡着，当她第二天醒来，已在床上。也就是说，在最初几年里，梅巴丹从未目睹父亲走到孤旅的尽头，她也无法想象父亲在旅途中遇见的风景，以及他在旅途中呈现出来的风景。

梅巴丹第一次陪父亲走完旅程，是在她去杭州读大学的前一夜。这是她第一次见识自己的酒量，父亲喝完一斤老酒汗，她一点没比他少喝，居然清醒异常，不但清醒，而且镇定。面对千军万马岿然不动。唯一不同的感觉是，身体仿佛比平时升高了许多，人与物在她眼里变小了，甚至世界也变小了。她有种一切皆在掌控之中的感觉。而父亲喝到最后，已经不胜酒力，仿佛手里拿的不是酒杯，而是一生的重量。父亲在这个时候也是沉默的，唯一的不同是，每喝完一杯后，看着空杯子，嘴里喃喃地叫着：囡啊，囡啊。声音轻得几乎只有他自己才能听见。

也就是在此刻，梅巴丹似乎一下看透了父亲内心埋藏着的秘密。父亲坚硬如铁的外表下，包裹着一颗近于透明的心脏。她突然觉得父亲是那么孤独和无助，像一个孤儿，需要温暖和关怀。

大学四年，每年暑假，她都在父亲的工作间度过。当然，从她懂事开始，她一直待在父亲的工作间。她没地方可去。父亲在工作间，她只能在那里。

梅巴丹将父亲比喻成木头，是因为父亲每天跟木头待在一起。一个人和木头长久生活在一起，容易成为一块木头。而他们家就是一个木头的世界。

他们家在信河街丁字桥巷，有个独立小院子，人称梅宅。后院有个仓库，堆满各种各样的木头。仓库出来有一个工作间，工作间也堆满木头，但跟仓库里的木头已大不一样，这些木头已被锯成大小不一、形态各异的木块。工作间有一张大工作台，占了工作间一半位置。那些木料、半成品和成品大多散摆在工作台上。工作台上还有各类雕刻工具，有锯、尺子、敲槌、垫布、方凿、圆凿、斜凿、三角凿、针凿等等。工作间边上是陈列室，陈列室有两排大柜子，隔成大小不一的格子，每个格子里摆着雕刻好的人物，有关公、张飞、刘备、诸葛亮、苏东坡；也有观音菩萨、弥勒佛、南极仙翁、钟馗；还有一类是生活中的普通人物，如骑在牛背上的牧童、江上的渔夫、晚归的农人、浣衣的妇人等等。

梅巴丹从小在工作间玩，她见父亲雕木头，也拿凿子在木头上乱凿，父亲雕什么，她便凿什么。她将凿出形状的木头递给父亲看，父亲没有说好，也没有说不好。

一年之中，父亲会带她出一趟远门，去一个叫神农架的地方。父亲带着她，转了一趟又一趟车，最后，没车可转，他们便下去步行。

他们翻过了一座又一座山峰。梅巴丹问父亲："我们去哪里？"

父亲抬头看了看四周，伸手朝天上一朵白云指了指，说："去那里。"

梅巴丹看了看那朵白云说："白云飞得那么高，我们上得去吗？"

父亲没有回答。

梅巴丹走不动了，脚底磨出两个水泡，双腿发酸，不停颤抖。父亲背着她继续翻山越岭。梅巴丹趴在他背上，虽然脚上的水泡还在发热发痒，她心里甚至突然喜欢起它们来。她用手箍住父亲的脖子，温暖从父亲身上传来，弥漫她的身体，让她忘记了身体的存在。她喜欢这种感觉，身体越来越轻，越飞越高，飘到朵云上去了。而父亲如一只大鸟，在天地间飞行。

梅巴丹希望这是一次没有尽头的飞行，可她知道，所有的旅行都有一个终点。她小心翼翼地问父亲："我们去白云上做什么呀？"

父亲说："寻找一件宝贝。"

她问："白云上有什么宝贝？"

父亲说："到了那儿你就知道了。"

他们到达时，暮色已起。头顶的白云变成了红霞。在两山之间一个峡谷里，有两间小木屋，木屋里住着一个老公公和一个老婆婆。

到了之后，梅巴丹才知道，父亲所寻找的宝贝，其实就是木头，是生长在神农架原始森林背阴山坡的黄杨木。

梅巴丹和父亲在峡谷的小木屋住了一夜，梅巴丹喝了酒后，先上了床，听见父亲和老公公在喝酒说话，主要是老公公在说，说他在山上寻找黄杨木的故事。梅巴丹很快睡着了。

第二天，老公公用小车推着一大捆木头，将他们送出峡谷，一直送到车站。分手时，老公公笑着拍拍梅巴丹的脑袋说："明年见啦，小酒鬼。"

梅巴丹摇了摇头说："我不是小酒鬼。"

老公公笑着说："对对对，明年你就是大酒鬼，老公公喝不过你咯。"

梅巴丹和父亲带着一大捆木头，转了一趟又一趟车，回到了信河街。父亲对那捆木头特别珍视，只有雕刻重要作品时才会用。

梅巴丹读大学之前，父亲已获得中国工艺美术大师称号，她经常听见客人站在院子外喊："梅大师在家吗？"

父亲有时不想理会客人，躲在工作间里不出来，梅巴丹便会走出去，对客人说："别喊了，梅大师不在家。"

客人问："梅大师去哪里了？"

梅巴丹说："去神农架采木头啦。"

客人问："知道他什么时候回来吗？"

"少则半个月，多则半年。"梅巴丹停了一下，忍住笑说，"如果有急事，你去神农架找他吧。"

大学四年，有四个男生追求过她，她一个也没看上。从大一开始，她暗恋上教他们美术史的老师，名叫崔大仙，长得又高又瘦，瘦得没屁股，像一杆竹竿。竹竿扎着一个小辫子，无风自摇。除了上课，梅巴丹几乎没见他开口说过话。梅巴丹倒是见他每天下午在操场跑步，戴着运动帽，一身跑步服。下雨天也不例外。他每天跑步时，梅巴丹便站在操场外围看，他跑到哪里，她的眼睛跟到哪里。梅巴丹数得很清楚，他每天在操场跑二十五圈，用时一个钟头。

有一段时间，梅巴丹也想练跑步，她买来了跟崔大仙同个牌子的跑步装置，学着他的姿势和步伐。崔大仙跑步时间在每天傍晚太阳将落未落之际，她则选择晚自修以后。跑了一个星期，接下来是连续五个下雨天。她每天傍晚看着崔大仙像一台机器在操场转圈，突然没有了再穿上那套运动服的兴致。天气放晴，晚自修之后，她有去操场跑步的内心挣扎，可是，心里另一个声音说，算了吧，你不适合这样的运动。她问那声音说，那你说说看，适合我的运动是什么？没有人回答她的问题，她没有找到答案。

梅巴丹知道他有家庭，妻子在大学城的另一所学校当老师，教的是写作。他们住在大学城一座公寓里，有一个读初中的儿子，儿子住校，周日下午送去，周五下午接回来。这项工作由崔大仙负责。梅巴丹没有想过要跟他说话，连接触的念头也没有。她觉得这样的暗恋挺好，无风无浪，晴雨无涉，却心有牵挂。她唯一不明白的是，自己为什么会暗恋他。

大学毕业前一个星期，梅巴丹站在操场外看着崔大仙跑完二十五圈，看着他从公共浴室淋浴出来，看着他走进教师办公室。梅巴丹突然做了一个决定，她一闪身，进了教师办公室。崔大仙看见梅巴丹，眼神有些慌乱，但他还是没有开口说话。是的，这正是梅巴丹想要的，她进来之前便做了决定，如果崔大仙一开口，她立马转身离开。梅巴丹坚定地走向他，刚开始有点慌乱的心情很快平静下去，她看着崔大仙，一点一点接近崔大仙，她觉得是在完成一项仪式，一项神圣而不可言说的仪式。

整个过程，两人都没有开口。梅巴丹离开崔大仙时，崔大仙张了张嘴巴，梅巴丹对他摇了摇头。梅巴丹有一种强烈的预感，这辈子再也不会见到崔大仙了，这是最后一次。她没有悲伤，也没有欢喜。离开办公室时，她回头看了他一眼，崔大仙和他身边的世界突然间缩小了，小到无限遥远的地方。

梅巴丹大学毕业后，在信河街文化馆当馆员，具体工作是收集和整理信河街非物质文化遗产材料。她很快明白，信河街非遗项目多得像夏天的蚊子，有黄杨木雕、渔鼓、布袋戏、舞龙、做酒吹打，甚至有哭丧，等等等等。根本弄不清楚嘛。项目还分级别，最高的是洲际级，以下依次是国家级、省级、市级、县级，有个别的是乡镇级。梅巴丹兴趣索然。就是嘛，物以稀为贵，你弄得遍地都是，谁稀罕？梅巴丹所在的办公室每天有人找上门，自称是非遗传承人，打草鞋的，修篾的，剃头的，做圆木的，也有做豆腐的，都想报，一旦评上，每月会有一定补助资金。这当然是好事，为什么不报呢。梅巴丹不管这些事，她只负责收集材料。她不愿意坐办公室，有时去露个脸，有时连个脸也不露。馆长是个艺术家，痴迷道教音乐，每天往道观跑，跟道士称兄道弟，活得跟神仙似的，无暇管束文化馆，更无暇管束梅巴丹。这挺好。

梅巴丹读大学时，父亲收了一个徒弟，是信河街一个知名企业家的富少爷，各种名车是他的玩具，偏偏喜欢黄杨木雕。梅巴丹听说他们家做打火机生意，木头忌火，父亲一口回绝了这个名叫葛毅的年轻人的拜师请求。父亲最后收葛毅为徒，是因为葛毅做了一件事，他自学黄杨木雕，隔一段时间便来一趟梅宅，没有敲门，更没有喊梅大师，而是将作品放在台阶上，默默走开。一年以后，有一天，葛毅又送作品来，正准备离开，父亲开了门，对他说："你进来吧。"从此，葛毅成了父亲的徒弟。

梅巴丹问过父亲，为什么一年以后决定收葛毅做徒弟，是不是被他的诚信和恒心感动了？或者，他看出葛毅的艺术才华？父亲告诉她，他收葛毅为徒最大的原因是通过一年的观察，发现葛毅确实没有艺术才华。梅巴丹一听就叫起来："你疯了，没才华你收他做徒弟干什么？"

父亲说："我看出他身上另一种我不具备的才华。"

"什么才华？"

父亲闭口不语了。

是的，这就是父亲，梅巴丹永远猜不透他脑子里想些什么。很多人说他是个怪人，是个接近于神的怪人，独来独往，遗世独立，醉心艺术，心无旁骛。

葛毅胖胖的脸上总挂着笑。他每天早上来，晚上回去，中午在这里吃。有时父亲也留他吃晚饭，他会陪父亲喝老酒汗。酒风倒是不错，不推辞，不留杯，但酒量不行，半斤下去，脑袋一歪，趴在餐桌上睡着了。样子很不争气。

他看见梅巴丹就叫师姐，笑嘻嘻地往她身上贴。梅巴丹问他："听说你是独生子？"

他笑着摸摸鼻子，不好意思地说："好像是。"

梅巴丹说："什么叫好像是？"

他说："法律上是的。"

梅巴丹说："什么叫法律上是？"

他看着梅巴丹，又摸了摸鼻子说："我爸在外面还有一个女人。"

"哦。"他很喜欢摸鼻子，鼻尖每天红得像胡萝卜。梅巴丹接着说："那你更应该留在你爸公司里啊。"

他又摸了一下鼻子，笑着说："我喜欢黄杨木雕。"

梅巴丹说："你为什么喜欢黄杨木雕呢？"

他低下了头，轻声地说："我也不知道。"

梅巴丹见过葛毅看父亲作品时的痴迷目光，这种目光，梅巴丹在镜子中见过，那是自己看自己的目光。这种目光是做不了假的。可是，梅巴丹发现，葛毅不合适学黄杨木雕。第一，葛毅观摩父亲作品时，都是一个表情。这是个大问题。问题在于，父亲有的作品不错，譬如他雕苏东坡的作品，雕的是被贬黄州期间的苏东坡，拄着一根木拐，站在江边，目视前方。父亲雕这件作品的用力点是苏东坡的表情，孤愤之中包含着豁达，狰狞之中又有慈祥。那是充满矛盾的脸和眼神。谁看了都会心疼。梅巴丹认为父亲抓住了这一点，并且很好地表现了出来。用了一块神农架的黄杨木，苏东坡脸上的表情细腻、丰富，是一件杰作。可是，父亲也有平庸之作，特别是前期雕刻的神话人物，没有走进人物内心，过于脸谱化。葛毅看父亲这些作品时，脸上的表情没有变化，眼神也没有变化。也就是说，在他眼里，这些作品是一样的。或者，换一句话说，葛毅的审美能力是有问题的。第二，梅巴丹看过葛毅的作品，刀法圆润流畅，造型逼真，人物生动，细节到位。一个外行看，葛毅几乎已经青出于蓝了。但是，梅巴丹一眼就看出来，葛毅所刻的人物面目清晰，灵魂空洞。梅巴丹觉得，这是衡量一个木雕艺人的最低标准，同时也是最高要求——她没有从葛毅的作品中看到他的灵魂，她看到的只是一个漂亮的空壳。这样的人，终其一生，也只能是一个匠人，一个没有灵魂的匠人。

葛毅喜欢黄杨木雕，这点梅巴丹没有怀疑。梅巴丹甚至察觉到葛毅在暗暗喜欢她。每当见到她，葛毅的眼仁显得特别黑特别亮，眉毛也更浓密，好像一根根翘起来。可是，他似乎又刻意要隐藏这种喜欢，担心一旦流露出来，事情便败露了，再也无法收拾。梅巴丹能够感觉到，只要她一出现，葛毅的注意力便转移到她身上，她每一个动作和声音都在他关注的范畴。

梅巴丹有时也会叫葛毅陪她去瓯江边散步。从梅宅出去，穿过一条大马路，再过一条街，便到瓯江边，这里是与东海的连接处。沿着江堤往东，迎面而来的是略带腥甜味的海风，江堤边榕树如盖，有的榕树已有两三百年历史，树干粗得三个人抱不拢。江堤上铺了塑胶跑道，像鲜艳的舌头，长得没有尽头。

他们走在江堤上，葛毅有意无意地拉住梅巴丹的手。梅巴丹就让他握着，没有快感，也没有不适感。她有时脑子里会闪过一个念头，如果葛毅有进一步的举动呢？她会接受吗？她想不会，因为她对葛毅没有感觉，不论感情还是身体。可是，她分明也并不排斥葛毅，甚至，在某个时候，居然期待葛毅有所举动。所以，她有时会害怕起来，告诫自己：梅巴丹，你不是说好要坚守的吗？你他妈的要说到做到。

有天晚上，葛毅约她去法国西餐厅。她知道，那是信河街最好的西餐厅。她去了。葛毅为她点了法国大虾，她没有觉得法国大虾比父亲做的对虾好吃，但她认为还不错，虾很新鲜，只是佐料放多了，部分地盖过了虾的鲜味。这有点可惜。

葛毅还叫了葡萄酒。相对于葡萄酒，梅巴丹更喜欢老酒汗。可是，在西餐厅喝老酒汗几乎不可想象。当然，喝葡萄酒她也不怕，葛毅的酒量和她不在一个级别上。那就喝呗。

喝完了一支，葛毅又叫了一支。

两支喝完，葛毅没有趴桌上睡着，梅巴丹看他却显得小了。梅巴丹觉得这是不可能的事，以她的酒量，这点葡萄酒算什么？可是，她看葛毅确实变小了，周围的一切都变小了。梅巴丹不相信葡萄酒比老酒汗还厉害。

梅巴丹发现西餐厅的服务员都认识他，她眼睛盯着葛毅问："你常来这里？"

葛毅摸了一下鼻子，对她笑了一下，说："我投了一点股份。"

她又问："你以前经常带女人来这里？"

葛毅又摸一下鼻子，笑着承认道："是的。"

梅巴丹指着自己鼻子问："我是第几个？"

葛毅这次没有摸鼻子，而是歪着头想了一会儿，最后还是摸了一下鼻子，笑着摇摇头说："我真的想不起来了。"

梅巴丹突然笑了起来，举起杯子，跟葛毅碰了一下，说："干了。"

半杯葡萄酒，一口便干了。

从西餐厅出来时，她主动拉住葛毅的手。葛毅问她想不想去唱歌，她想也不想就说："不就是KTV吗，去。"

他们在量贩KTV每人又喝了半打百威啤酒。葛毅越喝越兴奋，一点要趴在桌上睡觉的意思也没有。梅巴丹唱了好多歌，会唱不会唱她也不管了，反正就是跟着音乐瞎吼。因为喝了啤酒，她上了一趟卫生间，在里面听葛毅唱歌，声音真是惨不忍睹。梅巴丹想自己刚才的声音估计也是如此吧，甚至更不堪。但是，她心里另一个声音立即跳出来说：这样的声音怎么啦？他妈的，这样的声音才是真实的声音。

从KTV出来后，他们又去了夜宵排档，葛毅点了烤对虾、生醉海参、银雪鱼、花蛤和野生韭菜，他们又喝了四瓶喜力啤酒。

吃完了夜宵，梅巴丹知道下一站该去哪里了，她居然对接下来的旅程充满了期待。她知道，这种期待已经充分表现在她的眼睛里，她的眼睛这时盯着葛毅不放，仿佛一眨眼他就会消失似的。出了排档，她紧紧拉住葛毅的手，她清楚地听见身体里的声音，也清楚地听见葛毅身体里的声音。

他们来到华侨饭店，这是信河街最老牌的五星级饭店。葛毅去登记房间，她坐在大堂的沙发等。夜已深，大堂里有一个穿着酒店工作服的人在用机器磨地，发出呜呜呜的声音，让人牙齿发酸，头皮发涨。她觉得葛毅办理入住手续是那么漫长，比她的一生都要漫长。

葛毅终于走过来了，一手拿着房卡，一手将她从沙发里拉起来，搂着她的肩膀进了电梯。在电梯里，梅巴丹看着葛毅，葛毅也看着她。他们已经靠在一起，身体和身体从来没有如此紧密地依靠在一起，梅巴丹觉得自己的身体在燃烧，要将她烤焦了。她觉得热，觉得烫，觉得躁动。电梯不断上升，好像停不下来。她突然打了个寒战，身体深处冒出一股寒气。她将头靠在葛毅肩上，葛毅的身高和她差不多，她觉得这个姿势有点奇怪，可她不管那么多了，她需要一个依靠，需要将眼睛闭上。她豁出去了。

进了房间。她一把抱住葛毅的脑袋，没有任何犹豫地张开嘴巴，将他的嘴咬住。她大口大口地亲，大口大口地吞噬，几乎像在撕咬，要将葛毅整个人吸进巨大的嘴里。她知道葛毅被她的热情吓住了，这大概不像他认识的梅巴丹，他概念里的梅巴丹应该是冷淡漠然的，被动的，是个封闭的女人。而眼前这个梅巴丹却如此疯狂，如一头猛兽。葛毅的迟疑是短暂的，他很快便从惊异中反应过来，以热烈的态度和姿态投入这场相互撕咬之中。梅巴丹感受到他的呼应，更能感受到他在技术上的引导。对于梅巴丹来说，她的撕咬杂乱无章，显得过于迫切和慌不择路。相对而言，葛毅在这方面像个熟练的老技工，他的引导让梅巴丹从最初的狂乱中逐渐平静下来，将梅巴丹带领到另一个她未曾涉及的领域，那是一个全新的领域，外表风平浪静，寂静无声，可是，平静的环境下，正涌动着巨大的波澜。

葛毅的手这时伸进了她的身体，梅巴丹一把将他推开。这一推让葛毅猝不及防，他被梅巴丹推得倒退了两步，身体依然保持原来形状。梅巴丹眼睛看着前方，问道："你怎么能这样？"

葛毅一脸惶恐，他大概不明白自己哪里做得不对。

梅巴丹眼睛看着前方，眼神空洞，继续问道："你怎么可以这么不要脸？"

葛毅完全被骂傻了，不知道如何接她的话。

梅巴丹突然举起手臂，从高处甩下来。出于本能，葛毅将脑袋缩了缩。谁也不愿意平白无故挨一巴掌。啪，声音很清脆，但巴掌不是掴在葛毅脸上，而是掴在梅巴丹自己右脸上，她不过瘾，又在左脸掴了一巴掌，比刚才的声音更清脆。

葛毅正要伸手阻止，梅巴丹已经放下手臂，没有再看葛毅，打开房门，头也不回地走了。葛毅跟了出去。他们一同下到一楼大厅，梅巴丹快步走出饭店。葛毅叫了两声她的名字，她没有答应。葛毅伸手去拉，她一把甩开他的手，迈开双腿跑了起来。葛毅也跟着跑起来，但他哪里跟得上？梅巴丹跑起来像一匹马，一转眼便脱离了视线。

葛毅第二天去梅宅，心里很忐忑。但是，见到梅巴丹之后，她一脸平静，好像什么事情也没有发生过，只是眼睛不再看他，似乎他不存在。这让葛毅突然又心虚起来。她好像跟以前一样，但葛毅又明显感觉到她与以前的不同。

从那之后，梅巴丹的眼睛不再看葛毅，不与他说话，更不和他散步。

梅巴丹突然"决定"跟父亲学黄杨木雕。她没有将这个"决定"告诉父亲。这是她的事。她从懂事起，便拿着凿刀跟随父亲乱划乱刻，父亲从没有指点过她，可是，她哪里需要父亲的指点呀，对她来说，雕刻这些木头如吃饭喝水睡觉一样自然，日常生活而已，木雕就像她身体里流淌的血液，与生俱来。她从没有将它们看成艺术，甚至连手艺也算不上。大学四年，她从没表现过雕刻技术，连提也没对人提过。她唯一做过一件事，在最后一个暑假，刻了一个崔大仙跑步的木雕，她原本想将这座木刻送给崔大仙，这是她四年来唯一想对崔大仙做的事，算是一个纪念，也是她对大学四年的一个总结，从此两讫。可是，谁会想到呢，最后还是没有送成。唉。

当梅巴丹整个人沉浸到黄杨木雕里，才发现，这是一个完全不同的世界，结构不同，纹理不同，思维方式不同，看待世界的角度和方式更是不同。这么说吧，如果说世界是圆形的，人生和社会也是由一个个圆搭建而成，那么，黄杨木雕就是一个方形。它是独立于世界而存在的，它不与外部世界为伍，不人云亦云，即使沉默，也是为了坚持自己的声音。从某一个角度说，它的诞生与存在，就是为了向世界证明它的价值，或者换一句话说，它的存在，就是为了告诉世界，除了公认的逻辑之外，应该还有另外的逻辑、不同的逻辑。无论是生活上还是思想认识上，是想象中的人与物。

　　瓯江江堤上的塑胶跑道上多了一个身影。梅巴丹有两套亚瑟士跑步服，红色和白色，帽子也是这两种颜色。每天东方透出第一缕亮光，梅巴丹便一身轻装从家里出发。天是灰白的，东边的云朵显得特别厚特别黑，云朵后面透出一丝丝压抑的红，那是瓯江的尽头了。街道上几乎没有人，显得空旷又萧条。所有人都像死一般地睡着。梅巴丹跑过马路，跑过一条街道，来到了瓯江边。江水比平时响亮得多，好像它们也睡了一觉，身体里储满了力量，流得更加欢快。梅巴丹调整了一下呼吸，撒开了步伐，身体笔直，微微前倾，手臂有序摆动，向东方飞驰而去。她没有用上全力，也没有觉得需要用上全力。她甚至也没有觉得这是在跑步，她只是摆动摆动手臂而已，好像身体里有一个链条，无论哪个部位一动，链条即开始转动，身体不由自主朝前飞驰。梅巴丹每一次跑步都不想停下来，也可以说是停不下来。刚开始两公里，她还能感受到身体的运动，能感受到四肢的配合。三公里之后，她忘记了身体的存在，只听见脚步声。再过不久，脚步声也消失了，只剩下呼吸声。再跑一段路，呼吸声也被瓯江里的潮水吸走了。再跑下去，潮水声悄然退去，也不是退去，而是那声音变成了无边无际的气流，这气流将她托起来，使她飘浮在上面。她飞翔了起来，世界又重新出现了，却变得很小很小，如一颗尘埃。她要忘了这颗尘埃，也要忘记了自己。她这时只有一个念头：一直跑下去，一直跑到海的尽头。当然，现实的情况是，她沿着江堤上的塑胶跑道很快便跑到了尽头，不仅仅是塑胶跑道的尽头，也是路的尽头，再下去便是滩涂，是一眼望不到边的淤泥。她不愿意就此停下来，她要继续飞翔，飞翔到遥远的不可知的地方。可是，她每一次都是在塑胶跑道的尽头落回到现实世界，无可奈何地返身往回跑。这是顺风之旅，可她跑得一点不轻松。她喜欢每天早上顶着风跑，跑向不可预知的未来。这是她每一天的期待，她享受那个过程，需要那个过程，天地间只剩下自己，恍恍惚惚，飘飘荡荡，如痴如醉，如梦如幻，那是多么美妙的感受啊。她多么希望一直停留在那种状态里，她要飘到天的尽头，飘到渺无人烟的地方，或者，就这么一直飘下去，永远不要停下来。

半年之后，父亲在没有任何征兆的情况下离开了梅巴丹。其实不是没有任何征兆，父亲得的是肝癌，他一年之前便知道了，只是没有告诉任何人。他照常工作，照常喝酒。疼起来时，将自己关在房间继续喝。他本来就瘦，无法再瘦了，只是比以前更黑，更沉默。没有人关注到这一点，包括梅巴丹。葛毅倒是有所察觉，有次老师跌坐在工作室地上，他要去扶，老师朝他摆摆手。他问老师哪里不舒服，老师还是摆摆手，没有再搭理他。他想将此事告诉梅巴丹，然而，他刚要开口，梅巴丹已经跑得不见踪影了。

父亲临死前，已经说不出话，梅巴丹坐在他身边，他伸出手臂，向上竖起食指，慢慢断了气。梅巴丹想象不出他最后的动作要表达什么，父亲是个谜，临终之前，又给她留个谜。

父亲死后，梅巴丹拒绝任何人进入梅宅。葛毅开着新买的奥迪TT，每天在院子外停留半个钟头，什么话也没说。刚开始一段时间，梅巴丹依然每天早上去江堤跑步，后来便销声匿迹了。葛毅去文化馆找过她，文化馆的人说好久没见她来上班了。从那以后，葛毅每天来梅宅时，总会带些食物，他将食物放在院子的台阶上。第二天再来，有时食物不见了，有时原封不动，上面爬满密密麻麻的蚂蚁。

半年之后，梅巴丹出现了。那天早上，她开着一辆小汽车，行驶在人来人往的望江路。梅巴丹开车原本不是什么稀奇的事，稀奇的是，她开的是一辆用黄杨木做成的小汽车。最后，梅巴丹的小汽车在一个十字路口被交警拦住了，交警让她出示驾驶证，梅巴丹没有。交警让她出示行驶证，梅巴丹也没有。交警扣留了梅巴丹的小汽车，让她去交警队处理。梅巴丹什么话也没有说，离开小汽车，转身回家，再也没有出来。

又过了半年，梅巴丹骑着一匹黄杨木做的木马出现在望江路。葛毅发现，半年过去，梅巴丹的技术有了质的飞跃，她上次做的小汽车外形像面包，线条也不够流畅，从气质上看，像个刚进城的傻小子。这次的木马完全不同了，线条流畅，细节精致，饱满而结实，富有设计感。最主要的是，木马精神极了，浑身上下散发出七彩光芒，特别是它的眼睛，只要与它对视一下，魂魄立即被吸走。它有一股非凡的魅力，不像人世间应该有的。梅巴丹骑着她的木马，走上了江堤，在江堤上奔驰。半路上，又被上次那个交警拦下了，交警告诉梅巴丹，城市里不准骑马。梅巴丹说，这不是马，是木马。交警说，木马也是马，我得将你的木马扣下来，你去我们交警队一趟，办个手续，将上次那辆小汽车一起开回去。

见交警这么说，梅巴丹下了木马，什么话也没说，转身回去了。

半年后，梅巴丹用黄杨木造了一条小木舟，她坐着这条小木舟，顺着瓯江水一路向东，刚刚进入东海，被一个浪头掀翻了。幸好有一条渔轮经过，将她捞起来。小木舟一沉下水，了无影踪。

半年以后，一天早晨，天微微明，有人看见梅巴丹骑着一只黄杨木做的大鸟，从家里翩然飞出，那大鸟有桑塔纳汽车那么大，两只翅膀像飞机一样张开来，像老鹰在空中飞翔。看见的人说，那一天，梅巴丹一身白衣，骑在大鸟上，绕信河街上空一圈，然后朝东飞去，再也没有回来。

梅宅的门从那以后再也没有打开过，院里荒草杂生，台阶上爬满青苔，散发出浓重的霉味。

一年后，葛毅出资将梅宅改造成梅巴丹和她父亲的黄杨木雕艺术馆。他以梅派传人身份，自任馆长。

原载《青年文学》2018年第5期

陈志国的今生

马晓丽

1

陈志国是在天放亮时咽气的，当时只有我一个人守在身边。

前半夜，陈志国一直在号叫，声音凄厉而惨烈。我不忍卒听又束手无策，只能不停地抚摸他。陈志国趁势抓住我的弱点，以他一以贯之的顽劣秉性，不依不饶地死缠着不让我撒手。只要我的手在他身上，他就安静下来不吭气了，但只要手一离开，他立刻就开始大声哀号，连一秒钟都不间隔。这样活活折腾了大半夜，就在我支撑不住眼看要崩溃了的时候，电话铃响了。

电话是女儿打来的。女儿与陈志国感情最深，听说陈志国情况不好，赶紧说明早一定赶回来，让我先替她把《金刚经》放在陈志国身边，再点上沉香。我虽历来对女儿这些七七八八的想头不以为然，但看在今晚的情形下，还是一一照女儿的吩咐做了。我翻找出女儿的行头，先从素缎锦袋里取出《金刚经》，摆在陈志国的枕边，又从黑檀线香筒中拈出一支沉香，插入古铜莲花香座，然后小心点燃。沉香极细，缓缓地生出缥缈的烟线，及至半尺处才散开。少顷，便有淡雅飘逸的幽香在室内弥漫开来。轻呼浅吸之间，我渐觉耳畔清净，燥气渐消，内心平和……这才发觉陈志国已不知何时停止了喊叫，在经书和沉香的环绕中安静下来了。

我大概是迷糊了一会儿，半梦半醒间忽然被一种异样的感觉紧紧地攫住了。一身冷汗地惊醒过来，我赶紧先去看陈志国。果然不好，陈志国已经开始捯气了。慌乱中我瞥了一眼窗外，见天边已现微明，就大声地对陈志国说，陈志国你得挺住啊！天快要亮了，天一亮姐姐就回来了，你至少得等姐姐回来见上一面吧……陈志国竟然在我的呼唤声中睁开了眼睛，虽然我知道他其实什么也看不见，虽然此刻他眼中的光已经散了，聚不起来了，但他还是努力地大睁着……我心头不由得一酸，知道他这是在等我女儿，是想跟我女儿作最后的告别。可惜无常不待，上天不肯给陈志国这个机会了。我眼睁睁地看着陈志国的呼吸变得越来越慢，越来越浅……终于，他似有不甘地长长地吐出了最后一口气。

几乎同时电话进来了，女儿的声音在暗夜里突兀地冒了出来，妈，刚刚我梦见陈志国了……心跳似乎骤停了片刻，接着我就听见了自己急促的呼吸声。女儿的嗓音有些暗哑，说，妈，我梦见陈志国躺在床上，变成了一个穿黑衣黑裤的小老头。我问陈志国，你是不是要离开我了？他不吭声。我又问他，你为什么要离开我，是因为我没有照顾好你吗？他还是不吭声。我就哭了，对他说，如果不是因为我，如果你不怨我，那你就抱抱我好吗？他躺在那里动不了，就使劲儿伸长胳膊来抱我，我赶快俯下身子让他抱，结果，突然间就醒了……妈……女儿迟疑着带出了哭腔问，陈志国……是不是……走了？

2

刚知道他的大名叫陈志国时，我和女儿忍不住哈哈大笑，没想到他这么个小小的家伙，竟然叫了这么个有抱负的名字。女儿乐不可支地说，我终于明白为什么会有大而无当和名不副实这两个词了。按说，上户口时我们有权给他更名。但我和女儿一致认为，他这个大名太棒了！巨大的反差使这个名字极具喜

143

感，俗得格外脱俗。再说了，我们也得替陈志国着想不是？他已经习惯了这个名字，习惯别人这样叫他了，改名还得重新适应。所以上户口时我们就没给他更名，还是让他继续沿用陈志国这个很有抱负的大名。对此，陈志国虽然没机会发表意见，但我相信他在心里是赞许的。

说实话，把陈志国领进这个家门后没有多久，我就开始后悔了。因为我发现陈志国除了长得漂亮，没有第二条优点。陈志国真是漂亮，他是那种醒目亮眼、瞬间吸睛、立刻就能把人拿住的漂亮。我就是这样被他拿住的。我无论带陈志国去哪儿，他都会吸引众多的目光，像明星一样被围观、被赞美，甚至被要求拥抱、抚摸。只是陈志国很老土，自己丝毫没有明星意识，对他人的热情不仅从不买账，反而还心怀敌意，永远都是一副上不了台面的小家子相。但这还算不得什么，最令我感到难堪的是，常常在别人对他示好时，他会因自己被无端骚扰而不厌其烦，冷不防就突然翻脸大发脾气，弄得人家自讨没趣不说，我自然更是满脸尴尬下不来台。我承认，我这人是有点爱虚荣的毛病。正常情况下虚荣点不算大毛病，不幸的是我的虚荣偏巧和陈志国的漂亮碰上了，两下这么一对撞，必然造成大脑短路，而大脑短路的直接后果就是智商归零。这是丈夫对我为什么会产生冲动，为什么会不计后果地抱养这个满身毛病、一肚子坏心眼儿的小家伙给出的解释。丈夫说得没错，我是活该，活该为自己的虚荣买单。

陈志国进家的第一天就跟我杠上了。之前，我满怀爱心地给陈志国买了一张小床，为了让他温暖安心，还很大度地把小床抬进我们两口的卧室，放在大床的旁边。没想到陈志国根本不领情，人家不稀罕小床，坚决要求上大床睡觉。我抱他上小床，他浑身乱扭两腿直蹬。刚把他放到小床上，他就一骨碌跳下来迅速爬到大床上了。我说，陈志国同学，让你睡在我们的卧室就已经是对你格外开恩特别关照了，你总不能得寸进尺蹬鼻子上脸吧？陈志国不吭气，翻出两只大黑眼珠子不服气地瞪着我。我看着好笑，说，陈志国，你别跟我摆出一副闹平等争地位的架势，你以为你是谁？就凭你还想鸠占鹊巢呀？陈志国虽然听不懂，但知道我这不是什么好话，就使劲儿哼着鼻子表示不服。我见劝说无效，干脆强制性地把他往小床上抱，结果他故技重演又一溜烟儿跑回大床，索性缩到床角不让我碰他了。

我和陈志国一时僵在那里，互相对视了好一会儿。仔细打量陈志国，我发现他的目光里有一种蛮横的固执，是那种缺乏教养的蛮横和无理性的固执，心里不由得咯噔了一下，明白我这下是碰上难弄的家伙了。不过没关系，我想，再难弄也不过就是个小家伙，只要用点心迟早能把他教化过来的。我决定先让陈志国一码，倒不是慑于他的蛮横，而是因为我看出了他蛮横背后的故作强大，看出了他蛮横下掩饰的不安。我受不了他那惊兮兮的小眼神儿，那种弱小面对强权的无助和不甘让我看着心疼。我心一软，就决定先让他在大床上睡一晚。

坏就坏在这个心一软上了，想来这世上许多的失守，往往都是从心一软开始的。我这里心一软，陈志国那里的气势自然就长了一大截。自从那晚之后，陈志国理所当然地登堂入室，干脆就此赖在大床上再也不肯回小床睡觉了。且不说我丈夫是否愿意，我自己也无法容忍陈志国长期与我们同床共眠呀。我先采取迂回办法，把他哄睡了之后，再偷偷放进小床。但是没用，无论何时我从睡梦中醒来，都会发现小床是空的。陈志国早就偷偷地爬回到大床上，心安理得地挤在我俩中间睡了。为把他弄回小床我伤透了脑筋，说服教育没用，强制措施无果，我屡次忍不住朝他发脾气，不顾形象很没素质地大喊大叫。但是，都没用，他就是不睡小床，就是要睡大床。按我丈夫的说法，陈志国是打定主意要在我俩之间插足，立志挑战他这个户主的地位了。

我让丈夫帮我一起管管陈志国，丈夫把脸埋在书里假装没听见。我绕到丈夫身后，先故作惊讶状，说，你在看纪伯伦呀？然后又格外关切地问，你看到那篇《我曾经七次鄙视自己的灵魂》了吗？第三次是什么来着，我有点记不清了。第三次……对，是在困难和容易之间，我选择了容易。对吧？我笑嘻嘻挑衅地望着丈夫。丈夫抬眼看着我，淡定地夸奖道，记性不错嘛，往下背呀，接着背第四次，第四次是什么？怎么不背了？我使劲儿白了丈夫一眼。丈夫乐了，说，好吧，那我给你背。第四次，我犯了错，却借由别人也会犯错来宽慰自己……真没劲！我赶紧扭头走了。

我心里明白丈夫为什么不肯帮我，他虽然在我和女儿的合力劝说下同意抱养陈志国了，但心里并不情愿。好吧，不帮就算了。我放话给丈夫，你看着，没有你我自己也能把陈志国搞定！只是放这话时，我怎么也没有料到，我得与陈志国进行一场长期的、曲折的、艰苦卓绝的斗争。我更没有料到的是，在这场不对等的较量中，在我大他小、我强他弱的绝对优势下，最终举手投降的居然是我。在陈志国面前，我整个就是一现代版的黔驴，先技穷，后放弃。没法不放弃，陈志国太轴了。我发现这家伙不是不撞南墙不回头的问题，而是撞到南墙也不回头，不把南墙撞个窟窿不罢休！这货，我斗不过。

3

女儿对陈志国宠得没边，什么都尽着他让着他，话里话外还常捎带出嫌我教育陈志国的方法不当态度不好的意思，纯属站着说话不嫌腰疼。结果可倒好，没过多久，陈志国就让女儿尝到了厉害。

那天女儿练毛笔字，我站在一旁跟她闲聊。陈志国跑过来非要挤到我俩中间。开始我俩谁都没太在意，边给他让地方边继续聊天。女儿正在抄心经，问我怎么才能心无挂碍？她抄经书起初本是为了练书法的，没想到竟看进去了。我说，这我可说不好，我只大概翻过几本佛学方面的书，里面所讲道理大体离不开个"空"字吧。女儿说，那你能不能告诉我，怎么能"空"？我说，无受想行识，无眼耳鼻舌身意，无色声香味触法……女儿笑着打断我说，好了好了，别背了，我就是想知道，既然天生赋予了人的感知能力，怎么能想无就无了呢？我说，我还想知道呢，我也想"不取于相，如如不动"，可惜……正说着呢，陈志国不知怎么就来了脾气，突然扑到我女儿身上大喊大叫连踢带打，还没等我反应过来，女儿的手臂上已经挂彩了。我冲上前把陈志国拉开，说，陈志国你疯了你要干什么？陈志国挣扎着还要往前上。我气急败坏地吓唬他，再敢撒野信不信我把你给扔出去！陈志国这才耷拉头了。可气的是，女儿惊魂未定还在一边替陈志国开脱，一个劲儿地劝我说，算了算了，他又不懂事。我一股余火撒向女儿，说知道他不懂事你还不赶紧躲开？女儿看了我一眼，边抚弄手臂上的血道子边回了一句，不取于相，如如不动嘛。她倒会歪用！我哭笑不得顿时没了脾气。

过后，我和女儿百思不解，陈志国为什么会无缘无故地大发脾气？陈志国当然不会告诉我们，他还不具备解释自己行为的能力。仔细回想，似乎每次我和女儿坐在一起，陈志国都要挤在我俩中间，我和女儿之间越亲热他就越不高兴，只不过这次的反应更强烈些。这么说来，陈志国是不是嫉妒我和女儿之间的关系？是不是在与我女儿争宠呢？不会吧？就凭陈志国那个小样儿，他能懂得嫉妒？他能知道争宠？我和女儿面面相觑，都觉得这个推断不怎么靠谱。丈夫悠悠地适时插了一句，你们不要低估了陈志国的智商。好吧，我和女儿说，那咱们就试探他一下。

翌日，我和女儿故意并排坐在沙发上看电视。陈志国果然又急切地跑过来，硬要挤在我俩中间。我们故意紧挨在一起不给他让地方，想让他知难而退。他偏不，干脆就坐在我俩挨在一起的腿上。坐在两个人的腿上本来就不得劲儿，我俩还故意晃动让他坐不安稳。但不管多不舒服，陈志国都"如如不动"，竭力保持这种离间我俩的姿态，以显示他绝不退却的决心。我和女儿会意地相视一笑，开始夸张地表示亲热。我刚搂住女儿的肩膀，就发现陈志国的大黑眼珠子瞪了起来，警觉地看着我的举动。随着我对女儿态度的升温，陈志国的情绪越来越激动，终于忍无可忍地大叫起来。早有准备的女儿此刻迅速跳开，这才避免了又一次流血事件。这下没什么可说的了，事实证明陈志国果然是人小鬼大。他在我和丈夫之间插足，争得了上大床睡觉的权利之后，又开始在我和女儿之间插足与我女儿争宠，一步步强化自己在这个家庭的地位。看来，我还真是低估了陈志国的智商了。

在我调高对陈志国智商的评分同时，我对他品行的评分却越来越低了。陈志国有太多令人难以容忍的臭毛病。比如，他脾气暴躁，说不定会在什么时候为什么事发飙，而且特别不知好歹，发起飙来六亲不认，逮谁冲谁去；比如，他不会讨人喜欢，主观意志极强，从不完全依附于谁，也从不肯屈就任何人任何事；再比如，他绝不接受教诲，你冲他喊，他就冲你喊，你厉害他比你还厉害，不管自己错没错都决不服软；又比如，他特别多疑，整天瞪着两个大黑眼珠子警觉身边的人和事，常误解别人的好意，你这边正为他好呢，他那边却看成了满眼的驴肝肺，以为你要把他怎么样了呢。平心而论，跟陈志国相处真不是件容易的事儿。被陈志国气急了的时候，我常常忍不住指着鼻子数落他，说我真是奇了怪了，你难道就是传说中的集缺点毛病之大成吗？怎么除了长得漂亮，在你身上就找不到第二条优点呢？尽管，我知道怎么说他都没丁点儿用，陈志国根本不在乎我对他的看法，根本不可能因为我的不满而有一点向好的改变。但手里捧着陈志国这么一块烫山芋，我扔不得又打不得，烫狠了喊几嗓子总可以吧？再说了，我这么说话虽然不太厚道，但基本还是符合实际情况的，时至今日我还是坚决地认为，"除了长得漂亮没第二条优点"，这是对陈志国最精准的评价。

4

其实，我也不是一点不理解陈志国。以他那样卑微的出身，一下子进入这样一个完全不同的环境，心里肯定会紧张。何况陈志国的心气又那么高，那么在意是不是跟别人一样平等，那么急于确立自己在这个家庭中的地位，内心当然就格外地焦虑、格外地敏感，生怕自己受到了什么伤害。所以他才会时时防范他人，处处出头为自己争，稍不如意就反应过激，认为自己受到了不公正待遇，结果自然会情绪失控，露出他缺少教养的本来面目。

但理解归理解，理解只是一种理智控制下的态度，并非理解了就能接受了，理解了就能相容了。我最不喜欢"理解万岁"这句话，太麻人倒在其次，关键是太不真实。谁能真正理解谁呀？以我的体会，"感同身受"这个词语压根儿就是编出来糊弄人的，这个世界上根本就不存在感同身受这回事儿。请问，没有感同身受，哪来真正的理解？所以，我再理解陈志国，也消受不了他。

陈志国实在是太缠人，太能祸害人了。我只要出门，陈志国就要求我带他出去，不带他就闹。每次，我都得千方百计地摆脱他的纠缠，才能出得了家门。而且每次，当我关上家门的那一刻，准会听到他在门里放声大哭。最令人难以忍受的是，他哭够了就开始活动小坏心眼儿，变着法地想辙发泄。陈志国的发泄主要是以排泄物为工具，他特别知道如何利用不同的排泄物，在不同的地方制造出雷人的效果。他会故意在客厅地毯中间的那朵花上拉一泡屎，让我一进家门心里就堵得慌；他会不嫌费劲炫技般把尿撒进沙发缝里，让我到处乱转找不到源头除不掉骚臭味；他还常把桌面上的东西划拉到地上，往上面尽情淋尿……如此种种，不一而足。真可谓恶行累累，罄竹难书。最过分的一次，我是循着臭味在浴缸里找到他的。他居然在浴缸里拉了泡屎，然后把洗浴的瓶瓶罐罐通通扔了进去，自己就势坐在里面打屁屁腻玩儿呢。当时我差点气晕了，疯了似的把臭烘烘的陈志国拎出来，像个物件一样按在喷头下使劲冲，冲得他连连呛水直打喷嚏。就这，他也不肯老实，还在喷头下大喊大叫拼命挣扎，气得我连拍了他好几巴掌。

这次我是真的后悔了，后悔自己浅薄虚荣，只看颜值不问品行，一时冲动抱养了这个陈志国。当初我先生就曾拿话激我，说，你可想好了别后悔呀。我当时很嘴硬，说我肯定不会后悔的，结果这才没过多久我就把肠子都悔青了。整个那一晚上，我都没搭理陈志国，一直都在想是不是应该趁早把陈志国送回去？令我诧异的是，陈志国竟也没像惯常那样来黏我，一晚上都离我远远的，自作孤独状。乖乖，这倒勾起我的好奇心了，难不成陈志国也会赌气？我还真不信这小家伙能有这么深的道行。我得试试他是不是真的会跟我赌气，就灵机一动抓了把瓜子，边嗑瓜子边观察他的反应。陈志国特别喜欢吃瓜子，只是他不会嗑，得仰仗我。往常只要我一嗑瓜子，他第一时间就会凑上来跟我要，我自己嗑一个，就得给他嗑两个。以我对他的了解，他绝对抵御不了瓜子的诱惑。果然，我刚嗑第一个瓜子，陈志国就发觉了，他像往常一样兴奋地抬头看着我手里的瓜子，立刻就起身往这边来了。我不免有些失望，看来我还是高估陈志国了，这小家伙怎么会跟我赌气，他不可能有那么成熟的情感表达，不可能有那么深的心机嘛。但就在这时，我惊讶地看到陈志国停住了脚步，他似乎是突然想起了我俩正在赌气，拿不准此时过来是不是合适。我看到陈志国的大黑眼珠子骨碌骨碌地转了几下，逐渐暗淡下来，随后就快快地退了回去，把头别到一边不再朝我这边看了。我得承认，陈志国这一连串的表现着实把我给惊到了，也把我给逗乐了。心念瞬间大变，我一把把陈志国搂进怀里，给他磕了一大把瓜子。

心念，大概是这世上最难捉摸，最难约束，最易变的劳什子了，尤其是我这么随性的一个人。抱回陈志国的时候，我以为能接受他的一切，但很快就后悔了。当我动了放弃他的念头后，陈志国只稍稍表示出一点与众不同的个性，立刻就搔到了我的痒痒筋，让我改变了主意。这回是连我丈夫都对我失去了信心，认为陈志国这么恶劣的行为我都能接受，此后肯定不会再变了。结果呢，说出来连我自己都觉得难为情，事实上没过多久我就又改了主意，真把陈志国给送走了。

起因是我们全家要去三峡旅游。起初，只是因为不方便带陈志国，就托朋友找他亲戚帮忙照看几天。结果朋友说他亲戚一见陈志国就喜欢得不得了，表达出强烈的收养陈志国的愿望。我就动心了，见那家条件很好，又有朋友这层关系，就决定干脆把陈志国转给他收养算了。我知道这事在丈夫那里自然不成问题，但女儿肯定不会答应，所以暂时没告诉女儿，只说是送去让人家帮忙照看几日。反正回来这事已既成事实，女儿闹也闹不到哪儿去了。

临行的前一天，我们全家一起隆重地把陈志国送了过去。陈志国的所有个人生活用品和玩具我们都带去了，还给陈志国买了一大堆他喜欢吃的各种零食。毕竟相处了这么久，一下子分开我心里还真不是个滋味，幸好有出行前的忙乱和对旅游的憧憬，把浓稠的别绪冲淡了许多。陈志国毕竟太小，从头至尾不明就里，直到我们离开也没出现任何过激的情绪和表达。这虽多少令我有些失落，但也让我离开得更安心，不仅减轻了内心的愧疚，还暗自生出了些许解脱后的轻松感。

5

第一次在江轮上赏月，天上悬挂的竟是一轮残月。此刻正是月亮最尴尬的日子，早几日是弯月，美；晚几日是满月，亮；都好过此时的半圆不圆半明不明。我怎么看那个月亮都像是切滑了刀的萝卜片，一边薄一边厚，薄的那面残缺着，哪里有什么古人咏叹的"江月随人处处圆"啊？正心绪烦乱间，就听见女儿对着半片残月忧心忡忡地问了句，你们说，陈志国现在干什么呢？

我和丈夫对视了一眼，大家一时都无话了。

陈志国把我们给闹着了，谁能想到陈志国会像甩不掉的影子似的，活活地跟了我们一路。从出发的那一天开始，我们动不动就会提起陈志国，一会儿担心他不适应那个新环境，一会儿又担心他一身毛病遭人家嫌弃。几乎每一天，我们都会情不自禁地讲到陈志国，想起他的各种糗事和乐事。我们好像一下子记起了陈志国的种种好，突然发现陈志国居然还是有很多的优点的。

陈志国不仅漂亮还特别聪明，几乎什么都瞒不住他。起初，我们在他面前说话无所顾忌，以为反正他也听不懂，后来才发现他其实什么都能听懂。你在这边刚说要出门，他就在那边开始闹了，执着地央求你带他走。弄得我们谁都不敢在家里说"出去""走""外面"这类词，需要时也只能打手势互相告知。但这也不行，陈志国会观察，他能看出谁要出去。你什么也不用说，只要一动外衣他就知道你要出门了，然后就跑过来黏住你，让你难以摆脱。出门前与陈志国斗法，成了我们每日温习的家庭游戏，虽增添了小烦恼，也带来了许多的生活乐趣。

陈志国的感觉极好。他能准确地分辨出人与人之间的关系，不仅分得清家里人的辈分远近，连家人对外人的心态也能觉察出来。有一次，丈夫的一位旧同事突然到家里来。因此人品行不端还曾坑骗过丈夫，所以我心里非常不喜欢他。但人家登门拜访我没理由拒绝，只好请这人进来了。结果，从这人迈进我家门，陈志国就一反常态地开始发飙，毫无缘由地朝着人家不停地喊，使劲儿地闹，怎么劝都劝不住，越拦越往上上。弄得那人十分尴尬，实在待不下去，没坐几分钟就匆匆告辞了。关键是人家前脚刚走，陈志国后脚立马就消停下来了，连过渡段都没有。再看陈志国，表情那叫一个安逸，就像什么事都没发生过一样。当时我和丈夫面面相觑，心想真是奇了怪了，难道这家伙还会读心术不成。

陈志国最大的优点就是肯于承认错误，并且态度特别诚恳。只要他认为真是自己的错，就会不停地向你作揖道歉，直到你松口原谅他。陈志国作揖的样子极其可爱，两条小细腿抖抖地直立着，大黑眼珠子无辜地望着你，双手抱拳不停地拜呀拜，拜得你心都化了，无论多大的气也得消了。记得有一次，陈志国使性子不小心把我的手弄破了，他当时就惭愧得不行，长时间地给我作揖道歉。事后，在整整一个多星期的时间里，我只要一指受过伤的那只手，一句话都不用说，陈志国立刻就会满脸愧疚地拼命地给我作揖，态度那叫一个诚恳。

陈志国也不是一点不会讨好人，只是不善言辞，或是过于自尊，过于想跟别人拉平，所以才影响了情感的表达。我能感受得到，陈志国在内心里其实是跟人很亲近的。他喜欢悄悄地依偎在别人身边，并且一定要贴紧身体。每当他这样依偎着我的时候，眼神儿里都会流露出一种无条件的信赖和心满意足的温情。那小眼神儿瞬间就能把人融化，让你的心变得暖暖的，软软的。

可惜陈志国不总这么乖，我长叹了一声说，不然他还是挺招人疼爱的。

丈夫瞥了我一眼故意背诵道，《我曾七次鄙视自己的灵魂》的第二次是，当我在空虚时，用爱欲来填充。

我脸腾地一下红了，说你怎么能这么说呢？

丈夫笑道，如果不是临时用爱欲来填充，你怎么会轻易放弃他了呢？

我有些不高兴了，说你这人怎么这样？你又不是不知道陈志国多能作，不是不知道我在他身上下了多少功夫，为他付出了多少！

所以，丈夫得意地说，这就是纪伯伦第三次鄙视自己灵魂的原因——在困难和容易之间，我选择了容易。

这下我生气了，悻悻地指责丈夫说，如果你肯帮我一把，我能放弃陈志国吗？！

第四次，我犯了错，却借由别人也会犯错来宽慰自己。丈夫边继续背诵，边乐得不行，说你能不能别这么配合我？见我真生气了，就伸手搂住我的肩膀说，其实七次鄙视自己的灵魂不只适用于你，也适用于我，谁的灵魂都有可鄙视的地方，何况你我，何止七次。丈夫忽然问，你有没有觉得陈志国对自己的出身太敏感太介意了？

我说是，我总有一种感觉，他摆脱自身阶层的意识好像特别强烈。

这就是了，所以他才那么敏感易怒，那么有攻击性。丈夫沉吟着说，第五次，我自由软弱，却把它认为是生命的坚韧。这句适用于陈志国。

6

旅行回来的第二天，我们赶紧去看陈志国。我给陈志国买了一大堆他喜欢吃的东西和他爱玩的玩具，想象着陈志国看见我们还不得乐疯了。但是，我们愣是没有见到陈志国。明明事先在电话里约好了的，到了那家门口却发现锁了门，家里一个人都没有。再打电话联系，那家人说孩子奶奶家里有急事，他们临时决定带着陈志国一起去了，估计得过几天才能回来。

我感觉特别不好，总觉得这里面有什么不太对头，就给劝我送走陈志国的那个朋友打电话询问。朋友大包大揽地说，没事没事你放心，我给你盯着，他们一回来我立刻就告诉你。我这才稍稍放下心来。但是，两天之后再打电话，朋友的口气就变了，全然没有了之前的爽快劲儿，说话含含糊糊躲躲闪闪，态度令人生疑。我急了，就每天打电话找这个朋友，执意要求去孩子奶奶家看陈志国。被我磨得受不了，朋友终于说出了实情，原来那家人嫌陈志国毛病太多，竟然把陈志国送人了，而且是送到了偏远的乡下！

还没等放下电话，我就哭了出来。开始还克制着不想哭出声，但恰巧丈夫此时回来了。我一见丈夫就再也憋不住了，冲着他放声大哭，鼻涕眼泪抹了他一身。我哭着说我自私我不负责任我混蛋我鄙视自己，我说我对不起陈志国不该把陈志国送人。我边哭边使劲儿地跺着脚，说不管费多大劲我也要把陈志国找回来，否则我一辈子都不得安生！丈夫被我这副模样吓坏了，他从没见过我如此失态，如此疯魔，赶紧一迭声地答应我。丈夫说，你放心，我一定会尽快找到陈志国的，无论付多大代价也得把他要回来。丈夫说我答应你，这次把陈志国要回来，我会跟你一起照顾他，不会再让他离开我们了。

找陈志国的过程并不曲折，但很煎熬。首先得装孙子，尽管我心里对那家人气得要命，也不敢有丝毫言语上的冲撞，还得耐着性子说好话，求人家把陈志国的去处告诉我。钱是当然要给的，不然你再恳求人家也不会答应。那真是一段揪心的日子，这颗心就像是被悬挂在了半空中，人家的口风活动一点，我的心就会往下落一落，人家的口风一收紧，我的心就又提了起来，别提有多折磨人了。但我不怨人家，我活该，谁让我做出这种事情呢？这是我该受的，我得认。

拿到地址的当天，我们立刻驱车赶往乡下。至今，我还清楚地记得辗转找到那个农家小院时的情景。大门紧锁着，家里没有人，我从门缝向里面张望，在一群鸡鸭鹅狗中间，看见了独自缩在角落里的陈志国。我激动地大喊：陈志国！陈志国！陈志国先是愣了一下，然后突然像发炮弹似的弹射过来，哐当一声撞在了门上。紧接着，陈志国就开始疯狂地往门上冲撞，在门上抓挠，拼命想要出来。我们俩隔门相望，我一声一声地叫，他一次一次地冲撞。陈志国见实在撞不开门，又想从门下面的缝隙往外钻。我见那缝隙太小，就拼命想阻止他。但此时，陈志国已经什么都不顾了，他一意孤行死劲从缝隙里往外挤，一下子把自己卡在了门下面，卡得他手脚乱扑腾。我惊叫了一声，冲上去不顾一切地用手扒土。幸亏大门下面是土地，陈志国才有可能钻出来，但他是太急切了，到底还是生生地把后背蹭掉了一层皮。一钻出来，陈志国就扑向我的怀里，我一把抱起陈志国，眼泪哗哗地往下流。陈志国倒没哭，他只是非常非常紧张，两只小手紧紧地抓住我，一副誓死也不会再松手的架势。才半个月不见，陈志国就变得又瘦又脏。我摸着他瘦骨嶙峋的小身子骨，心疼地一个劲儿地对他说，对不起，对不起，对不起……

那户女主人回来了，一看到我们，呱嗒一下就把脸子撂了下来了。我紧紧地抱着陈志国，就像个被老师训斥的学生家长一样，听她恶声恶气的数落。数落陈志国如何没有规矩，总闹着要上大床睡觉；数落陈志国如何不知好歹，她家小妹对他那么好，他还跟小妹耍脾气伤小妹；数落陈志国居然吃火腿肠！她愤愤不平地说，我家小妹都吃不上火腿肠，凭什么给他吃？数落到这里，女主人突然动了气，恨恨地甩了一下手说，你们赶紧给领走吧，这货咱可养不起！一听这话，我就得了赦令般，抱着陈志国头也不回地撒腿就跑，一直钻进了车里。往回走的一路上，陈志国都缩在我怀里，惊恐地瞪着大眼睛，两只手紧紧地抓住我。他真是被吓坏了，生怕我会再把他丢掉，再不要他了。

7

陈志国变了。

至今，我也不知道陈志国在离开我们的这段日子里都经历过什么，但我能感觉到他一定承受了非常痛苦的磨难，否则，在这么短的时间里，他不会发生这么大的变化。

刚回家的那天，为了使他感到温暖，为了满足他的心愿，洗完澡后我特地把他抱到了大床上，让他在我们身边睡觉。我知道上大床睡觉一直是他孜孜以求的，这应该是对他最好的补偿。令我没有想到的是，我刚把陈志国放到床上，他就像被烫到了似的跳起来，一下跳到了地上。我问陈志国这是怎么了？

陈志国不解释，就是死活不肯上床。我蹲下身狐疑地打量陈志国，一看到他那满眼的惊恐我就明白了，陈志国肯定是被人痛打过，而且就是因为他想上床睡觉。陈志国这是被打怕了，认尿了。如同利器在心尖划过，心突然缩成了一团，疼得我眼泪瓣里啪啦地直往下掉。陈志国会认怂？！我不相信陈志国会认怂，我一把把陈志国揽进怀里，嘴里不停地说：没事的没事的，咱这不是回家了吗？过几天就好了，过几天你就又会跟我要小坏心眼儿了，又会跟我要坏脾气了，又要跟我闹着上床睡觉了……但我错了，陈志国从此以后就再也没上大床睡过觉，无论我怎么安抚怎么哄劝都没用。我知道陈志国这是真的怕了，怕到骨头里了。我实在无法想象，凭陈志国那副不服软的死硬脾气，凭陈志国那副不畏强权的刚烈秉性，得使出怎样的暴力手段，才能把他吓成这个样子，修理成这副模样啊！说实话，我都不敢往深里想。

回来的第二天我就发现，陈志国走路的架势也变了。过去陈志国在家里是爷，从来都是我行我素，横冲直撞的。现在陈志国却成了个小媳妇，整天蹑手蹑脚地溜着墙根走，小心翼翼生怕碍着别人的事。陈志国已经不再相信任何人了，无论谁跟他打招呼，他都会先退一步跟你拉开距离，眼睛警觉地盯着你，摆出一副随时准备落荒而逃的架势。那副惊兮兮的小模样，令人看着无比心酸。

陈志国还有个变化，就是吃饭省心了。陈志国以前从来不好好吃饭，挑食得很，每顿饭都得哄半天，一副气死你的少爷派头。现在可倒好，给多少吃多少，餐餐盆光碗净。自从他回来以后，家里就屡次出现一种怪现象。常常不知从什么地方散发出一股不好闻的味道。仔细搜寻，就会在地毯下面或者花盆后面等犄角旮旯儿，翻出一些腐败了的食物。有时是一块饼，有时是一撮菜，有时是一根骨头或一片肉。不用问，自然都是陈志国干的。可我就不明白了，天天好吃好喝从不亏他的嘴，他藏这些东西干吗？经过仔细观察我发现，他竟然只藏不吃。于是我猜测，很可能陈志国是在离家的这段日子里，有一顿没一顿的饿怕了，所以学会了给自己储存食物，养成了偷藏东西的习惯。不信你摸摸他瘦得不成样子的小身子骨，所有骨头都顶着皮尖出来了，摸着扎手、扎心。

但变化最大的还是陈志国的眼神儿。过去，陈志国的大黑眼珠子明亮清澈，坦荡放肆，从不回避躲闪。现在陈志国的眼珠子虽然还是那么大，还是那么黑，但目光中显然缺少了生气。我发现他的一只眼球有些浑浊，医生说应该是受过外伤。我求医生给他治疗，医生却说太晚了治也没用了，还说这只眼睛很快就会失明。医生的话音还没落，我抱起陈志国掉头就跑。我恨那个医生，恨他那张无所顾忌的嘴，我不接受他的诅咒！就在我马上就要跑出大门的时候，医生又在后面追了一句，说陈志国那只好眼睛也会受到连带影响，以后也会发病也会失明。我疯了一般破门而出，头也不回地逃离了那里。我不要听！我不相信陈志国会失明！我不接受！但不管我接受还是不接受，事实上，后来那个医生的话都不幸言中了。先是陈志国受伤的那只眼睛逐渐失明了。一年之后，另一只眼睛果然受到了连带影响，发病之后也失明了。

双目失明的那一年，陈志国六岁。据说，按照他那个族群的计算方法，一年等于七岁。这样算起来，陈志国应该是42岁。

42岁，正是最好的年纪。

8

双目失明之后，与陈志国相处就变得容易多了。最明显的就是出门前没那么紧张了，反正他看不见，只要不说出那几个词，只要别弄出太大的动静，尽可以当着他的面堂而皇之地溜出门去。陈志国显得很无奈，他常常警觉到有人要出门，紧张地竖起耳朵，捕捉每一点能判断情况的声音，但往往是在被关门声惊吓到之后，才知道有人出去了。每当这时，陈志国都会扭头朝着发出声响的方向，瞪着两只美丽的但什么也看不见的大眼睛，落寞地久久凝望。即便他提前听出了我要出门，跑来抱拳作揖求我带他出去，也常常弄错了方向。我明明在这面，他却面向另一面，两条小细腿抖抖地直立起来，瞪着两只无神的大眼睛使劲地向上仰起脸，双手抱拳久久地作揖……我不明白，陈志国为什么还是那么向往外面的世界，向往外面那个给他带来无可挽回的伤害的世界。

劝我送走陈志国的朋友来向我道歉，在我面前大骂他的亲戚。说他其实跟这亲戚的关系并不好，这亲戚自恃社会地位高，历来瞧不起低于自己社会阶层的人，把亲戚都分成三六九等来对待。朋友悻悻地说，我早就该想到，像他这种对人都没有平等意识的人，怎么可能善待陈志国呢！我什么也没说，我说不出话了，我忽然觉得朋友的字字句句好像都是冲我来的。我抬头看向丈夫，发现丈夫的脸上竟也有了囧意。我知道丈夫一定和我一样，都想起了纪伯伦第六次鄙视自己灵魂原因——当我鄙夷一张丑恶的嘴脸时，却不知那正是自己面具中的一副。我忽然很想哭。

我是在陈志国离世之后，才逐渐有点理解陈志国了。在我们眼里，陈志国属于另一个族群，与我们完全不同。但在陈志国看来，我们是跟他一样的，所以他希望处处都能跟我们平等。我们上床睡觉他也要上床睡觉，我们出门玩耍他也要出门玩耍。他甚至吃我们的所有食物。而其中他最喜欢吃的巧克力、曲奇、葡萄等，在他那个族群的食谱中都是被严令禁食的。陈志国努力与我们扯平，做了许多他那个族群很难做到的事。他能察言观色，能久久的直立，被欺负了会告状，饿了渴了会抗议。每次忘了给他的水碗添水，他都会把水碗踢得叮当乱响以示抗议。如果踢了半天还没有人来，就会干脆叼着水碗找人要水。有一次我正跟客人说话，见他叼着水碗过来了，就故意把脸别到一边假装不理。他居然光火了，狠狠地把水碗往地上一摔，弄出了个大响动，然后又仰起头挑衅地瞪视着我。把客人惊得一愣一愣的，说天呀，你家陈志国简直就是个人嘛！客人说的没错，陈志国其实早就认定自己是跟我们一样的人了，甚至为此不惜放弃他那个族群的本分。有一次，我家夜里进了小偷，在客厅里划拉一圈之后溜走了。我们关门睡觉谁都没察觉，还是第二天邻居来敲门才发现的。当时可把我气坏了，我气冲冲地责问陈志国，你是干什么吃的？你耳朵那么灵肯定能听见，听见了为什么不叫？陈志国一句话不说，一脸无辜地看着我，那神情分明是，你们大家都没听见，为什么偏怨我？我顿时就瘪茄子泄气了了。

让我无法理解的是，陈志国对别人的歧视那么敏感，却从不掩饰对自己同类的歧视。陈志国从来不跟自己族群的同类玩。带陈志国出去的时候，自然会常常遇到他那个族群的伙伴儿。开始我还极力怂恿他去找人家玩，但他死活就是不去，不仅不去，人家来找他玩他还躲，一副不屑于与人家为伍的死样子。一位朋友见陈志国长相漂亮，想让陈志国跟他家的小宠成婚。考虑到这毕竟是陈志国一生中必走的一步，当晚，我就把他送了过去。没想到，第二天一大早，朋友的电话就过来了。朋友说，你家陈志国可真是守身如玉啊！他根本就看不上我家小宠，被小宠追得到处乱跑，看那样子就像他是女的小宠是男的，就像是生怕被小宠强暴了似的。后来实在没处跑了，陈志国就跳到高处，开始放声大哭。朋友惊奇地问我，你家陈志国怎么还会哭？我可从来都没见过像他这样的！我无可奈何地说，那是陈志国的特长，他天生会哭，稍不如意就大哭大号。朋友哀告我说，你赶快把他领走吧，求你了，他活活地哭了一夜，嗓子都哭哑了。我赶紧去把陈志国领了回来，从此不做他想，任陈志国的童男之身保持到终生。有时候我会想，也许陈志国真的认为自己此生身处的是三善道，真的认为自己与身处三恶道的族群不是同类吧。

其实，自从陈志国回来之后，我自己也有了很大的改变。过去我对人类以外的其他族群毫无感觉。一件偶然的事，让我发现了自己的变化。那是一次坐车出行，我无意间向窗外望了一眼，忽然看到路边正在杀驴，那驴已被缚住手脚按在地上了。我的目光刚刚触到这个场景，眼泪就毫无准备地流了出来，这之间没有任何的想法思量，没有任何的情绪酝酿，没经过任何必要的心理过程。当时我自己都被吓了一跳，不知道自己为什么会这样，因为在我身上出现这样的情况，简直是太不可思议了。从那以后我才发现我变了，不知道从什么时候起，我对生命的感觉不一样了，陈志国就像是一把为我量身定做的锉刀，一点一点地锉去了我包裹着内心的外壳，锉薄了我的心包膜，让我的心变得格外地敏感，格外地柔软了。

9

陈志国是在很久之后才开始一点一点地认命的。此时，双目失明的陈志国已经上了年纪，很多事情都力所不能及了。上了年纪的陈志国，再也不像过去那样坚持直立，抱拳作揖地要求带他出去了。他也不再因为不带他出去就发泄使坏，想方设法用排泄物来恶心人了。陈志国年轻时从来不喜欢被别人抱，你把他抱在怀里，他立刻就蹬腿站起来，以保持自己的独立姿态。但现在谁都能随便抱了，无论你横着抱竖着抱趴着抱仰着抱，他保证都会乖乖的。陈志国显然没有了从前心劲儿，他不再与人攀比，不再耍脾气闹待遇，每日只静静地趴在那里，落寞地想着心事。

最后的几年，陈志国过得很艰难。他直肠上长了个息室，大便总是堆在息室里顶住肛门出不来，每次都得丈夫给他抠出来。他的身体也越来越衰弱，到最后连站都站不稳，打个喷嚏都能把自己打个跟头。陈志国像是知道自己要走到尽头了，在最后的那段日子里，他做出了一个令我们大家十分吃惊的举动——他用尽全力气一口一口地把自己尾巴上的毛全部咬光了。

陈志国长着一条极漂亮的大尾巴，平常他的尾巴通常都是搭在腰上，长毛瀑布一样披下来，跑动时他的尾巴就会高昂起来，长毛像旗帜一样飘扬。这条曾为陈志强带来过无数赞美的尾巴，被咬光了毛后蛆虫一样弯在身上看，现出一副难看的怪模样。谁都不知道陈志国究竟是怎么想的，也许他是闲极无聊，也许他是跟自己较劲儿，也许他是想在另一个轮回之前彻底抹去自己身上的三恶道印记。

陈志国活了十七年，按照他那个族群的计算方法，应该是119岁，算是少有的高寿了。我们把陈志国埋在了后山。后山有一个美丽的名字，叫莲花山。据说，当年还是李四光发现这里的地质结构状如莲花，由此命的名。这个名字很对我们的心思，况且山下还有座寺庙。女儿说，陈志国睡在这里，可以每天听到寺庙的钟声，每天听到僧人诵经，或许能近梵音得真经吧。

几日前，女儿又做了个奇怪的梦。梦中遇到了一人，那人笑眯眯地走上前问，你看看我是谁？女儿看着面熟，但却怎么也想不起他是谁。那人说，你不认识我了吗？你好好想想，你是认识我的，我们曾经很熟，不，不只是熟，我们的关系一直非常好。还没等想起他是谁，女儿就从梦中惊醒了。女儿满腹狐疑地跑来告诉我这个梦，但说着说着却两眼发直忽然停住了。我催促女儿说下去，女儿说你等等让我想想，然后突然大叫了一声，我知道了，是陈志国！女儿说，妈，他穿着一身黑衣黑裤，是陈志国，就是陈志国！我愣愣地站在那里，忽然记起来了，明天正是陈志国三周年的忌日！

　　第二天，我们一起去莲花山看陈志国。女儿在陈志国的坟前跟他说了好多话。女儿问陈志国，你是不是已经托生了？你是不是这世托生成为一个人了？女儿对陈志国说，我知道你今生一直都在为自己的身份焦虑，一直都希望别人能把你当成一个人，你终生都在为做人而努力。陈志国，你是来告诉我们你做到了吗？

　　寺庙的钟声突然响了，在寂静的山谷里激起一阵阵回声。

原载《北京文学》2018年第6期

制造机器女人的男人

余一鸣

1

王聪明拦住张士伟的筷子，说，暂停。张士伟将他那双竹筷子扔在草地上，说，又来了，能不能别来这一套？

王聪明说，做什么都讲究个公正公平，一份猪头肉我只吃了几块，你一个人民教师吃肉像个土匪。王聪明将塑料饭盒里的花生米数了一遍，一共三百二十四粒，双数，正好一人一半，他把一半拨到另一个塑料饭盒里，那饭盒本来空了，还剩一点猪头肉的油渍。王聪明说，这归我。

王聪明贪酒，张士伟馋肉，各有所好。

王聪明说，我几乎每个礼拜天都来陪你过周末，不说帮你捎这捎那跑腿费……你算算这大半年我陪你已经浪费了多少光阴？像律师那样收费，我已经能买辆小四轮，像小姐那样收费，我都能开上小轿车了。

张士伟不理他，他抬头朝前看，校舍被斜坡挡住了，能看到半坡小学的旗杆，旗杆的后面是山，山的后面还是山。

王聪明说，这前后十里八里，就我一个读完了高中，我实话实说，我回山

162

里来是为了我儿子，老天不长眼，把我的老婆弄丢了，把我的俩老人都收天了，我把儿子扔给谁？

王聪明说，当然，这前后十里八里，也就我王聪明这种男人能在老家挣钱过日子。我容易吗？光是对付满山遍野的留守妇女我就得累断腰。肉要一块一块吃，花生米要一粒一粒嚼，你年纪小，不懂。对了，我不是叫你去家访吗？你小子怕了？你这样的五花肉，错了，小鲜肉，要是在山凹子里被女家长扑倒了，不榨干你的骨髓怕不会放你走。

王聪明酒多了，自言自语，不需要张士伟应答。其实王聪明酒醉心灵，这个张老师你只要不碰他的敏感话题，他都任你胡诌。张老师的敏感词是父母和探亲，王聪明有一次无意打听他父母做什么工作，他甩手就走。另一次是学校放假，王聪明问他什么时候回省城，张老师突然翻脸，指着门口叫他"滚"，一个假期没理睬王聪明。吃一堑长一智，何况他是王聪明，当然牢牢记住了。

张士伟说，花生米都是你的了，酒也带回家吧。我送你回家。

王聪明说，谁要你送啦？去守你的空房吧。我不准任何人进我的院子，老王家金屋藏娇，岂是闲人想进就进得了的？

张士伟说，我是你儿子的老师，今天我是家访，你敢不让老师家访，你就是你说的那类愚昧的农民。

王聪明自认为他是不一般的农民，说，我能是吗？笑话，那好，今天我让你开开眼界。

2

王聪明的本事是修摩托车，当然，遇上助力电动车自行车有毛病，他也揽下，如果有汽车在他的摊位附近趴窝，他也敢鼓捣几下。王聪明从前在南边打工，在一家4S店洗车，洗车不需要动脑筋，王聪明心思用在偷学修车上。王聪明全心全意偷技时，他老婆在家一心一意偷人，偷了个串村走冈收古董的南方人，王聪明家几代赤贫，在家挖地三尺也找不到值钱的旧货，那女人一怒之下就让南方人把她当古董收了。王聪明没办法，只能辞工回家照顾儿子。王聪明其实也想回家了，他觉得偷学的本事需要有用武之地，他在镇上开了家摩托车修理店，租的房店面不大院子大，他顺便又兼做废品回收店。小镇离他家三十公里，他几乎天天来回。王聪明说，老婆随时可能变成别人的，儿子永远是自己的。张士伟问王聪明，不说路难走，这摩托车的汽油费就是一笔不小的开支。王聪明说，张老师虽说是大学生，说你笨还真是笨，我替人家修车，车修得好不好，不得试跑试跑才知道？要不，人家取了车，骑个十里八里又坏了，不回头找我算账？王聪明的聪明是真是假不敢说，但他那张嘴吐出来的话，听上去是聪明人说出来的。

　　张士伟有求于王聪明，他偶尔想上一趟镇子不容易，山路上骑自行车一半是人骑车，还有一半是车骑人，认识了王聪明，他就能搭个便车，坐后座。王聪明也有求于张士伟，他不能回家的时候，儿子王天才就交给张士伟，管吃管住。礼尚往来，互惠互利，但王聪明总有办法让张士伟请客，每次镇上带回的酒菜都让张士伟买单，还得了便宜卖乖，说，采办和运输我就不收费了。回来时天色已晚，王聪明在山坡上按两下喇叭，张士伟就懒洋洋地从那间宿舍里晃出来，手里拿一双竹筷。他拒绝用一次性筷子，书读多了人难免有怪癖，王聪明不计较。张士伟也是一个有胸怀的人，每次买回的菜王聪明都拨了一份另外打包，留给王天才，有一回车没停稳当，菜在挂箱里打翻，汤汤水水流了出来，王聪明不得不当着张士伟的面收拾，王聪明说，王天才是我的儿子，也是你的学生，学习尖子，他也应该吃上肉。张士伟说，应该，下回打包仔细点，别弄浪费了。

　　山里地广人稀，走出去几里地才能遇见一个村庄，说是村庄，也就三五户人家，也不像平原上挤在一起，隔着空旷的院子，甚至隔着半个山坡。王聪明的家是独户，小学是他的近邻，但离小学也有三四里地。张士伟不敢去任何学生家家访，王聪明吓唬他说山里有狼，狼没见过，但山里人家的狗他见过，比他想象的狼还凶。老远听到人声就狂吠，哪怕是路过，它也尾随你张牙舞爪，敌进我退，敌退我进，如影随形。这里几乎家家都有一条狗，张士伟知道，是看门狗，深山里过日子的人家不能少了它。王聪明家也有狗，但它像主人一样机灵，见了张士伟，迎上来嗅了嗅他的裤管，就朝他殷勤地摇尾巴示好。

王聪明今天骑的摩托车看上去很洋气，后面还有一个漂亮的盛物箱，里面放着王聪明的帆布包，包里依然是他从废品里捡出的废齿轮旧电线之类。每次他都带回一大包这类旧货，斜背在身上时，王聪明一只肩高一只肩低，很像是瘸了一条腿。王聪明说，王天才，张老师来了，你还不出来问老师好。王天才是小学四年级学生，半坡小学其实只有两个班，一二三年级一个班，由本地的刘老师教；四五六年级一个班，是张士伟教。这叫复合班，每个班才二十几个人。本来人数多一些，有的父母都在城里打工，就想办法把孩子弄进城里上学了。王天才是班长，在这个班上王天才年龄最小年级最低，但成绩特别好，除了四年级的作业，五六年级的作业他常顺便做了，常常是高年级的同学倒要向他请教。当然，还有另一个原因，王天才爸爸是张老师的哥们。这是没办法的事，家长想巴结张老师都没机会，他没有地种，不像刘老师有玉米地，忙时家长们都抢着帮她家摘玉米。半坡小学在家的都是女家长，都知道张老师是城里来的大学生，是帅哥，即使翻山越岭来看一眼，有些女家长也乐意。张老师没有发出过邀请，没有开过一次家长会。见老师的机会都让王聪明抢去了，近水楼台先得月，关键是王聪明是在家的唯一男家长，得天独厚。王天才与张老师太熟悉了，同锅吃饭，同被窝睡觉，张老师做饭时他烧火，张老师屁股上有块胎记王天才都见过。王天才问过老师好，就接过饭盒进自己房间了。

张士伟从来不相信王聪明屋里藏着"娇"，他乐意吹牛就听他吹吧。总比听屋顶上刮过的风鬼哭狼嚎好。哪怕藏了个老巫婆，他也不至于让王天才常跟老师来挤床铺。王聪明领他进了偏屋，低矮，昏暗，一股猪屎味。王聪明笑着说，以前老婆在时养猪，现在是本人的工作室。开了灯，那张旧方桌倒挺像工厂车间的工作台，有各种张士伟叫不出名字的机械和器具。王聪明一一向他介绍，张士伟是语文老师，听得一知半解，王聪明说，这么说吧，我有一个梦想，我要造一个机器人，女人。张士伟说，就你这猪圈？机器人，还机器女人？王聪明不生气，说，你爱信不信。

张士伟明白了，王聪明恨不得天天往家赶，不仅仅是为了儿子王天才，也是为了造这个机器女人。张士伟在电视上看见过，农民中不缺异想天开者，有人在院子里造飞机，有人在池塘里造潜水艇，还有一收破烂的山东老汉造了一个能拉车的机器人。这样看来，王聪明开那个废品收购店也是早有想法，并不是临时拍脑袋，王聪明跟张士伟把话说开了，就常常理直气壮地让天才在老师那里留宿，有时悄悄回来忙活到天亮，却骗儿子说忙呢，没时间回家。

3

王聪明像一个女人一样啰唆，像一个有了身孕的女人抑制不住激动和憧憬，他的机器女人已经能站起来了，这天他要庆祝一下，他从镇上捎来了鸡爪和酒，还有满满一塑料袋的桑葚。他豪迈地说，张老师，今天我请客。

王聪明说，冰冰一定是像我一样聪明，却又具备女人的温柔善良。

王聪明补充了一句，我造的机器人叫冰冰。

张士伟故意刺激他，说，你见过范冰冰李冰冰，那其实是电影上的影儿，你见过真实的机器人吗？

王聪明说，当然，我在城里的时候，经常去一家饭店看稀奇，上菜的服务员就是一个机器人，美女，声音嗲嗲地：先生，您的菜来了，请慢用。就是"她"，让我产生了造机器人的念头。

张士伟觉得荒唐，那样的机器人是电脑产品，只有科学家们才能研制出来，与王聪明的机械机器人根本不是一个概念，这王聪明，高中没读完就弃学打工去了，机器人的边都挨不着。

王聪明说，你想一想啊，冰冰已经能站了，下一步她就会走路，会说话了

不知情的人听了，还以为这人说的是他家的孩子。张士伟不想说什么话，山里的天总觉得就压在头顶上，来到这半坡小学后，他就觉得像掉进了一个梦

境，教室不真实，学生不真实，现在和这个叫王聪明的山民坐在一起喝酒，他更觉得世界不真实。

王聪明说，张老师，我知道你不相信我，不相信老王有这本事。退一万步讲，人总得有个盼头，用你们城里人的话说，就是有个奋斗目标。人不是这坡上的黄牛，除了吃上口草，就不想东想西了。

王聪明纸杯子里的白酒已经是第二杯，两个男人一起喝酒，最后一道下酒菜肯定是女人，王聪明的话题开始不正经了。王聪明捡起一颗桑葚，青中带红，红中带紫，紫中又带着黑，王聪明用拇指和食指不停捻动，缓缓塞在上下嘴唇之间，含糊地说，吃过没？张士伟点点头，这又不是什么珍稀水果，山里有的水果城里现在都有，几块钱一盒。王聪明不怀好意地说，真吃过吗？仔细想一想。张士伟明白了他指的是什么，他又何尝没有吃过。他骂了老王一声"流氓"，老王开心地笑了。王聪明说，郑小燕，你班上的五年级学生郑小燕，她娘大奶子在镇上开理发店，那店门前有几棵桑树，大奶子非要送我一袋尝尝。

郑小燕是半坡小学的名人，她父母离异，父亲在省城打工，把她扔给了爷爷奶奶，是个苦命的孩子。张士伟班上有好几个学生都是这种家庭状况，现在农村老人有低保，山里老人勤快，带个孙娃吃饱肚子没有问题。许多孩子的父母，尤其离婚的父母，把孩子扔给老人似乎是当然的选择。郑小燕的妈妈，也就是王聪明说的大奶子，春节前来看女儿，那时学校已经放寒假，她只有到前夫家才能看到小燕，见到了，做母亲的给女儿买了不少吃的穿的，临走时母女俩免不了哭一场，母亲坐的摩的在前面飞奔，小燕不放母亲走，在土尘里跟着摩的追赶，鞋跑丢了还在追。这场面让一好事的人见了，拍照片发了微信，一传十，十传百，郑小燕居然成了"网红"。张士伟平时不看微博微信，从决定下乡支教那天起，他就换了手机卡号，即使上网也隐姓埋名。寒假在山中实在寂寞，他偶尔上微信，就看到了自己学生的哭脸。张士伟非常厌恶那个发微信的人，这些人貌似有怜悯之心，实际上是撕开别人的伤口撒盐，为自己博点击率。

王聪明说，明摆着是大人教的，大奶子他男人那时也在家了，过年不是都得回家吗。他想复婚，想留住大奶子，自己不出面，让孩子演哭戏。张士伟说，现在我们这种家庭的孩子，心寒得像铁疙瘩，把父母都当陌生人看。实话说，我就是大奶子雇的那个摩的司机。

张士伟说，你还惦记着人家，你的聪明劲就是专门用在沾人家的便宜。

王聪明说，可不能这么说，在女人眼里我可是救人于水火之中的活菩萨。再说，大奶子那样的女人，有过一次就不可能忘记……

王聪明突然用筷子敲了一下张士伟的裤裆，张老师本能地一下子猴了身体，说，老王，你看看，你看看，你把我的裤子弄脏了。惹得王聪明好一通狂笑。

张士伟生气地说，哼，鬼才信你，你真的有这个女人那个女人，还会走火入魔地造那个叫冰冰的机器人？

4

王聪明的机器女人工程遇到了困难，机器人内部是零部件，就像人的内脏，外面得有一副皮囊裹住，电视上看到的机器人昵，外面就是塑料壳子。王聪明弄不出那塑料壳，就用桦木替代，他弄到手几件木匠工具，一番折腾，冰冰变成了一个木头人，王聪明还特意抹了一遍桐油，王聪明说，女人的皮肤得有光泽。但王聪明自认为是一个完美主义者，他沮丧地说，没有手感，他做了一个捻桑葚的动作。王聪明接着说，当然，对一个聪明人来说，这不算个难事，我自有办法。王聪明脸上又浮起淫荡的邪笑，从前，我们在南边打工的时候，有人嫌站街女不安全，攒钱买个充气娃娃。那玩意儿，个个要身材有身材，要脸蛋有脸蛋，要有温度的地方还有开关控制体温。我打算去一趟南边，找到厂家讨教取经。

张士伟上大学时，也知道有这个男人用品，那材料是硅胶的。

王聪明低声说，可是我的钱都花光了，连路费都掏不出。这才是他来找张老师的目的。这趟来，酒和卤菜都没买，这绝对是稳赚不赔的生意，可他口袋里连最起码的本钱都掏不出，还是张士伟回去拿来了两盒方便面，俩人坐坡上干啃。

张士伟一直到大学毕业都对钱的概念模糊，他想到要什么东西，母亲都会买给他。他有一段时间迷上了摄影，这个爱好耗钱，他很快就将卡上的钱花光了，母亲很高兴，表扬儿子长大了，很快就给他卡上存了一个六位数。他总觉得钱不是问题，家里确实有钱，父母被双规后，网上的照片显示，检察院在他们家搜出的现金垒成一堵墙。父母原计划让他出国读研，等他申请时，父母所有的银行账号都被冻结，他才意识到，钱真的重要。

张士伟不说话，王聪明一时也变笨了，不知道该说什么话。

俩人都抬头看着前面的矮树丛，一团红艳艳的影子在树丛里若隐若现，步子迈得匆忙。到了一处开阔的草地，张士伟认出了那人，郑小燕，身上穿的冲锋衣，是前不久学校发放的捐助品。由于很多学生家住得远，有人放学后要赶十几里山路才能到家，张士伟放学放得早，郑小燕爷爷奶奶家住得也不近，下课后她总是很快就冲出教室。今天她怎么还留在学校附近？张士伟正好不想理睬王聪明这种精于算计的小人，他放下方便面，借下坡的冲力跟了上去。郑小燕埋头赶路，在坡下拐上了回家的土路，好像没有发现身后的张老师。张士伟悻悻地掉头，不甘心，又朝她的来路试探着往矮树丛走，这一带张士伟不陌生，忍不了孤单时他会出来散步。他什么也没看到，这里并没有别的学生。他以为是学生们贪玩，有些孩子放学后总要玩累了才肯回家，他小时候就是这种男生。郑小燕是个沉默的女生，课堂上除非老师提问，她绝不肯举手发言。课后也总是安静地坐在位置上，乖得像教室里没有这个人。她是经过这片小树丛吗？张士伟看到前面有面陡坡，走上前，避风处有一个简陋的小棚子，应该是以前看羊放牛的人避风躲雨盖的，早废弃了。张士伟钻进去，脑袋把棚顶的朽木条顶落了一根。张士伟仔细打量，这应该就是刚才郑小燕待的地方。

在棚子的里面有一块方正的石头，石头上铺着一张纸，已经又皱又烂，张士伟凑近一看，是郑小燕的算术草稿纸，她在里面做什么呢，地方虽小，但郑小燕明显打扫过了，甚至抹干净了她伸手能够得到的木栅栏，做作业吗？除了那块能坐的石头，摆书本的地方都没有。张士伟用目光搜寻了一遍，终于发现了有一处异常，在墙角处有一小堆干草，这与棚子里的整洁不符，他拂开乱草，发现了一个小小的洞穴，洞穴里摆着一个用塑料袋裹着的盒饭饭盒。套上塑料袋显然是为了防潮，他打开饭盒，是叠放的照片，从一寸、二寸到五寸的照片都有。张士伟靠近亮光，最上面的照片上有两个人，一个是小时候的小燕，另一个应该是她的妈妈，都是照相馆里中规中矩的姿势。那些只有一个人的照片，是她妈妈，背景是省城的几个旅游景点。张士伟不由多看了几眼，服装一看就是地摊货，女人的脸上有害羞，动作却夸张，很明显是有人在现场导演。王聪明口口声声说的大奶子，看不出有什么格外的大。

郑小燕放学后来这里，就是为了看这些照片？张士伟在石头上坐下来。这个小姑娘就坐在这里，一张张一遍遍看母亲的照片，应该一边看一边会掉泪。张士伟摘下眼镜，他竟然泪水也模糊了双眼。

眼前一暗，他知道是王聪明跟进来了。王聪明瞥了一眼照片，说，大奶子算好的了，每个月还惦记着看一回小燕，很多女人走出大山，就再不会回来，只能当她死掉了。张士伟悄悄地抹了一下眼睛，怎么会有泪呢？上次班上一个学生体育课上脱下汗衫，前胸后背布满伤痕，他问学生怎么回事，学生说一句爷爷打的，就跑去抢球了。他当时只是愤怒和不解，却没有伤痛的感觉。

王聪明说，没有什么啦，我猜是她不想让爷爷奶奶知道她想大奶子，寻了这个地方。很多母亲不在家的孩子都有一个隐秘的角落，王天才也有，我假装不知道而已。

张士伟将照片原样放回去。王聪明不失时机地说，张老师，借我五千吧，要不，三千也行。

王聪明知道，一个人伤感的时候心最软，他得逞了。拿到钱，他发动摩托车，朝张士伟说，你放心，我会还你，实在还不出，我让冰冰首先陪你睡几天。说完，一溜烟走了。

5

张士伟选择到这里支教，就是知道半坡小学是包班制，包班的意思就是指早读课到最后一节活动课都是一个老师包了，语文算术自然体育音乐这些课也是你一个人包揽，张士伟就是想把自己累成狗，脑子麻木了，可以什么都不去想。但是事实上并不是这回事，山里的夜晚似乎更漫长，网络信号时有时无，他白天抱着笔记本电脑登上山顶上网，下载一批影视和小说，用来打发掉几个晚上的时间。王聪明一去十几天没有音信，王天才在老师这里吃住，时间长了也不自在。张士伟内心并不讨厌这个学生，这孩子学习上主动积极，生活上勤快自律，有时候张老师回到宿舍，他已把俩人的面条下锅，甚至连老师的衣服也抢着洗。但是，和所有的山里孩子一样，王天才也不爱说话，问他一句他才答一句，不同的是他的两只眼球很灵活，总是在眼眶里转个不停，这应该是遗传了他聪明的老子。晚上，张老师戴上耳机看影视，王天才趴在桌上做作业，他俩倒像是一对父子。

张老师忍不住拨王聪明的电话，不论是白天还是黑夜，王聪明接了第一个字就说忙，然后说快了，快回了。电话就被他掐断了。

王聪明出现在张老师面前时，灰头垢脸，身上一股酸臭味，城里的夏天比山里来得早，估计他这些日子都没洗过澡，没办法，张老师扔过去一套旧的T恤和短裤，让他先去山下溪水边，洗完澡再进门，王聪明顺手捞了窗台上的肥皂，嬉皮笑脸地去了。张老师离开了水不行，他看宣教片，有些地区严重缺水，支教老师几个月洗不上一把澡，他不能想象那种日子。他选中这里，重要的原因是山下有一条小溪，冬天想洗澡可下山取水，夏天可直接去泡山泉。

王聪明说，他找到厂家一看那价格，买不起，怎么办？他说只要关键部位，脸和手，其他部分他打算用木壳，需要的话可以替冰冰穿上衣服穿上鞋。

171

张士伟冷笑，女人的关键部位可不只是脸和手，这家伙进了一趟大城市，口里有遮拦了。王聪明说，钱还是不够，我磨了好久，将身上所剩的两千四百块整的都给了那销售员，人家才勉强接了单。然后，扒了几趟车，啃干馒头，我胜利归来了，厉害不厉害？这种才华张士伟相信这家伙有，他也服了王聪明。王聪明没打算把王天才接回家，他说饭后他还得去参加一个重要的活动，饭后的意思是指他还得在这里蹭顿晚饭。王聪明惭愧地说，我也好久没见到儿子了，想得慌。张老师相信这是句真心话，没反对。王聪明说，要不你也和我去参加一次，可有意思了。饭后走到操场拐角，王聪明推过来一辆摩托车，这让张老师怀疑，这家伙早就回来了，今天只是掐好时间来蹭顿饭，顺便看一眼王天才。

这大山里能有什么重要活动？张士伟寒假在这里过春节，别说舞龙舞狮唱大戏，要不是王聪明陪他吹牛，连个人影都见不到，大年三十除夕夜，偶尔听到几声鞭炮响，不知道隔着几道山梁。山路颠簸，王聪明专门钻羊肠道，抄近路，张士伟紧紧地搂着王聪明，头上脸上还是免不了被树枝抽得火辣辣地痛。摩托车停在一处茅屋前，门窗处漏出些许灯光，门外停着几辆自行车。王聪明叮嘱张士伟，只许看不许说话，今天我们看丁老太"过阴"。"过阴"这词张士伟听王聪明吹牛时说起过，在张老师里就是一种迷信活动，活着的人想念死了的亲人，拜托神汉巫婆去阴间走一遭，死者的灵魂就附身来到阳世，和家里的亲人彼此问答。王聪明居然深信不疑，对这位丁老太恨不得顶礼膜拜，他以能观摩这项活动为荣，说除了他，不是当事人丁老太从来不准有外人进现场。这家伙是聪明过头了，不过，张老师也乐意跟着开一回眼界，他在这大山的日子实在乏味透了。

来了四位，大爷大妈还有两个女儿，唯一的儿子几年前在邻省挖煤埋井下了，儿媳改嫁，还好，留下了一个孙子，爷爷奶奶活得有个期望。老人木讷，说话的都是女儿。丁老太是个矮胖老女人，昏暗的灯光下，香烛烟雾缭绕，墙上那个蓄须戴帽穿长袍的老头像似笑非笑。问过死者的生辰八字，拿出一碗米和一把竹筷，丁老太嘴里念念有词，把筷子插进米中，那筷子忽然转动，停住，丁老太喝下一杯浑浊的液体，仰面倒下。丁老太倒在一张竹编的躺椅上，双目紧闭，露出一截肥白的肚皮，脚上的布鞋蹬了，一只正，一只底朝天，王聪明说，如果把那只鞋翻正，巫婆就回不了阳世。张老师睛盯着那鞋底，有一种想把它翻正的冲动，试一试丁老太是不是真的不能醒，他当然不敢动。丁老太突然动了动嘴，男声喊出"爸""妈"两个字，那俩老立即出了哭声。问答都是家常话，儿子说在那边过得很好，劝爸爸去医院看咳嗽的病，劝妈妈少养牲口，不要太累了，感谢姐姐们对外甥的照顾，将来会得到好报。他的四位亲人既惊讶又感动，最后，死者说，他缺一双鞋，俩姐抢着说，我回去就到坟上烧给你。几分钟后，丁老太睁开眼，起身摆正鞋，恢复了女声，说，累死我了。据说活人到阴界走一趟很伤元气，丁老太满身汗湿，衣服都粘在身上，看上去更加圆润。张老师抹了一把脸，也一手掌的汗，天热，屋子又不透风，不出汗才怪呢。

临走时那四位千恩万谢，掏出一张百元大票，丁老太说多给了，掏出钱包找钱，那四位已到门外，丁老太追出去，坚持把找的钱塞到大妈的口袋里。丁老太说，这家每年都来一次，老的想小的，想起来就痛得受不了，来一次可以缓一段日子。

丁老太的生意很好，丁老太每天只做一回，还得挑日子，做多了伤身体，因此来者必须提前预约。老的想小的，小的想老的，男的想女的，女的想男的，丁老太都有本事到阴界把死者的灵魂驮回来。

回去的路上，王聪明说，百闻不如一见，这下子该相信了吧。

张士伟说，疑者不信，信者不疑。王聪明说，她一个老太婆，说话却真是年轻男人的口音，这个是不是真的？张老师说，电视上一人扮男女两角，换着腔调说话唱歌的多了去。王聪明说，那她怎么知道来人屋里的状况，还那么详细？张老师说，这个事情嘛，你也是读过高中的人，当教师的人都能做到，上课前老师都必须先备课，预先把学生可能提问的地方了解清楚，如果是开公开课，先在班上演习几遍，表演时怎么都不会露怯了。你注意没有，丁老太有预约期。王聪明说，算我服你一次吧，书读多了确实不好糊弄。

王聪明说，如果丁老太把业务范围扩大些，她既然能到阴间让死人灵魂附身，为什么不可以在阳界把远方的活人灵魂驮回来？这样，不就天涯若邻居了？张老师知道他说的那句诗，天涯若比邻，懒得纠正他，他又不是张老师的学生。

王聪明说，我看你一个人守在山里，可怜巴巴。你要是想父母了，不妨也去劳驾丁老太跑一趟？

张老师突然发火了，你父母才在阴界，你全家都在阴界。说完，还捅了王聪明一拳，差点把摩托车捅翻了。

王聪明明白了，张士伟不回家并不是没有父母，只怪自己不长记性，下回再不能提起他父母这茬了。

6

张老师的宿舍就一间房，其余校舍就是八间平房，用去六间做教室，剩下两头各一间分别是办公室和他的宿舍。宿舍条件简陋，一张坑坑洼洼的旧办公桌，一张当饭桌的旧课桌，还有一张可疑的旧式雕花大床，不知是什么来路。张老师报到时提了一个要求，要一只储水的水缸。村长无条件答应了，两个山里汉子抬来了一个五花大绑的粗陶水缸，顺便还送了一个塑料桶。张老师问那水缸是不是裂开了，用麻绳捆绑才不散架，村长笑话他蠢，说这水缸既没长胳膊又没长腿，不捆绑着，请它它也来不了。

这天是星期五，王聪明把儿子接回家了。放学后张老师在办公室改完作业，决定回宿舍洗衣服。洗衣服是张老师最头痛的事，夏天，每天都得换衣服，好在张老师带来的衣服多，他一般是一个星期集中洗一次，当然是手洗，这里没有洗衣机，即使有他也不会用，上大学时都是周末把脏衣服带回家。宿舍门敞开，应该是他忘了锁门，这在他是经常发生的事。想不到宿舍里有人在，一个女人正背对着门站在课桌前，他进了门，她还埋头在搪瓷脸盆里搓洗衣服，是他的脏衣服。

你是？张老师疑问。

那女人一惊，手里的肥皂掉进了脸盆，水花溅到了张老师脸上。

女人并不慌张，说，张老师，我是王总捎我来的。

张老师愣了一下，王总？很快明白了，王总就是王聪明，人家开着两片店，这年头称他为王总也不算夸张。看那女子的模样，张老师总觉得面熟，见过。

女人说，张老师，我是郑小燕的妈妈。

张老师想起来了，见过她的照片。张老师不知道说什么好，他没有单独面对少妇的经验，女人看出了他的窘迫，在脸盆里的衣服上擦了两下手，抬手摘下他的眼镜，撩起短裙的裙边，把他眼镜上的水花擦了又擦，张老师不由自主地看到了粗壮雪白的大腿，虽然看得模糊，但张老师的脸还是红了。

晾出了衣服，女人又忙着替他炒菜烧饭，张老师有电饭锅和电炒锅，但平时张老师怕麻烦，以面条为主食。烧饭麻烦，炒菜更麻烦，何况，这荒山僻野也买不到菜。女人是有准备而来，带来了猪肉和蔬菜。只一会儿工夫，宿舍里就飘满了饭菜的香味。

女人说，以后我每个星期五都过来，看小燕子，顺便帮张老师洗衣服，做顿像样的饭。

张老师乱了方寸，心里说，这怎么可以，这怎么可以呢？但是转念一想，这样郑小燕每个星期就可以看到妈妈了。

张老师在山里的夜晚，都是靠自己解决男人的问题。他的电脑里下载了一些毛片，他一边看一边把麻烦解决了。张老师在大学有过几任女友，每次都是到宾馆开房才做，事前必须洗热水澡，事后必须洗热水澡，张老师在这事上是个讲究的人，或者说是个有洁癖的人，哪怕女友急功近利，他也不肯苟合。

吃过晚饭，他说去办公室备课，拎着电脑去了办公室。他连澡都不洗，不洗澡他就杜绝了发生那件事的可能。躺在办公桌上他对自己说，大奶子是王聪明睡过的女人，再说，她是你的学生家长，你每天都要面对你的学生郑小燕呀。可是他的身体不争气，他夜里还是在办公桌上梦遗了，梦中的女人就是大奶子。

7

大奶子并没有生气，每个周五的下午坐，王总的摩托车来到半坡小学，帮张老师洗衣服做晚饭，张老师留下郑小燕，晚上一起吃饭，看上去很像是一家人。张老师留心了，郑小燕不再去那个小棚子，每个周五的晚上她可以搂着妈妈睡到天亮，用不着去看照片。

张老师呢，这个晚上就睡办公室，一人点两盘蚊香，早上起来总是一身的蚊香味道。等他醒来的时候，大奶子早就坐王总的摩托车走了，他们得赶六十里山路上班，得起大早。

王聪明很少露面了，打他电话，说忙，进入科学攻坚阶段了。王聪明说，我的冰冰不是一般的机器人，他是智能机器人，能对答如流，能和你握着手心谈心。王聪明知道他说的那种机器人，是电视上能下棋能写诗的小冰那样，可这是你王聪明能制造出的吗？

王天才也不相信这个不靠谱的老爸，有一天，他心事沉重地说，老师，你相信我爸这事能成功吗？张老师婉转地说，每个人都有自己的梦想，你爸爸是敢于追梦的人。王天才说，我爸不是为了他自己，他想造能走路能说话的机器人，将来给这山里没有妈妈的同学每人发一个。

张士伟被王天才的话击中了，这个王聪明，说的和想的不是一回事。一年的支教期快满了，有一天张老师突然约王聪明来一趟，送他去县城，张老师主动说，他要回省城去看一趟爸爸妈妈，王聪明再不敢多问，问了其实张士伟也不会告诉他，他得到消息，父母都宣判了，分别是十年和三年，他决定去监狱探望他们，他渴望看到的女人也是妈妈。张士伟只跟王聪明说自己的打算，他决定回去了，报考国内大学的研究生，按规定，支教生考研可以加分。

王聪明说，男人啊，只有经过了大奶子这样的女人才会长大。

张老师不辩解，他觉得自己真的很强大，王聪明以为一定会发生的事，他硬是没让它发生。除了你王聪明，我张士伟也是有远大梦想的人。

王聪明说话仍然不正经，说，你放心，不论你走得多远，冰冰完工后首先陪你睡几天，抵欠你的三千块钱。

偶发艺术

盛可以

没人知道会发生什么。走进塑料空间，脚步有上刑场的迟缓，表情蒙的。塑料墙像玻璃反光。几位观众，不如说更像演员，贼一般四下环顾，轻手轻脚，连屁股落在椅子上的动作也充满表演意味。

通过道具摆设，可以看出这是一家酒店式小公寓，屋里尽是杂物，锅碗瓢盆、果汁机、药罐子、电炖锅，电源亮着，像定时炸弹。小窗口晾着衣服，红裤衩十分扎眼。窗外印着房屋出租标语和电话号码——不妨设想，这一布景是为了表示租客通过这种方式找到此房源，省下了中介费。但显然观众不关心这个。他们要看到人物，想知道故事。当他们熟悉了屋里景况，并厌倦这种持续的单调时，第一个人物上场了。这是一个骨骼粗大的短发妇女，拎着沉重的购物袋，肩膀垮着。她将东西放在地上，做出掏钥匙开门的动作，进屋就挽起袖子忙碌，弄得乒乓作响。她面色憔悴，带着苦楚，不时用衣袖擦拭眼睛，摇摇头。果汁机绞动苹果，声音爽脆，果汁如泉水叮咚流响。一时间只听见绞动和流淌的旋律。那声音听得人口舌生津，忍不住直咽唾液。第二个人物红衣女人正是踏着这节奏走出来，仿佛是她脚下踩得汁液四溅。她停在那扇虚拟的门口，朝屋里瞄一眼，曲指敲打空气，门咚咚响了多次，里面的女人才有反应。

"是志兰姐姐吧？"红衣女人径自抓住对方的手，她精心打扮过，脸小五官小，"我是戴丽蓉，志清的大学同学……我……啊呀……"女人声音哽咽，五官变得更小，仿佛是笔在脸上点了几点，"我才知道消息，心里好难受。"

果汁机绞动虚空，声音变调。

"我是志梅。"女人关掉电源。两人在床铺上坐下。戴丽蓉重新捉住志梅的手，似乎借此才能呼吸。

叫志梅的女人像堵墙那样朴实，一堵墙通常不会在乎青藤怎么攀上来，野草怎么在墙缝里生长，青苔怎么覆盖，狗怎么朝它撒尿，它始终是牢固的，脸上凝结风雨。但此时的她仿佛一枚潮湿的哭弹，因戴丽蓉的到来烘干了，并点燃了引线，在一阵哗哗的火星迸溅之后，终于炸裂。她哭了一阵响的，丽蓉也陪着放开过几秒钟嗓门，滚出来的眼泪比眼睛还大。但她受过教育，她懂得克制，知道怎么哭得好看。谁都能看出她的穿戴不穷，脸上也是花过钱的，这种年纪还敢涂红唇，在普通妇女中算得上勇敢。

志梅边哭边完成了对戴丽蓉的仔细打量，声响慢慢衰歇下来，像唱京剧般，呜呜咽咽地。

这场景虽略嫌聒噪乏味，但观众通过这一幕明白了事情缘由。志梅唯一的弟弟志清，得了癌症，医生说只剩一两个月时间，扛不过本命年，窗前的红裤衩也没法驱凶化吉。志梅在医院边上租了这间酒店公寓，给住院的志清做后勤，煮粥炖汤榨果汁，一趟一趟往医院送。起先志清还能吃流食，昨天下午忽然连水也下不去了。她说弟弟上过大学，他的命比她这个没文化的姐姐值钱，她宁愿拿二十年寿命出来匀给弟弟，可是谁来做这样的分割呢？

戴丽蓉仿佛因为眼睛太小，大颗眼泪滚不出来，只能在眼眶里转。就这样，她噙着自己的眼泪安慰别人，拍背、递纸巾，薄薄的红嘴唇里跳出温柔、得体的话语，最后竟丢出一个惊人的秘密，让志梅忘了悲伤。

"姐姐，我和志清……我等了他二十年，却等来这样的结果，我怎么受得了。"眼泪仿佛突然因被囚禁而产生愤怒的力量，一下子破眶而出。戴丽蓉的脸很快湿漉漉的，闪闪发亮。

两个观众咬耳朵，一个悄声说："是真哭吗？"

一个回答："是哩，眼泪像是自来水龙头控制的，厉害。"

音乐幽幽地响起，像夜风拂过杨树林。

"志清说过有人一直在等他，原来是你。"志梅反过来捉住丽蓉的手，不觉面露喜爱，"我见过你们的毕业合影，那时你是长头发。"

"是的，志清帮我剪过开叉的发尖。"

为同一个人哀哭，两个女人早已迅速增加了彼此的感情与熟识度，此时仿佛老朋友。"你和我们做一家人多好。志清他没这个福分。他就是这样的命。当年要是不和劳静结婚，随他娶哪一个，都不至于这个结果，根本不可能得这种病。退一万步讲，即便是得了这个病，她要是贴心，知道自己的男人不舒服，怎会任凭他在家喝几个月稀粥不闻不问，也不催促他去医院检查呢。否则志清是能多活些年头的。瞧瞧吧，入院半个月就封喉了。"志梅很生气，她说志清毁在这个女人手里。

"他命不好。"戴丽蓉站起来，原地转了一个圈，又坐下。

志梅倒了一杯果汁给戴丽蓉："喝吧，反正他也喝不了。"

"我很想为他做点什么，可我这身份不适合……"

"是，志清毕竟是别人的丈夫。"

"我后来也成家了，有一个儿子。但没法过下去。我仍然等着。志清今年四十八，我四十九。头发都白了，你别笑话我，来之前我去发廊染了发。我们也两年没见了。这些年也起起落落，分分合合……出门前，我想了好久，该穿哪件衣服，穿成什么样子。我记得他以前喜欢我穿红的，喜欢我披着头发。现在头发掉了一半了，披着不成样子。老就老了吧，拼命往少女样子打扮反倒可笑……他知不知道自己活不了多久了？他那么聪明，怎么会不明白呢？对了，半年前我过生日，他给我发了一个微信红包，要我去买糖吃。他还说要和我见一面。他应该是老早就知道自己得了什么病。我后悔没见他，肠子都悔青了啊！昨天从同学那儿知道消息，我一宿没睡着。脑子里放电影一样，把这二十多年都过了一遍，怎么也不敢相信这种事情会发生在他身上。"

女人的哭泣声如停雨前稀疏地落下几滴，最终彻底告一段落，理智和沉着回到现场。

"你还没看到志清吧？"志梅是两个孩子的母亲，戴丽蓉知道，她熟悉章志清家里所有的情况，就像她一直生活在章家一样，"你要有思想准备，他在化疗，病样子看不得，而且变得脾气暴躁，动不动就骂人。想想也是，身体到处好好的，偏偏喉咙里长了一坨东西，让你不能吃不能喝，换了谁都会烦的。来吧，我们一起送些东西过去，也许他能吃上一口，食物总是能让人振作的。人世间也会有奇迹。"

灯光熄灭，黑暗抹掉了两个女人。

观众忘了鼓掌。

背景音乐混乱，夹杂愤怒的叫喊，哭笑，还有燃烧的哗剥声。画外音在探讨偶发事件于个人命运的意义。说到章志清在乡下出生时，父亲正在城里忙着揪出坏分子，获了不少表彰。母亲生完孩子就起来照顾生活，父亲回来后揍了母亲一顿，据说是饭里有沙，硌疼了牙。他说不打不长记性，逼母亲写检讨悔过。志兰、志梅吓得不敢出声。"文化大革命"结束后，父亲吃不开了，受冷落了，没有朋友，也没有明显的仇人，没有提拔，也没有明显的打压。父亲揍母亲变得更加频繁，几乎每次回家必有打骂，走时不忘留下家用，父亲的权威就是这么树起来的。志清与父亲并不亲近，在他看来，父亲就是一个名词，一种称谓，没有别的内容，然而必须如祖宗牌位一样恭敬。

此时的观众似乎进入故事，凝固在黑暗中，耳朵渐渐相信事情的真实性。

灯光打亮，落在观众席。三男两女，有个老的，剩下比较年轻。聚光灯在那个头发花白的男人身上停顿片刻，投向表演空间。道具已经摆好，两张木椅配八仙桌，上面摆着瓷壶和杯子。墙壁上贴着大头像，两边是对联，还有贴得歪歪扭扭的财神图，毛主席像。屋梁上挂着几串腊鱼腊肉。这是八十年代的普通农家，带着贫乏、安宁，却暗地挣扎的气氛。

年轻人双手揪着自己的头发在屋里转来转去。

灯光明暗交替间，他换着不同的姿势悲伤：坐在椅子上，脑袋埋在两腿间；肩膀耸动；捂着脸，额头搭在桌沿上。

最后，他直起腰，眼睛亮闪闪的。

"全完了……怎么办？"年轻人痴痴地看着观众，"我现在该怎么办？他怎么能这样做？就这样把我的档案从学校拿出来，递到酒厂……我不想去酒厂，我不想和他在一个单位，他在那里得罪了所有的人，退休后也没有人来看他……再说，我要去别的城市，有几个单位想要我，我在斟酌，丽蓉要分到长沙，我必须和她分到一个城市，我答应她我们要在一起的。可现在……他怎么能这样做？他怎么能擅自决定我的未来？我是一个人，我有我的想法，他不尊重我，他不尊重任何人。他完全不管别人怎么想。他真是个冷血的大独裁。"

年轻人激动得面红耳赤，紧握拳头，似乎要立即送出一拳解恨。他清瘦文弱，戴着眼镜，像根豆芽，想要动武的样子显得可笑，因为那条细胳膊，就算是打在豆腐上也有折断的危险。

"嗨，你上来，你来演我那独裁父亲。"他忽然指着观众席上那个灰白头发的男人。

后者一愣，但也爽利，略作犹豫，便离开座位，刻意挺了挺胸。他径直坐在八仙桌边，膝盖撇成八字，胳膊搭在桌沿，仿佛穿着戏袍，马上要捋一把长须唱起来。观众忍不住笑了。

年轻人固执地背对着"父亲"，似乎只有背影才能表达他的反抗情绪。

"志清，工作的事情落实了，你怎么反倒不太高兴？你想想，酒厂一个大学生都没有，你在那儿扬眉吐气，谁都要高看你一眼。往后你只管在厂里大声说，你是章显贵的儿子。""父亲"的声音洪亮。

"台词不是这样的。"年轻人低声说道，"父亲也不是这样的腔调。"

"我认为这就是章显贵的真实心理。""父亲"回答，"他就是要你给他复仇。他这种人一辈子都不会反省，临死都不放弃战斗。"

"剧情是这样的，我等他先说话，他抽着烟，沉默中咳嗽几声。我们像在暗自较量。最后是我先开口。我说：'爸，我不想去酒厂。'"年轻人看着"父亲"，说道："您接着演。"

"我没有办法按你们的剧本演，相信我，我比你们更了解人性。""父亲"做出罢演的样子，"而且，你父亲根本不会觉得自己做错了什么，他认为那只是他的一份工作，他那么做了，拿点薪水养家糊口，如果对别人造成了伤害，那也是'公伤'，和个人无关。"

"那是另一回事，跟本剧没有关系。"年轻人说道。

"怎么会没有关系呢？不是在探讨偶发事件对人生的影响吗？既然要厘清偶发在志清悲剧命运中的作用，同样要厘清偶发在他父亲身上的影响，他父亲为什么会变成那样的人，他为什么要那么做。尤其是当你们认定，父亲这一擅自投档，是志清悲剧最初的起因，厘清父亲的性格形成就更有必要，那是不能剪断的。"

"这样厘下去，就跑题了，没止境了。"年轻人双手绞缠片刻，"不过，您的想法非常深远。您现在的行为是偶发的，是我们没有预料到的，自然成了演出的一部分。我们相信您使剧情变得更加丰富了。"

"我不懂艺术，人生经验也很有限，我就是来了解偶发的。""父亲"这时倒有些羞涩不安，"看问题不能单一，不能陷入一个误区，要注意到章志清自身的问题。当他说不想去酒厂，父亲会大怒：'投档还剩最后一天，我要是不投到酒厂，你恐怕哪里也去不了，在家里种地干活？行啊，问问你挑得起几斤？扛得了多重？'"

"'今天收到了长沙那边的好消息'，但我决定把这句台词咽下去，"年轻人说道，"让观众注意力集中到志清那张凝聚了伤心、愤怒以及无助的脸。"

酒厂，一栋两层楼的老建筑，巨大的烟囱，白烟涌出来，在空中消散。隆隆的机器轰鸣声，显出一派生产生机。鸟儿飞来飞去。前景是一个简陋的小房间，窄床，长条桌，高背椅，暖水瓶、塑料桶、拖鞋，墙上贴着中国地图和世界地图。志清进门，脱下白色工作服挂在墙上，喝了口水，从抽屉里翻出衣报放进盆里，拎着桶准备出去。一个扎着长马尾巴，穿超短裙的姑娘蹦蹦跳跳，到门口故意放慢了脚步，扭腰细步走进来。

"我刚到车间找你，你不在。今天这么早下班了？"女孩说道。她苗条，像根电线杆。

"这批白酒酿造发酵出了点问题，暂时停工。"志清烦恼，没正眼看她。

"酒出问题，你就不理人了？"少女堵在门口，"你为什么总是这样一副高高在上的态度？"

"你先自己待着。我去洗个澡。"

"不行，咱们现在必需谈清楚。"少女夺过志清手里的东西，哐当放到一边，"那女的是谁，你为什么一直留着她的相片？"

"碍什么事了？又不占地方。"志清一副厌战的语气。"劳静，请你最好别不经我同意就翻我的东西，尊重我的私人空间。"

"你要那么多私人空间干什么？"少女很惊讶，"我妈说，两个在人一起就不应该有什么秘密。"

"你妈说你妈说，你就不能自己多读几本书，自己想问题？"志清打开抽屉胡乱翻一通，"照片呢？"

"你不是老放在胸前的口袋里吗？也许在你钱包的夹层里？或者在枕头底下？"劳静停顿一下，说道，"你还不如裱起来挂在墙上呢。"

志清摸摸口袋，望了一眼挂在墙上的工作服，明显松了口气。

"我不想去医院堕胎，"劳静一屁股坐在床上，抻了抻床单，"太丢人了，我全家人都会抬不起头来。"

志清肩膀软垮下去。

"我得去洗个澡，一身汗臭。"他重新拎起水桶。

"慢着慢着，等一下……"从观众席跑出一个女人，几步上前拦住志清，她穿着宽松的布裙，神色极为不满。"我觉得这儿有点问题，像劳静这个角色，她不会在这种时候提照片的事情，她不可能给自己节外生枝，制造没必要的麻烦。对她来说，和志清结婚才是目的。我认为她这时候会表现的温柔甜美，'你去吧，衣服留着我来洗。工作上的事情，不要太担心。想想你来之后，酒的质量好了，产量也高了，年年评先进，你贡献大着呢。'对吧，应该这样。这是我理解的'劳静'。"

"编剧说了，'劳静'才十八岁，是那种受家里娇宠，不读书，只打扮，没什么头脑的女孩，她妈是垂帘听政的慈禧太后，她就是个布偶娃娃，被她妈用五个指头操纵着。没吃过苦头的女孩子通常都听妈妈的话。关键是，那时没有现在开放，劳静大家族都在这个小县城，她根本用不着耍什么心计，你在人家眼皮子底下把人家姑娘弄怀孕了，敢不娶她？在当时的情形下，这可不是件小事。"志清说道。"而且当时城乡差别很大，'志清'乡下出身，对县城人来说，他们骨子里觉得这是能扯平的，也就是说，初中生'劳静'完全配得上大学生'志清'，再加上怀孕的筹码，结婚就是天经地义了。但'志清'心里爱着那照片上的姑娘，不愿和'劳静'结婚。'劳静'仰慕'志清'，在她那儿，爱情就是爱情，她没想过以怀孕来要挟他。但这已经不是她个人的事，你看那边，她的大家族全来了。麻烦您先下去吧。"

一群人拥了过来。劳静的父母、叔叔婶婶，舅舅舅妈，哥哥姐姐，堂兄妹，表兄妹……他们像神奇的植物，瞬间从空地里长出来，衣服摩擦如叶子沙沙作响。他们是来和志清"商量"婚事的。

"国庆节是个好日子，就定这一天吧。"劳静的妈妈墩硕结实，面色红润，她桌子一拍下了结论。

植物们风吹一边倒，一片沙沙附和声。

"……现在结婚还没这个条件，没存款，没房子，父亲身体不好，我有医药费压力……再说，劳静还小，过两年等条件成熟了，都从容些……"志清谁也不看，就看着墙上的地图，好像在设计一条进攻路线，准备夜袭敌人阵营，然后转过头来征求参谋长的意见，"劳静，你说呢？"

他扑了个空，劳静已经不在屋里。他发现自己断了后援，身陷困境，唯有孤军奋战了。

亲戚们有些骚动，劳静妈挥挥手抚住了他们的情绪。

"志清，没钱，没房，没关系，白手起家更光荣。我们这个大家庭别的不说，就是心齐，团结互助。这些年都是这么过来的。日子说难也难，说易也易，只要两个人一条心，什么都不怕。"

志清面对地图一动不动。观众只能看见他的后脑勺。他脖子正在流汗。他的确该洗澡了。他仿佛也意识到这一点，拎起水桶冲开人墙。

"还没谈完呢！酒席在哪里办？"劳静妈追问。

"你们说怎么办就怎么办。"志清头也不回。

那女观众再次截住了他，不知道是因为热，还是过于激动，她的脸通红的。

"哎呀，不靠谱。我觉得逼婚这一幕完全可以删掉，毫无意义。这能证明志清是无辜的吗？这谈不上偶发事件，没有说服力。是他自身性格的原因。他是成年人，应该为自己的行为负责。我虽然不知道他和那个戴丽蓉是怎么分手的，或者说之后保持一种什么样的关系，但是可以肯定的是，志清依然爱着戴丽蓉，同时也喜欢劳静。劳静比戴丽蓉漂亮，可在精神上无法交流，她的无知和无理让志清伤脑筋。他通过劳静证实自己只爱戴丽蓉，这爱并且加深。不管他和劳静是情不自禁，还是出于寂寞，都是他自己主动做的，因此，逼婚不构成偶发。从这儿开始，基本上可以断定，你们这个剧本关于偶发与悲剧关系的探讨都没法成立。"

"谁也不是当事人，甚至恐怕当事人自己也不说清呢。"志清换了一只手拎桶，"这一大家族的压力排山倒海，谁也挡不住。我倒是觉得这一群人不该出现，让志清和劳静两个人周旋，会更有意思。"

女观众耸了耸肩："结婚、离婚，从来不是一个或两个人的事情。如果现实就是这样的呢？艺术要逃避生活，避免过于真实吗？那怎么通过艺术表达生活真实呢？"

"为了突出主题，可以不惜扭曲生活。"

"这么说我就糊涂了。那生活是什么呢？"

"志清，酒席摆多少桌？你们乡里有多少亲戚？"劳静妈的大嗓门穿透剧场。

剧有十八部分，剧场用塑料隔了六个空间，每个空间上演三部分。没有时间顺序。可以从任何一部分开始欣赏，获得不同的体验。观众自由流动。有免费茶、咖啡、水果、点心。这种演出和别的不一样，观众也不是一般的观众，都是文化艺术界有身份的人，他们在中场休息时讨论剧情，分析人物，甚至小声争论。灯光微妙，影子落在塑料墙上，像另一幕舞台剧。

"劳静根本不懂基督教，她突然信仰上帝，其实就是怕死。据我了解，咱国那些信教的人，大多数在生活中、精神上受过巨大挫击，之后寻求上帝庇护，尤其是一些经过鬼门关的，惊魂未定，急忙扑向上帝的怀抱，劳静就属于这一种。但这些人的精神世界并不会改变，贪食，好色，愤怒，懒惰，自负、骄傲，七宗罪一样不少。像劳静，爱财如命，自私，冷漠，如果她真懂基督教义，她就懂得如何爱他人，不会任由怨恨填满了她内心。"那个灰白头发的男人端着一杯茶，一直说到茶冷热气消，一口喝下半杯，"对不起，请允许我剧透一下。劳静将自己的病怪罪于章志清，这是荒唐的逻辑。妻子意外怀孕，怎么单怪丈夫？流产后得绒毛癌，这是万分之一的概率。此时劳静四十出头，国家已经号召二胎生育了，如果她生下来，结果肯定不一样。"

"林老师，你认为，劳静的意外怀孕，也是影响章志清人生悲剧的偶发事件？"短发观众问道。

"当然。如果你不介意我剧透更多，我可以谈谈我对整个事件的看法。用宿命论的观点来说，几乎所有的偶发事件都具有绝对杀伤力，都是奔索取章志清性命去的。回放整出戏，有太多值得咀嚼的地方。章志清入院前几年，也就是劳静得绒毛癌的时候，他已经感觉嗓子不舒服，像有菜叶贴在喉咙里。老话说得好，贫贱夫妻百事哀。1997年大规模下岗潮流中，酒厂倒闭，章志清也下了岗，沦为无业游民。那张大学文凭不值钱了，身上的光环也退了，劳静以及劳静家族就不那么看得起他了。下岗后章志清挣扎过，开过早餐店，亏了，试着借钱做饲料生意，被坑了，欠债了，最终像木桩子半截被直接钉进土里，动弹不得。劳静妈的杂货铺生意很好，每天钞票数得唰唰响。章志清便留在家里给劳家煮饭，研习菜谱，辅导儿子功课。但一个男人只会煮饭，饭菜做得最好，也没有价值，更不能赢得尊重。章志清刻薄话听多了，心里积郁，对父亲的怨恨也更加清晰。这期间劳静还发生过一段不了了之的爱情，章志清无力追问，也自觉不配追问，因为他有戴丽蓉。可能劳静知道这回事，出轨找平衡。婚姻这么无聊，不在内心兴点风暴，就没有存在感。风暴过后，婚姻会有和风细雨的阶段，于是有了劳静的意外怀孕。事情好像一个麻线团，有时很难抽出线头来。当然这正是这个剧要做的，探讨，分析，追根究底。

"再说回劳静得了那要命的病，吓得日哭夜哭。化疗期间，一个信基督的朋友到医院看她，祷告，布道，轻而易举将劳静拉入她们那支爱跳广舞的基督教队伍。三个月后劳静病情稳定，八个月后基本康复，劳静出院第一件事就是给教堂捐了五千元。那教堂是一个商人新建的，经常以上帝的名义，发起各种五花八门的捐款，上帝考验教徒的方式，就是看你掏腰包利不利索。劳静对上帝比对任何人都要慷慨。

"劳静和上帝生活。她唱圣歌。和教友相处。每周日去教堂，对上帝说心里话。她把上帝挂在墙上，把教友带到家里搞宗教活动时，章志清必须待在房间里不出来。章志清百依百顺。他打几份零工挣钱，下班买菜做饭，洗碗拖地，老老实实将工资摆在抽屉里。章志清原本是喝酒的，但不酗酒，大约是这时候开始，章志清每天至少喝三顿白酒，烧喉咙的高度烈酒。也是这个时候，他明显感觉喉咙里有东西。观众，甚至剧作家也不知道章志清心里怎么想的。他是否意识到某种不祥？或者他忽略了自己的身体，或者他知道有病无钱治，索性不去看病？这个谜永远没有机会解开。我们只能依赖后面的剧情来解读和判断。"

"林老师，我觉得章志清已经对生活失去信心，对死亡看得很淡。生命的火焰可能就在那时熄灭。我太了解那种不能离婚不能挣脱的感受了，那是地狱，真正的地狱。我要是一只淋湿了翅膀的鸟，凭两条细腿也要走出去，这样才有机会重新飞起来。更何况还有戴丽蓉。否则，那样窝窝囊囊地活着，岂不是两边负罪？"

"设身处地来看，没那么容易。他提出离婚，遇到各种阻力，母亲以死相逼，连上初中的儿子也以跳楼要挟。人在一张网中，蛛丝四面八方黏缠着你，是由不得自己的。"

"可怜戴丽蓉，二十年等来一噩耗。"

肿瘤医院胸内科。病房。穿条纹服的章志清躺在床上输液。床头柜上摆着水果，茶杯、药品。他长时间看着液体一点一点滴下来，好像在记数。

戴丽蓉走到病房外，忽然停步不前。

"等一等，我的心跳太快……我千万不能哭。"戴丽蓉扶着墙，做深呼吸，前胸起伏。"……这样的见面，我是想都没想过的。我真怕我受不了。梅姐，我还是不进去了。"

"到了这儿都不进去，你会后悔的。"志梅说着就进了病房，"志清，你同学来看你了。"

戴丽蓉正面对墙壁犹豫，脸上赶紧堆起愉悦。

志清看见她，眼睛一亮，瞬即黯下去："都惊动你老人家了，我猜是夏胖子嘴巴多。"

"你怎么不早点告诉我，医院我有熟人，兴许能帮上一点忙。"眼泪已经在戴丽蓉眼眶里转，"脾气还是这么犟。"

"医生都头痛得要死，你帮得了什么。"志清说。

大泪珠默默地滚出小眼睛，戴丽蓉憋着不出声。

"劳静呢？"志梅问。

"医生叫她去办公室了，估计又要宰我一笔狠的。可能要给我装支架，看我要进口的还是国产的，要铝合金的还是纯黄金的，他们会说纯黄金的没副作用……嘿嘿，不是说化疗效果很好吗？这一下又说穿孔了，要立即禁食……你做的什么好吃的，我闻一闻。"志梅打开饭盒，"嗯，真香，幸好我也没什么胃口。"

戴丽蓉冲出病房，趴伏走廊墙壁，整个人好像在努力嵌到墙里去。

"我们刚知道结果时，通宵通宵地哭，无法接受这样的现实。"志梅站在她身边，拍拍她以示安慰，"你先陪一陪志清，我去医生那里问问情况。"

"他装作没事一样。他心里该有多么难过。"戴丽蓉说话时，志梅已经走了。她像个梦游者一般站在走廊里。

短发女观众早就坐不住了，她几步上前，拽了拽戴丽蓉衣摆；"我一直想知道，你和章志清是怎么分手的？"

戴丽蓉吃了一惊，低声说，"加戏了？剧本里没这段呀！"

短发女观众点点头："你真等了他二十年？"

戴丽蓉面色尴尬，东张西望，想看导演是否有什么暗示。

"看样子你完全不知道。你根本没有吃透你演的人物，没吃透角色性格，就不可能演好，也打动不了观众。"

"我只是认为，他们怎么分手，这个细节在整个剧中根本不重要。八十年代没有手机，联络靠写信，难免产生各种各样的误差、误会。那时候因工作分配而分手的恋人很多。还有不少两地分居的夫妻，一年也见不着几面，睡不着几回觉。丽蓉和志清的事情，不过是沧海一粟。我从没把丽蓉当虚构的人物来看，我觉得她是一代人悲剧的缩影。要放在今天，这花花绿绿的世界，那么多交友平台每天在发生数不清的爱情，等你二十天就算不错了，离婚也算不了什么……我为什么等了志清二十年？他是个孝子，他一直说分配问题出了意外。当我知道是他父亲一手操纵之后，我们分开已经两年。我去酒厂找他。那时劳静已经怀孕，他们准备结婚。我们一起吃了餐饭，像普通同学。劳静把我的那张照片还给了我，但志清瞒着她又要回去了。他什么也没解释。没错，事情总会水落石出，可是人啊，谁耗得过时间……要是我当年不赌气，就算他失信，分回老家小破厂，我们可以耐心等待以后的工作调动……天啊，难道这个偶发事件，难道我，是他悲剧命运中最初、最致命的一击？"

"这就说不清了。你先去陪志清，好好说会儿话。"短发女观众回到座位。

"是我对不起他！"戴丽蓉揪住胸口的衣服，"他一直在苦苦挣扎，可他的双脚陷在泥沼里。可怜的人，我以为他结婚后会幸福，我以为我嫁人以后，对我俩都好。我们在不断地犯错。然而错误并不能挽救错误……我真不忍再看，他脸上已有死人的样子。"

戴丽蓉低头走进病房，坐在病床前的凳子上。她想给他削个水果，拿起来放下去。

戴丽蓉和志清聊天的画面转入背景。

灯光打病房过道里。

志梅和劳静拖着疲惫的脚步，缓缓地走过来。满脸绝望。

"姐，我们是装不起进口支架了……本来就没有什么积蓄。"

"志清都这样了，别让他死前再受支架质量问题的折磨。"

"装了副作用也很大，而且肿瘤很快会压迫支架……"

"不装活不了几天。你们是二十年的夫妻，你不要舍不得钱。"

"上帝保佑。你说哪儿去了，我砸锅卖铁也要给志清治病。"

这时，观众席有个年轻人站起来大声说道，"看不下去了，太不合逻辑了嘛！"他走到舞台中间，盯着劳静，"整个剧我已经看了两遍，我还是没看明白，为什么你信教之后，上帝并没有软化你，反而使你的心更加冷硬？这说不过去。还有一点就是，为什么两年前发现不适不就医？那时候花钱是能救命的。志清自己一直在吃抗癌药，你从来不看他吃的什么药？或者你知道是抗癌药，装作不知道？不至于呀，虽说你粗心、无知、自我，但也不至于歹毒吧。"他搓搓手，"唔，这种疏忽漏洞在剧本或小说中可是硬伤。观众不是那么好哄的。"

"你不了解志清的这个人物性格，他不爱说话，什么都闷在心里。"

"那是因为你们无法沟通。后来你心里又有了上帝，搞得比外遇还可怕。说实话，劳静，你从上帝那儿学到了什么？"

"这我不知道，剧本里没写出来……莫非，连上帝也成了志清悲剧命中的一个偶发因素？"

"你以为上帝就不坑人？"年轻人说道，"我不信上帝，却坚信魔鬼。你自己知道，上帝只是你营造的个人避难所。尽管你日跪夜跪，恳求上帝垂顾志清，可是当志清需要你，当你比上帝能做出更实际有效的事情的时候，你去哪里了呢？你们这些伪基督徒，当真以为在胸口画画十字，就能消除自己的罪责。"

志梅笑道："虽然编剧一再强调避免给人物作任何的道德审判，但你这几句话还是挺意味深长的，并且闪闪发光。"

一年半以前。春天。农家小院。几个人坐在瓜棚下闲聊。小孩子追逐一只蝴蝶。狗吐着舌头。瓜藤爬满围墙。树上开着石榴花。炊烟在屋顶上升起。屋里传出菜刀剁砧板的快乐声响。声音渐渐变得缓慢无力。章志清从背景里走出来，身穿蓝衣服，系着红围兜，袖子卷到肘部，脸上有汗。

"大姐你来接着剁吧，我实在是很不舒服了，"他解开围兜，搭在椅子上，"喉咙痛得厉害，我想躺一会儿。"

"没问题，大家不要嫌我做得没志清做的好吃，红烧肉还是志梅负责，我搞不好。"章志兰系上围兜，"都十一点了，怎么还不见劳静过来？"

"我打个电话给她。"父亲说道。

"爸，别给她打。"志兰音量增大，"平时也就算了，今天是您的八十大寿，她一个做晚辈的不早早回来祝寿，还要一请再请？太不像话了！"

"她妈店里忙，走不开喽。"章显贵戴上老花眼镜翻手机号码。

志兰抢走父亲的手机，"爸，这一次我真不同意你打电话，她爱来就来，不来拉倒。当了二十年的儿媳妇，她给公婆买过一双袜子没？帮你们洗过一只碗没？她家里的事情志清里里外外全包了，她当公主就在她家里当好了，我们家不需要什么公主。"

"是啊，志清太辛苦，这次看他瘦了好多。"志梅也不同意打电话给劳静。"他们两口子怎么安排生活，咱们不管，牵涉到对老人的态度，她要做得不对，我们肯定有意见。我们这些女儿女婿外孙外孙女们都是客人，劳静作为章家唯一的儿媳妇，昨天就应该回家来待客的。不是所有的事情志清都可以替代。"

父母亲沉默，神色忐忑不安。于是父亲扛起锄头，在后园挖来挖去。

观众林老师已经悄然上台，靠在瓜棚柱子上观看这场争论。他摇了摇头，一声叹息：

"你们在这儿批评劳静，似乎是为志清鸣不平。为什么你们没有一个人想到去问一问志清怎么不舒服？为什么喉咙痛？他是否发烧？严不严重？需不需要去医院？按照剧本中描述的姐弟情深，前后矛盾，不应该出现这种显得淡漠的表现，"

"志清从来没生过病，连咳都没咳过一声。"志兰说道，"大家可能以为他喉咙痛是吃辣椒太多上火。"

"应该不是淡漠，我们了解了章显贵那种性格，在他的笼罩下，家庭成员之间表达情感的方式没那么细腻。不过……"志梅有点伤感，"编剧这么编排，也许是为了制造遗憾吧。这会使观众对志清这个人物更多遗憾与悲悯。而且，恰恰在这个时候，父亲的高血压突发……"

菜地里的章显贵呼吸困难，慢慢倒在地上，手脚开始痉挛。

"快拿救心丸来，先给爸吃一颗。"志兰边说边打急救电话，"水，倒杯

193

水。"

大家手忙脚乱。

志清拖着脚从房间出来,混乱的场面并没有使他清醒振作。他似乎正忍受着巨大的痛苦:

"又到地里挖土了是吧?总会有一回会救不及的。"志清靠着墙,等父亲恢复意识,转身想回房间。

"看得出你正在发高烧,而且烧迷糊了。但现在没人顾得上你。"林老师拦住了他,"坦白说,你这时知道你得了病吗?知道发烧和喉咙痛的原因了吗?你和劳静感情到底怎样?做儿媳妇得她自己来做,你替代不了的。你这到底是对婚姻无可奈何的妥协呢,还是对劳静真的宠爱?按道理,宠爱是会有回报的,为什么劳静对你漠不关心?剧本后面,在你的葬礼上,夏胖子说了个秘密,说劳静对你有怨恨,她报复你,有这回事吗?"

"您的问题真复杂。"志清说道,"要说他们的夫妻感情,千丝万缕,不可能像黄豆和黑豆那样,很容易识别分类。但闭上眼睛摸上去,是一回事。要我说,这个时候志清对自己的病情可能有所察觉,网上一搜就知道怎么回事,但他并没去医院确诊。也许是讳疾忌医,有某种恐惧。每个人想法不一样,我们不可能找到一个绝对正确的答案。"

"虽然我提了很多意见,但我从不觉得这个剧不好。也许是因为它留下许多悬念的缘故。也许这也正是它迷人的地方。"

"我回来啦!带了爸爸最爱吃的白干子。"远远地传来劳静甜美的画外音。黑狗也汪汪叫起来。

"是我打了电话给她。我说,大家都念叨你,你不回来三缺一。"

"你用心良苦。"

"这么说来,父亲的心脏病也成为偶发因素之一了。"

私语者嘴里轻轻喷出气体,兹兹声像蛇吐着信子,激动时失控,有些音节变重，根据听到的"捆绑""道德""囚笼""价值"等关键词语。可以判断他们在争论志清该不该离婚，什么是婚姻的道德，道德捆绑下的人生有没有价值。人就是善于自我囚禁的动物，他们在这笼子里一边伤感无奈，一边自豪于自己身上的牺牲精神与道德光彩——瞧，我是一个负责任的人，我是一个伟大的父亲（母亲）——志清就是这样的，儿子填补了人生的缺陷，儿子是良药，治他百病。但那些如针尖一样刺扎的寂寞蠢动，只有戴丽蓉才能平复。观众是洞悉人性的，他们一直在用自己的思想丰富这出戏。

酒店公寓。阴雨天。不时有闪电划过窗前。果汁机、电饭煲、豆浆机，所有电器指示灯都灭了，没有搅拌机的声响，锅冷灶凉，房间显得格外冷清。

志梅背对观众，看着窗外飘雨。

戴丽蓉出现。她甩掉红伞上的雨水，理了理头发。门是敞开的。志梅的背影像一件家具。

戴丽蓉手里的伞掉在地上，她第一反应是志清走了。"梅姐……"她的声音像猫爪般往前探了探。

志梅转过身，"是你来了……这种天气……啊，鞋袜都湿了，我拿双拖鞋给你。"

志梅从床底下拿出一双塑料拖鞋。"别再带什么东西了，人参燕窝都没用。这几天装了支架，不能吃，水都不能沾。先前做吃的给他，还觉得自己有点用，现在感觉自己就是一截废物。"

"这是最后一次，我以后不来了。"戴丽蓉说道，"他不欢迎我。"

"你应该了解志清。"

"我以为我了解，但现在我糊涂了。你不知道，他说我一直是自作多情。"戴丽蓉眼睛又水汪汪的，"我病了好几天。好不甘心，这二十年难道是我的幻觉？我昨天专门去了一趟母校。我们第一次接吻的地方，那棵榕树更老更多须。图书馆、教室、操场、公园里的长椅、夜灯下的小路，凡是我们过去走过的地方，我都去了。我想证实过去是真实的。我证实了，又恍惚了。现在我明

195

白，除了我们可以用手触碰感知的物质，没有谁能证实那种缥缈的事情。由两个半圆组成的圆，如果丢失了其中一个半圆，那半虚空是不能自我证实的。我的悲剧是，那个半圆还在呢，就已经无法证实了。更残忍的是，那个半圆说，他是假的，连证实都没必要了。我去母校，就算是与他，与过去告别。"

"你不应该生气。想想一个将死的人，他的苦衷。"志梅说，"无论如何，现在日夜守在他旁边的是劳静。"

一位女观众走进房间，打断两人，"我觉得这里情节推进太慢，戴丽蓉的戏太多，离主题远了。她总是哭哭啼啼的，显得很没主见。她难道不明白，频繁来医院会引起劳静反感？她一直是劳静心里的刺。你们忘了劳静因为照片和志清吵架？她容不下一张照片，容不下一段往事，自然也容不下情敌时常在身边出没。依我看，劳静这种吃醋吃到死的人，看到戴丽蓉和志清在一起很不高兴，不顾志清病重，私底下吵过，志清只好故意嘲笑戴丽蓉自作多情，慧剑斩情丝，然后专心表演患难夫妻。苦啊。"

"志清可以婉转一点，何必临死还要撕碎别人的心。"戴丽蓉说道。

"我认为，他说那无情的话，是为他死时减少你的悲伤，不必过于怀念。他是爱你的，这把剑刺得越深，对你越好。"女观众说道，"如果你对人物的行为理解不够，你的表演会影响整个剧本的感染力。你这时候应该知道，刺中你心窝的，是一把幸福之剑。"

"让我品味一下幸福之剑刺中心窝是什么感觉……"戴丽蓉闭眼仰面，回过神来，便说，"能不能换一种方式来形容？把幸福和利器绑在一起，总觉得危险。"

"幸福就是利刃，谁握着都得小心。"

"回到剧本吧。"志梅说道，"丽蓉，你不来医院了也好。活着的，都好好活着。"

"我再说一句就走，"女观众对戴丽蓉说，"劳静其实也是可怜，没有志清，也许她能嫁一个真正爱她的呢，也不至于现在四十出头，就要变成寡妇了。"

"这么说未免太刻薄了。"戴丽蓉回答，"怎么能将过错引到病人身上。他活着难道是为了让自己吃尽苦头么？"

"志清应该向两个女人谢罪。"女观众的话更加无情。

集市背景。凌乱，嘈杂，自行车，三轮车，摩托车横七竖八。不时响起一阵烦躁的汽车喇叭声。满头白发的章显贵挑着担子，颤巍巍走到菜市口。他放下扁担，腰背还是弯的。

"买土菜吧，自家种的，没有农药化肥的。"他对着前方喊道，"五块钱一把，十二块钱三把。"他在台上走了一圈，朝不同方向吆喝。

一阵忙碌后，章显贵站在空筐边数钱。"……46，47，48……"

"章大爷，你一个退休干部，不在家享清福，怎么做起小买卖来了？"林老师像领导干部那样背着双手，做出威严的样子，"志清有医保么？"

"搞不清。"章显贵说，"我挣一分是一分。"

"你大概也不知道社会形势，你儿子住院一天几千块，你挣这点小菜钱，还不够一天的床位费。"

"一天几千？哪个病得起喔？"

"砸锅卖铁、家破人亡的多了。"

"志清再住段时间就可以出院了。"章显贵说道。

"噢。"林老师踱了几步，"这个剧本我倒背如流。志清最终是死了的。上一次演出中，有人建议修改结尾，志清得到康复，让他在劳静和戴丽蓉之间，面临新的选择难题。当然，意见没有采纳，剧本照旧。我一直觉得章显贵这个人物值得深度挖掘，但剧本没给这个空间。不如咱们现在聊一聊这个人物？你觉得你理解他吗，他当真相信志清能治好？"

"志清住院这年，章显贵八十一岁，这个年纪的老人，脑子多少有些糊涂，加上农村封闭生活，受外界变化的影响不大，他的生活或者观念还停留在几十年前。家人怕章显贵受刺激，对他隐瞒了志清的真实病情，他一直相信志清能治好的。章显贵幼年丧母，父亲是个赌鬼加酒鬼，童年称得上凄惨。当然旧社会的人大多生活凄惨。"

"章显贵并非对子女冷漠，事实上，儿子的死亡，直接导致他后来的崩溃，简直像一场来自死者的报复……观众朋友们，对不起，我剧透了。"林老师挥挥手，"也无妨，本来就是探讨，想到哪就说到哪吧。章显贵疯傻那一幕，本是下一场在隔壁空间演，咱们索性挪到这一幕算了，还有了点诗歌的跳跃效果。是不是？"

"这样跳会不会显得突兀？"章显贵说道，"还是再铺垫铺垫崩溃的先兆。章显贵是头犟驴，温情软话他是不会说的，也不会说'对不起'，即便他觉得自己错了。这种人的情感，实则是非常浓烈，尖锐易折的。"

"剧本本来是副漂亮清晰的骨骼，硬是补些肉上去，也不相洽，该省略的省略，免得拖沓。你，章显贵，每天风雨无阻，去集市卖菜筹钱，其实已经有了老年痴呆症的前兆，要充当拯救儿子的英雄。章大爷，你最大的不幸，就是你从不了解自己。"

"我很想再演一演章显贵面对儿子尸体的那一幕……前几场我都没有演到位，要么过于夸张，要么过于拘束。有的观众不赞同当场昏厥，说那是中世纪欧洲女人的表现，所以她们总是带着扇子和嗅盐。当然，这是不能相提并论的。欧洲女人喜欢晕倒，多半是胸衣太紧的缘故。或者是传统中贵妇的苍白娇弱才能显示身份，身体健康的女人多被看作身份下流的象征。"

"甭管那些贵族妇女是真晕还是装晕，就章显贵的昏厥来说，我认为合乎实际。我在生活中见过这种场面，与滑稽剧中，昏厥者自掐人中醒过来的大为不同。章显贵重男轻女，更何况儿子还是大学生，他的世界是靠志清撑起来的。志清的死出乎预料，他难以接受。某种程度上，他认为是自己的失败……依我看，你只需要稍稍处理一下晕厥，倒地时尽量自然一点。"

"可不好掌握呢，不如现在练一练，你帮忙看着。"章显贵酝酿情绪。

一个怯生生的观众参与进来，"算了吧，彻骨的悲痛是没法表演的。最好是别安排章显贵见到儿子的尸体。"

章志清出院，一身皮包骨。肿瘤挤坏了支架，压迫气管，咳嗽，多痰，呕吐，发烧。食道空隙剩牙签般大小。医生打发他回家休养，就是等死的意思。

黑暗中传来剧烈的咳嗽声。聚光灯亮起。室内。章志清像一只大虾躺在床上，喘粗气。志梅坐在床边，用棉签蘸了水，涂在他发白的嘴皮子上。劳静平静地东擦擦，西抹抹，最后洗干净痰盂，放在床底。

没有人说话。屋里有股哀伤和肃穆的气氛。

劳静妈风风火火进了屋，径直抓住志清的手，"崽呀，这样子怎么能出院？不要担心钱的问题，娘骨头缝里剔出肉来都要给你治病。你自己也要乐观，听到没有？一定整得好的。"

章志清的嗓子已经烂得说不出话。

"劳静跟你说没，她有个教友的老公，也是得了这个病，前年信了上帝，现在活弹弹的，上天揽得月，下海捉得鳖，一个月还能挣四五千呢。崽啊，上帝会保佑你的。"

章志清一阵猛嗽，一口气上不来，脸都憋青了。

志梅替他捶背，眼泪落下来："看看他的手，都扎烂了，针扎十几下都扎不进去……志清自己要回家，就让他待在家里吧，不要再受那份罪了……至于上帝，要是上帝管用，医院早就关门了。我读书少，不明白为什么以前这儿没有上帝，大家生活都还好，有了上帝之后，病痛倒越来越多了，村里的那些新坟，都是得癌死的，有的比志清还年轻……"

"病还是要治，无论如何都要治，哪个忍心看着他这样子，而不去医院治呢？志清当了我二十年女婿，我一直把他看作亲生儿子，跟自己的儿子没两样的。"劳静妈并不控制嗓门，"劳静，快打120叫救护车来。"

劳静像士兵听到指令，立刻执行。

"不行。"志梅咆哮了一声，"搬进搬出，病人受不了这么折腾。谁也别做主，听志清的意思，他说去医院就去，他要是想待在家里，就待在家里。"

劳静妈俯身倾向志清，"崽啊，我的好崽，听话，咱们去医院，好吗？你要有信心，一定会好的。娘绝不会丢下你不管。"

志清点了点头。

"我们章家人全都说不出这样漂亮肉麻的话，"志梅鼻孔里哼了一声，摸摸病人的额头，说，"志清，告诉姐，你真的想去医院吗？"

志清抓紧志梅的手，连连摇头。

"崽呀，你要听话呀，咱们去医院，好好整病，啊？"劳静妈语气有点逼迫。

"还整，整个鬼！"志梅霍地站直，"我知道，你们就是不想他死在家里。"

"章志梅，你讲话要凭良心。"劳静妈被烫了似的，"我是骨头缝里剔出肉来……"

"别说这些，我不爱听。志清像个上门女婿一样服侍你们一大家子，最后连在自己的床上落气的权力都没有？邪了门了！我看看谁敢动他。"志梅面红耳赤，短发几乎竖起。

劳静一直没吭声，这时呜呜地哭诉起来，"这么讲要不得呢，误解太深了啊。这几个月我日里夜里，寸步不离照顾他，天天祷告，我的教友也帮我祷告，就是希望他好起来……他要是走了，我也不想活了的啊……"

志清摆摆手制止他们，咳嗽，吐出一口血痰——事先含在嘴里的番茄汁。

这一幕似乎特别有吸引力，临近结束，才有一位女观众皱着眉头打断演出：

"这里不合常情，家属怎么会在病人面前发生这种赤裸裸的争论？我记得我大伯母住院时，一直不知道自己得的是绝症，更不知道自己会死。让病人知道他活不了几天，这是很残忍的。"

"章志清知道自己病情恶劣，他还反过来瞒家属，宽慰别人。"志梅说道，"志梅是故意当他的面和他岳母吵，就是想让志清看穿这个慈禧太后的虚假和伪善。"

"我还是不太理解。她们为什么会不让他死在家里呢？"

"死在家里会晦气的，知道不？她们连自己的亲人都会嫌弃，还有比这自私无情的吗？不知道你看完全剧没有，章志清下葬时，劳静都没跟去坟地。"

"她为什么不跟去坟地下葬？"

"这是当地乡俗，女人如果还想再嫁人，是不能送死者去坟地的。"

"噢。可怜的章志清。"

"活着的更可怜。"

"剧中提到劳静报复志清，我不太理解。难道她存心要让自己成为寡妇，让儿子失去父亲？"

"这是一个报复的度，她没有掌握好。"志梅回答。

"我没有小地方亲戚，"女观众问劳静妈，"小地方的人都是这么市侩、斤斤计较的吗？……噢，真没想到，一个剽悍的岳母，也能成为悲剧人生中的偶发因素。"

病房。医生进出。章家大小围着病床。章显贵躺着，瘦得像骷髅，但精力旺盛，说话时唾液飞溅，枯枝般的手指在空中划动：

"哈哈，老子天下第一富豪，你们都莫上班了，都回来，我发钱……全家都登仙……天九，地八……拿八百万去，救活志清……中国银行还有一个亿的定期，快点给我去取了，摆一百桌……"

"知道了，爸，你这样喊了三天三夜了，快歇一阵，听话，吃完这点粥，我们就去银行取钱。"志梅端着碗勺。

"不吃！你们也不要吃。要登仙。"

"吃了才有劲飞起来，爸。"

"走开！莫碍我的事……你们都想害我。"

"喝口仙水吧。"

"妖精！你，哪里来的妖精。"

章家人在床边忍不住笑出了声。

画外音：二十天后，章显贵死在医院。

散场时观众默默走出场地，有人打哈欠，也有人就剧本好坏大声争执。剧场的灯都灭了，里面一片漆黑。

"站住——"忽然有人大叫一声。聚光灯重新亮起，劳静在那束黄光中，像一条被飞蛾包围的大虫挣扎。"你们就这样心安理得地走了？这不公平，整个剧对我这个人物都是不公平的。说真心话，我觉得它就是一坨狗屎。太主观了，刻意的导向，偏激的情绪……你们，从编剧、导演到观众，居然从头至尾剥夺了劳静的发言权，你们甚至蔑视她的眼泪。你们把章显贵的死算在她的头上。你们把她塑造成一个狠毒的女人。你们让大家误解她，仇恨她，把她丢进一个比坟墓还冰冷的世界……倘若你们对她多一点了解，你们会认为，她才是这场戏中最悲剧的人物。"

观众站在门口朝舞台张望。

"为什么这么说？"一个中年男子发问。

"最痛苦的不是死亡，而是活着。如果只有死能唤醒你们，我已经准备好了绳索。"

她站上凳子。

"不行，这样处理也太用力了。"导演的声音。

"我期待明天的观众。"

灯再次熄灭了。

原载《花城》2018年第3期

变　脸

范小青

我和我老婆，老夫老妻。

有好多夫妻，有了第三代，互相间就不再以名字相称，而是按着孙辈的叫法来称呼对方，我可以喊她奶奶，或者外婆，她则喊我爷爷，外公。好多人家都这样。

可惜我们还没有那么老，虽然老夫老妻，但是第三代还没有到来，总不能抢先就喊对方爷爷奶奶吧。

既老又不太老，是个尴尬的年代，还像年轻时那样喊名字，甚至是爱称、昵称之类，感觉有点异怪了。回想那时候，总会让人起一身鸡皮疙瘩，明明人家名字有三个字，却只舍得喊出其中的一个，更有甚者连名字中的一个字也舍不得喊，只喊一个"心"，或者"小心"，或者"肝"，呵呵，这个真的有。

现在年轻人好像有个什么"么么哒"，也不知道啥意思，反正上了年纪的，都不这么喊，别说心呀肝的，连原先好好的名字，喊起来都觉得怪不自然了，干脆就扯着嗓子连名带姓一起喊。但是如果真这么喊，人家又会觉得你们家生分了，像外人了，也不够文明礼貌呀。

所以我们的婚姻生活中有那么一段时间，互相间的称呼有些奇怪，经常没来由地就变了，一会儿喊小名，一会儿是大名，又或者是连名带姓，一会儿又是"喂"，"哎"，总之怎么喊都觉得不顺，拗口。

还好，这样的尴尬时间并不长。

我老婆姓曾，在小区门口的超市做收银员，大家都认得她，喊她曾阿姨，我听到了，觉得曾阿姨这个称呼还不错，就跟着喊，时间一长，她就是曾阿姨，再也不是我当初穷追穷到手的曾优美了。

自从喊上曾阿姨以后，真是顺口多了，一点也不觉得别扭了。

差不多与此同时，曾阿姨也找到了我的新称呼，她喊我艾老师。

我不是做老师的，但是我比较好为人师，喜欢指点江山，什么事情我都能说上一二，还能掰扯得头头是道。

大家都觉得我比较老油条，就喊我艾老师。

曾阿姨立刻跟上大家的口径，喊我艾老师，和我喊她曾阿姨一样，她觉得艾老师这个称呼非常顺口。

于是，在往后的日子里，我们一口一个曾阿姨，一口一个艾老师，和周围所有亲戚朋友同事邻居喊的一样，连我们的子女，也觉得这样好，不再喊爸爸妈妈，改口喊曾阿姨艾老师。

艾老师，水开了。

曾阿姨，青菜咸了。

真是一个潇洒自在的时代。

后来我们也要与时俱进了，我们要旧房换新房、旧貌变新颜了。

问题是买新房卖旧房的这段时间，我正好要闭门造车，不能到买卖现场去验明正身，可是买卖房子必须夫妻双方都到场，如果一方到不了，就得委托另一方，要有公证处公证过的委托书。

所以我和曾阿姨就到公证处去了。

现在办事都很规范，首先是核对本人和本人身份证。曾阿姨把身份证交过去，由那个核对的机器对着她的身份证照片和她现在的脸一对照，咦，不对呀，只有百分子四十八的匹配度。

工作人员问曾阿姨，是你吗？

曾阿姨说，当然是我。

工作人员用肉眼看看照片，再看看曾阿姨的脸，感觉还是蛮像的，把曾阿姨的头稍作调整，再试一次，好了，曾阿姨可以了，她的匹配度达到了百分之五十三，涉险过关。

我嘲笑曾阿姨，我说，你是不是瞒着我们整过容了，把自己整剩下百分之五十三了。

曾阿姨不服，说，你别笑话我，你先看看你自己吧——

真是乌鸦嘴。

我的匹配度是多少，你们猜得着吗？说出来你别笑哦。

百分之十三。

曾阿姨笑了，笑得肚子疼，说，喔哟哟，喔哟哟，你没有整容，你是毁容了，毁得只剩下十三了，十三点啊。

我一向自认长得还可以，而且并不见老，我对工作人员说，你们这东西，是山寨货。

工作人员说，不可能，我们是正规渠道进的货，不可能山寨。

我反驳说，那你们的意思，你不山寨，我山寨罗。

工作人员并不和我多嘴，他们见多识广，每天要面对许许多多匹配度不够的人，他们已经懒得解释，只是说，你确定身份证上的照片是你本人？

我油嘴滑舌，说，不是我，难道是曾阿姨的前夫？可惜她没有前夫，我们是原配。

工作人员说，再试。

于是再试，这回提高了一点，达到了百分之二十一。只是离百分之五十那个数，还差得很远呢。

再试。

还是不行。

工作人员好像也对机器失去信心，开始用肉眼观察了，他看看我，又看我的身份证照片，说，确实不像。你看看你的头发，照片上是小包头，现在倒有了刘海儿，你也是奇怪的，人家都是年轻时留刘海儿，老了才梳得精光——

当然，我知道他不是对我的刘海感兴趣，他是为了工作，所以最后他说，你这样，你把头发按照这照片上的搞一下，再试试。

我憋住笑，把挂在眼前的头发推上去，用手按住，我说，现在包头了，可以了吗？

还是不行。

曾阿姨在一边笑得花枝乱颤。虽已明日黄花，笑功却是大增。

工作人员再又看我的脸，再拿身份证照片比对，研究了半天，又出招了，说，身份证照片你的姿势是这样的，你现在做个这样的姿势再试试。

我做了个骄傲的小公鸡的姿势，挺胸，昂头，下巴往上抬，把曾阿姨笑得眼泪鼻涕都挂下来了。

我一边做姿势，一边问，匹了吧，匹了吧。

还是不匹。

工作人员拿我没办法了，他又不能赶我出去，他们的工作态度，真是好到没话说，我老是不匹配，我都觉得对不住他们。

这个工作人员本来以为他自己能搞定，现在搞不定，他又去叫来另一个工作人员，他们互相使了个眼色，就对曾阿姨说，阿姨，能不能请你先回避一下。

曾阿姨早已经笑得没有了原则，好的好的哦哈哈哈哈哈。她一边笑一边走到工作人员指定的另一间屋子里去回避了。

这边两个工作人员围着我，态度依然很和蔼，但是我分明感觉出他们要搞我了，我似乎有点心虚。

我心虚什么呢。

难道我真的不是我？

难说哦。

工作人员问我的第一个问题，你夫人叫什么名字？

我"啊哈"一声笑喷出来了。我想不到自己居然也像曾阿姨一样，笑点变得这么低这么浅，好贱哦。

我笑，工作人员并不笑，他们很认真，他们又语气严正地说了一遍，请你说出你夫人的名字。

他们很认真。何况他们是为我的事情在认真，我怎么好意思再跟他们搞笑，可是，他们问出这样的问题，当我二五还是三八呢，我老婆的名字不就在我的嘴边吗，所以我当然脱口而出：我老婆曾阿姨。

工作人员疑惑地皱着眉，又重新看了一眼曾阿姨的身份证，立刻指出，你再想想，你确定你夫人叫这个名字吗？

我顿时反应过来了，一反应过来，我又忍俊不禁了，我又笑了，啊哈哈，啊哈哈，笑煞人了，曾阿姨。

工作人员也反应过来"曾阿姨"是什么，肯定不是我老婆的名字叫"阿姨"，他们认真地对我说，别开玩笑了，你夫人的正式名字到底叫什么？他扬了扬我老婆的身份证，并不给我看，只是说，你夫人，身份证上的名字？

我一张嘴，我肯定应该脱口而出的，可是曾阿姨的名字到了我嘴边，却消失了，我怎么也想不起来了，满脑子里只有"曾阿姨"。

工作人员的态度开始起变化了，我心想，坏了坏了，我连自己老婆的名字都说不出来，我还会是我吗？

我感觉这样下去肯定会出问题的，所以我也认了真，我认真地赶紧地想呀想呀，哈，终于让我给想起来了，曾优美。

工作人员也不说对还是错。他们换了一个问题，那你岳父呢，你岳父叫什么名字？

我被难住了。

老家伙的脸一直我眼前晃动，可我怎么就想不起他的名字了呢，想了半天，灵感突然而至，我激动得说，我想起来了，他姓曾！

　　曾什么？

　　曾什么我实在想不起来了。

　　因为当年我们的孩子一出身，他的名字就是"外公"，这"外公"都叫了二十多年，哪里还记得他的原名、真名。

　　现在，工作人员觉得他们已经基本判断出来了，从他们的眼神中，我看出了他们对我的鄙视和怀疑。

　　我很心虚，我感觉自己是个第三者。

　　甚至，是个骗子。

　　为了排除我的这种不祥的感觉，我和工作人员据理力争，我说，你们用脚趾头想想就知道，我如果不是曾阿姨的男人，我敢如此明目张胆地过来冒充吗？

　　我自己都想好了该怎么反驳我。

　　冒充一个男人算什么，有人冒充乾隆还得逞了呢。

　　呵呵。

　　现在这社会，真是五彩缤纷。

　　工作人员才不和我一般见识，他们都懒得和我辩论，他们已经无话可说了，因为，这事情进行不下去了。

　　我不是我，我怎么能委托别人替不是我的我办事呢。

　　曾阿姨已经从回避处放了出来，她知道我无论如何也无法匹配成功，她又想笑，工作人员阻止了她，严肃地对她说，阿姨，你别笑了，你难道不需要反省一下吗？

　　曾阿姨文化知识不够，听不太懂，说，反省？什么反省？

　　我是老师，我懂，我说，他们的意思，你生活作风有问题。

　　曾阿姨又要笑了，看起来她是要把几十年憋着的笑，统统干掉，她笑着说，你们的意思，艾老师不是艾老师，而是、而是我的、是我的，呵呵，是我的——

她还不好意思说出口呢，到底是老派人物，脸皮要紧，我替她说吧，我是你的第三者。

工作人员也笑了笑，说，我们没这么说啊。

我跟他们计较道，你们嘴上虽然没有这么说，但是你们明摆着不相信我是艾老师。

他们仍然态度和蔼，说，不是我不相信你，是机器不相信你。

我赶紧说，既然你们是相信我的，那委托书是你们办的，又不是机器办的，你们就办了吧。

他们立刻重新严肃起来，斩钉截铁地说，那不行，匹配不上，是绝对不可以办的。

我说，你们怎么这么死板，一点也不人性化，你们明明看出来我们是原配，就不能灵活一点？

工作人员耐心地告诉我，不是我们死板，是机器死板，我们是很人性化的，但是就算我们愿意帮你办，机器也不同意，你匹配度不达百分之五十，下面所有的程序操作，我们是搞不定的，全是机器搞定的。

我喷他们说，那要你们干什么呢？

工作人员说，因为现在机器还不会和你对话，所以还需要我们和你对话，告诉你为什么你不是你，告诉你为什么不能为你办理手续，以后等机器升级了，它会和你对话了，我们就不存在了。

就这样七扯八扯，磨了半天，还不行，我真有点毛躁了，我说，事情都是你们搞出来的，拍身份证照片也是你们搞的，现在你们说我不是我也是你们搞的。

工作人员并不因为我的态度不好而改变他们的态度，他们仍然和和气气地说，身份证照片不是我们搞的。

我简直无路可走了，我说，你的意思，我要想恢复我就是我，得从身份证的源头上去纠正，那就是要重新拍身份证照片，重办身份证？

　　工作人员说，这个我们不好说，也不好胡乱建议，这个事情不归我们管，我们只管匹配的事情，只要匹配上了，我们就给你办委托公证。

　　尽管他们语气平和，我的火气却终于冒起来了，我说，他娘的，老子不匹了，老子不干了。

　　曾阿姨又不明白了，她着急说，你什么意思，老子不干了，是什么意思，不买房了？

　　工作人员大概怕我和曾阿姨吵起来，赶紧劝说，别急别急，你们过几天再来
试试。

　　我倒奇怪了，我说，难道过几天我就是我了。

　　工作人员说，以前倒是有过这样的先例，不过我们也不知道什么原因，反正那个人当天没有匹配上，过两天再来，咦，行了。

　　我说，那我说你们山寨，你们还不承认。

　　工作人员一点也不生气，还说，如果你觉得我们山寨，你可以去投诉。

　　我听出点意思来，他们好像在怂恿我投诉呢。

　　我才不上他们的当，我和曾阿姨回家了，换房子的事，我们等得起，反正也没到人生最关键的时候，说不定迟一点换反而比早一点换更合适呢？

　　谁知道呢？

　　反正我不想再去公证处证明我不是我了。

　　我毅然放弃换房子，也就不用证明我到底是不是我。可是过了不久，我又碰到事情了，躲也躲不过，换房子的事，可以暂时等一等，忍一忍，可是现在碰到的事情，是不能等、不能忍的。

　　我的手机被偷了。

　　手机可是比房子要紧多了，房子你可以今天不买明天买，今年不买明年

买，手机你能吗？

当然不能。

手机已经是我们身上的一个最重要的组成部分，一个器官，不可以片刻分离的。所以我的手机刚刚被偷，我就发现了，因为它在我身上，是有温度、有脉动的，一失踪我立刻就能发现。我一发现手机没了，顿时浑身瘫软，感觉心脏要停跳了。那还了得。

我以最快的速度到了我家附近的手机营业厅，先挂失，以减少损失，仍然再用老号码办新手机。

你们懂的，问题又来了。

还是需要我的脸和身份证照片匹配。

只有匹配了，才能办理手机业务。

我坐到机器面前，让机器检查我是谁。

你们猜得到。

我仍然不是我。

我没有想到办手机和办公证一样严格，我气得不厚道了，我嘲笑营业员说，喔哟哟，就是办个手机而已，又不是买豪宅，又不是取巨款，你这么顶真有意思吗？

营业员说，不是我要顶真，是程序规定的，你不匹配，就办不了你的手机，现在都是实名制，你不是你身份证上的这个人，就不能办。

我说，你们这种程序，存心是捉弄人啊，你不知道人手机丢了有多着急吗？

她说，我怎么不知道，我比你还着急呢。

我一着急，打电话让我弟弟来帮我解决困难，我弟弟比我横，说不定他有他的办法。

我弟弟迅速赶来，因为我电话里口气比较着急也比较愤慨，他以为谁欺负我了，见了我就问，人呢，狗日的人呢？一边还抻拳撸臂。

我指了指自己的鼻子说，人在这儿呢，可惜此人已经不是此人了。

等我说明了事由，我弟弟一身的劲没处去了，十分无趣地说，喔哟，就这事啊，无聊，拿我的身份证办就是了。

真是小事一桩。

可惜我弟弟没带身份证。

我们两兄弟面面相觑。

眼看一桩生意要泡汤，营业员也着急呀，她嘀咕说，匹什么配呀，是就是，不是就不是，有什么大不了的，办个手机而已。

原来她是我们一边的。

她的眼光渐渐暗淡下去了，她对我彻底失望了，她的眼睛从我的脸上挪开，挪到我弟弟那儿，就在那一瞬间，她忽然眼神闪亮，精神倍增，大声说，咦，咦，你，是你。

她把我弟弟的脸拉去和我的照片匹配，额的个神，匹配度百分之六十五。

够了够了，超过五十了，可以办了，营业员高兴地喊了起来，来来来，你挑一下手机，你看中哪一款？她喊我弟弟过去，一边显摆各式手机，一边又朝我弟弟看了几眼，说，你自己早一点来就不会这么麻烦了，非要找个人冒充，你看，搞到最后，还是得你自己来，你唬得了人眼，你唬不过鬼眼。

我不在乎她把我弟弟当成我，反正我可以用我的名字办手机了，现在已经进入数据化时代，不用实名制办手机还真不方便。我只是没想到，我弟弟的脸一出来，竟然就万事大吉了。

其实这事情想想也是奇怪，居然是用了我的名字和我弟弟的脸确认了我的存在。我对这件事表示怀疑，怎么我不是我，我弟弟倒成了我，荒唐。我问我弟弟，为什么你的脸能管我的用？我弟弟诡异一笑，指了指自己的耳朵，又指了指我的耳朵。

我看了看我的身份证照片，两个耳朵确实不太对称，右耳朵大，左耳朵小，小到只能看到一条边，难道刚才匹配拍照的时候，身体摆得有偏差，耳朵和耳朵对不起来了。

我不服的。难道一个人的相貌，是由耳朵决定的？难道只是因为耳朵没有摆对，我就不是我了？我想拿我的耳朵重试，营业员急了，说，不是你，不是你，你别捣乱了好不好，好不容易匹配上了，你再一捣乱，我今天唯一的一单生意也要被你搞掉了。

我弟弟也很配合她，责问我说，你什么意思，你不是要办手机吗，不是要用你的名字办手机吗？现在不是可以办了吗？你还出什么幺蛾子？你还想哪样？

我被他们教育了，想想也对，就不再计较了。我弟弟说得对，只要能办手机，谁的脸和谁的脸，都没所谓啦。

不过我也想到了一些连带的问题，我对我弟弟说，你虽然变成了我，不过你可不要睡到你嫂子的床上去哦。

我弟弟说，切，你以为曾阿姨很有样子呢。

他这是什么话，是不是说，如果曾阿姨有样子，他还真干？

呸。

我和我弟弟离开手机营业厅的时候，营业员在后背欢送我们，她说，慢走啊，艾老师。

我一听她喊我"艾老师"，顿时头皮一麻，我回头说，咦，你认得我？

营业员说，我当然认得你，你是艾老师，大名鼎鼎的，这条街上谁不认得你。

我气得说，那你假装不认得我，还为难我？

营业员说，艾老师，我可不敢为难你，但是我认得你是没有用的，系统不认得你，机器不认得你，我就办不了。

她说得真有理。

我办了新手机，号码还是老的，不算太麻烦，至少经济损失不算大，但是原先手机通讯录里存的号码都没有了，这有点费事，好在微信还是在的，我就在朋友圈里发了微信，我说，我的手机被偷了，请朋友们打我电话，或把手机号码发给我，好让我重新拥有手机通讯录。

于是朋友们纷纷来电来信，送号码还顺带安慰，有的还随手发个红包，真是谢谢了，我的手机通讯录重新又满起来了。当然，也有的朋友不认同我的要求，他们认为我在和他们开玩笑，而且是很无聊、很没有创意的玩笑，更有甚者，他们认为发朋友圈的那个人不是我，是一个骗子，盗了我的微信号。他们骂道，该死的骗子，又来这一套。

我还手贱，有事无事就把新手机拿来搞一搞，手一滑，同样的内容就发出去几遍。有一个奇葩，收到我三次求号码的信息，起念想了。我年轻时曾经追求过她，不过没有和她结婚的想法，只是玩玩的，结果她看到我的微信，跟我说，怎么，好马要吃回头草啦，你现在对我有想法啦。

总之，丢失手机的事情就这么过去了，有惊无险，有麻烦但不算大。

经过了这两件事情，我觉得挺有意思，因为我常常可以对别人说，喂，你们注意了啊，我不是我。人家说，那你是谁呢？我说，我分别可以是"我只是不知道我是谁，反正肯定不是我"，我也可以是"我弟弟"，所以大家都可以表示出对我的怀疑，别说我的那些一肚子坏水的同事，我的弟弟，我的子女，最后，甚至连曾阿姨，都话里话外，有意无意地表示出她的猜想。

我记得有一年你出去了好多天，大概有一两个月吧，你回来以后跟换了个人似的。

她这话什么意思，难道我出去后把我杀了，然后另一个我回来了？

我还记得有一次你乡下的表弟到我家来，喊你表叔，我们说他喊错了，他坚持说没有错，你不是他表哥，而是他表叔。

她这话又是什么意思，难道是我隐瞒了辈分和年纪，扮嫩，想干吗？

她又说，还有那天，你连我的名字都忘记了。

我还能说什么。

我只能说，如果我不是我，你岂不已经是二婚了，你太合算了，嘿嘿。

曾阿姨"呸"了我一口。

还好，反正我们早就分床而卧，不存在晚上可以验明正身的可能。

其实我们去委托公证时，曾阿姨还只是觉得好笑，但是随着时间推移，曾阿姨似乎对我越来越不信任，有事无事，她都离我远远的，有时候我偷偷观察她，发现她也一直偷偷地观察我，眼神又凌利又警觉，看得我浑身一哆嗦，吓出了一身冷汗。

我赶紧去照镜子，还好，我并没有发现自己有多大的变化，我才安逸了一些。

不过你们别以为我安逸下来又要去买卖房子，才不，不是我不想换新房子，因为我又碰到事情了。

我要去银行取钱。

可你们会觉得奇怪，现在不都已经无纸化了吗，支付宝微信都行，最老土的就是刷银行卡了，难道还有比这更逊的吗？

有呀。我家儿子相亲了，得带上彩礼呀，什么东西你都可以拿手机支付，彩礼你能吗？不能吧。你看到亲家就把手机朝他（她）面前一竖说，你扫我还是我扫你？喊。

还是带上现钱比较靠谱一点。

我带上银行卡和身份证，到了银行，才发现银行变样了，从玻璃门往里看，里边一个人也没有，我以为银行今天休息呢，那门却自动打开了，我走进去一看，确实是没有人，连个保安也没有，我东张西望，感觉十分心虚，好像我是进来干坏事的，忽然看不见保安了，心里还真不踏实。

就在我左顾右盼的时候，我面前的一台机器突然说话了，把我吓了一跳，赶紧听它说，欢迎光临。取款请按1，存款请按2，办理挂失请按3，还有什么什么请按45678910。

我心想，我就是取个款，听它那么多干吗，我按了个1，按照机器的指示，我把银行卡塞进去，输入了要取的数额，又输入密码，但等那红色的大票哗啦啦地吐出来，结果机器并没有吐钱出来，它又说话了，信息核对有误，请重新核对信息。

我说，难道我的脸又不行了，可是不对呀，我明明是刷了脸进来的，怎么到了取款机这边，脸又不对了呢？

机器说，请重新核对信息。

我气得说，你个蠢货，什么也不懂。

机器说，请重新核对信息。

我正没有办法对付这蠢货，旁边突然冒出一个人来，他必定也是刷了脸进来的，他站到我的取款机前，脸一伸，钱就哗啦啦地吐出来了，他收起厚厚的一叠钱，也不数，回头朝我笑笑。

我懵了一会，才发现他取走了我的钱，我赶紧对着取款机大喊，不对不对，是我，是我，你看清楚了，我是我，他取走的是我的钱！

机器说，欢迎下次光临。

我想找人帮忙，可是没有人呀，连个鬼也没有，我急得大喊起来：打劫啦，打劫啦，快来人哪，打劫啦！

曾阿姨推醒了我，一脸瞧不起的样子，说，你也不嫌累得慌，睡个午觉，还做梦，你要打劫谁呢。

我一下子清醒过来，吓出了一身冷汗，我拍着胸脯说，还好，还好，是个梦。我把可怕的梦境告诉了曾阿姨，曾阿姨冷笑一声说，恭喜你，你的梦已经实现了。

曾阿姨把手机竖到我眼前，我看到一条惊人的标题：巨变！巨变！银行巨变——无人银行正式开业！

原载《人民文学》2018年7期

夜 鸟

张　楚

　　她说，你……现在……有空吗？

　　我说，还好。有什么事情吗？

　　她沉默了会儿，说，你方便来趟静园吗？

　　我想了想说，好的。

　　她说，那我等你哦。能听得出，她的声音这才轻松起来。我记得她是苏州人。

　　我看了看窗外，雨丝在路灯的照拂下似乎还很密集。下一整天了。这个夏天雨水格外勤，极像南方的梅雨季。或许是冬天太燥了。整个冬天只下了两场小雪，薄薄一层，灰麻雀蹦跶几下就没了。那个冬天，一种新型感冒病毒席卷了这里，我发烧持续了整整六天。听说很多病人再也没有醒过来。

　　她说的静园，离我的住处很近。花圃里种着月季。月季开得比婴儿的脸庞还大。我从来没有见过这么妖艳这么疯狂的花。园丁说这些珍贵的品种来自美国的圣·佛朗西斯科。我不知道圣·佛朗西斯科是哪里，查了查，原来就是常提起的旧金山，硅谷和斯坦福大学的所在地。我没去过那里，不过倒真的想去看看。资料里说，那里有条狭长的弧形海岸线，蜿蜒三百公里，最后消失在大

217

西洋，在黑色礁石间，都长着这种圣·佛朗西斯科月季。喜欢盐的圣·佛朗西斯科月季。

我在这里呢！她朝我招手。她的身形在模糊的光线里有些矮小。在我的印象中，她个儿挺高的，也许黑暗会将一切都缩小，就像阳光总是把我们的影子拉得细长。她的声音里有一种微弱的惊喜，仿佛饥饿的旅人终于在沙漠里看到了骆驼。我走过去，想了想，将伞遮在她头上。她竟然没有带雨伞，也没穿雨披，头发上全是雨珠，裙子也湿了。

我是去年初夏搬到这所大学的。房子是上个世纪六十年代专门为苏联专家建的，很旧了，隔音效果也不好，楼上咳嗽一声楼下都能听得很清楚。房顶也低，我老感觉把自己折叠一下可能会更安全些。这让我怀疑那些专家根本不是苏联人，而是日本人。即便如此，租金每月也三千块钱。以前是学校的教职工宿舍，后来变成了博士生公寓。有的博士嫌房子不好，干脆搬到校外，将这里私下出租。来这里租房的大都是要考本校研究生的外地学生，毕竟离食堂和图书馆近，吃饭读书都很便利。

跟我合租的是班里的同学，陕西人，大嗓门。我怀疑他小时候可能在黄土高原上放过羊。他混得好，每晚都有酒局，常常我刚迷糊住，才听到钥匙开门的声响。在一团酒气中我侧耳听他脱掉那双老也不换的皮靴，将被子紧紧捂住鼻翼。当他的鼾声如重雷从头顶滚过来时，我就再也睡不着了。经常是晨曦将窗台上的那盆微型桂花笼住，我才在万念俱灰中沉睡过去。庆幸的是，室友最近极少回来，据他自己说有个导演朋友在安河桥有间工作室，晚上就在那里歇脚。不过听旁人偷偷讲，他最近勾上个制片人的老婆，怕是做了对野鸳鸯。我一直很纳闷，什么样的女人会喜欢从来不换鞋子的男人。或许是他的腰比较好？他毕竟还年轻，经常打篮球也是真的。

这里，这里！看到没有？女孩指着地上说，你认识吗？什么鸟？

我跟她站在两棵松树中间。松树很高，大概是那种伞松。雨滴得越来越密，顺着松针滑下来，我们就在伞下，看着脚边的那只鸟。那只鸟比喜鹊略小，比麻雀要大，即便光线不好，也能看出羽毛灰黑相间，肚皮泛白，但有些细碎的黑色波纹。

这是隼吗？女孩说，我在电视里看到过隼，跟它长得很像呢。

她说的有点道理。不过，学校不是草原也不是荒野，怎么会有隼？我将伞递给她，蹲下身仔细观瞧。它的爪子是鹅黄色的，看上去并不锋利，喙黑色，短小，并非鹰隼那般是弯曲的。不是隼，我站起来说，你在哪儿发现它的？

哦，女孩的眼睛闪了闪，说，我本来点了外卖，不过送货员说他摔了一跤，饺子滚了一地。他说再送份，可这么大的雨，我没让他来。走到这儿，便看它卧在草丛里，碰它它就蹿两下，也蹿不远，估计受伤了。她说话时眼睛盯着那只鸟，并没有看着我，仿佛她是在跟那只鸟讲话。

这是我第几次见到她？说不清。印象最深的是第一次。那天我跟陕西人在宿舍闲聊，陕西人喝蒙了，正喷着吐沫给我讲述晚上的盛宴。他说那个导演的豪宅在机场附近，四层楼，光阳台就百十平米，餐前大家都优雅地坐在阳台的沙发上小口地喝着马提尼酒。他也调了杯，还抽了支烟，抽着抽着才察觉身边有人，侧头一看，是赵薇。赵薇说，哥们，能给我支香烟吗？"她长得可真美啊，"他说，"抽烟的姿势让我误以为她是奥黛丽·赫本，"他无疑深谙如何赞美女人。我说，后来呢？后来？他摇摇头说，后来我们就吃饭，他家光厨师就四个，分别负责做淮扬菜、上海本邦菜、杭州菜和云南菜。还有个日本厨师，要是从北海道空运新鲜的三文鱼过来，他就做刺身。妈的，我们喝了六瓶拉菲。当他把大拇指和小拇指伸出来朝我不停晃时，我们的门开了。有位老太太闯进来，劈头盖脸地喊道，你们能讲点公德心不？这么晚了还吵吵嚷嚷，再这样我叫警察了！她的声音沙哑尖锐，像极寒冬腊月里老鸹的鸣叫。

我和陕西人看着面目模糊的老太太，不晓得如何应答。老太太又说，你们咳嗽、挪凳子、沏水、冲马桶、洗衣服的时候，别再出那么大动静！死人都被你们吵醒了！孩子们还怎么复习功课！说完她就走了，转身的时候，我才发现她身后还尾随个女孩。女孩穿着条纹睡衣，头发马鬃般披散着。一匹安静的斑马。

把你叫出来真是有些冒昧，女孩仍然盯着脚边的那只鸟，慢慢悠悠地说，可是，我实在想不出来，还能请谁帮忙呢。

我没吭声，径自把那只鸟拎起来。鸟咕咕叫着，扭动着翅膀妄图用喙啄我。它的叫声很古怪。我想除了夜莺、黄鹂、云雀这样歌声婉转美妙的鸟，更多的鸟都是这样的叫声吧。

你别把它弄疼了！女孩吮吸着手指说，它肯定受伤了。

我又细致地翻了翻鸟的羽毛，昏黑的雨中根本什么都看不出。我猛地把它甩出去，鸟扑腾了几下摔落在雨水中，慌里慌张缩成一团。女孩说，怎么办呢，怎么办呢。它肯定受伤了。

我们把它放在树上吧，能从枝干上逮虫子吃，饿不着。好啊，女孩说，就放在这棵松树上吧，不过，松枝上都是松针，会不会把它扎伤？

那边有棵楸树，你觉得怎么样？

那棵楸树真美，春天的时候枝头挤满了花儿，不过，女孩说，那棵楸树很高，三米之下都没有枝丫，她上上下下打量我一番说，你怎么把这只鸟放到树冠上？我们又没有梯子。

我突然不知道说什么好了。一只野鸟而已。我的衬衣已经被雨淋湿了，贴在皮肤上很不舒服。把它放在花圃里吧，我指着不远处的圣·佛朗西斯科月季说，渴了喝雨水、露水，饿了吃花瓣、蚯蚓，困了看月光，一只鸟的小资生活。

女孩瞥我一眼，说，花圃里野猫很多的，要是把鸟吃了怎么办？

她说的倒没错。这所大学以喜鹊和野猫闻名，隔壁那所大学则盛产乌鸦跟黑头蚁。那些流浪猫不晓得从哪里聚拢来的，无论白日还是黑夜，都旁若无人地在小径上悠闲地散步。一只只排着队，倒像是巡逻的士兵。很多地方都有闲置的空碗，一些情侣把猫粮小心翼翼地倒进去。我见过一只野猫攻击一只受伤

220

的花喜鹊，叼着喜鹊的翅膀蹿上了一株合欢树。

你有什么好建议？我点着一支香烟，看着她。香烟燃烧得很快。我喜欢烟雾消散在雨水中的味道。

我们不如去校医院看看。要是有医生，给它伤口上抹点紫药水，包扎好，在宿舍里养几天，就能放飞了。

我看了看手表，晚上十点二十六分。校医院晚上有值班医生吗？

有的，女孩说，有次深夜我坏肚子，买到药了呢。

我们就朝校医院方向走。其实也不远，只要穿过纳兰容若墓地、游泳馆和伊兰清真小馆，就到了。我尽量将雨伞往女孩那边移。我一直想不明白为何纳兰容若的墓地会在这里，除了两匹站立的石马和两具躺在地上的石雕侍从，完全看不出这里埋葬着清朝最有名望的词人。这个世界就是这样，所有诞生过的都会死亡。如果留下点痕迹，也算是意外了。

你冷吗？女孩说，你为什么老哆嗦？

我不冷，我掐掉香烟，你确定医院会有医生值班吗？

女孩停住了，说，不如这样，我看看附近有没有野生动物收养中心。我们把这只鸟送到专业机构，它还能得到更好的医治，你说呢？

我当然没有意见。她开始用手机搜索。我问她，那个老太太，是你的祖母吗？

什么老太太？她盯着手机，似乎在飞速地浏览页面。

我说，我记得你们三个女孩住在一起，有个老太太负责给你们洗衣、做饭、打扫卫生。

她头也没抬地说，你记错了吧？

我说我怎么会记错呢。老太太找过我们好几次，每次都警告我们千万别出噪音。她说这里的派出所所长是她外甥，会把我们赶走的。

女孩说，喏，附近真的有家动物收养中心呢！很近，不过五公里。你别着急，我先打个电话，看看有没有夜班人员。

我说好吧。我们已经走到伊兰清真小馆了。我看到不远处的校医院黑魆魆的，没有一盏灯火，在雨中，在沉默的雨中，它更像是条鲸鱼的嘴巴。我听到女孩湿润的声音，她在跟人说话，她的声音很甜，是这个年岁的女孩该有的甜，如果你再仔细听，是那种沙瓤宽甸西瓜的甜。后来我听到她近乎兴奋地喊道，那里的工作人员说二十四小时都有人值班，我们打个出租车过去吧。她乜斜了眼我手中的鸟，用手指蹭了蹭它头顶上的羽毛。鸟又叫了几声。它似乎已经习惯了我左手的温度。

我向来对雨天的夜晚打出租车不抱什么奢望，不过，我们的运气似乎不错。当我们钻进车厢时，司机问道，你手里拿的什么东西？

我说，不是东西，是一只鸟。

司机问，是鹦鹉吗？金刚鹦鹉？他疲惫的语气旋尔兴奋起来，会说话吗？会说恭喜发财吗？

会说话的是八哥，女孩说，难道你连鹦鹉都没见过吗？

司机不言语，也许他听出了她语气中的鄙夷。我也没吭声。车里静下来，连那只鸟儿也没有再叫唤。我跟女孩并排坐在后座上，中间有一个拳头的距离。我能闻到她身上的香水味道，被雨淋湿的香水的味道。她似乎有点累了，将头后仰在座位上，我不晓得她是睁着眼睛还是闭着眼睛。其实我最熟悉的是她的背影。本来我还以为她是个挺爱讲话的女孩，看来并非如此。我还记得有次我正在房间里洗衣服，有人咚咚咚地敲门，打开，是她。她还是穿着那件横条纹的睡衣，看上去就像医院里的病人。她说，我能看看你们俩的身份证吗？我一愣，她声音骤然大起来，我能看看你们俩的身份证吗？！我当时肯定是有些发蒙，不然也不会乖乖地取出身份证递给她。她把身份证捏在手上左看右看，后来皱着眉头问，他的呢？我连忙说，室友好几天没回来了，你放心，我们都是在职编剧班的，不是坏人，既没有杀过人也没有放过火。她这才勉强笑了笑说，我不是这个意思。我说，我们这些天在房间里都不敢穿拖鞋，全光着脚走路，接电话的声音也不会超过10分贝，为了防止洗衣机发出轰隆隆的声响，我已经改用手洗，你看，我甩了甩手上的肥皂泡沫，手指都搓白了。她嗯了声，眼睛巡视着我们的房间说，你能提醒下你那个打呼噜的室友，让他去医院检查检查鼻腔吗？他深夜的呼噜声，一会儿小号，一会儿竖琴，一会儿唢呐，简直是场室内交响乐了。我连忙点头说，是是是，我也怕他半夜憋死，听说他正踅摸着买一台美国进口的呼吸机，戴上就好了。她又嗯了声，把你电话号码给我，如果我还是被他的鼾声弄醒，就打你电话，你负责把他叫醒。

她可能从来没有意识到，她睡觉也有鼾声。手上的鸟扑棱了下翅膀，她哆嗦一下醒过来，默默地瞅着前方。前方什么都没有，她只能看到司机葫芦般的后脑勺。

你，多大岁数了？她漫不经心地问道，哪里人？

我说，我女儿要是活着，年龄应该跟你差不多了。

她叹息了声，又问道，你都这么老了，干吗还要来上学？

我说，美国有个女人，一直在家里哄孩子，偶尔给报纸写点镇上的新闻。她五十三岁那年，有个农场主邀请她去写一本报告文学，结果，她写了本短篇小说集，《近距离：怀俄明故事》，得了欧·亨利短篇小说奖。后来还写了《船讯》，得了全美图书奖和普利策小说奖。她叫安妮·普鲁。

女孩摇摇头，打了个哈欠，问司机，该到了吗？

司机说，瞧见没美女，过了四通桥，再过了双榆树邮局，就是你们要找的宠物医院了。

女孩歪头看了看我说，你楼上就住着我自己，哪里有什么老太太和别的女孩？

我说，我第一次见到你，就是老太太带着你到的我们宿舍。

女孩说，你太老了，记忆肯定出了问题。你该多出去跑步、练太极剑、跳广场舞，而不是老闷在屋子里写什么剧本。我怀疑这是老年痴呆症的前兆。

我说，我确实经常忘记自己是谁，干吗又跑到雾霾这么严重的地方学编剧。不过一切都不重要，等你到了我这个年纪，就会发现，意义本身就是最值得怀疑的伪命题。我很赞同拉康的说法，连宇宙都是"纯净的无中的一个缺陷"。

女孩撇撇嘴，跟我一起下了出租车。我们看到马路边上有块闪亮的绿色广告牌，上面写着"24小时动物医院"。它马上就能得救了，女孩笑着说。这是我第一次看到她笑。她的眼睛像月牙。她俏皮地用手指捅了捅鸟的嘴巴，鸟咕咕着叫起来。谢谢你，她看着我说，谢谢你大叔。我说有什么好谢的？她仍旧笑了笑，没说话。我们就慢慢地顺着楼梯往上走，雨滴打在伞上，急切而嘈杂。

急诊室明亮如白天，我们看到有个穿睡裙的女人坐在宽阔的急诊室里，怀里抱着只蝴蝶犬，一位穿白大褂的女人蹲在蝴蝶犬的边上，不停地絮叨着什么，她说话的声音很小，不时被女人嘹亮的嗓门遮压住。你确定它只是肠胃炎吗？要是它有个三长两短，我可轻饶不了你们！这时过来个穿白大褂的男孩，热忱地将我们引进屋内。他戴着黑框眼镜，留着浓密的小胡子。也许这能让他看起来显得更成熟稳重吧。他问道，咦，这只鸟怎么了？

女孩忙说，大夫，这只鸟是我们在路上捡的，它受伤了，就把它送到你们这儿来了。说完她笑眯眯地盯着男孩。

男孩摇摇头。女孩说，你们这里不是野生动物收养中心吗？男孩一愣，指了指门口上挂着的牌子。牌子上面写着"北京爱牧家动物医院"。你不会不识字吧？他皱着眉头说，我们这里是宠物医院，不是救助中心。

我跟女孩互相看了一眼，于是我说，我们把这只鸟送给你们吧。不跟你们要钱。

男孩嘟囔道，这么瘦的鸟，炖汤的话……

女孩一把抓住他的手，说，你们是医生，就该救死扶伤。你能给它看看病吗？它是被蛇咬伤了爪子，还是被野猫抓伤了翅膀？

男孩说，好啊，这很简单，你们先挂号吧。

女孩说，你给瞅一眼就好了啊，我们买点药水，给它敷上就行。

男孩说，看病必须先挂号，这你不会不懂吧？

我们就到了挂号处。负责挂号的是位脸色蜡黄的老太太。她拉着长音说，先交押金吧。

女孩嘟着嘴巴问，多少钱？

老太太说，五百。

什么？女孩叫起来，你们这是抢钱吗？我们不过是……

老太太扫她一眼，女孩就闭了嘴。她看看我，我看看她。她说，大叔，我没带现金呢。我说，我也没带钱。然后我们的目光都停留在那只鸟的身上。刚才我把它放在了诊所的窗台上。它靠着玻璃动也不动，犹如鸟类博物馆里的标本。它一点都不漂亮，它的歌声也不美妙。它只是一只普通的野鸟。我们甚至连它是否真的受了伤也拿不准。那边传来蝴蝶犬的汪汪声，医生正在给它打针。狗的主人不时叱喝着，不晓得是在骂狗，还是在骂人。

我对女孩说，我们走吧。女孩说，去哪儿？我说很晚了，明天我还要开会。女孩说，你再等一等，你再等一等，我搜搜附近还有没有别的野生动物救助中心。半晌她喃喃着说，哦，真的有一家，不过在顺义，而且只是白天接待。

我说，我们回去吧。还是把鸟放在松树上吧。每只鸟都有每只鸟的命。人也一样。

女孩依旧站在那里。

我说，那我先走了。

女孩说，等等我。

我们推开门，顺着楼梯往下走。她把那只鸟搂在怀里。雨已经停了，我收了伞。空气里都是植物和花朵的香气。我喜欢下雨天。雨把一切洗得都很干净。我喜欢一切都很干净。

我累了，想歇会儿，路过一张绿色的长椅时，

女孩低声说道。她掏出纸巾，擦掉上面的雨水，一屁股坐在上面。夜晚的

马路很安静，没有车，没有人，马路伸向远方，像一条亮晶晶的隧道。我听到了池塘里青蛙的叫声，草丛里蟋蟀的叫声和居民楼里偶尔传来的孩子的哭闹声。女孩坐在长椅上，怀里仍抱着那只鸟。她不停地用手抚摸着鸟的羽毛，好像在抚摸着宠物。以前的时候，女孩说，我爸爸也养了一只鸟，不是鹦鹉，不是八哥，是他从公园里捡回来的。我们没有给它准备笼子，它整天在阳台上踱来踱去，我喂它蚯蚓，面包虫，毛毛虫。它喜欢吃肉。它也长着这样灰色的羽毛。

后来呢？

后来……女孩说，我到这里来考研，考了两年都没有考上，你也知道，这个学校的金融系比北大的分数还要高。

那只鸟呢？

我爸去年死了。

我不知道说什么好。

肺癌。打杜冷丁也不管事。以前喜欢唱戏，马派，擅长《甘露寺》和《定军山》。从楼上跳下去了。穿着戏服。把家里的积蓄全花光了。

那只……鸟呢？

鸟？失踪了。我怀疑我妈把它送给了别人，估计别人也不会要吧？长那么丑，也不会叫。一辆出租车飞驰而过，溅起的雨水洒落在我们身上，她也没介意。后来，她说，我妈改嫁了，找了个比她大十几岁的老男人。她还让我管他叫爸，这，这怎么可能呢？她把脸转向我，我以为她可能哭了，可是没有，她的脸被路灯映射得很光洁。你呢，你怎么回事？你女儿到底怎么了？

我抽烟，咳嗽，哆嗦，但是我没有说话。我什么话都不想说。一句话都不想说。我喜欢这样下雨的夜晚，世界如墓园般沉默。宇宙在大爆炸之前，可能也如此。如果有一天，宇宙开始收缩，最后坍塌成一个比原子还要小的点，我也没什么意见。远藤周作的《沉默》里，那个到日本传教的葡萄牙牧师一直在期待圣灵，可上帝一直沉默。上帝唯有沉默。

我们走吧，女孩说，我打了辆滴滴快车，马上就到了。

我坐着没动。女孩说，如果你难过，就哭吧。我见过男人哭，也见过老人哭。

我朝她笑了笑。

她说，你的牙齿还挺白。抽烟的男人，牙齿都是黑的。

我说，你喜欢静园的圣·佛朗西斯科月季吗？

女孩满脸狐疑地凝望着我。我能看清她脸上橘红色的浅淡绒毛。

那天晚上，我和女孩都没有把野鸟带回寝室，也没有把鸟放在塔松的枝干上——我们把它放进了一个粉红色、曾经盛放香奈儿包的盒子，再把精美的盒子放进圣·佛朗西斯科月季花圃。每日都会有帮老头老太太在那里晨练，好奇的他们肯定会发现那只盒子里的鸟。他们会给它治病，会给它喂水，会把它喂养得又胖又有气力。也许吧。谁知道呢。

不久我的室友也彻底搬走了，他跟那个制片人的老婆同居了。据说制片人的老婆给他介绍了几个影视大鳄，卖掉了三个剧本和几个小说，稿费足以在通州或燕郊买套大房子了。这样的人混不好是没有天理的。我想过不几年，他也能在机场附近买四层楼的别墅了，然后在阳台上懒洋洋地喝马提尼。我从来没喝过马提尼。我只喝过朗姆酒和威士忌。当然，他可能不会请四个厨师，毕竟他是个挺节俭的人，一年四季只穿一双鞋子。

我呢，仍然每天在教室、寝室和食堂间跑来跑去。我觉得这样挺有意思的。如果你是个单身的老男人，就会发觉最有意思的事情就是想尽一切办法浪费大把大把的时间。这个世界不仅庞大，而且漏洞百出，只有在浪费时间的过程里才能感觉到……些许的幸福。那天，我照例站在窗前发呆，然后俯瞰到了一个背影。毫无疑问，是那个女孩，我想了想，已经很久没有遇到她了。说实话，我对她的背影比对她的脸庞更加熟悉。多少个雾气弥漫的黄昏，不同的男人开着不同的豪车，停在楼下不远处的静园。女孩连同她的影子一同闪进去，然后慢慢地消失在夜幕里。直到深夜，楼梯上才会传来高跟鞋小心翼翼的声响，不久，楼上会有人用钥匙扭动锁芯。锁芯大概上锈了，要开好久。

还好，夏天很快就要过去了，我仿佛听到了信鸽清亮的哨音。

原载《时代文学》2018年第8期

朱三小姐的一生

任晓雯

一

　　每个人都在等待朱三小姐死去。她已老瘦成一把咔吧作响的骨架子，却仿佛永远不会死。

　　祥元里的孩子们，自打有了记忆，就识得她。那时，她头发还是皂灰色的，夹了些许银白，用篦子向后梳齐，在颈窝上盘个元宝髻，簪一朵塑料牡丹花。她身穿藏蓝的阴丹士林旗袍，光着两截青筋蚓起的腿，底下一双羊猄皮浅口高跟鞋。

　　有那么一阵，她天天站在学堂门口，将竹篮头拴了麻绳，悬在路牌上。篮里是她捡的废报纸。她折了许多纸鸟，边折边唱："我的少年郎，聪明又体壮，他给我无上的勇气，又给我无限的新希望……"声音清亮到不像她自己的，仿佛身体里有个二八大姑娘，在替她歌唱。唱罢，笑眯眯招手："乖小囡，来来，拿只小鸟白相相。看呀，小鸟飞啦。"一阵风过，纸鸟当真飞起来，扬着，颠着，盘旋着，在风尽处逐一扑落。"来呀，拿只小鸟，快点拿了跑。"

大家怕被她抓住似的，哄散开去，远远嗑测。各人从父母那里，得到她的消息。她叫朱三小姐，又叫疯婆子，死老太婆。她孤身一人，住在隔壁弄堂三层阁里。"她是一个妓女。"大孩子们半懂不懂地说。

朱三小姐很快被驱逐。她意犹不甘，仍到学堂门口转悠。看门老头拿一把扫帚，嗷嘘嗷嘘，赶麻雀似的赶她。她一惊，欠欠身，沿了墙脚走开。旗袍裹着她的胯，将她步子勒得小小的。从马路对过看，她仿佛是在滑行。

她滑过点心铺，往里张一张，老板娘即刻出来阻拦，"做啥？"她退后半步，递出钞票，"两个菜馒头。"老板娘接钱进门，不时回个头，生怕她跟进来。她便越发往后，退到梧桐树下。老板娘出来了，把找头甩给她，两个馒头放进竹篮。她捧出一个，吹着气，边走边吃。

她路过茶水摊头，又停下。摊主挥挥手。她站远了，少顷，又近前来。摊主说："没办法卖给你，你喝过的杯子，别人不肯用。"她忙从竹篮头里取一只杯子。摊主收了五分钱，为她斟满茶叶水。

后来，他逢人便说："雕花玻璃杯，琥珀色的，看起来很值铜钿，有钞票人家吃咖啡用的。"马上有人指出，朱三小姐拎的竹篮头，也不是普通买菜篮头，是有钞票人家装饭的箪笥。继而纷纷说开，断定朱三小姐在装穷，她的三层阁里，满是值钱物什。"一日到夜荡来荡去，靠啥养活自己，肯定有的是老本吃。"于是传闻道，朱三小姐出自大户人家。很快被街边下象棋的老头们否定，"啥大户小户，就是个妓女。""长三堂子出来的妓女，也算大户人家，个个比少奶奶姨太太时髦。""算了吧，她也配当书寓先生。朱葆三路上的钉棚，三五角洋钿，给外国赤佬钉一钉。""怪不得叫朱三小姐，原来是朱葆三路的小姐。""她女儿活着的辰光，亲口跟我幺儿媳妇讲的，啧啧。"孩子们凑了听，听不明白，便要问。老头们嘎嘎怪笑，用烟头扔他们，拿茶叶渣子啐他们，"小赤佬，鸡巴都没长毛呢，去去，一边去。"

好奇心让孩子们骚动。他们随在朱三小姐身后，"长三堂子、朱葆三路"乱叫。她跟聋了似的，依旧笃悠悠地走。有人拿石头扔她，她噢哟回头，"小鬼头，不要调皮。”孩子们哈哈笑，笑过几次，便也无趣了。

在街角老虎灶旁，有一米来宽的凹角，放了把花梨木太师椅。靠背板正面，雕有牡丹花，背面用白漆写了小字“怀恩堂耶稣爱你”。朱三小姐走累了，歇歇脚。没人想到偷椅子。一个老妓女在用它，有点儿脏，有点儿不吉利。孩子们拖将出来，拿削笔刀抠刮白漆字。朱三小姐来了，他们便逃跑。朱三把椅子搬回原地，揩揩椅面，坐上去。时已入冬，她加披了长棉袄，旗袍底下套一条老棉裤。衣裤厚大，脑袋就显小，孤零零悬在领口上，仿佛一片枯叶子。

冬天是老年人的季节，每个人都显老一点。孩子们被冻得老成起来，姑娘们在肥衣服里埋没腰身，有了中年般的体态。而真正的老人，也在冬天一个个死去。他们的名字，被写在水门汀地上，用黄粉笔框一个圈。锡箔在名字上点燃。烟火明灭，灰烬翻扬，留下黑色的灼痕，将名字掩得斑驳难辨。孩子们踩到黄粉笔圈，沾了一脚锡箔灰，大人便嚷嚷，“快点跳一跳，把死人晦气跳掉。”孩子问：“为啥晦气，人不都要死的吗？”大人嚅着嘴，答不出，撩手一记头挞。

接连的冬天里，都有黄粉笔圈，在路上，在树底，在下水道格挡边。扎白腰带的子女们，抬了遗像，放了鞭炮，沿街哭一哭，隔日便跟没事人似的，继续他们的生活。下象棋的老头，死了一个，又死了一个。点心铺的老板娘，废品站的阿婆，烟纸店的长衫先生，相继死去。他们的小生意一起死亡了，门面变作便利店、鲜花店、贴膜店。老虎灶的大伯也死了，老虎灶收归国营，随后关了门。开起一家冒充法国来的面包店。倒闭后，换作服装店，又改为美甲店，再次倒闭，转让给修手机的。染黄发的小哥，终日坐在柜面上，拿手机看连续剧。店门外，易拉宝广告旁，换了一拨老人下象棋。

朱三小姐也老了。旗袍上补丁更多，走起路来，步子更小更慢。她依旧梳元宝髻，扎得过紧的白发底下，丝缕可见肉红色头皮。为遮盖老人斑，她擦了满脸珍珠粉，粉粒嵌进皱纹褶子，仿佛一张连皮带肉的面具。路过的人们，忍不得回个头，说两嘴。猜测、嘲讽、咒骂，间或也有公道话，"老太婆五官蛮清爽的，年轻辰光卖相不差吧。"

二

朱三小姐年轻时，约莫是标致的。蜜合色的面皮，被"双美人"香粉刷白起来。一道垂丝前刘海，压着两条细眉毛。眼袋瘀青，早早有了细纹。亏得一副圆脸架子，把年龄减小下去。她的长脖子最好看，每件旗袍做成高领，箍一半，露一半，勾了男人眼睛，往头颈下面走。织锦缎旗袍，香云纱旗袍，阴丹士林旗袍，都用"双妹"花露水喷香。

她在卡巴莱酒吧上班。到了夜里厢，朱葆三路的霓虹灯，跟狗皮膏药似的，一块叠一块。音乐聒得耳朵痛。小汽车，黄包车，载来一车车洋人。喝酒、跳舞、打架、按摩、赌钱。

朱三小姐有个"四姐妹帮"，在新亚书店买来"金兰同契"的契纸，找了个长衫先生，相帮写下四人的姓名、籍贯。又去沈石蒂照相馆合影。一色的细挑眉毛，垂丝刘海，嘴唇抹得浓又小。四个人看起来，真似同一娘胎出来的。合影粘在契纸上，各执一份，立为盟誓。

大姐来自盐城。几年前，一场瘟疫葬送了她的丈夫儿女。她是朱三小姐认识的人里，第一个用文胸的，"瞧瞧，从法兰西运来的胸罩，比背心肚兜好用多了。"她展示给姐妹们看。朱三摸了又摸。大姐那对面粉袋似的奶子，潽潽满满兜在文胸里，将洋装顶高起来。洋阿飞们喜欢她，三五簇拥着，为她拌嘴打架。多毛的大手探入领口，东一抓，西一捏。一个黏糊糊的夏夜，她被醉酒的西班牙海员，掐死在安乐宫门口的鹅卵石路上。前襟被撕脱，文胸被扯掉，两只乳房从身体两侧挂下来。硕大的乳头、黑褐的乳晕，使她看起来像一位母亲。

小妹比大姐年轻十五岁，身体尚未长开，装扮却往老熟里走。满头发卷如弹簧钢丝，眼眶勾得墨擦里黑。她姘了个黄包车夫，租住在杨树浦的广式房子里。车夫借了老乡的私人包车牌照，让她扮作大家闺秀，每个下午拉她到"上只角"揽生意。姐妹们劝她："日做夜做，身体吃不消的，男人就想榨干你。"小妹道："你们不要瞎讲，是我自己想做的。"

未几，小妹开始长杨梅疮。她在热水里撒盐，洗两条烂腿，被情夫发现，挨了一顿打，"还想瞒牢我，当我是瘟生阿木林，让我鼻头也烂掉是吧。"卷了她的钱，跑了。小妹搬来与姐姐们住。朱三与二姐凑钱，让她打六〇六①针，还讨了土方，取大蜈蚣、双花、生大黄，清水煎成药。一边吃药打针，一边仍被逼着接客。

朱三安慰道："'中状元'的多了去，都会好的。"

小妹默然一晌，道："小时候家里养了只猫，跟我最亲。我十二岁那年，猫突然跑了，找也找不到。我差点儿眼睛哭瞎掉。后来听人讲，老猫都这样，知道自己快死了，就到没人的地方，安安静静去死。"

"人人看轻我。爹妈把我当畜生养，哥哥姐姐讨厌我，邻居都要踏我一脚。他是欢喜我的，但更欢喜钱。谁不欢喜钱呢，不能怪他。我就望到死掉的那天，能够有点儿人样子。"

打过七八针六〇六，吃过十几服大蜈蚣，杨梅疮还是开到脸上。一个半夜，趁姐姐们外出工作，小妹不告而别。在二姐床头留了两双玻璃丝袜、一对玻璃耳坠。给朱三枕边留了一罐旁氏白玉霜、一双羊猄皮浅口高跟鞋。还在桌上压一张表芯纸，纸上用口红画了两个圆两块方。小妹不会写字，朱三和二姐不会识字。猜了一晌，估摸小妹的意思是，走了两个，剩了两个。

自此，朱三和二姐依傍度日。二姐常去"华都"舞厅伴唱。她歌声走得高，高了又高，还稳稳旋上几旋。白滚滚的手臂往斜兜里一甩，满身假珠宝丁零当啷响。大家称她"小白虹"，说她唱的《郎是春日风》，比白虹本人还好。她时或拉了朱三一道，合唱《人海漂航》。满池子男女随了歌声，摇摇摆摆探戈起来。

工作罢，回住处。卸妆，脱衣。她们睡一铺，搂得紧紧的，生怕对方跑掉

233

似的。二姐将朱三的脸，贴到自己胸前，在她额上一舔一舔，渐渐舔至面颊，"三丫头，你发誓，这辈子不离开我，否则不得好死。不，不，"顿了顿，"如果你离开我，就让你一直活下去，想死也死不掉。"

三

朱三初遇张阿贵，是在二十四岁上。他是她的客人。他跟选牲口似的，检查眼睛嘴巴。捏住她的手，正反地看。将她领入房来，命她脱掉旗袍，观察腋窝、手肘和后背。又反复摁她下腹，问痛不痛。

张阿贵是老手，懂得在花烟间里挑干净货。朱三是干净的，面皮略黄，身体却白到发青。静脉血管犹如花纹，透出皮肤来。他揸了两只手，往回摩挲，"这身皮肉咋长的呀，简直像只燕皮馄饨。"

张阿贵生于广东，独自来上海，开个"打捞馆"，给外国人修轮船。他是嫖油了的人，迟迟不肯成家。有那么一阵，天天跑来找朱三，揉着她，吮着她，似欲把她吃进肚皮。他给她钱，不许她见别的客。但仍不放心，赎她出来，在同仁里借了前楼同住。

张阿贵依旧出去嫖，次数却少了。已经包养的女人，何不用足呢。好比煮了正餐，白白扔掉，又出去花钱吃。张阿贵才不傻。他与朱三厮磨几年，渐有搭伙过日子的感觉。每日里热汤热饭，养起一身膘。某个春天，他腹泻欲死，以为是"二号病"，却慢慢活了回来。自此见老，对朱三有了近乎讨好的依赖。

他对朱三说："我耕你这块地，耕了多少年，也耕不出个名堂。你的'红木家生'坏掉了吧，索性领个儿子去。"他剪了立式板寸，穿上机织布长衫，携朱三至新普育堂。

张阿贵在两排孤儿间踱走，逐个查看头发牙齿。朱三跟紧他，忽觉旗袍被扯住。是个五六岁大的女孩。朱三道："要不收两个吧，一男一女，也好有个伴。"张阿贵道："这女仔年纪大了点。""大一点懂事，能够相帮照顾弟弟。"于是，他们收养了五岁的张桂芳，三岁的张桂强。

张桂芳称养父"阿爸"，唤养母"朱三小姐"。朱三打过几次，便由她去。一日拌嘴，张阿贵责备朱三，跟隔壁苏北赤佬闲话忒多。朱三讥诮张阿贵，欢喜吃醋还抠门，"广东瘪三，抠是抠得来，巴不得屁眼里抠出三块洋钿。"张阿贵笑了，"我要是不抠，就砸钱找书寓先生了，还嫖你这种马路上的咸水妹。"张桂芳听在耳中，不觉就懂了，向弟弟解释："咸水妹是跟外国男人困觉的女人。"

人人都说张桂芳聪明，简直像是张阿贵亲生的。张阿贵自学识字和打算盘，还订了两份报。张桂芳六岁起，拿了报纸，楼上楼下地问，学得二三十个字。张阿贵欲送她上学。朱三小姐道："女小囡读啥书。"吵一架。逾数月，张阿贵将养女送至私立小学。

几年后，张阿贵投资赌场亏了本。朱三帮他去讨债。赌场在永安公司七重天楼上，讨债队伍一径排过南京路。轮到朱三，天色已然昏昧，对方将空了的钱袋一抖，让她下个月来。

旬余，张阿贵僵着脸回家，"赌场大老板逃去香港了。"他怪朱三不得力。朱三哭闹一场，变卖家具，收拾细软，在祥元里寻了个三层阁，举家搬走。还是被人找到，讨债的，讨工资的，乱纷纷上门。朱三出去做保姆，帮双职工倒马桶，给小脚老太挑井水。寻不到生活了，捡菜皮，拾垃圾，剥死人衣裳，常被"三道头"举着警棍追打。

张家已没钱囤米。逢到开火仓，朱三让张桂芳揣个小淘箩，出去现买两升米。张阿贵边吃饭，边喝酒，两截细伶伶的小腿，塞在八仙桌牙板空当里，打着嗝道："你是老太婆了，否则回酒吧做做，也算一个办法，"又道，"都怪你，本来单身挺好的，现在养一大家子累赘。"

一日，张阿贵给养女塞了块梨膏糖，走出弄堂，再没回来。有说他外逃躲债，有说是被人做掉了。朱三小姐不敢报警，坐在床边哭。张桂强跟着哭，哭得气喘吁吁，又噎又呛。朱三抹一把眼睛，呵斥道："哭啥哭，有你哭的辰光。做人就是吃苦头，这苦头，那苦头，死掉最太平。"

到了夜里厢，朱三唤起张桂芳，让她跟个"阿二头"走。张桂芳问："你把我卖去朱葆三路吗？"朱三掴她一掌。翌日，阿二头领回张桂芳，"本想教她做熟工序，混过拿摩温。她倒好，站在流水线上打瞌睡，头发差点儿轧到机器里。"

朱三打她一顿，又花钱托人，塞她进厂。磨螺丝钉，当缫丝工，一趟趟被辞退。朱三流泪道："桂芳，你做啥不跟我一条心。你爸跑了，你弟读书，三张嘴巴等吃饭。你也是大人了，要给家里撑着点。"张桂芳这才把上班当桩事。她被介绍到烟厂，负责把蒸熟的烟叶抽掉老茎。每天拉了满手泡回家。朱三小姐帮她逐个挑破，将流脓的双手，浸在明矾水里，"桂芳辛苦了。"张桂芳道："在酒吧里做，轻松很多吧。"朱三小姐啐一口，拍开她。张桂芳捞起双手，在衣衫上擦干。她像个谙熟世事的成年人那样，眨了眨眼睛。

四

张桂强终于长大，头发微卷，眼窝深凹，像个西洋混血儿。他在太古码头当记录员，被照相馆老板的大小姐相中，做起倒插门女婿来。岳父要求他更换姓氏，改作王桂强。王桂强对张桂芳说："王家是体面人，两个老的本就看我不上，要是晓得了朱三小姐，肯定赶我跑。"他让人抬来十数袋暹罗米，自此不走动。

朱三哭了几回，道："我要去问问王家，他们宝贝女婿的良心，是被狗吃掉了吗。"张桂芳道："你真心为他好，就别为难他。哪能办呢，各人各难处，就当没他这人吧。"朱三道："你帮'白眼狼'说话，是为自己寻后路吗。放心好了，你这辈子跑不出我手心。"

是年，物价飞涨，物资奇缺，烟厂一夜关门。张桂芳满街乱走，寻点零碎生活。替有钱人家喂狗，帮纺织女工带孩子。纺织女工告诉她，中纺一厂在招养成工。张桂芳回家说与朱三，朱三怂恿她去。张桂芳说："我都二十二了。""你身子骨没长开，看着就像十三四岁，去吧，试试看，又不吃亏。"张桂芳去了。负责招工的拿摩温，搦了细竹竿，往她头顶心一比，考几个问题，见她识过字，便录取下来。

张桂芳被分到细纱间，做挡车工。工友以工号互称。有个"60号"与她相善，将自家二哥介绍给她。一来二往，朱三觉察了，摸到60号家闹一场，"别看桂芳长得小样，都快三十了，身体瘦叽叽的，怕是以后不能生。"

男友分了手，张桂芳大病。朱三喂粥喂汤，半夜扶她溲溺，替她清洗血短裤，"老话里讲，多年母女成姐妹。我们娘俩，你照顾我，我照顾你，一辈子就过掉了。要男人做啥，想想你爸，你哥，哪个靠得牢。"张桂芳讷然。

少后，邻里渐有闲话。朱三不觉。一日去小菜场，买落市菜，碰着个街坊，打了招呼，往那人篮头里翻翻，"今朝买啥呀。"那人不吱声，将朱三碰过的番茄扔回摊头上。朱三渥了一肚皮气，别转屁股走。到家越想越恨，去门口候着，追问道："你是啥意思，嫌鄙我吗？"那人道："朱葆三路的拉三，弹开，不要带坏小囡。"旁边蹲了两个淘米女人，淌湿着手，互相咬了耳朵，扭转目光，上下刷看朱三。

朱三跑回家，裹了被头，斜在床上。不知多久，听得脚步声吱吱嘎嘎上来，便道："你在外头瞎讲啥了。"

"问你呢。"

张桂芳揭开饭焐子，张一张，"我讲啥啦，我能讲啥啦。"

"我做啥要恨你，"张桂芳笑起来，"你那点龌龊事，有啥好讲。大概是老早的客人从朱葆三路寻来了。啊呀呀，做也做过，总要被人晓得的。"

朱三一掌撑去，指甲刮到张桂芳的脸。张桂芳揉开她。她趔趄后退，膝盖窝弹到床沿，搋开两手，反冲过来。张桂芳抬了胳膊，护住面孔，另一手去拧朱三。朱三低下肩胛，顶撞她的胸脯。张桂芳顺势揪她头发。朱三反揪她头发。两人互相抓着，叫着，兜兜转。五斗橱、八仙桌、马桶、木椅，乒乓乱响。一只瓷面钟哗嗒落地。朱三噢哟一声。两人同时松手，去看那钟。朱三说："钟罩子碎了。"张桂芳说："还在走。"收拾了残片，将钟放回五斗橱上。各自整理头发，凑着脑袋，看一晌。张桂芳道："时间还是准的。"朱三道："你爸当年买的英国货，贵得要死。那个辰光，以为一辈子会有好日脚过呢。"

此后，朱三碰到邻居，便拉住诉苦，"桂芳脑子坏掉了，乱话三千，没一句真的。"众人绕开她走。朱三对张桂芳道："到底是我养大了你，没有功劳，也有苦劳。你在外面败坏我，害得大家不睬我，对得起良心吗。快点儿跟人家把话讲回来。"张桂芳道："我真没讲过你坏话。要是讲了，让我明朝出门，被小汽车撞死。"

大半年后，张桂芳死了。不是被车撞死，是去外滩"轧金子"，被人踩死的。时值年底，人人都传，黄金将要撤出上海。张桂芳在存兑申请期的前日，便去中央银行排队。

临出门，朱三道："好像要落雨，带把伞去。"

张桂芳道："水壶、军毯、罗宋面包，塞得潜潜满，我有三只手吗？"

朱三捏她一把，"衣服够吗？"

"棉袄忒厚，汗都捂出来了。"

"啊呀，又不是我一个，同事家家都去的。不去哪能办，金圆券砸在手里厢，揩屁股也不好用，刮得屁眼刺刺叫痛。"

朱三听了张桂芳下楼。想象她行起路来，身体往前扎，仿佛用脑袋顶开暮色。微带罗圈的双腿，一走一踢，步子琐碎。朱三笑了，旋即怅然。张桂芳啊，若是亲生的就好了。

夜间七八时，头顶开始噼啪作响。雨滴弹击老虎窗玻璃，由疏至密。朱三闭门枯坐，听得厌气，早早上了床。她一夜乱梦。梦见从死人堆里爬起来，梦见父亲用火钳烫她腿臂，梦见走在蕃瓜弄，穿过空了的滚地龙，倏然蹿出个男人，将她摁倒在垃圾堆旁。她坐醒起来，"不好了！"捂住胸脯，喘息不已。

空气潮冷，渥着阴沟洞气味。公鸡开始打鸣。喤啷啷一阵铜铃响，粪车压着弹格路面而过。"倒马桶喽，马桶拎出来喽。"楼下喧闹起来，乱纷纷说话，啪啦啦走动。"沪生阿爸，调黄金去。""调的人多吧。""昨日夜里厢，阿二头去了，他媳妇轧得昏头昏脑，回来跟我家子婆讲，外滩要轧坍掉了。""我今朝还要上班。""上啥班啦，赚了一袋废纸头回来，不够糊墙壁。"

亭子间有人回来，说外滩人轧人，轧死人，骑马警察来了，救护车也来了。朱三下去问："看到桂芳没有。"

"桂芳还没回来。"

"那你等一等，总归会回来的。"

"呀，你问我，我问啥人去。饿了一夜天，刚刚端起饭碗头，你就来问东问西。"

朱三讪讪回屋，靠在床头，不觉睡着。半夜里肚皮乱响，又起来，吃一个馒头。馒头冻僵了，入得腹中，又涩又胀，还有一股子腥腻，那是眼泪水的味道。面颊、下巴、手指头，都湿乎乎的。朱三里外冷了个透，缩在薄被头里，熬过下半夜。

要到一周后，才有人通知认尸。面目瘀肿的张桂芳，已经不像张桂芳。斜咧的嘴巴里，碎了三颗门牙，舌头往前抵，一副有苦再也说不出的模样。朱三晃一眼，软在地上，出不得声。

大家都说朱三家不走运。"一两黄金七条命"，全上海死掉七个，偏就摊上一个。朱三坐在楼门口哭，"活来活去，活了一场空，以后靠啥人去呀，死了也没人相帮买棺材板。"听得人人皱眉头，"哭一哭就好了，还哭出瘾头了。""今朝哭了明朝哭，魂灵头都被她哭掉。""年轻辰光做坏事体，老天爷报应。"楼里出了两个男人，一人拽一臂，将她拽上楼，推入三层阁，掩起门来。

朱三哭不动了，剪下吊灯尼龙开关绳，兜在脖颈里，抬头寻了个遍，没地方挂。又拿起剪刀，比一比手腕，扔开。寻死是最难的。早年在朱葆三路，她

239

曾将鸦片混了烧酒吞下。死过半日，又在医院活回来。二姐道："阎罗王嫌鄙你了，弗肯收你。"于是只好活下去。

过了小半月，朱三心思略定，想起还有个儿子。她理了头发，换了衣服，别一扇栀子花。自觉体面了，找上门去。王家在南昌路，住西班牙式洋房。反复敲门，无人应答。她沿了砖雕围墙，走到前门。出来个老头，说："王家刚刚卖脱洋楼，搬走了。""搬到哪里去，生意有难处吗？"她插入半个身子，见内有二道门，紫藤棚下停了松花绿的皮尔卡轿车。"那是王家的车吗，我是亲家婆，放我进去。"老头不允，两厢推搡。

看热闹的围拢来，"阿婆，王家当真跑路啦。悄悄叫跑的，洋房一夜空掉。""我不信，跑到哪里去。"口舌乱起来，有说跑去香港，有说跑去阿美利加。朱三问："阿美利加是啥物什。""喏喏，一个老远老远的国家，跟月宫一样远。"

很快，祥元里人人皆知，朱三找过儿子了。有说王家给了她许多"小黄鱼"。也有说："不可能，真有'小黄鱼'，就顶一间洋房住住，窝在这里做啥。""不管有没有'小黄鱼'，亲家婆找上门，多少会给的。""就是，你看她的旗袍，是丝缎的。""那不是新做的，老早就见她穿。""王家是大户，哪能抠门，手指头缝里漏一点，就够她吃十年八年。"

一夜，有人赤了脚，摸上楼梯，拨开榆木门板上的弹子锁。三层阁内有呜咽声。不是呜咽，是朱三打着不安稳的鼾。月光透下老虎窗，笼着满屋白纸白花，亮晃晃扎眼。张桂芳的黑白照片立在五斗橱上。她嘴巴在笑，上唇微微扯起，露出完好的门牙。目光却没有笑，两只大小参差的眼睛，乜斜着闯入者，看他逐一打开抽屉。

"啥人啊，桂芳！"朱三惊觉。那人往床上一扑，捂住她的嘴，"金条呢，金条在哪里。"朱三举臂，那人压住她手臂。朱三踢脚，那人压住她脚。皮肉触碰，那人喘起来，捏着揉着，把被子蹭下床，弓身半跪，两只膝盖顶开她的腿。"老吃老做的老太婆，看你再装腔，杀了你。"那人掐她脖颈，掐得她牙齿直咬舌头。她不动了，眼皮半阖，四肢松塌，仿佛一块任由吞食的隔夜肉。

五

没人说得清，朱三是何时疯掉的。她拎着竹篮头满街走，痴笑，自语，逗弄孩子。好心人搬了太师椅，为她放在街角。她坐上去，眼睛定快快的，仿佛一个面色疲惫的正常人。于是有说她装疯，"脑子拎得煞煞清，解放军一来，马上脱了旗袍，乖乖叫换上对襟袄。"

世道乱得不能再乱。忽而抓反革命，忽而斗资产阶级，忽而揪右派。有积极分子想起朱三了，说她和外国人困觉，还有个儿子潜逃出国。居委会找了她去，七八个人，研诘半日。她只反复道："桂芳回来了吗，桂芳呢，桂芳在哪里？"嗯嗯啊啊笑。

最后是治保主任给了话："你们争来争去，争不出个重点。敌我矛盾，人民内部矛盾，分得清爽吧。上次写反标的，重点批一批，还有换邮票的国民党特务，多上点儿手段，务必让他老实交代。这只老太婆，旧社会受外国人剥削，现在年纪大了，没亲没眷，脑子也不正常。把她搞死了，会得触霉头吧。"

朱三六十多岁，看着有七十出头。一年一年，老得飞快，展眼便是八十又几。她记性变差，搞不清自己年龄。只记得属牛，从小被骂"戆牛"。老来更像牛了，慢吞吞，木嘞嘞。两只膝馒头胀似铁块，走路直愣着腿，脚下不停打绊。

她牙齿又细又长，渐有摇落。吃东西时，嘴巴犹如磨盘，一磨，一瘪，又一磨。她吃得进，拉不出，早晚蹲在马桶上，揉着胀气的肚皮，哼哼唧唧。睡眠也不好。每日困得坐不稳了，才敢躺倒。

杨木棕绷床的顶头上，老虎窗碎了玻璃，兜起一块油布。油布哗啦啦颤动，将夜风刮送到她身上。她皮肤越发干痒，留着十道指甲，挠得浑身一条条红，皮屑跟落雪似的。终于浅浅睡去，却不停被自己的放屁声惊醒。

睡觉辛苦，醒来更辛苦。她衣服穿到发馊，才洗上一洗。没力气拧干，滴里嗒啦晒几天。漂不干净的固本肥皂，在衣褶子里重新结块。她拎着马桶上下楼，越来越花时间。一次力有不逮，泼翻马桶，自此改用痰盂罐。搪瓷罐口箍得屁股痛，大腿麻，站不起身。便在街上捡一只塑料瓶，裁开，悬在床边做夜壶。又拾来废报纸，裹了粪团，一团团扔进竹篮头，塞在床底下。

吃饭更是个负累。她焖一大锅饭，用开水泡了，就着榨菜连日吃。嘴巴越寡淡，榨菜越吃多。时时口渴，时时憋尿，一憋不住，就弄湿裤子。于是翻出多年不用的月经带，叠几层草纸，垫在裤裆里。

吃喝罢，劳作罢，便要出个门，晒掉身上霉气。朱三坐在街角太师椅里，看着什么，又像什么都没看。身旁老虎灶的热气，腾腾熏蚀眼睛。她眼底挂了大眼袋，上眼皮皱似胡桃壳。一对混浊的眼乌珠，仿佛焦距不准的镜头，望向这个世界。

朱三留意到，满街灰蓝色人影，争相妆红着绿起来。她知道世道已变，便从樟木箱底取出旗袍，补裰了，重新穿上。为遮掩臊味，她开始喷花露水，又用珍珠粉兑水，涂抹脸皮。她照照圆面镜，下楼出门。入暮回家，再照一照。直至脱袜上床，面孔依旧带着粉。很多人是在睡梦中死掉的。朱三害怕随时会死。死的时候，模样总要过得去。她无儿无女，没人会来整理遗容。

然而，朱三还是醒了。被屁声惊醒，被浓痰哽醒，或是殷勤的日头，从老虎窗上晃醒她。她睁开眼，知道又活过一日一夜。吃掉三顿泡饭，喝完一杯开水，排出半罐屎尿，落下半把头发，用了五张草纸，耗费两盆自来水。当她再次起床，身上的皮肉，又比前日松败了一点点。

亭子间阿姨的小外孙，每见朱三出来，便"长三堂子、朱葆三路"乱喊。朱三四顾无人，近前拧他耳朵，"小赤佬，拎不清，真以为我疯掉吗。我是有海外关系的人，儿子在美国发大财，到辰光回来接我走。你表现好点，我送你一只金镯头白相相。"

这话传开，众人讶然，朱三果真在装疯。她像只精刮的老乌龟，看看苗头不对，脖颈一缩，躲进保命壳子里。不够精刮的家伙，通通倒了霉。比如那个写反标的，比如那个卖邮票的。他根本不是特务，他只是喜欢集邮。谁在乎呢，死都死了，平反又能怎样。批斗他们的治保主任也死了。那是在十二年后，他鲠了一根鲫鱼刺，喉头水肿，窒息而亡。

朱三为他焚香，合手拜几拜，"主任，谢谢你，再会。"回想当年，真叫惊险。有个姓王的女人，一意跟朱三过不去，说她里通外国。治保主任道："她跟我妈差不多老，一只脚踏进棺材的人，能做多大个坏事体。"朱三认得主任他妈，斜白眼的宁波老太，年前刚刚病逝。或因一点残余的悲恸，主任保下朱三。姓王的兀自不满，见了朱三，总要呸一声。七八年后，她中风在床。朱三特地去看望，倚床坐一晌，啥都没说，笑着出来。不久，那女人褥疮感染而亡。

最让朱三高兴的，还是楼下"四眼"的死讯。他是祥元里第一个穿军便服的。花了五分洋钿，买一片染色剂，将旧衣煮成黄绿色。又用五粒"八一"军扣，替掉木纽扣。贼忒兮兮的小瘪三，穿上假军装，腰也挺了，步子也迈大了，正经得像个革命军人。

只有朱三知道，他曾夜半潜入三层阁。偷金条不成，掐得她半死。还褪去她的裤子，五指插入她腿间。她喊痛，他便咬她，呸呸吐唾沫，生怕脏了嘴似的。直至她流血不止，他才罢手："啃不动的老野鸡，哪能不去死。"

朱三在纸上画一副眼镜，每日用缝衣针戳刺，"老天长眼，恶人有恶报。"岂料"四眼"越活越抖擞。世道松动后，他家儿子做生意，炒股票，发了不得了的财，接他去住大房子。他时常回来，说是探望老邻居，炫耀他的手表和皮鞋。朱三气到呕吐，想去揭发，犹豫良久，作罢。她活得太久，见得太多，晓得世道会变过来，也会变过去。谁能说准明朝的风向呢。

好在阎王爷出手，帮她报了仇。一日，她孵在太师椅上，被日头晒得打瞌睡。忽被鞭炮惊醒，见大队男女，堵着马路，慢慢压过来。七八个灰衣道士，吹打念唱，像在拍电视剧。香烛师蹿来钻去，麻雷子、二踢脚、大地红，爆响不绝。两个哭丧的女人，一扑一号，此起彼伏，时或翻白了眼，身子斜斜一软，仿佛昏厥过去。旁人赶忙扶住。在她们身后，是二十来个黑衣黑裤的老小，别着白头花，捧着半人高的遗像。

街边堆起了人，纷纷介议论。朱三挤不进，趴在肩膀缝里听。有说死者得的脑梗，有说是脑癌。有说这家人早已搬走，回来大做排场，是要存心显摆。朱三使力问道："死的是啥人呀。"旁人俯到她耳中喊："隔壁弄堂的四眼，记得吧，穿绿军装那个。"朱三噎住似的，捂了嘴，挪开两步，放手笑起来。怕被人注意，边笑边往家走。

到得三层阁，躺在眠床上。狂喜挟裹了悲伤，将她整个掏空。她涕泪满面，浑身抽搐，几欲虚脱。亲人死了，恩人死了，仇人也死了。她第一次发现，自己活得太长。她想起二姐的诅咒：如果你离开我，就让你一直活下去，想死也死不掉。朱三确实离开了她，可她说话未免忒毒。想死也死不掉，是个啥感觉。

日子一天一天，没完没了。朱三的皮肤愈益松垮，似要从骨架子上脱落。骨架子更是不像样，骨节凸楞楞的，眼窝和颧骨却深凹下去。白发过于稀薄，没法用头绳扎紧，这里那里地漏出来，犹如被踩扁的枯草，风一刮，满脑袋乱飞。

她在床上铺了寿被，置了寿枕。购一套"三领二腰"的红寿衣，穿在棉袄里头。她买来锡箔纸，为自己做元宝。银光灿灿的锡箔元宝，堆满床头、桌面、抽屉、地板。又在地板上层层叠高，淹没她的腿。她睡在元宝里，立在元宝里，蹭走在元宝里。整座三层阁，仿佛一洞银色的圹穴。

阳光大好时，她会爬出来，在太师椅上坐一坐。椅子漆色剥落，骨架松动。曾经上好的花梨木，变作废柴堆似的。它被扔在街边凹角里，日头晒着，雨水淋着，白蚁噬着。没有旁人动它。它阴沉沉的，仿佛一件死物。

朱三攀着椅子，拐杖搭在扶手边。她身形缩得太小，双脚已经够不到地。

她喘了气，挪了屁股，要将后腰贴到靠背板上。臀骨尖锐，磨蹭椅面，感觉不到痛。听力也消失了。上眼皮耷拉至眼窝，遮住她久患白内障的眼珠。

有个头发花白的胖子走近来，"喂，朱三小姐，认得我吗？"朱三没有反应。胖子头颈抽动，喷出一嘴的嗝，混了红星二锅头和隔夜呕吐物的渥臊气。油津津的腮帮肉一抖，跌坐在朱三脚边。

"在我小辰光，你来学堂门口，我还朝你扔过石头呢。那时六七岁，不大懂事体，听别人讲你，就跟了后头骂。你记得吧，没生气吧。你唱歌老好听的，是叫什么歌名呀。"他扯扯朱三的旗袍。朱三若有所感，眼皮一眯，脑袋缓慢挪动。

胖子开始诉说人生，痛风、高血压、肝硬化、离婚、丧母、下岗、股票亏本、银行欠债。说到天色微淡，暮风撩面，半醒不醒的，"算了，疯老太婆，不跟你多讲。我就是想不落，你哪能要活这么久。活着有啥意思呢。"他撑了几撑，摇晃着起来，从裤兜里掏一把钞票，"喂，喂，给你，买点儿老酒吃吃。"等了等，把钞票甩在地上，走出一段，回头看。钞票扑着跳着四散开。两个行人弯腰追捡。朱三小姐没有动。她坐在她的椅子上。她已经坐了百多年，仍将继续坐下去。

原载《十月》2018年第4期

李公佐

王秀梅

我的朋友李公佐忽然到访。当时我正坐在一把老藤椅上看书，一边抽烟喝茶一边恹恹欲睡，他冷不防大喊一声："王七！"

我动动身子，换了一个姿势，不太高兴地看了他一眼，问："你是哪位？"

"李公佐啊！"他毫不客气地在另外一把老藤椅上坐下，捞起茶壶，给自己倒了一杯茶，"我看你是把我忘了。"他的语气有点不满，但也只是一刹那。接着他像我所有的朋友一样，兴致勃勃地开始打量我们周围的一切：石头房、小院落、樱桃园、四月的晨光。

说实话，以前我交友太广，也不挑剔，只要对方是个玩音乐的，都有可能成为我的朋友。可是朋友太多了就难免记不住，所以我常常张冠李戴，或是完全不记得某个朋友是谁。自从我落魄了，到这儿帮老家亲戚看守这一片樱桃园，我的所有朋友就在好奇心的驱使下频繁造访，主要是想看看我落魄到什么地步了。

我能怎么样呢，其实我从来就没有成功过。我跟几个朋友合伙开音乐酒吧，赔了。开艺术培训中心，赔了。后来我不得不去另一家艺术培训学校打工，当吉他老师。在那里我认识了我的前女友，她在前台工作。但我一直入不敷出，因为我要还债，还要生活。到我们最后一次分手时，我只剩下五块钱，买了一桶香辣面。晚上，几个还算有良心的哥们儿请我出去嗨，我嗨大了，又丢了钱包。钱包里没钱，只有身份证。就是说，我把身份都丢了。我也懒得去补办。

所以我能怎么样呢，我只能任由朋友们尽情地观察我的落魄。

"看，我过的就是这样的生活。"我动了动身子，老藤椅吱嘎吱嘎地响起来。其实，不用刻意给李公佐展示什么，我糟糕的一切他都能很容易地尽收眼底：被太阳晒成黑红色的皮肤，蒙着一层泥尘的衣服，粗糙的双手，指甲盖里的黑泥巴，失恋后的丧气，愤世嫉俗的压抑。

"你自认为的糟糕，也许正被世人羡慕呢。他们也想坐在一把吱嘎乱响的老藤椅上看看书，但完全没有时间。"李公佐说。

"得了，别安慰我了。我最烦的就是像你这样的朋友，到这里来装模作样地送给我一套类似的说辞。太假了，不真诚。"我说，"再说了，我他妈的看书的时候远没有看蚂蚁的时候多。"

李公佐来之前，我刚刚又发现了一窝新蚂蚁。我的朋友们肯定不相信：我不敢说熟悉整个樱桃园里的蚂蚁，但至少对这个小院落里的蚂蚁是熟悉的。它们早上从哪个地方爬出来，在哪块区域活动，然后沿着什么路线把食物搬回巢里，我大抵是知道的。可见，我看书的时候远没有看蚂蚁的时候多。

一说起蚂蚁，我就不那么恹恹欲睡了。我从吱嘎乱响的老藤椅上站起身，给李公佐介绍小院里的蚂蚁部落。我只知道它们的巢穴在哪里，但具体那里面是什么样子，我并不知情。我从来没挖掘过蚂蚁的巢穴。在我看来，那是一件十分缺德的事。虽然蚂蚁是作为害虫出现在樱桃园里的——它们循着甜味爬到树上，咬噬叶子，并引来蚜虫和介壳虫。我的老家亲戚让我在树干下部涂上漆，那样蚂蚁就不会往树上爬了。但我一直没照他说的办。我认为樱桃叶子被噬咬并不是蚂蚁的错，而是它自己的错，因为叶子上长着两个蜜腺，能分泌糖分。连人类都喜欢甜蜜的味道，何况蚂蚁呢？

当然，从逻辑上来说，樱桃叶子也没错。它们长着蜜腺，那是造物主的安排，它们并不能自己做主。

"这种生物链上的问题，我认为应该交由自然法则去解决，不能人为干预。"我对李公佐说。

"但是，你老家的亲戚到时会因为樱桃减产而怪罪你的。"李公佐说。

"那他就自己来涂漆好了，我反正不涂。我都沦落到如此地步了，还要拿着刷子去给一棵树涂漆？"我说。

于是，我像祥林嫂一样，给李公佐讲起了我前段时间的糟糕日子。当然，我现在依然糟糕。正是因为前段时间的糟糕，才造成了如今的糟糕。我讲了事业前途以及恋爱方面的失败，我认为这两者是紧密结合在一起的。我跟前女友谈了三年恋爱，其间分分合合有一百多次，每次分手闹得都很真，她收拾自己的东西搬出去，片甲不留。但每次绝不超过半个月我们就和好，然后再吵，再分。

一段时间以来我有些绝望，这种关系有点看起来要持续一辈子的迹象。每次她搬走后，我也会有小小的失落，但总体来说，解脱的感觉要大于失落。但是最后这次分手超过半个月后，没出现和好的迹象，我却难受起来了，失落的感觉一天天超过解脱，最后，完全压倒了后者。

于是我就答应了老家亲戚的请求，来这里给他看守樱桃园。我并不是一个合格的看林员，蚂蚁我放任自流，附近的人来偷摘，我也放任自流。有几棵早熟的品种，树上的果子已经所剩无几。我觉得，那些人既然想吃，就应该让他们吃。蒲松龄他老人家写的《种梨》，那个故事就是个活生生的例子，吝啬的卖梨人因不肯赠予道士一只梨，被道士尽情地戏耍，我觉得他真是活该。

我跟李公佐边喝茶边聊天，很快就到了中午时分，我说，屋里灶上还煮着米粥呢，我炒几个菜，咱哥俩喝几杯。

李公佐说："算了，别麻烦了，还是我请你吧，咱们到外面吃。"

我问他去哪儿，他说："你跟我走就行了。"

今天很奇怪，早上的雾气还没有散，或许是阴天的原因。这片樱桃园有时会散发出一种仙气，特别是在早上。当然了，那是浓淡不一的雾气和寂静中草叶微摇的声响造成的幻景，仙气只不过是我的想象而已。人在无所事事的时候，总是会胡思乱想，况且我又是一个极其不缺乏想象力的人。

我在雾气流动中跟在李公佐的身后，走进了一扇形状不规则的大门。我们走得并不远，因为只用了一小会儿的时间。我猜测是在樱桃园的旁边。我对这一带的情况不是很熟悉，只去坡下的路边买过两次菜。樱桃园的位置在城郊，附近的老百姓经常会在路边摆摊，售卖自己种的蔬菜。

李公佐出手之阔绰，远远超出我的预料。这里就不必描述那些饭菜是怎样令我惊叹，总而言之，跟这顿饭相比，我觉得以往那些年简直是白活了。

真是尴尬，我很没出息地掉泪了。李公佐问我为什么哭，我实话实说，说我这辈子都没吃过这么好的饭。李公佐笑了笑说："想过这样的生活，其实也不难。"

"可我觉得太难了。我努力了三十多年都没有过上这样的日子。所以我常常哀叹命运不公。"

"你看看窗外，"李公佐让我看外面大街上一个讨饭的，"不瞒你说，老弟，我曾经问过一百个讨饭的人，但他们没一个人哀叹命运不公。"

说实话，我有点生气。李公佐怎么能拿那些讨饭的跟我比呢？他们逆来顺受，但我是有理想的。

由于郁闷，我多喝了几杯酒。这时我忽然看到从旁边包间里走出几个人，其中一个姑娘长得特别像我的前女友。借着酒劲，我忍不住喊了一声："宝宝！"

我的前女友名叫宝宝，很像一只宠物狗的名字。

姑娘没回头，我又喊了一声。我的声音有点大，餐馆里的人都抬起头看我，姑娘也回过头来，迟疑地问我："你是喊我吗？"

"是啊，就是喊你。"我说。

"可我不叫宝宝，你认错人了。"她说。

"你叫什么不重要。"我说。但姑娘已经离开了餐馆。她是从另外一个玻璃门出去的。

我有点着急。李公佐说："我觉得你应该追出去。这种时候不能犹豫。"

说完，我们俩就站起身追了出去。大街上日头明晃晃的，人海茫茫，大路条条。我在一个路口左右张望，没有找到姑娘的身影。李公佐说："你应该认定一个方向，然后顺着那个方向去找，不要东张西望。"

我也不知道为什么对李公佐言听计从。可见一个落魄的人没资格有自己的主见。我喜欢东南方向，因为那边的天空中飞着一只鸟，于是我就往东南方向走。约莫一刻钟后，果真神奇地见到了那个姑娘，于是我又大喊了一声宝宝。

那姑娘已经熟悉了宝宝这个名字，她回头朝我说："我叫金枝。"

真是一个好名字。

"这名字真耳熟。你长得跟我前女友很像。"我说，又补充道，"别误会，这绝不是搭讪。"

我表达的全都是真情实感，但听起来特别像搭讪。好在，名叫金枝的姑娘似乎对我并无反感，她答应了我请她喝个咖啡的建议。

在我们喝咖啡的时候，我才发现，李公佐不见了。他应该是在我选择往东南方向走时，被我落下了。我很想让他知道我追上了金枝，但我从通讯录里翻找了一遍，没找到李公佐这个名字。算了，我想，我的朋友太多了，总有一些人没有联系方式。既然没有留联系方式，那就表明我们的关系可有可无。

我跟金枝姑娘相谈甚欢，当她得知我的过往经历之后，带我去了一家音乐酒吧。我很久很久没有摸吉他，也没有唱歌了。自从去了樱桃园，我就变成了一个彻底的农夫。因此当金枝递给我一把吉他时，我一下子就流泪了。

乐队成员们很善于讨好金枝，他们立即把我簇拥上台，让我来一首。于是我来了一首，接着又来了一首。后来我不记得一共来了多少首，反正我征服了酒吧里的所有人，重点是金枝。她说我不唱歌太可惜了，我只能唱歌，而且必须唱歌。

"你来担任吉他手兼主唱。"她说。

"可是……"我不知道说什么好。

"没什么可是，这酒吧我说了算。"她说。

金枝并不是在乱说，很快我就得知，酒吧是她家里开的。她家里不仅开了这间酒吧，还开了比酒吧更大的置业公司。她父亲的名头，在房地产领域据说是龙头老大。那家伙是不是龙头老大我并不知道，因为以我过去的人生经历，这类大佬进入不了我的朋友圈。我的朋友圈是由底层民众组成的。

我在酒吧里唱得很嗨，同时这让我明白，坐着老藤椅沐风隐居，那只是暂时的，长久下去会要了我的命。

于是我毫不犹豫地答应了金枝，成为这间酒吧的吉他手兼主唱。他们把我的照片印在海报上，摆在酒吧门口，时时让我产生一种错觉，仿佛我是一个大牌歌星。有一天我又站在海报前看自己的照片，金枝仿佛看透了我的心思，她说："想当歌星，其实也没那么难。"

她说这话的时候，我在酒吧一条街已经有点名头了，很多人慕名来听我唱歌，酒吧每天爆满。这期间具体经过了多少时间，我也懒得仔细数算，反正，李公佐请我吃饭时是四月，现在已经是八月了。我难以想象，过去我用了十几年——不，二十年，我在大学时期就已经组建乐队了——都没有达到的人生理想，在这个匪夷所思的春天和夏天，仅仅用了几个月时间就完成了一部分。

这几个月里，我再也没回樱桃园，只是在决定留下来之后，给我的老家亲戚发了一条微信。我不好意思打电话听他的埋怨。我的老家亲戚当然很不高兴，他没回我的微信。这样也好，一拍两散。我的理想当然不在樱桃园。

至于我住的地方，现在也稳定下来了。之前我居无定所，由于一直租房住，总是因为各种问题而不得不频繁更换住所。在宝宝跟我同居的两年多时间里，我们至少搬了十几次家，她起初还兴致盎然地在新居里拉上彩灯，后来就厌倦了。因为每搬一次家，她就要丢下不少东西。后来干脆她的很多东西就直接放在拉杆箱里，取用就从那里面拿。想一想，就是铁打的关系也经不住这样的锤炼。所以我是那么向往稳定的住所，当金枝将一把钥匙放在我手里的时候，我想，我为什么要拒绝呢？于是我就收下了。

况且，金枝跟宝宝在长相上颇有几分像，我清楚，这不是我的幻觉。所以我觉得我和金枝的相识和相爱是命定的。

不久，金枝就带我见了家长。我头一回见人们口中所说的那种精英人物，难免束手束脚，心生畏惧。但那位了不起的大人物却有着平民一样的亲切，我们很快就成为无话不谈的忘年交。在他的安排之下，我和金枝举办了盛大的婚礼。

我的事业也水涨船高，在那年秋天的一场全国性歌手赛事中，我获得了冠军。当然，我知道，这冠军背后凝结着我岳父的诸多心血，据说仅在发动网友投票这个环节，就花去了他老人家半生的积蓄。当然，他的积蓄之多，完全不是我辈小民所能想象的。

金枝的那句话应验了，原来想当歌星真的不是那么难。金枝真是一个有头脑的人，她给我找了一个经纪人，经纪人提出王七这个名字太普通，不是一个歌手的名字，于是我有了一个很像歌手的艺名。我开始出唱片，参加各种演出，接受媒体采访。有趣的是，我开始跟以前我崇拜过的偶像同台，那是种什么感觉，简直不要太优越，因为他们中的大多数已经年龄不饶人或是江郎才尽吃老本了。而我如日中天。

两年后，我和金枝有了第一个孩子，是个男孩。又过了两年，我们有了一个女孩。人们都说我是人生赢家。

这期间，陆续有过去的朋友找来跟我叙旧。起初我接待过一两拨朋友，回忆起过去的艰苦岁月，我们忍不住边喝边哭。我的经纪人有一天很郑重地劝我说，不要再跟那些旧友来往了，他们只会给我带来负面影响。我既然有了自己的艺名，就要改头换面，跟过去告别。

对经纪人的劝告我还是有点赞同的，因为我发现那些旧友来找我并非完全为了叙旧，他们更多是抱着占便宜的目的而来，希望能得到我的提携。其中有个大学同学提出要跟我重新组建乐队，我怎么会同意这个无理要求呢？我已经不是昨日的我，要组建乐队也不可能跟他这样一个籍籍无名的人来组建。

类似这样的事情发生过几起之后，我就采纳了经纪人的建议。当旧友再找来的时候，我就直截了当地说他们认错人了。反正我有了新的名字。我的经纪人为了避免后患，干脆去派出所给我把身份证改了，也就是说，王七不存在了，身份证上的名字就是我的艺名。关于这个艺名我就不提了，虽然我的父母早已过世，但他们若是知道这个艺名跟老王家没有关系，估计会从墓地里爬出来揍死我。

我的大学同学很不高兴，到网上揭我的老底，特别是我曾经向某某借过三百块钱至今未还等糗事。立即有几个昔日好友发帖附和，抖搂出我更多的糗事，其中包括我在樱桃园时的落魄，甚至有照片为证。我根本不知道当年他们去看我时还给我拍过照。我不能武断地说他们是早有预谋，但这种做法有失厚道却是不争的事实。我的工作室当然不干了，立即发出严正声明，并晒出身份证，证明我并非他们口中的王七，而只是容貌有几分相似而已。

当然，还有强大的水军助阵啦。操纵水军对我的团队来说并非难事，对我的那些旧友却并不容易。很快，关于我是王七的负面新闻就消失匿迹了，我成功地斩断了过去。

此后，在我的团队的运作下，我拍了几部影视剧，效果出奇的好。我以前从来不知道自己还有演戏的天分。我成了一个多栖艺人，而不仅仅是歌手。他们还安排我去当选秀节目的评委，起初我非常认真，试图发掘几个资质不错的年轻人，但很快我就发现事情没有那么简单，之后我就默认了圈子里的规则，虽然我也很为那些背后力量不行的年轻人惋惜。不过，当我回想自己的经历，又觉得世界本该如此。

可想而知，我渐渐地熟悉并习惯了这个行当里的各种规则。习惯之后，我就开始渐渐麻木了。什么都不用我来干，团队的精细化运作把我变成了废人，我不麻木又能怎样呢。夜深人静时，我也会有偶然的时刻厌恶自己，但是天亮之后我不得不抖擞精神重新杀进世界里去。因为我的经纪人不允许我睡懒觉，他会准时把我叫醒。

在我和金枝的婚姻走到第七个年头的时候，我出轨了，对象是一个我说不上爱也说不上不爱的女孩。我想我出轨主要是觉得生活需要某种改变。大概是这样，我也说不好。狗仔拍到了我们，但金枝不惜一切买下了那些照片。在这个行当，狗仔是讲信用的，他们收到钱，就会把照片交给事主，把这一页翻过去。

我以为金枝要跟我离婚，但她没有。不知为何，我隐隐希望她能提出跟我离婚，那我可能会答应她。至于答应之后的后果，我就不愿意去想了。但她既然并不打算跟我离婚，我的生活就继续这样过下去了。

一晃十几年过去了。在这十几年中，一茬一茬小鲜肉争先恐后地出现，他们一个比一个鲜嫩英俊，这常常让我产生错觉：全世界都没有丑人了。他们更会展现自己。就这么晃啊晃，有一天我忽然发现自己成了前辈；在一些综艺节目里，小鲜肉成了主角，而我这样的前辈成了他们的配角。细算一下，我也是个奔五的人了，配角就配角吧，起码还有综艺节目请我参加，虽然那些时髦的东西很令我不适应。跟我同期出道的那些艺人，有许多已经销声匿迹了，各种原因都有。我自己呢，我是以极富才华的创作型歌手形象出道的，那些年，在激情的驱使下，我创作出了一批神来之曲，但你们都知道，才华不会跟随一个人的一生，他总有江郎才尽的时候。我明确地听到了才华逐渐离我而去的脚步声。

在又一次当评委的时候，我发现了一个小伙子，他的经历跟我太像了，也组建过乐队，开过酒吧，特别是，他向观众介绍说，自己是从一个樱桃园里走出来的。最重要的是，这是一个极有才华的创作型歌手，他写的歌跟我的歌风格如出一辙。

于是我决定不遗余力地帮助他。我每一轮都给他投票，并选择了做他的导师。我想培养他，带他杀进十强，八强，六强，直至最后的冠军，让他继续我的音乐之路。毫无疑问，他正是最最合适的我的后继者。

他的才华也没有给我丢脸，我们顺利地杀进了十强，然后是八强，六强，四强，直到最后的冠亚军之战。同每一次选秀一样，背后总有神秘的力量控制着最终的结果，导师们无论多有个性，都要按照剧本来走。但我这次不想信这个邪，所以在最后那场巅峰对决战中，我擅自修改了剧本。当时的场面可想而知，比赛不得不中途停止。

接着，各种各样针对我的负面新闻铺天盖地而来，甚至有人把我过去的经历又挖了出来，说他们一直都知道我就是那个王七。更恶毒的是，他们说，我跟这个极富才华的小伙子之间有不正当的关系，我们在搞基，这个小伙子编造了一大通跟我雷同的经历，就是为了得到我的关照。

我陷入了负面新闻里，很快就被封杀。我的妻子金枝说："花无百日红，人无千日好，你红了二十年，也差不多到时候了。"

我和金枝之间的感情，怎么说呢，也乏善可陈。她那么像宝宝，以至于我断定，宝宝如果到了这个年龄，就应该是这个样子。她老了，不复年轻时的美丽，再也没有吸引我的地方，面对她时，我的心再也不会怦然而动。宝宝也会是这样。

我的岳父也走了下坡路。二十年里，这个城市的房价跟所有城市的房价一样，疯了一样地涨。虽然竞争越来越厉害，但我的岳父他老人家一直把公司维持了下来。但是忽然有一天，楼市崩了。人们传说了那么久的泡沫终于破了。我岳父一蹶不振，患上脑中风，永久地瘫在了床上。

金枝帮我策划复出，很难。没有人请我这个过气的歌手。后来有一天，终于有一个活动答应请我了，但他们把出场费一压再压，是我风头正旺时的零头。为了生活，我答应了。主办方是一个新开发的楼盘，打的是健康养生牌，因为楼盘建在半山间，那里曾经是一片樱桃园。

我觉得这真是一个天大的讽刺，因为那片樱桃园正是我曾经待过的地方。主办方请我的原因，一定是利用我来吸引人们买房。

我在后台等了两个多小时，才得以上场。在那之前，主办方、承办方、优秀业主等各种各样的人物轮番上台发表冗长的讲话，还有他们从北京请来的一个养生专家，大讲特讲了一通养生秘籍。中间还穿插了好几轮买房抽奖。等到我上场的时候，观众已经疲惫不堪了。我唱了三首歌，唱得很卖力。为了活跃现场气氛，我还答应主办方的要求，用樱桃园那儿的家乡话，跟观众们聊了一会儿天。我如今已经不在乎他们知道我是王七了，反而希望他们以我为荣。

为了显示宝刀不老，我在台上不停地走来走去，跟观众互动。当我走到一个台角，蹲下身跟一名观众握手时，我听到底下两名观众的议论，其中一人说，真可怜，小肚子都腆起来了。另一人说，是啊，老了就应该老老实实回家待着去。

那是我最后一次演出。从此之后我彻底告别了吉他和唱歌。作为一个音乐人，没有了音乐，可想而知他就是一个完完全全的废人了。我开始酗酒，发胖。既然这样，我也就不讲究自己的形象了，我已没有形象可言。走在大街上，认识我的人越来越少，直到人们完全地认不出我曾经是谁。有一次在公交车上，终于有人认出我了，当时我正靠在座位上酣睡，像个真正的老年人，口水流下一缕，挂在下巴上。那人偷拍了我的照片，发在网上。我盯着照片看了半天，不敢相信我已经是一个老年人了。

不过，还好，我算是无疾而终。像我这样的艺人，被观众遗忘之后，很多人患上抑郁症，最终郁郁而死。我庆幸自己没有坏到那一步。只是，在年老的时候我特别爱做梦，总是梦见宝宝，梦见那片樱桃园。梦见樱桃园的时候，我总是保持着坐在老藤椅上的姿势。我很想知道自己是怎么回去的，但遗憾的是，梦里只有这一个场景。

有一次我又梦见了那片樱桃园，而且清晰地梦见了李公佐。我这才发现，我年轻的时候跟李公佐认识，自从在路口跟他走丢，之后漫长的一生中，这是唯一一次梦见他。我梦见他带着我，穿过那扇形状不规则的大门，回到了樱桃园。我恍然大悟地对他说，你这个李公佐，早就应该带我穿过这扇古里古怪的大门，回到樱桃园了。

李公佐背着手——他还是当年我见过的样子，我问他："你为什么没变老？"

"我永远都是这个样子。"他说。

"这样有什么意思，"我说，"人到头来就应该死去。你看，我都是黄土埋到脖子上的人了，这辈子什么都经历了，哪怕现在就死，我也无所畏惧。而且说实话，其实我特别希望现在就死。我活够了。人的一生不过如此，到头来一切都将烟消云散。"

"你回头看看。"李公佐说。

我回头看了看，身后没有什么大门，倒是有一棵樱桃树，树干上有一个形状不规则的树洞，许多蚂蚁在树洞里进进出出。

我有些惶惑，直觉这个树洞跟我有关。我坐在老藤椅上盯着这个树洞。这是唯一一棵种在院子里的樱桃树，这时候，我一生的回忆都像蝴蝶一样在眼前翩然飞舞。我盯着这些蝴蝶，安详地死去了。

我死去的过程很短，大概只有十几秒。在最后的一秒钟，当最后那只蝴蝶马上就要消失的时候，忽然听到有人大声唤我："王七！"

我睁眼看了看，四周什么人都没有。但刚才那声唤，特别像几十年前李公佐唤我的声音。

樱桃园正是四月的光景，天气阴着，园子上方飘荡着一层湿湿的雾气。我有点饿了，这时我闻到屋子里有一股米粥的香气。我进入屋子。屋门口旁边的墙上有一面镜子，镜子下面是一个脸盆架，我照了照镜子，惊讶地发现自己并不是一个老头儿，而是三十岁的年轻人。

我目瞪口呆地盯了自己很久，终于明白，关于我的一生，原来只不过是一场梦。我揭开锅盖，米粥刚刚开始沸腾，鼓起一个个小漩涡。应该还没有熟。

我回到院子里继续等着。那棵种在院子里的樱桃树在微风里摇曳着枝条，樱桃还没熟透，呈现着一种生涩的青黄色。我把老藤椅推开——老藤椅就放在樱桃树下——仔细观察那个树洞，发现它没有梦里那么大，而只有樱桃那么大。原来，早上我发现的那窝新蚂蚁就来自这个树洞。

　　这时我早上正在看的那本书掉到了地上。我拿起它，发现我早上刚刚翻到的那一页是一篇名叫《南柯太守传》的小说。这本书讲的净是一些神仙志怪故事，书很破旧，扔在床下，不知我老家亲戚从哪个破烂堆里捡来的。

　　让我感到万分惊讶的是，这篇小说的作者那里赫然写着李公佐。出于好奇，我快速地读完了这个小说，天呐，太匪夷所思了，小说里写了一个姓卢的书生，也是做了一场长长的梦，经历了一场荣华富贵。

　　我不敢相信李公佐这个家伙从唐代跑过来，跑进我的梦里，把我戏弄了一顿。

　　怎么说呢，我还算是一个善良人，从来没伤害过蚂蚁，尽管我的老家亲戚几次三番催我把樱桃园里的蚂蚁都灭掉。但这次我下决心要看一下这个蚁穴究竟是什么样子，因为在梦里，我在这个蚁穴里度过了我三十岁后的大半生。

　　我的老家亲戚在院子里储备了许多工具，足以满足我掘开树皮、深入树洞的需要。

原载《青年文学》2018年第9期

特殊任务

肖克凡

一连几个星期六晚间，第十九中学篮球场不亮灯光。我失去观摩高水平篮球比赛的机会，急得抓耳挠腮活像花果山小猴子。

以前每逢星期六晚间准有比赛，要么塘沽盐场对中天电机，要么纺织机械对新河船厂。如果是女篮比赛，要么邮电工会对大沽化工，要么天津碱厂对合成纤维，反正都是天津职工篮球联赛的强队，比赛紧张激烈特别好看。这样星期六仿佛成了我的节日。

我读五年级是西藏路小学篮球队的"板凳队员"，属于替补。我的预期位置是中锋，就偷偷加练"勾手"。白练，参加小学生篮球联赛仍然不得上场，坐在场边成为超级观众，暗暗抱怨戴眼镜的教练"吴四眼"。

其实妈妈会打篮球，还做过学校女篮教练。可是她不肯教我，反而强调"学好数理化，走遍全天下"的名言。我问妈妈学好数理化走没走遍全天下，她表情黯然。

这个星期六晚饭继续棒子面粥，外加咸萝卜。外祖母熬的粥很稠，完全能够竖插筷子，自然省略主食。我放下碗筷还没擦嘴，她老人家催促我写作业，说好好念书有前途。我情绪不好，说妈妈念过北京辅仁大学，照旧下放郊区农场种地。外祖母叹了口气说，你妈妈是特殊情况不作数的。

说话间，妈妈骑车回家来了。她身材高挑面容秀丽，可是身穿农场劳动的棉裤棉袄，显得肥大笨拙。原本好看的妈妈变成这样，真是可惜。我向妈妈报告十九中篮球场黑了灯。妈妈思索着说以后不会有比赛了。

外祖母方方正正"国字脸"，身材不高，身板厚实，一派不畏困难的样子。她及时插言道，国家粮食定量供应，打篮球饿得快，不再比赛是对的。说罢拉开抽屉取出牛皮纸信封，跟妈妈说你大姐来信了。

妈妈的大姐是我的大姨，大姨家住唐山附近胥各庄，也叫河头镇。河头是地处煤河端头的意思。从前李鸿章开挖煤河方便开滦运煤。这是外祖母告诉我的。

看过大姨来信，妈妈说大姐又病了。外祖母摇摇头说，燕蓉这是又要咱们给她寄钱。

听外祖母这样说，我想起大姨名叫柯燕蓉，也想起以前家里给大姨寄过钱。

妈妈无奈地说家里没有存项。外祖母继续叹气说，燕蓉不知道你下放农场降了薪水，还拿你当她小银行呢。

说着，外祖母起身穿好斜襟薄棉袄，迈着小脚走出家门。妈妈缓缓走进她的房间，我跟随进去。

她环视四周好像打量着空气，然后拉开大衣柜门，里面显得空旷没挂几件衣裳。妈妈自言自语，显然情绪不高。

外祖母满脸沮丧回来，她外出借钱碰了钉子，戳伤了脸面。

妈妈安慰外祖母，人家借给钱是人情，不借给钱是本分。外祖母不反对妈妈观点，说筹不到钱只好明天全家跑趟河头了。

妈妈同意明天全家跑趟河头，还说礼拜天不用跟农场请假。

妈妈跟外祖母说话，仍然把星期日叫礼拜天。看来习惯难以改变，比如外祖母说起李鸿章叫"李大人"。我们学校老师说签订《马关条约》是卖国贼，两种说法南辕北辙，不挨着。

妈妈从钱夹里抽出四块钱钞票派我买火车票，看来全家果真要去大姨家。

我觉得外祖母跟妈妈真是好母女，遇事一拍即合。我也想跟妈妈成为好母子，凡事心往一处想，劲往一处使。

天大黑了。我走出自家小院。胡同里站着几个男生，手牵大黄狗的是张振东。他亮开公鸭嗓说大黄饿了所以又来找你。

平时我总被张振东几个差生欺负，却不敢向老师禀报。他们吃惯甜头，多次逼我提供狗粮。这次我又被他们堵住，只好反身跑回家去。

我溜进后院厨房里，打小竹篮里踅摸到半个窝头。想起晚饭只喝了两碗棒子面粥，估计它是我明天早饭。

拿着半个窝头走出小院，我把狗粮递给张振东。他袖手不接，让我把窝头塞进嘴里嚼过，一口一口吐出来，托在掌心喂给大黄狗。

我才不经手呢，这样就等于是你自愿喂了大黄。张振东坏笑说。

我惊讶这家伙如此狡猾，难怪他成了坏孩子首领，心思不比成年人差。外祖母说过，坏人从小就比好人精明。

我喂过大黄狗，它抬头朝我摇着尾巴。张振东闪开身子让出道路，我出了胡同朝着和平路跑去，心里挺难过的。

张振东为嘛把欺负别人当作乐趣呢？看来他不想成为共产主义事业接班人了。我被他们欺负了，但是我能成为共产主义事业接班人。因为好人从小就比坏人实诚。

和平路与哈密道交口有铁路售票处，二十四小时不关门，这就是大城市的便利。我从"东北方向"窗口买了三张火车票，手里剩余四毛钱。担心这钱被张振东搜去，我蹲下身子藏在鞋垫里，心怀忐忑走进胡同。

人和大黄狗都不见了。我认为大黄狗受到张振东不良影响，肯定也会成为狗里的差生。

走路走得饿了，这是不能告诉外祖母的，我知道她既心疼我也心疼粮食。走进家门把余钱和火车票交给妈妈。她好像有话要说，却没有张口。

我猜测着说，您降工资别难过，我保证勤俭节约不乱花钱。

你身体发育赶上节粮度荒，不要再想打篮球了。妈妈催促我上床睡觉，说明天起早赶火车。

半夜里被饿醒了，我只好忍着。妈妈房间还亮着灯光。外祖母和妈妈忙碌着，小声说话。

大姨又来信要钱，外祖母外出借钱碰钉子，可是全家跑趟河头镇又能怎样呢？我寻思着又睡着了。

大清早起床。外祖母发现半个窝头没了，小声咒骂老鼠。我不敢承认实情，越发憎恶张振东，却不怨恨大黄狗，它是动物不懂事。

全家早饭又是棒子面粥，比月份牌还准。其实我家有习惯，每逢外出要吃顿白面伙食。今天早饭只在棒子面粥里掺了菜叶，黄粥绿叶好像美术课的感觉。

外祖母好像看透我的心思，说咱家的白面都要支援你大姨的。然后特意批准我多喝两碗粥。我毫不犹豫多喝了两碗，感觉肚皮鼓成半个篮球。天津人把不吃干粮光喝稀粥叫"水饱"。我松松裤带伸伸腰，做着深呼吸。

外祖母转向妈妈说，燕莺你也是体力劳动者多喝两碗粥吧。

妈妈没有回碗，表示吃饱了。我起身给妈妈添粥，重复着外祖母说的话，您也是体力劳动者了。

妈妈从脑力劳动者变成体力劳动者，每月粮食定量从二十九斤长到三十六斤，好在她单身在农场，没人争嘴吃。外祖母仍然替妈妈惋惜，认为宁当教书匠也不应去种皇粮。

外祖母属于家庭妇女，每月粮食定量二十八斤，我是小学生二十四斤。她老人家总把不满情绪发泄到我身上，动不动就说老太婆只比小毛孩子多五斤粮食，政策不合理。小毛孩子只比老人家少五斤定量，我却感觉很有成绩。

全家吃过早饭。外祖母说要是常年都能喝上棒子面粥，全家就烧高香了。我问高香有多高，她老人家说高过四尺。我就觉得喝上棒子面粥确实不容易。

妈妈打开大衣柜取出那件黑呢大衣。去年大姨来信要钱，妈妈把好多衣服送到委托店换钱，全寄给她大姐了。

清晨时光里，妈妈经过简易打扮，穿起黑呢大衣凑到镜前打量着自己。外祖母找出蓝色发卡递给妈妈，高兴地说燕莺你这件大衣又派上用场了。

我望着身穿黑呢大衣系着紫色围巾的妈妈，觉得她端庄秀丽文雅大气，恢复了高中女教师的形象。

外祖母拿出灰色棉坎肩给我穿上，说天冷别受凉。她精心制作的棉坎肩特别厚实，穿着沉甸甸压身。

外祖母让我拎着小包裹。妈妈问带五斤粮食算不算投机倒把。外祖母说不用嘀咕，电影里放羊娃还送过鸡毛信呢。

这时外祖母跟妈妈谈论粮食差价，我随即报出凭粮食册从国营粮店购买五斤棒子面的价钱：四毛九分五。

你速算能力很强嘛。教过高中代数的妈妈打人造革提包里拿出个小纸袋，这样子很像奖励优秀学生。我看到小纸袋里是块小熊形状的饼干。

谢谢妈妈！我接过饼干塞进衣兜珍藏了。这时我特别希望妈妈是魔术师，再给我变出大蛋糕来。

穿着肥大厚实的灰色棉坎肩，我咽下口水跑出家门。大清早胡同里辛科长挥动大扫帚，弓身低头清扫着。

我们依次从他身边走边，妈妈礼貌地道了声"您辛苦了"。辛科长鸣了一声，继续扫地。

其实他不是科长了，连公职都没了。外祖母私下贬评这男人，说当科长月薪九十七，偏偏回家管不住自己的嘴，被一撸到底了。

我以为辛科长嘴馋贪吃，问外祖母妈妈从学校下放农场还降了工资，算不算一撸到底。外祖母摇头说你妈妈是知识分子，谁也撸不掉她的知识。

自从妈妈下放农场降了工资，全家过日子处处吃紧。外祖母感慨说以前做小生意贴补家用，现今割资本主义尾巴打成黑市了。

妈妈好像急着证明自己下放农场跟辛科开除公职两者性质完全不同，一路上给我讲解说，那年全市紧急召开科级以上干部大会，传达全国实行粮食定量供应的中央红头文件，市委书记要求全体干部严格保密不得外泄。

辛科长给外泄啦？我难以克服自我表现的毛病，张嘴抢问。

被我问得没了悬念，妈妈平平淡淡说，辛科长散了会就告诉了小姨子，她立马跑到粮店抢购大米白面，一下子暴露了……

这叫嘴给身子惹祸，小姨子毁掉姐夫前程！外祖母插话做出结论。

他为什么要告诉小姨子呢？我跟随家长登上八路公共汽车，心里寻思着。

全家下了八路公共汽车，走进天津东站候车室。这时我已换算清楚：小姨子就是辛科长媳妇的妹妹。

候车室里旅客很多，不是黑颜色就是蓝颜色，只有我的棉坎肩是灰颜色。进站检票口迎面挂起横幅大标语："坚决打击投机倒把行为，全面严查长途贩运分子！"

外祖母进过扫盲班认识不少汉字，大声表态赞成这条大标语，说打击长途贩运分子没错，当心他们变成短途的。

妈妈小声提醒公共场合少说话。外祖母扬起国字脸响声说，咱们身直不怕影子斜，脚正不怕鞋歪。

不知什么原因，外祖母变得理直气壮，好像跟谁较劲似的，平时在家她可没有这么硬气。

我们排着长队挨到检查行李的卡口。妈妈主动递过印有"年度模范教师"字样的人造革手提包，从里面取出眼镜盒、自来水钢笔、羊皮钱夹和手绢，还有小块紫色药皂。

安全检查员说这药皂是外地出产的。妈妈解释在天津凭票能够买到上海产品。

安全检查员接过我的小包裹问这是谁家孩子。我撩起胸前红领巾说我是祖国的孩子。对方好像没有见过这种小动物，有些发蒙。

外祖母不慌不忙答道，我们全家去唐山走亲戚，这年头不能吃人家喝人家，带着五斤棒子面是仁人的口粮。

安全检查员说可以随身携带全国粮票。外祖母哈哈大笑，说年轻人不当家不知柴米难，天津市民领取全国粮票要返还油票的，谁家也舍不得二两菜籽油。

我们顺利通过安全检查。妈妈特别佩服外祖母临场哈哈大笑，说您不愧见过大世面的人。

外祖母受到表扬越发豪迈，当场念出两句格言：人逢险处心要稳，放开脚步路自宽。说罢小步颤儿颤儿走上天桥。

妈妈告诉我，早先外祖母到日租界做保姆，每天要凭良民证进出日本宪兵卡口。我觉得外祖母接受检查很有经验，所以敢于哈哈大笑。

全家从二号月台登上火车。这节车厢空气不好，散发着白菜溃烂的味道。外祖母抢到空座催我坐下。我尊老不肯接受，她老人家说你带着粮食是重要人物。

我成了重要人物只好落座，怀里紧紧抱着小包裹。火车呜呜拉响汽笛，开往唐山方向。

车过塘沽，查票了。一男一女身穿铁路制服，一排排座位询问过来。妈妈抬头看到身穿铁路制服的女子，起身尝试着问道，你是女七中高三（二）班的鞠丽萍吧？

这个被妈妈称为鞠丽萍的女子，表情淡然，不置可否。

妈妈意识到自己冒失，随即道歉说认错了人。这个身穿铁路制服的女子仍不搭话，打开我的小包裹当众检查。

我记起外祖母在火车站说过的话，抢先向她复述着：我们全家去唐山走亲戚，这年头不能吃人家喝人家，带着五斤棒子面是仁人的口粮。

外祖母惊诧地望着我，分明打量着小怪物。妈妈则叹了口气，有些无奈的样子。

邻座妇女行李里被查出携带细盐和碱面，她解释自己是中学化学老师，盐和碱给学生课堂做实验用。身穿铁路制服的男子不听解释，带她去见列车乘警了。

这时身穿铁路制服的女子突然张口说话，声音比空气还轻。

柯老师几年不见您壮实多了，祝全家一路平安吧。她不待妈妈搭言匆匆走了。妈妈连忙低头打量自己，尴尬地笑了。

外祖母表情坦然说，你这个学生眼光真毒，看外表你就是壮实多了。她老人家说罢扭脸夸赞我能够背诵她说过的话，确实是个小人精。

我被表扬为"小人精"高兴了，悄悄掏出衣兜里小熊饼干，伸出舌尖儿轻轻舔着。妈妈及时阻止说这不雅观。她毕竟当过高中教师，注重公共场合仪表。我记得辛科长也注重仪表，一撸到底清扫胡同就没了形象。

我们在胥各庄站下车。一群身穿"稻地中学"运动服的女学生，手里拎着篮球排队上车。妈妈出神地望着她们。我猜测她是想起当年的自己。

外祖母连声催促出站。既然被称为小人精，我大步奔向出站口，充当全家的开路先锋。

出站也要检查行李。我再次把携带五斤棒子面的理由通篇背诵出来。对方听罢递过小包裹说，京油子卫嘴子，小毛孩子也能说会道。

我听出这是挖苦不是赞扬，一手推着妈妈后腰，一手把小包裹递给外祖母，抢先跑出火车站。

几个灰头土脸的汉子迎过来，悄悄打着手势。我以为他们是不会说话的聋哑人。外祖母显然懂得他们的手势，连连摆手说没有。一个尖嘴猴腮的汉子突然张口，说从天津过来哪有空手的。

妈妈羞得脸色涨红，起身走开。我和外祖母追赶过去。我唯恐跑丢饼干，停住脚步掏出"小熊"捧在手里看了看。

小熊饼干散发着诱人的香甜气息，我咕咚咽下口水。这时觉得脑后呼地起风，一只大手腾地抢走小熊饼干，光剩下我空空的掌心。

这是我的饼干！我的饼干！我被吓得原地乱蹦。外祖母急得高喊，你追他！他饿得跑不快。

我有了胆量，大步追赶到他。这个披头散发的男人脸色苍白脚步不稳，好像随时都会倒下。他竭力把饼干捧到嘴前，噗噗吐出唾沫。我的"小熊"被唾沫洇湿，眨眼间变成脏东西。

妈妈跑来紧紧揽住我说，好孩子，这人饿急了，你就给他吃吧。

这男人听到妈妈说话迅速吞下浸透口水的饼干，趔趔趄趄走了。

他不吃这块饼干就会饿倒的，你这是做了好事呢。妈妈既安慰又鼓励我。外祖母赞成妈妈的观点，说救人一命胜造七级浮屠。

我不知七级浮屠是什么，心里想念我的"小熊"。外祖母摸摸我头顶连连念叨着：抚抚毛，吓不着。抚抚毛，吓不着……

她老人家认为这样念叨我就摆脱惊吓了，之后问我大姨家的地址。我当即答出胥各庄三街工农北街八号。

你没被吓傻啦！外祖母再次称赞我是小人精。我说小人精不如小熊饼干实用，吃了它饿不倒。

一路行走，我们来到工农北街大姨家小院门前，这里看着很破旧。

一个黑衣黑裤的男人夹着饭盒走出小院，妈妈迎面叫了声大姐夫。我迅速换算辈分叫了声大姨夫。这男人弓身说下窑去下窑去，就匆匆走了。

外祖母解释下窑就是上班，坐罐车下井挖煤。我长了见识同时添了几分失望，感觉大姨夫没有充分展现煤矿工人的气概，拢肩缩脖像个黑市小商贩。

一个半大小子迎出小院，大我四五岁的样子。他眨着小眼睛朝外祖母叫了声姥姥，冲妈妈喊了声小姨，我就推断他是二表哥。

二表哥小名叫塞子。他引领我们进了小院。迎面房子三开间格式，中间堂屋安灶做饭，两边屋子住人。

你妈妈又不在家？外祖母询问。塞子说前天去唐山煤炭医院了。

外祖母好像很熟悉地形，径直走进东边屋里。她召唤我进屋脱下灰色棉坎肩，让塞子找来大铜盆摆在炕头。

塞子突然说我妈要卖掉大铜盆换钱。外祖母说大铜盆是当年陪嫁，给多少钱都不能卖。

外祖母拿起剪子拆开我的棉坎肩大襟，拎到大铜盆里抖动着。一缕缕面粉从棉坎肩缝隙里洒落出来。

天啊！难怪外祖母说我带着粮食是重要人物，敢情我棉坎肩里塞满面粉，那五斤棒子面小包裹只是个幌子。

这时妈妈走进东屋，脱下黑呢大衣解开外套纽扣，随即露出缠绕腰间的布袋，看着好像儿童救生圈。

我若不是为了援救燕蓉大姐……妈妈窘得扭过脸去。我顿时想起那女列车员说的话，她分明看出妈妈腰间藏着东西。

外祖母从妈妈腰间解下布袋，撕开袋口把面粉倒进大铜盆里。

燕莺啊你的苦楚我知道，你念过辅仁大学，当过高中老师，受到学生尊重是体面人，今天夹带私货真是污脏你了……

外祖母把大铜盆端到堂屋，忙不迭地对我说，你是小人精也就不瞒你了，这次咱家没钱给你大姨，只好把全年积攒的白面带来，换成钞票支援她。

我只得反过来安慰妈妈说，这白面不是偷的也不是抢的，它是全家从牙缝里节省出来的，咱们不亏心。

妈妈倚住门框失神地望着我，不知说什么好。身为家长让孩子看到她做出蒙混过关的事情，妈妈肯定内疚。

外祖母让塞子搂柴烧灶，一边和面制作烧饼剂子，一边谴责自己说，一斤白面我做成六个烧饼，这真是黑了心。

尽管这样自我谴责，外祖母依然不愿做成五个烧饼剂子，看来她老人家确实黑了心。

塞子埋头添柴把锅燎热，妈妈协助外祖母烙制烧饼。她腰间系着蓝布白花围裙，挺好看的。我认出这是从天津家里带来的。看来妈妈为了援救大姨做了充分准备。

渐渐烙熟了——白面烧饼散发的香甜扑面而来，非要充满天地似的。我使劲嗅着烧饼的味道，沉浸在大口咀嚼的幻想里。

外祖母让塞子外出寻找买主，说卖了烧饼赚了钱都给你妈妈。

塞子受到激励，怀里揣着六个烧饼，拉着我上了街。

胥各庄的主街不宽，显得冷清。塞子好像做过小买卖，一点儿不怵头。他向街边缝鞋匠打着手势。对方随即塞过一块钱，他飞快地递去个烧饼。我还没有看清缝鞋匠的嘴脸，他已经吃进肚里了。

我默默计算着：我们在天津凭购粮册从国营粮店买一斤面粉一毛八分五，在这里做成六个烧饼卖到六块钱，这样赚钱是违法的。

塞子揉了揉鼻子说，想赚钱就别怕违法，怕违法就别出门。

风儿吹起胸前红领巾，我撒腿跑回大姨家，进门打了个冷战。

外祖母哈哈笑着递来个热烧饼，说把小人精吓坏了。我坚决不接受热烧饼，一头扎进东屋里。

我想哭。妈妈跟将进来说，火车站检查不注意小孩子，所以让你携带面粉，妈妈对不起你……她说着伸手抚摸我的脸。我扭头躲开。

妈妈无可奈何说，人活着难免做错事，这是为援救你大姨啊。

尽管没有见到大姨身影，我还是不愿让妈妈伤心，使劲点点头。

塞子跑进院门迈进堂屋，手里举着六块钱。外祖母又惊又喜说这么快就卖光了，乐得哼起家乡皮影戏，她马上数出十个烧饼递给塞子，叮嘱说有人逮你千万别往家里跑。

我不敢也不愿再跟塞子出门。塞子自己兴高采烈上街去了。

外祖母兴奋得忘了午饭，连连搓手说从天津带来十五斤白面，一揽子做出九十个烧饼，总共能卖成九十块钱。

这九十块钱能治好大姨的病吗？我急切问道。

妈妈皱皱眉头说，不论治好治不好你大姨的病，反正咱们全家尽力而为了。

外祖母埋头揉面，继续制作烧饼剂子。妈妈近旁观看突然问道，您怎么能掺棒子面呢？人家是花高价买白面烧饼的。

唉！外祖母叹口气说，我掺棒子面是想烙成七个烧饼，多卖钱多给你大姐。

您这样昧良心，让我们怎么做人呢。妈妈哽咽了。

269

哐当门响，及时冲断母女争论。我以为塞子回来了。妈妈望着院里说是瓶子。

一个小伙子大步穿过院子走进堂屋。外祖母抬挙沾满面粉的双手，绽开满脸皱纹说瓶子回家来啦。

哦，敢情这是大表哥瓶子。他浓眉大眼相貌英俊，头发乌黑"天然卷"，目光炯炯有神，身穿黑色棉裤棉袄，手里提着帆布兜子。

我以前没有见过瓶子，主动叫了声大表哥。大表哥冲我笑了笑。

瓶子很有礼貌，先问候姥姥好，之后问候小姨好，再次冲我笑了笑。

这时外祖母想起午饭，马上给热锅添水，哗地泛起白色蒸气。她告诉大表哥说，远道回家进门应该吃顿白面伙食，可是白面要做成烧饼换钱，只能让你喝粥了。

外祖母说着拿起小包裹。我从天津带来的五斤棒子面，这时派上用场了。

大表哥说了声"棒子面粥好喝啊"就去了西屋。妈妈小声告诉我，瓶子特别能吃苦，初中没毕业跑到东北钢厂上班，省吃俭用每月给大姨寄钱。

听妈妈讲述瓶子事迹，我很佩服大表哥，兴冲冲跑去看他。

西屋墙壁糊满报纸，衬得大表哥浑身是字儿。他见我跑进来便叫了声"小表弟"，伸手放下门帘表情郑重告诉我，东北钢厂下马，平炉车间停产，工厂遣散"大跃进"时招收的工人，他卖了铺盖卷儿买了火车票回家来了。

大表哥说的事情我能听懂，他被工厂给裁了。想起妈妈表扬大表哥省吃俭用每月给家里寄钱，我很想安慰他。

小表弟你不知道，我家平时就是我妈花销太大，气得我爸下班不回家在外边喝酒。大表哥说着脱掉棉袄解开棉裤，翘起身子把屁股挂在炕沿上，让我抓住他的棉裤脚使劲往下拉。

我很惊奇。大表哥中学没毕业就独立生活，脱棉裤却要别人帮助。我蹲下抓住他的棉裤脚，用力朝下拉着。

我觉得大表哥双腿太粗，被棉裤紧紧包裹，轻易拉不动。大表哥双手撑住

270

炕沿扬起双腿，好像举起两根铁筒，轻声叫着"预备——拽！"我使劲拉动两条裤筒，一屁股坐在地上。

这条坚硬的棉裤总算脱了下来。我爬起来看到棉裤筒里挂满白花花的东西。这是从大表哥双腿上刮掉的吧？我惊恐极了。

大表哥双腿沾满油渍，赤脚拎起棉裤倒悬着抖动，一块块白色油脂纷纷落地，不断堆积起来。他把裤筒抖落净了，随手将棉裤倒置旁边，这条沾着油脂的棉裤站立不倒，活像是铁皮做成的。

我转身跑到堂屋拿抹布，说给大表哥擦腿。外祖母跟进西屋看到这堆油脂，愣住了。

大表哥接过抹布擦拭双腿，满脸微笑告诉外祖母，他裤筒里塞满猪板油，一路火车都没给查出来。

外祖母侧身抬腿爬到炕柜近前，拉开柜门找出黑布夹裤扔给大表哥说，你这孩子胆子忒大，这要是给逮住非蹲局子不可。

大表哥穿好黑布夹裤说，我现在就把猪板油给廖文良送去，这是做猪胰子的好原料。

我知道农村人把肥皂叫胰子。猪胰子就是猪油做的肥皂吧。

走出西屋来到堂屋，外祖母告诉妈妈廖文良会做胰子。妈妈听到廖文良名字腾地红了脸，轻声说他原本就是大学化工系毕业。

大表哥有些抱怨说，我们胥各庄不比天津卫，即使凭票也不容易买到肥皂，老百姓有脸洗不干净，所以黑市猪胰子卖得特别好。

老百姓有脸洗不干净？我想起塞子脏乎乎的脸蛋，看来还是大城市好。

妈妈听到廖文良做猪胰子，一时起了说话兴致，就跟教师讲课似的说，古巴伦典籍里记载了制造肥皂的方法，庞贝古城废墟也挖掘出肥皂作坊遗迹，就连《圣经》都提到过肥皂呢。

妈妈娓娓道来。外祖母及时打断说，是啊是啊廖文良外国留学当然会做胰子。

这时候，二表哥塞子呼呼喘气跑进堂屋，大声说差点儿没给警察逮住，绕了三条街跑回家来。

大表哥望着弟弟，说了声你要当心，然后把猪板油都装进麻袋里，提拎起来往外走。塞子追着哥哥说镇里有警察。

大表哥很有信心地笑了，告诉塞子警察眼睛光盯着烧饼，提拎麻袋出去反而没事。

妈妈追到小院里叮嘱瓶子千万不要被人逮住，犯了事写进档案这辈子没了前途。大表哥连连应声请小姨放心。

外祖母毫不迟疑动手拆洗瓶子的棉裤，疼惜地说瓶子冒险带猪板油回来，还不是为了给家里挣钱。她说着扭脸吩咐塞子，你待到晚晌警察下班再出去卖烧饼吧。

妈妈目光伸出堂屋注视小院，神色紧张等候着。过午阳光爬满墙头，时明时暗，令人不安。

终于等到大表哥推门走进院子，妈妈深深吸了口气，脸色平复了。

大表哥跨进堂屋，慢条斯理说把猪板油卖给老廖了，然后从大襟里抻出一沓钞票，笑着说六十块钱。

妈妈连忙说瓶子不要倒腾黑市了，你毕竟归属过工人阶级。大表哥连连点头，有些难堪地笑了。

外祖母拆开棉裤掏出棉花，动手把裤面和裤里泡在木盆里，撒进碱面除油，然后指派塞子把棉花套子送到后街老杨家，说立马把棉花弹出来多加钱。她老人家要连夜缝好棉裤，不能冻着瓶子。

大表哥主动告诉妈妈，说廖老头子在家偷偷用猪油原料做成"猪胰子"，卖了钱从黑市买烧饼吃，没太挨饿。

妈妈分明听到好消息，说廖老师教物理和化学，她读高中是两门课代表。

外祖母搓洗着布片对瓶子说，你不要叫廖老头子，人家年纪不老还是单身汉呢。

妈妈好像受到触动，怯生生提出给廖老师送两个烧饼去。外祖母竟然爽快答应，还夸赞说燕莺有情有义。

妈妈被夸得再次红了脸庞，有点像电影里的女学生。

塞子送棉花套子回来，说镇上来了几个陌生人。外祖母给他怀里揣上两个烧饼，叮嘱他给廖家送去。

妈妈急着补充说，你可不要找廖老师要钱，这不是卖给他的。

过午时分，堂屋里充满热气。妈妈拿起马勺从大锅里盛出一碗碗棒子面粥。这才是我们的真正午饭，跟白面烧饼没有任何关系。

大表哥端着饭碗站立起来，满脸涨红说谢谢姥姥谢谢小姨谢谢小表弟，你们全家特意从天津跑来援救我妈妈。

外祖母趁势大声说，我们好不容易带来十五斤白面，一时救得急，救不得命。你从东北冒险带回猪板油换钱，也是救得急，救不得命。

我难以参加这场谈话，但是想起那句俗语就大声说道，人的命，天注定。

妈妈惊得连连摇头说，你这是唯心主义，少先队员到学校不敢乱讲的。

全家低头喝粥了，争先恐后发出咝咝声响。这时塞子噔噔跑进堂屋，大声说廖老头子给逮走了。

妈妈双手紧紧端住饭碗，好像屏住呼吸。大表哥反而显得镇定，让弟弟蹲下说话。

塞子蹲下果然稳住了。我暗暗佩服大表哥经验丰富。塞子定住心神，张口道出实情。

我把烧饼送给廖老头子，他舍不得吃，笑着放进瓮里。他听说我小姨来河头镇了，突然掉下眼泪说好多年不见面了。还用外国话给我念了几句诗，我哪儿听得懂啊。

妈妈瞪大眼睛追问塞子，那么后来廖老师又说了什么？

他又说了句人生如梦，就不言语了。我走出他家看见来了几个穿制服的，他们进门就把廖老头子带走了。

妈妈情难自禁，红着眼圈说塞子不要叫廖老头子要叫廖老师。

外祖母急了，绕过妈妈追问那麻袋猪板油的下落。塞子回忆说做胰子的家什都给弄走了。

我记得作文课堂老师讲过情感描写，你想象开心的场景就要兴高采烈，你想象激动的场景就要心潮起伏，你想象什么场景就要调动什么心情……我没见过廖文良，只能想象他孤苦伶仃被逮走的场景，突然喉咙紧缩，眼窝渗满泪水。

外祖母紧急行动起来，拿出包袱皮把烧饼包裹起来，沉甸甸掖到塞子怀里说，你等到傍黑卖给下窑的，把钱收好找个地方躲宿，千万不要轻易回家。

说罢外祖母转向大表哥说，瓶子你也出去躲躲吧，我拆洗了你的棉裤只能让你穿夹裤挨冻了。

大表哥不认为会出事情，执意不走。妈妈不知如何是好，紧张得左手抓着右手。

我的小祖宗！你已然留下证据啦。外祖母扑通给他跪下了，吓得大表哥脸色惨白，立即猫腰把她老人家搀起来。

外祖母抹了把眼泪说，瓶子啊我吃的盐比你吃的饭都多，你听姥姥的话赶快走，那麻袋猪板油他们肯定要追查来路的。廖老师是文化人，他扛不住那些审问……

妈妈同意外祖母的见解，极力稳定情绪后对大表哥说，你妈妈的事情够麻烦了，你若有个三长两短这家庭就完了。

大表哥听到心里，双手摸地给外祖母跪下了。姥姥！您带着全家跑到胥各庄援救我妈妈，我确实不能给您添乱了。

我从未经历这种场面，心儿咚咚跳响喘不过气来。外祖母拿起两个烧饼掖给大表哥，叮嘱他躲到海边黑沿子去。

大表哥给外祖母和妈妈鞠了躬，拎着帆布兜子冲我笑了笑，匆匆走了。

走了塞子和瓶子，屋里人少了，空气反而凝重起来。妈妈思索着问外祖母，您是不是有些紧张过度？

外祖母并不答话，挪过大铜盆拿出两个烧饼依次递给妈妈和我，嘴里好像吐出两颗钉子——吃吧！

我瞪大眼睛望着小院里，想象着即将发生的场景——有人进门前来捉拿大表哥。

燕莺你认为我紧张过度？外祖母急忙收拾灶台，再次催促妈妈和我把烧饼吃了。妈妈没有心情吃，我也不敢吃，悄悄解下胸前红领巾塞进衣兜里——这样他们就不会知道我是少先队员了。

外祖母收拾停当扭脸注视我说，姥姥看见你摘下红领巾藏了，知道我为什么催你把烧饼吃到肚里吗？这烧饼同样是证据啊。

她老人家真是精明透顶。我环望着堂屋确实没了烙制烧饼的痕迹，不禁想起课外读物里的"抗日堡垒户"，转念细想又觉得很不恰当，外祖母分明是"黑市堡垒户"，不应该歌颂的。

外祖母拿起妈妈的黑呢大衣，挥起手巾掸掉面粉痕迹说，燕莺啊我知道农场不许请假，你赶晚车返回天津吧，明天清早准时报到，那些头头儿不会剋你的。

妈妈接过黑呢大衣有些感伤说，毕竟是您有经验，所有事情都提前考虑了，我要是像您这么缜密就不会下放农场了……

外祖母连连叹气说，我吃了多少亏才懂得晴天带伞的道理，燕莺不要泄气，你人生道路还长，平安返回天津就把来胥各庄的特殊任务忘了吧。

特殊任务？我从外祖母嘴里听到新鲜词语，思索着它的内容。

不论外祖母怎么开导，妈妈仍然精神不振，好像胥各庄成了她的伤心之地。

外祖母不放心，派我陪妈妈去火车站买票送她上火车。

我和妈妈走出大姨家院子，我再次感到疑惑，怎么还未见到人姨呢。妈妈紧紧抓住我的手说，所有事情你姥姥都会有安排的。

只要说到外祖母我就有了信心，牵着妈妈的手走近火车站。

下午有慢车开往天津，我陪妈妈等待着，突然想起廖文良，就问妈妈为什么没去看望自己的老师。妈妈不言声。我也不再说话，就这样沉默着。

远处传来火车鸣笛声。妈妈缓缓说了话。你问我为什么没去看望廖老师？是啊，既然多年不再来往，今生还是不见为好吧。

妈妈说的这几句话，我不懂。我想，长大成人我肯定会懂的。

火车吐着白雾进站。我送妈妈上车。她踏进车厢的刹那间，我顺势把烧饼塞进黑呢大衣衣兜，扭头就跑。

我听到妈妈呼喊我乳名，心头猛地热了。她当教师多年习惯叫我学名，从小就像是我的班主任。

我奔回大姨家。堂屋被收拾得空旷无物。外祖母端坐灶台旁边，满脸轻松哼唱皮影戏。我毫不相关地想起"空城计"，但她老人家不是诸葛亮。

灶台大碗里有粥。外祖母端来给我。我看见粥碗就饿了，双手捧起随即喝光。她老人家接过空碗，伸出食指沿碗壁抹了一圈，快速把食指伸进嘴里，吱吱吸吮着残汁。

我突然觉得外祖母很了不起。即使她烙制烧饼卖到黑市，这也是为了援救自己的女儿。我这样想着，伸手从衣兜里掏出红领巾重新佩戴胸前。

她老人家满意地笑了。好孩子你总算想明白了，即便咱们做了错事也不必掖着藏着，不藏不掖反倒没有思想负担。你妈妈就是心思太重，其实人世间的事情是藏不住的。

外祖母说的这几句话，我似懂非懂，仍然认为长大成人会懂的。这时她老人家似有预感，表情郑重地告诉我，瓶子年轻不能毁掉前途，廖文良是文化人不能蹲小黑屋，所以她老人家要把倒腾猪板油的事情揽到自己身上。

您把事情揽到自己身上不怕蹲小黑屋？外祖母笑着答道，我老婆子怕什么！我死了就臭块地呗。

这时候院门响了，果然拥进几个人来，大声询问谁是赵平。我想起大表哥学名赵平，赵子龙的赵，平价粮油的平。

外祖母披起大袄迎出堂屋，我紧紧跟随来到院子里。

你们找赵平干吗？他在东北钢厂兴许过年也不回家。我是他姥姥，有啥事跟我说吧。

这几个男人进屋搜查，耸耸鼻子寻找味道。你家里还有猪板油吧，主动上缴，罪责化小。

外祖母满脸诚恳说，没啦！那麻袋猪板油我打玉田县带到胥各庄，倒手就卖了。

这几个人显然认为外祖母不好对付，决定把她老人家带走，说要彻底调查。外祖母笑眯眯对我说，好孩子，姥姥不是去了派出所就是去了工商所，小包裹里还有棒子面你自己熬粥喝吧，当心别煳了锅。

我哇地哭了起来。

一个人坐在堂屋里，四周空空荡荡，没有外祖母没有妈妈，也没有大表哥瓶子和二表哥塞子，更没有我不曾见面的大姨和下班不回家的大姨夫……仿佛人间万物都被抽空了。我冷得起了寒战。

这时我明白了，跟亲人在一起不感觉冷。于是神差鬼使想起妈妈的老师廖文良，他独身生活一定很冷吧。

天色暗了下来。我走出大姨家小院，捡起根树枝插紧柴门，壮起胆量上了街。已然傍晚时分，朦朦胧胧看见街上有人溜达，这让我想起外出觅食的大鸟。是啊，下窑的人们肚子饿了，这该是塞子偷偷售卖烧饼的时候。

派出所门前灯光微弱，似乎灯泡也饿暗了。警察忙着审问盗窃豆饼的妇女，当面指出她是惯犯。

我看着这个相貌文静的妇女，难以想象她是盗窃惯犯，就觉得自己见识短浅，应当快快长大。

我央求另一个警察。他听了我的讲述，挥手跟轰苍蝇似的说，投机倒把的事情归工商所管。

我找到工商所大门，跨过门槛就说猪板油是我带来的，你们放了我姥姥。值班干部咧了咧嘴说，小毛孩子哪儿凉快哪儿待着去。

我勇敢起来响声说就你们这里凉快。对方愣了愣，低声问我外祖母叫啥名字。我说出外祖母名字，还补充说出大姨名字，值班干部听了，立即起身走到里面去了。

我意识到自己长了胆量，便倒背双手踱步好像长大成人了。一旦长大成人，我就会懂得很多事情的，比如廖老师的独身生活。

一个脸颊贴块红纸的男人走出来，详细询问外祖母和大姨的姓名，我当然对答如流，就跟背诵户口页似的。他听罢嘿嘿笑了。

我看清他脸颊是块红记不是红纸，那颜色不亚于我的红领巾。这男人有些信不过我，再次核对外祖母和大姨的姓名。我趁机要求放了外祖母，他伸手指点我脑门说，你们天津人就会讲故事骗人。

他扭身走进去了。我估摸他是个不爱听故事的人，不禁想起外祖母给我讲的故事：目连救母，王祥卧鱼，缇萦救父……我清楚记得她老人家说过，人世间大事小情都会成为故事流传，比如辛科长一撸到底，比如廖文良终身不娶，比如瓶子跟塞子是同母异父的兄弟。

我沉浸在听过的故事里，突然看到外祖母迈着小脚走了出来。我蒙头蒙脑唯恐她老人家从故事里跑掉，没敢动弹。

外祖母径直走出工商所，我清醒了，跳出故事追上前去。她老人家不容我搀扶，我只得跟随着。

街黑没灯，外祖母自觉放慢脚步说，那个红记脸听说柯燕蓉是我女儿，偷偷乐了。他趁着身旁没人跟我说了实话，原来他跟你大姨有缘分。

我急忙问道，那红记脸跟大姨有缘分就释放了您？

外祖母不应声，摸索着拐进小胡同找到老杨家，拍门询问塞子送来的棉花弹好没有。很快从门里递出棉花包袱说八毛钱。外祖母让我接过包袱，摸黑掏出一块钱说不用找零了，转身挓挲着小脚就走。

黑天黑地显得棉花包袱分外醒目，我走在前面引路。身后她老人家絮叨不止地说，机关算尽不如萧何遇见韩信，算尽机关不如冤鬼遇见判官。

我听不懂，说明天我要旷课了。外祖母大包大揽说，明天咱们坐早车赶回天津。

我拔去插着柴门的树枝，引着外祖母走进大姨家堂屋。她老人家亮开嗓音喊道，诸仙回避！东屋里西屋里都没人吧？

西屋黑洞洞传出人声说，姥姥，我把烧饼都卖给下窑的了，总共赚到三十八块钱。

塞子！我不是不让你回家吗？这要是被他们掏了被窝儿，你就蹲小黑屋去吧。外祖母气得啪啪拍着大腿。

三十八？那两块钱呢！外祖母摸黑查账了。塞子掌亮煤油灯说，四十个烧饼我饿急了吃了两个。

灯影笼罩着外祖母，有些虚幻。她老人家找出隐藏东屋炕洞里的白面口袋，准备和面烙饼。

您还要让塞子出去卖啊。外祖母瞥了瞥我说，咱们再卖出多少烧饼也填不上你大姨欠的赌债！敢情工商所红记脸就是债主子，他放我回来让我筹钱替你大姨还账的。

原来大姨没得病也没住唐山煤炭医院，她欠了一屁股赌债不知躲哪儿去了。我实在惊讶就问道，大姨连肚子都吃不饱还有心思赌钱啊。

二表哥塞子抢着回答说，这是旧社会养成的坏习惯，新中国也没把她改造过来，我们全家经常给她填赌债，还是填不平窟窿。

我极力想象大姨的形象，怎么也想象不出具体模样。因为我没有见过真正的赌徒吧。

只要你大姨还能赌钱，她就死不了。这叫宁死在牌桌前，不愿殁在锅灶边。那些跟她赌钱的男人，一个税务所副所长，一撸到底了；一个粮站出纳员，没得可撸开除了；一个供销社采购员结婚不到半年也毁了，不知道你大姨牵连了多少男人……

这都是男人，我大姨怎么不跟女人赌钱呢？我有了好奇心。

外祖母忍住不说话了，动手烙饼。一张饼烙得了，她就把整张饼撕成两半，分给我和塞子吃。

很久没有吃到白面，我差点咬到自己手指。可能肚里有两个烧饼垫底，塞子吃得比我稳重。

就这样，外祖母用光所有白面烙出六张饼，我和塞子分吃三张，她老人家留下三张。

塞子把卖烧饼的钱交给外祖母，她老人家摆手不要，说你们哥儿俩留着过日子吧。塞子听了这话就去西屋里睡觉了。

我随外祖母住东屋。她剪亮灯火给瓶子赶制棉裤。我和衣躺下，迷迷糊糊睡着了。

半夜里被冻醒了。外祖母还在穿针引线忙碌着。你知道跟你大姨赌钱的男人还有谁吗？她老人家见我醒了，忍不住说起。

反正都是下窑挖煤的呗……我又睡了过去。

大清早醒来。大表哥棉裤摆放炕头，看着就暖和。外祖母拿出两张白面饼叠进棉裤里，红了眼圈说等瓶子回家让他吃顿白面吧。

外祖母烧灶做早饭。我跑去西屋叫塞子，没想到屋里没了人影。

一大早就跑去给他妈妈送钱去了呗。外祖母好像无所不晓，催我吃早饭。我看到锅里还是棒子面粥。

我清楚记得还有一张白面饼，眼巴巴望着外祖母。

你还记得那女列车员吧，她查票对咱们有恩！但愿回天津火车上遇见她，我就送这张白面饼表表心意。

我说要是遇不到女列车员怎么办。她老人家笑了笑，说带回家过年上供祭祖。

我们收拾妥当走出大姨家小院，我忍不住回头看着，心里有说不出的滋味。

上午有两趟车，一趟快车一趟慢车。素常节俭的外祖母让我多花钱买快车票。我觉得她老人家变了，昨晚把所有白面都烙了饼，今早把所有棒子面都煮了粥，就好像没了明天似的。

我们登上从三棵树开来的列车，满车都是东北口音。我有了接受列车员检查行李的经验，就偷偷观察车厢里的乘客。

我发现靠窗的乘客相貌酷似曾经携带细盐和碱面的妇女，暗暗惊诧。满世界不会都是长途贩运的投机倒把分子吧？

火车驶过芦台，一路瞌睡的外祖母睁开眼睛，仔细打量着我。

小人精你先跟我起个誓吧，这件事情永远不能告诉你妈妈，因为廖文良年轻时是她偶像，我不能让她的偶像塌了。

我想起加入少先队时宣过誓，那誓词是时刻准备做无产阶级革命事业接班人。面对饱经风霜的外祖母我只得起了誓，明确表示保守秘密永远不告诉妈妈。

你知道跟你大姨赌钱的男人还有谁吗？这可是工商所红记脸亲口告诉我的。外祖母说不下去了，抬手擦了擦了眼角。

他可是外国留学回来的高才生啊！有学问，有才调，有风度，有修养，那是多么体面的人啊，怎么如今变成了赌徒？还舍脸四处借贷，他做多少胰子也还不清赌债！外祖母说着呼地站起，显得特别激动。

尽管火车摇晃着，我还是听懂了，也大致理解外祖母为什么激动。

于是，我小心翼翼安慰说，姥姥，您不是也把棒子面跟白面掺和一起啦。

是啊，我也把棒子面跟白面掺和一起啦。她老人家冷静下来，不悲不喜说。

火车缓缓停了下来，不知前边出了什么事情。

查票的来了。

原载《当代》2018年第5期

小姐妹

黄咏梅

2013年 中国 短篇小说排行榜

　　至少，跟在左丽娟的身后，顾智慧再不会遇到迎面来人的时候，总是拿不准该朝左还是朝右偏，不需要摇摆几个回合才能跟人顺利通过。左丽娟对她说，你只当自己上崂山学会了穿墙术，快走，直穿，警察都会给你让路。这是左丽娟的说话方式，顾智慧习惯了就不会笑。很多时候，左丽娟总像生活在自己的梦里，渐渐的，两个人越走越近，顾智慧觉得也要被左丽娟拉进梦里了。

　　算起来她们认识快半个世纪。结婚前，一起在地区招待所工作，住在同一个宿舍，结婚后，大概中间隔了个三四十年的光景，彼此联系稀疏，各忙各家，偶尔在菜市场遇见了，寒暄几句，或者在树荫下交流一些实用的生活小资讯。重新走近起来，也就是这两年的事情。

　　"喏，这是我小姐妹。"左丽娟第一次带顾智慧去喜悦茶楼，对推着艇仔粥车的服务员说。于是，小姐妹顾智慧的那份粥面上，多铺了几段剪短的油条。左丽娟在喜悦茶楼是很有面子的。退休以后，她每天早上都来这里"上班"，一盅茶两件点心，在临靠西江的那个窗边圆桌，太阳就像左丽娟的指定服务员，一挨到桌布，就把她吃过的杯盏给收掉。左丽娟下楼的时候，跟来午饭谈生意的三两顾客擦肩而过，她脸上露出的笑容，就像刚谈完了一笔大生意，扬长而去，而这些人仿佛已经错过了什么。

顾智慧对这种笑容感到特别陌生。事实上，左丽娟向别人介绍自己是小姐妹的时候，她也觉得别扭，她六十四岁，左丽娟虚长三岁，跟那些手牵手逛街的年轻女人不一样。更重要的是，那时候她们还没那么亲密。左丽娟告诉她，对她印象最深的，就是一个热辣辣的中午，她们在灯光球场边偶遇，顾智慧胸前一大摊湿，急急忙忙赶回家喂奶。这个记忆跟现在相隔三十六年，那个嗷嗷待哺的儿子已经开始哺育自己的儿子了。而对左丽娟呢，顾智慧却记得要更早，在招待所整理蚊帐，左丽娟双手一抬，衬衫下露出一小截白腰，正中间一粒肚脐，像一只正在微笑的酒窝。而这记忆离现在已经四十多年之久远。不过，这些记忆正好像各自的养老金，一点一点取出来用，她们临老做伴，也能相互信任。

她们终日无所事事，从茶楼出来，就在骑楼城晃晃，消消食。最终都要坐在北山脚那条小岔路的阶梯上歇歇。

"我跟你说啊，这棵木棉是我家的，刘同志种的，现在都比他的腰粗了。"左丽娟指着阶梯尽头那棵树，表情就像一个业主指着自己气派的公寓。

木棉树不高，树干却粗壮。她这么一说，顾智慧就想起了刘同志的样子，那个部队转业到肉联厂工作的司机。出嫁之前，令左丽娟最犹豫的就是他胖墩墩的身材，顾智慧为此劝过她好一阵。那个年代，人好工作好就值得嫁。再说，她们两个都长相平凡，再从外表上挑人，就贪心了。如果时光倒流，允许她们贪心一点，估计她们最想要的是挑个健康的丈夫，这样也不至于两个老太婆坐在这棵木棉树下，翻来覆去扯陈芝麻烂谷子的往事，而多半都会讲到各自早早死去了的丈夫。

"你听说过没有，社会病，真好听，那个骗子！"顾智慧说起这种病，还会愤愤不平，仿佛发病就在昨天。即使左丽娟怎样开怀大笑，她都不会那么快释然。当年终日咳嗽的廖崇文对顾智慧说，自己得的是社会病，很多人都有，不打紧。在那个年代，"社会"这个词一旦落在某件事情前面，性质就不一样了，代表着一种集体责任感，是光荣的，顾智慧怎么会因为廖崇文的"社会病"嫌弃他呢？那太没有责任感了，她甚至还愚蠢地认为这是一种光荣的病。

事实上就是肺结核病。之所以被称为"社会病"，大概因为那时国家刚刚攻克了肺结核的治疗难关，得到了极广泛的重视和宣扬。这种"光荣"的"社会病"，一直消耗着廖崇文的体质，病病歪歪一辈子，勉强给顾智慧带来一个儿子，五十岁刚过一点，廖崇文抱着他的"社会病"光荣地再见了。"那个骗子"，顾智慧总是这么开始回忆的。令她更生气的，是"那个骗子"给她留下个没用的儿子，赚不到钱，结婚生子后依旧住在她家里，又是个老婆奴，媳妇的那个架势，迟早是要把顾智慧挤出自己的家。这个苗头不是没有，跟左丽娟在一起久了，她越发不想回家，生气的时候会捡几件换洗衣服，住到左丽娟家里去，就像回娘家般理直气壮。

"刘同志死的时候，我才见到他瘦下来的样子，更加不好看。"跟顾智慧不同，左丽娟不生气也不悲伤，对眼下这些愈发难消磨的日子她似乎看不见，她兴致勃勃地吃饭穿衣，脸是六十岁的脸，但衣着却一点不输那些每天上班的女人，就算出门买根葱，都要花上十分钟搭配衣服，好像街上的人都是一面镜子，一不留神能照见自己的邋遢。

坐在木棉树下，左丽娟教顾智慧用两只手拍打大腿两侧的胆经。她有很多这样的养生常识。"拍打这个穴位，人就会舒服起来，高兴起来。"

顾智慧一肚子的牢骚和忧愁，她高兴不起来，每天回家面对媳妇的臭脸和儿子的无能，是她逃避不了的现实。

"左丽娟，我现在一点不怕死。"她们习惯喊对方名字。

"这种事情，怕得来的？"

"听很多人说，人死之前，会看见过去的一些事情，真真的。"

左丽娟转过头去，看顾智慧一脸认真，就嘲笑她："说这些话的人又没死过，他们怎么知道？鬼信。"

顾智慧低下头想想，似乎也觉得有道理。

"光看看又有什么用？到我死之前，就把过去的东西重新叫回身边。"左丽娟那样子，像在菜市场跟鱼贩子讨价还价。

讲讲生，讲讲死，两个人然后在刘同志那棵木棉树下分手。

木棉树算是马王街的一个地标。倒不是它有多夺目，仅仅因为它是马王街的尽头。坐上出租车去马王街的人，都会说，开到北山脚那棵木棉树下。没有这句话，司机会拖延着发动机，他们才不愿把车开进这条窄巷子里，稍不留神，就会撞散某户人家积攒在门口齐人高的快递纸箱，倒霉的话，还会压伤某只脏兮兮的小狗，这个时候，即使是一只吃百家饭的狗，也会冒出个人来替它出头，要求赔偿医药费。如果乘客不懂得交代这句话，司机就会声明——只能开到那棵木棉树的，上不上？

左丽娟的老房子，就在离木棉树不到五十米的地方，算起来也是马王街的尽头了。窄长的两层楼，红砖墙，每层楼带一个小阳台，不是原配，是后来木头加装的。在马王街，这样的房子已经不多，多数是八九十年代那种走楼梯小高层，铺着石米颗粒的外墙。除了打车进来的人，从木棉树下车会经过左丽娟的房子，步行进来的人，多数选择从大东路口拐进来。大东路是通往新城区的一条干道，亮堂、热闹，沿街商铺都放着最新流行的音乐。也许沾着点现代气息回到这里，他们才不至于觉得生活在马王街是被遗弃。

左丽娟也不走捷径，穿过整条马王街施施然走出大东路。几十年下来，这里的人都知根知底。他们会对着她的背影议论，但谈资往往稀缺。只知道左丽娟一儿一女，都不在本地。多年前女儿出嫁的时候轰动过一阵。十几辆娶亲车强行从大东路钻进来，一直开到左丽娟家门口，新娘子上车后，左丽娟命令他们原路返回。因为路窄，车子没法掉头，是用车屁股退出去的，人们站在自家门口指挥着倒车，大呼小叫，进进退退，那阵势不像娶亲，倒像是将一个庞然大物抬出马王街。路面上看热闹和帮助指挥倒车的人，最后一律都得到一个一百元的红包。因为这些广东牌照的车和红包，人们认为左丽娟女儿嫁的是个广东黑社会，花的都是黑钱。这个说法不是没来由，左丽娟总是跟那些想要欺负她或者小看她的人说，我有的是钱，我儿子在澳门开几个赌场。那些人就将信将疑地跑了。

顾智慧没见过那一儿一女，偶尔能在左丽娟的嘴里听说。比方说，在服装商场跟人砍价，砍得伤人自尊了，人家很不客气地将裙子夺回来，并送上一句："这个价格，连步行街地摊上都买不到。"左丽娟就会很精明地说："这种料子不值这个价。我是很懂行的，我女儿在广东做服装生意，每年交几千万的税。"或者在超市，拿着条形码跟收银员要讲价，后边排队的人等烦了，嫌弃地说："没钱就去街边士多店买，别在这里挡路。"左丽娟就会摆出一副财大气粗的样子告诉对方："我有的是钱，我儿子在澳门开几个赌场。"这些话，也不管人家相信不相信，她讲得认真。

端午节那天，喜悦茶楼早早就挤满了人，他们一多半是坐在这里，开壶茶，等着看西江上的龙舟比赛。左丽娟临窗的那个老位置，茶位费翻了五倍，成了贵宾席。左丽娟不在乎，依旧带着顾智慧早早就坐在那里。她今天倒是很应景，没穿连衣裙，一身运动打扮，白色T恤和露出小腿肚的紧身黑裤子，平时盘起的头发也扎成了高高的马尾。这打扮跟她满脸的皱纹是不相称的。穿过人挨人的桌子到点心区拿马蹄糕的时候，顾智慧看着她的背影，不期然地又恨起"那个骗子"来，她从来没有穿过这么白的T恤，她从来没有那么精神抖擞过，仿佛早早就被传染到了那种该死的"社会病"。

她们不断会遇到各自认识的人，一般就简单打个招呼。左丽娟不是那种遇见石头都要说几句话的人，更不会在人面前诉说家事和病痛以获取对方的共鸣。可是这些老人们遇见了，不说这些基本没话好讲。

顾智慧意外地看到了吕教授。从楼梯上来之后，一直朝大堂里看，不像是找人，而是找空位置。他没往窗边看，事实上，一目了然，那里不可能再有空位置。顾智慧倒是一直看着他，犹豫着是否要喊他。看起来，吕教授对这个嘈杂的环境不适应，没一会儿就想放弃，转身打道回府。顾智慧站起来，朝他边喊边挥手。吕教授依旧没看到她，转身朝楼梯走去。

"把他拉过来坐。"左丽娟在一边看得着急。

圆桌上便多了一杯茶，一副碗碟，几笼新叫的烧卖和虾饺。穿着格子衬衫的吕教授斯斯文文地坐在她们面前。左丽娟大大方方盯着他看，东问西问，又说："我这个小姐妹啊，心特别好，一辈子为了家庭，到现在还是奉献。"就好像他们的相识早于顾智慧一样。

吕教授笑吟吟，一直点头。他和顾智慧其实没那么熟，属于见面打个招呼的关系。顾智慧不断为吕教授添茶，往他的碟子放一只只虾饺，说还没好好谢他当年给儿子辅导作文。吕教授对这件事一点都想不起来了。

吕教授跟顾智慧住在一个片区，几十年街坊，退休前是师范学院的老师，算是那个片区学问最高的人物了。人们虽然不太能理解他教的是什么，但是家里的小孩子遇到难题，无论文理，都想着去找他，是否解答得了他们也不太有数，好在他态度好，有求必应，属于德高于艺的那种人。就算再粗鲁的人，路上看到吕教授慢吞吞地迎面走来，也会放轻了脚步，恭敬地喊一声吕教授。吕教授走路不快，据说是因为一辈子教书，站久了，双腿的脉管暴突，走快了会发炎。就连吕教授这种病也得到人们的尊敬，倘若看到他家门口被不知道什么人丢了些乱七八糟的啤酒瓶子、西瓜皮之类的，路过的人会自觉将它们收走，生怕这些东西绊倒吕教授。顾智慧说，吕教授就应该得到好好的照顾。事实上，吕教授跟陈师母恩爱一辈子，七十多岁每天散步还手挽着手，当然，也不排除是腿的缘故，陈师母充当了手杖，因为两年前陈师母先走一步，一夜之间，人们看到路上的吕教授手上挂着一根白手杖，走得更慢了。

"吕教授，早就听说你学问高，我有两个孩子，儿子考上清华，女儿考上北大，是不是也很厉害？"

吕教授反应得有一点慢，就像他走路一样。他慢慢地展开了吃惊的笑容，又慢慢地朝左丽娟竖起了一只大拇指，觉得一只还不够，又竖起了另外一只。"那是太厉害了，不是一般的厉害，你真了不起！"

这句话让顾智慧好歹松了一口气，要不是壶里的水刚加满，她都站起来想拿水壶去灌开水了。

"不是我了不起，是我那两个孩子从小都争气，那时候我们都上班，哪里有工夫管的，全靠他们自己努力。"左丽娟欣慰又自豪，笑起来就像真有其事。

"那是的，孩子有出息，全靠自己，家长和老师其实帮不上什么。"当了一辈子老师，吕教授倒是谦和地认同这个观点。

得到吕教授的认同，左丽娟笑得眉毛高挑。顾智慧却如坐针毡，她宁可听到左丽娟讲他儿子在澳门开赌场那样的话。

好在这时候江面上传来了隐约的锣鼓声，远远地，就看到几条龙舟，蜈蚣一样脚密密地朝这边划过来。

"到了，到了。"顾智慧第一时间喊了起来。

茶楼里开始沸腾起来，人们都朝窗边涌过来。

左丽娟比任何人都兴奋，她站了起来，早早就开始朝窗外挥手，"加油，加油，加油，加油……"

顾智慧每次将视线从窗外收回来，都能看到左丽娟那件白T恤下露出一颗肚脐，跟从前不一样，它皱巴巴地深陷在里边，就像一个愈合经年的伤疤。

事后顾智慧问左丽娟，要是被吕教授当场揭穿了怎么办？

左丽娟坦然地说："怎么可能，他又不认识我孩子。"

在这个小城，考上清华北大的孩子屈指可数，就连他们的父母都家喻户晓，吕教授怎么可能不知道？

"我真的梦到过好多次，儿子考上了清华，女儿考上了北大，我记得清清楚楚。"

顾智慧觉得左丽娟连梦话都讲出来了。"我也梦到过无数次，儿子媳妇搬到半山一品的别墅去了，醒来就听到那女人在隔壁骂我儿子的声音。"

不过左丽娟对吕教授撒谎，顾智慧并不生气，反觉得高兴，她认定吕教授就像电视剧里那种心地好、讲礼貌的老派绅士。晚上，她还高兴得做起了梦来，梦见吕教授拄着白手杖，穿着白天那件格子衬衫，跟她妈说："我想娶你的女儿。"她妈不同意，板着脸："你那么老，不行，死都不行。"吕教授又苦苦哀求，转去抓顾智慧的手，顾智慧被她妈硬拽走了。醒过来，顾智慧的眼前还能看到苦苦哀求的吕教授。她在床上赖了很久才肯起床。

"你说荒不荒唐，在梦里，吕教授是昨天那么老，我还是个小姑娘，没出嫁之前那个样子，我妈也是那个时候的样子。"顾智慧跑去跟左丽娟说这个梦的时候，脸都发烫。

"在梦里，有什么不能想的？吕教授人真是不错的。"左丽娟不时调戏顾智慧，反复说一定要帮她约吕教授。

果然，左丽娟又约吕教授到喜悦茶楼喝了几次茶。吕教授虽然话不多，但是一个很好的倾听者，她们并不会因为吕教授而感到不自在，拉拉杂杂，也不避讳讲各自死去的老伴，自然，孩子的话题是没再提起过了。

立秋那天，左丽娟说请吕教授贴贴秋膘，吃午饭。几个小菜，一大锅腊味煲仔饭，三个勺子在煲底挖汁液浓郁的锅巴吃，就像一家人一样。吃得差不多，左丽娟忽然说要到楼下的益佳超市买东西。趁左丽娟下楼的时候，吕教授终于抢到了埋单权，心情松快地喝起了茶。

顾智慧看着小口小口喝茶的吕教授，又想起自己那个荒唐的梦，她在心里暗笑，如果那个梦里，吕教授拉的是对面这个老太婆的手，她妈必定会一千一万个同意。

过了一阵子，左丽娟就回来了，手上拎了一个鼓鼓囊囊的大袋子。还没坐稳，她就从袋子里掏出一包东西扔到桌面。

"顾智慧，给你买了两包，促销便宜，反正你每月都要用的。"

一包卫生巾，粉红色的塑料包装，端端正正地摆在吕教授眼前。

顾智慧被这包粉红的卫生巾吓坏了，一句话都接不上。吕教授的反应倒比谁都快，他不动声色，站了起来，脚步还没开始迈，那根白手杖就已经笃笃地朝前点了几下。"我吃好了，二位慢聊，谢谢，谢谢。"他朝她们挥挥手就走了。

"我们谢你才是，今天你破费了，下次我来。"左丽娟自自然然地目送吕教授。

顾智慧盯着那包卫生巾，就想把它扔到江里去，但她连碰都不敢碰。

左丽娟大概是发神经了，或者一个人生活久了，捂出毛病了。顾智慧后来想，她肯定是故意的，但这应该不是某种阴谋，甚至也有可能是某种好意。可是，这比梦还荒唐的事情，左丽娟怎么能做得出来？她不知道最后左丽娟怎么处理这两包东西，促销的货品一律不能退换，但她无暇为她考虑那么多了。她对她生了很长一段时间闷气。而左丽娟对她的解释就是："还有六十多岁生孩子的呢，这有什么不能相信的？"

顾智慧完全不能接受这种骗人的方式，事实证明吕教授也接受不了，自那以后，他再也没有跟她们共度早茶，在路上偶尔遇见顾智慧，两人也只是默契地打个招呼，就好像过去那几次聊天只是在梦中发生的一样。

那件事之后，她们之间有点疏远，倒不完全因为生气，她们不是小年轻，恩怨这类东西通常只会变成反复挂在嘴边的牢骚，就像对于某种慢性病的倾诉。顾智慧的儿子患了急性阑尾炎，做完手术在家休养，顾智慧就没空了。接送孙子放学，煲汤烧饭，等到恢复正常，又临近春节，搞卫生，备年货，只抽空给左丽娟打个电话问候，相约年过好了再聚。毕竟她跟左丽娟不一样，她是个有家的人。

没等过完正月初三，顾智慧就接到左丽娟的电话，让她抽时间到她家，说是有事要拜托。顾智慧吃过晚饭就赶过马王街去了。还没走进那间红砖房子，就看到西侧那面墙上，一只大大的圆圈里围着一个"拆"字，跟旧城区很多老房子墙上的一样。她万万没想到，也就是几个月没来，这房子竟要被拆迁。

敲开左丽娟的门，顾智慧吃了一惊。满眼看去，屋子里的沙发、桌子、斗柜等大件家具，都用花花绿绿的旧被套、旧床单裹了起来。左丽娟从墙角搬张小竹椅给她坐。也没倒水，因为饮水机已经被塑料袋从上到下裹得严严实实的。

顾智慧以为左丽娟要搬家，没想到左丽娟是要回老家。橘子洲。她听左丽娟说过很多次，就是当年毛主席游泳的地方，她用湖南话给她背那首诗，听起来像唱歌一样好笑。

左丽娟告诉她，她农村老家的妹妹，生了一堆孩子，最后一个女儿最有出息，考上了北京一家民办大学，成为全家人改变命运的赌注。可是，一家人除了务农，就是在外边打工，每年一万八的学费，还有北京的生活费，一年六七万都拿不下来，压力实在太大。过年前，妹妹给左丽娟打电话，试探着问姐姐有没有落叶归根的想法。妹妹的意思很明白。左丽娟给顾智慧算了一下，要是回去住在妹妹家，每月从退休金里拿出三千付伙食费，帮补一下妹妹，自己还能存下个一千多，钱不会花光，生活上也有个照应。

"这房子，我放给中介了，估价能有个三十七万，不低于三十五万。"左丽娟要拜托顾智慧的事情就是有人看房的时候，让她来开开门。

即使左丽娟一向是个行动派，但这想法顾智慧之前一点都没听她提起过。

"房子卖了，以后不回来了？"顾智慧看看左丽娟，又看看那些即使被蒙起来依旧能想起它们的样子的家具，好像在这里住了几十年的人是她。

"回来就住宾馆呗，大东路那家环球宾馆我一次都没住过。"左丽娟说得轻松，顾智慧一点都轻松不起来。

左丽娟把钥匙交给顾智慧的时候，同时递给她一个盒子，说是送给她留念。听到留念这两个字，顾智慧鼻子一阵发酸，她终于接受了这个事实，她跟她的小姐妹左丽娟就要再见了，说不定以后也见不上了，谁知道呢，她们都是老人，每一次跟别人说再见都有可能是永别，这事一天天在她们身边发生得越来越多。

那只薄荷绿色的硬盒子上，画着一个金发贵妇人，披着一块好看的披肩，坐在窗前，窗外是一片花团锦簇的庭院，太阳在远远的山边，摆在贵妇人面前的小圆桌上，一只印着几朵薄荷绿色花朵的白色茶壶，一只站在薄荷绿色碟子上的白色小圆杯，一只斜斜插在杯子里的小勺子……这些画面上印的茶具，顾智慧打开盒子，掀开那层锦布，一只一只都看到了。

"女儿去英国度蜜月买给我的，她说英国贵妇人喜欢在下午四点喝茶。可能我们喝早茶的时候，那些外国佬还在睡懒觉。女儿说，其实外国佬都很懒。外国佬命真好。"左丽娟轻轻将茶具一只只拿出来给顾智慧看，又一只只地放回去。

"女儿知道你回老家？"

"女儿？"左丽娟缓慢地摇了摇头。沉默了许久，她走上二楼，下来的时候，手上多了一只相框。

顾智慧第一次见到了那一儿一女，站在左丽娟一左一右。应该不是最近的照片，中间那个笑眯眯的左丽娟，比现在看上去年轻个十岁的样子。从儿子的身上，顾智慧隐约能看到刘同志的影子，不过身材要高一些。

"这是女儿结婚前，我们在北山上照的，几年后，女儿就没了。"

对于左丽娟这一儿一女，顾智慧不是没有做过相应的联想，也努力从左丽娟的谎话里寻找过一些蛛丝马迹，但真相令她始料不及。对于她们这个年纪的人来说，逐渐只认定从老到死的顺序，因为这是她们正在经历的阶段。

如那些人所说，女儿的确嫁了个黑社会，儿子的确是开赌场，不过不是在澳门，而是在江门，离这里五百公里之外。当年女儿嫁到江门，儿子就跟着她姐夫去混了，也就过了几年好日子吧，女儿肚子里的女婴还没生下来，在某天下午，黑社会的仇家找上门来，女儿女婿当场送命，儿子从此跑路，东藏西躲，过年过节偶尔给左丽娟汇点钱，地址都不一样，手机号码也不时更换。

这简直就是电视剧里的情节，左丽娟讲起来平淡无奇，好像这些也是她谎言中的另一个版本，顾智慧完全不敢相信。

"如果时间可以倒流，我一定会像你妈在梦里那样，对那个人说，不行，死都不行。"

可是，时间这种东西，在梦里也难得倒流吧。

她们很长时间没再讲话。

左丽娟送顾智慧出门，路灯幽暗，但西墙上的那个"拆"字竟然比路灯还亮，就像月亮照亮了它身边的乌云，这个字也能照亮花架上那一丛茂盛的紫苏。

"这房子什么时候要拆迁？还能卖出去吗？"顾智慧才想来问。

左丽娟猛地一拍手掌，拉着顾智慧的胳膊，走到那个字下面，问她："你看，这个圈我是不是画得很圆？"

是左丽娟在某个晚上，搬把梯子，自己画上去的。中介告诉她，这种老房子卖不出去价格，除非是拆迁房，买下来还可以跟政府谈判。

因为害怕马王街光线不好，左丽娟在油漆里调入了些荧光粉，只要有一点光照到，这个字就会发亮，就像大东路上那些斑马线。

"还记得在招待所那会儿，我们负责出板报，你抄语录，我画红太阳。"

顾智慧抬头看着这个像中秋月一样圆的圈圈。两人迸发出一阵大笑。

她们回想起了很多往事，一路讲一路穿过了狭长的马王街。夜深人就静了，这地方一点过年的气氛都没有。她们的分手跟往日的分手也没什么两样，只不过站在路口似乎话还说不完。

"如果在家里实在住不下去，就住到这里来。"左丽娟嘱咐顾智慧。

到家楼下，顾智慧才想到自己应该跟左丽娟说一句同样的话："如果在家里实在住不下去，就回来。"她想着想着眼泪就下来了，待了一会儿才上楼。

计有四五拨人来看房子。最后一个看起来是做生意的，胳膊上夹着一只坤包，他只在房子内部看了一眼，都没上二楼，倒是围着房子前前后后转半天。他问中介，这个宅基地有多少平？前后左右的地界到哪里？这些问题，中介答得模棱两可。房子是马王街最尽头的一户，再往上走就是北山脚了，他想确认买下来可不可扩建，确认等到拆迁时到底跟政府可以谈多少价。

顾智慧指着不远处的木棉树，理直气壮地告诉那男人："那棵木棉树是她家的，这里都是她家的。"她用手划了一个大大的圈。

那男人一听，似乎有点动心。"三十七万太多了，这么破的房子，少个五万差不多。"

中介告诉他业主最低只能接受三十五万。那男人又转向顾智慧一通磨。

顾智慧心里没底，一直看向那棵木棉树，好像那里站着刘同志。

"不能少的，如果加上这棵木棉树，三十五万都太低了。"

男人沿着马王街独自转悠一会儿，又回来跟中介说："前面那些房子都没有一户拆迁的，真奇怪。"他看了看墙上那个"拆"字，满脸疑惑。

顾智慧心脏都要跳出来了。

"李先生，这个价格，即使不拆迁，也很值了。"

李先生夹着坤包走了，说是要回去考虑考虑。

第六拨看房的人还没出现，夏天没过完，马王街的街坊还等着火焰一般的木棉花掉落地面，他们好拿个篮子去捡来，晒干，他们每年这个时候都要煮木棉花凉茶，好去去积存在身体里的湿气。这一季花开得特别好，每一朵都撑开了，肥厚的花瓣将花蕊包围得密不通风，像一只吃饭的碗小心地护着珍馐。偶尔有几朵不堪重负，跌落树下，能听到笨重的一声"噗"，好像时刻有人藏在树后等着看笑话，一落地就笑出了声来。

左丽娟回来了，坐在满树的木棉花下等顾智慧。比顾智慧预计的要早一点。顾智慧每次跟媳妇吵架之后，坚信左丽娟在橘子洲妹妹家肯定住不安稳，这预感往往跟左丽娟通过电话后都得到了很好的印证。

"还是很开心的，他们带着我游遍了长沙，岳麓山，马王堆，五一广场……要不是我扭了腰，还打算要去张家界的。"左丽娟翻出手机上的照片给顾智慧看，好像她回去一趟仅仅是为了旅游。

扭了腰之后，就连上厕所都要人扶。这是钱解决不了的问题，人就更加没法解决了。左丽娟说，在那里，居然水土不服，总是拉肚子。

看起来，左丽娟的确是瘦了一圈。

"最重要的是，刘同志也水土不服，大晴天去摸摸那个罐子，还是湿腻腻的。"

走之前，左丽娟打定主意是要在家乡终老入土的，所以把刘同志的骨灰罐也带了过去，现在他们又一起回马王街了。

她们重新过起了那种日子，喝个早茶，逛逛骑楼城，听到某个超市搞活动，无论多远的路，都会乘公交车赶过去，那些优惠出来的满足权当她们晚年的幸福。顾智慧在左丽娟的鼓励下，穿上了多少年没穿过的花连衣裙，在那截久不见天日的锁骨下方，戴着一串"那个骗子"生前送给她的北海珍珠。商场里白得耀眼的T恤，买一送一，她们各要一件，碰巧也会在同一天穿着见面。马王街那些人现在称她们是一对"母鸳鸯"，形影不离。

不久前的一个星期天，她们经过城区那间唯一的肯德基，顾智慧打眼看到儿子一家三口，坐在靠窗边的位置，每人都戴着手套，投入地共同撕扯一只鸡，那样子就像几百年没吃过鸡。左丽娟趁机邀请顾智慧冬至来家里过，打边炉，买几斤羊腿肉，清补凉汤做锅底，又温又补。在南方，冬至比过年大，顾智慧毫不犹豫地答应了。

河西最大的那个农贸市场，她们不常去，不是嫌它远，而是嫌它贵，它位于几个高尚小区的中间点，只有地面一层，所以占地特别宽，便于住在那里的女人或者保姆，拉着小推车往返。她们要买的羊肉在冰鲜区，一溜过去有那么几档，每一档都统一摆着只大冰柜，一拉开，冰天雪地，全是那些她们从没去过的外地运来的海鲜、牛羊肉。

她们被一个热情的女人留住了。她拿出一大块硬邦邦的羊腿肉，告诉她们，是正宗青海盐滩羊肉，肉质紧实，一点都不膻。左丽娟接过来掂量了一下，嫌太多，两个人吃不完，女人马上说，要多少都可以切。左丽娟又问价格。八十八块。跟她们一路问过来统一价，估计是几家协议过的。

女人为了招徕生意，从身后的篮子里，拿出一包汤料说："免费送一包，配羊肉正好。"左丽娟接过来说："我们两个人，一包怎么分。"女人笑笑，又从篮子拿出一包。"那就一人一包。我要亏本了，一包卖十块的呢。"

她们在那一大块羊腿上比画着，从这里切，怎么切，女人一应照做。电锯一开，羊腿转眼就被卸成两半。左丽娟和顾智慧商量了一下，选择了她们事先看好的那一部分。

"二百零四块六。"女人麻利地将羊肉装进塑料袋。

顾智慧要掏钱，被左丽娟阻止了。顾智慧也不争，她们搭伴吃吃喝喝，你请一次，我请一次，早就形成默契。

左丽娟从钱包掏出两张一百。那女人朝着光线照了照，用手捏了捏，看左丽娟没再有动静，又重复了一遍："二百零四块六。"

左丽娟就摆出一副熟客的样子，朝女人大大咧咧地说："哎呀，零头就算了，我们经常来买的，老熟客了。"

女人一听，十万个不肯，"四块六又不是四毛六，我就赚那么一点，不行的。"

顾智慧熟悉左丽娟的套路，每次她都会跟人磨掉那些零头，好像她的舌头是把锉刀。河东菜市场那些人，几十年老面孔，基本都依了她，知道她套路的人，就在秤上做些手脚，抵消了磨掉的零头，彼此和和气气。但这一次，锉刀没有效果。女人死不肯松口，反而生气了，她认为已经白送了两包汤料，够友好了，不能再让步了。左丽娟则越挫越勇，以她的经验看，羊肉被切开了，不愿卖也得卖。

讲来讲去，女人翻脸了，把两张一百朝柜面一扔："不卖给你了。太过分了，没钱就不要来这里买，回你们马王街那边菜市，十块钱都有找补的。"

左丽娟盯着女人看，确认自己是否认识这个女人。

顾智慧立即接过话来，好脾气地对那女人说："哦，原来是老街坊啊，那就更好说了，算了，再给个两块钱，就当优惠街坊。"说着从钱包里要找零钱。

"谁要你两块钱，说不卖就不卖了。没钱买就早早让开，回你们马王街去，不要在这里挡我生意。"

顾智慧朝女人大声地嚷起来："没钱？她儿子在澳门开几个赌场，女儿一年交几千万的税，没钱？你有没有搞错……"顾智慧火从肝上涌，那感觉就像跟媳妇开战前一样熟悉。

"哈哈哈……"那女人疯狂地笑了起来。"你有没有搞错，开赌场，做大头梦吧，谁不知道他儿子在下面加油站卖茶叶蛋，你去问问这里的任何人，他们运货到小湘加油站撒尿，同情老乡，才帮衬买他几只茶叶蛋，马王街木棉树那边有几个左丽娟？不是他儿子难道是鬼啊……"女人语速像打翻谷子。

她的话还没讲完，就看到左丽娟一挥手，把冰柜上那几包牛羊肉样品，全都扫落了地面，有一包差点砸到了顾智慧的脚面。

女人见状，大呼大叫，从冰柜后面冲出来，死死拉着左丽娟的手，要她赔。

三个女人瞬间扭打在一起。隔壁摊档过来拉架的几个人拦都拦不住，刚扯出一只手，另外一只又支援进来了。围观的越来越多，拉架的人也多了起来，才把她们扯开。

最后，她们在几个人的监视下，在背后女人的骂骂咧咧中，走出了农贸市场，直到穿过马路，身后那几个人才没跟过去。

她们相互之间没说一句话。没走多久，就看到跨河大桥了，过了跨河大桥再走一点路，就能看到马王街了。顾智慧从没觉得河东河西原来那么近，她们所在的这个小城原来这么小，一点不夸张地说，今天迎面走来的那个人就是明天迎面走来的那个人，即使彼此不认识，即使她不需要摇摆几个回合才通过。

走着走着，顾智慧才感到自己的眼眶火辣辣地疼，经过商店橱窗，她照了一下，已经肿了起来，是刚才混乱中不知道被谁打了一下。左丽娟侧过脸去细看，用嘴巴轻轻朝那地方吹了几口气。

"不疼，什么感觉也没有，真的。"顾智慧不好意思，推开了左丽娟。

经过一家十元店，左丽娟忽然想起什么，一把拽住顾智慧，将她拉了进去。

出来的时候，每人的脸上多了一副一模一样的墨镜。刚开始，顾智慧走得有点紧张，只顾看脚下，好像那地面随时会陷下去，她每迈出一步都要迟疑一会儿。左丽娟就挽起她的手走。走了一阵子，顾智慧逐渐适应了，她的眼睛终于脱离了地面，朝四周张望，又朝天空望望，她完全放松了，有点兴奋，对左丽娟说："左丽娟，这样看外边那些人，就像在梦里看到的一样呢。"

左丽娟没吭声，只朝顾智慧咧了咧嘴。她庆幸地想，顾智慧这会儿应该看不到自己的眼睛，因为那些眼泪跌落眼眶的一个又一个瞬间，即使她左丽娟活了长长的几十年，也都还不知道如何面对。

原载《人民文学》2018年第5期

球与枪

鲁 敏

1

两位来者皆着便装，但眼神饱浸着职业性的厌倦与批判感，全世界都是嫌疑人。打印出的几张截图画质都很差，靠近反而看得更不清楚，穆良还是尽可能地往前倾，三十五年的时日塑造出他习于谦恭和配合的肢体。截图中人的衣着装扮、面部特写、身上的双肩包，无不显示出，那就是穆良。

是你吧？来人之一，第三次这样问。他有一对显目的双眼皮。

截图来自老凤祥珠宝店的监控，反复比对，确认画中人在下午四点左右进入，有进无出。后从卫生间窗台外找到数枚脚印，认为他藏进了三楼空调外机处，伺机作案。当夜的监控被黑屏了。被解锁的两只保险柜附近找到一些新鲜纤维组织，认为来自画中人的双肩包。谈话中有半藏半露的表示：他们"什么都掌握"，以震撼穆良。

穆良也第三次解释，为显得更加诚恳，他着意调整了部分句子的顺序。上班不好离开的，随时会有人找。这份工作就是在办公室待着。是有只那样的双肩包，上下班用，今天我也用的，喏。那天我绝对哪儿都没去。单位出入口有监控，可以调出来看嘛。包括我必经的路口，还有小区，也都有探头……

你只需要回答，这是不是你？双眼皮打断他。

看上去像。穆良斟酌了用词。稍停他又勤勉补充，实际也早讲过了。老婆那晚不是有点儿胎动异常嘛，妇幼医院说要留院观察，我是通宵陪护的。不行我回家拿病历去。哦对，估计医院也有监控。

那怎么解释老凤祥这个监控？你自己讲讲哪？

确实也理解不了。

这是我们第几次找你了？

算上这回，嗯，第六次吧。

这不说明什么吗。双眼皮张开嘴，像呼唤一个显而易见的答案。

说明……穆良机械附和，稍停。六次都是根据监控。其实只要把我这里的监控也调出来，你们就会看到……

不要再重复这些了，肯定有一边是烟幕弹、调包计。除非真有另一个你？一直没说话的那位开口了。他没有双眼皮，只有很重的眼袋，像坠着一包混浊的往事。

厚眼袋和双眼皮，唉，前后打了六次交道，每次都会眼珠不错地放肆打量他。最初的不适感过去之后，穆良反倒有点儿亲切了，也习惯于这样颠三倒四、回环往复的询问。他们并不就认定他必然是那个劫匪，但确乎又把他作为他们的工作对象。他们，是在意他和需要他的。

人和人都是这样的吧。卖东西的需要买东西的，看门儿的需要访客，老实人需要耍滑头的。包括单位每周一次的集体开会学习，人们从各自所在的小办公室出来，准时汇聚至一个大会议室，济济然一堂，听坐在上面的人讲话。大人物讲话时，那样的抑扬有致，间或摇头，间或插入各种引申或训诫，穆良在仔细聆听之中，总有种触动，感到那里葆有着一种私人温度的曲衷，好像只有在这个时候，大人物才有机会讲话、也才有人听他讲话。那种需要与被需要感，真是赤裸而动人……

除非有另一个？另一个你？厚眼袋又问了一遍，或者是刚才的余音，只是因穆良的胡思乱想而滞留了几秒。

我明白您的意思。穆良忙欠欠身。去年，不是也让我做过脑科测试嘛，我也查过资料，人格分裂什么的。确实也不是。穆良轻喟一声，表示遗憾和抱歉。如果你们需要，我可以再做一次检测。

你独生子？双眼皮突然插话。

是啊，我1983年的。

父母都好？口气别有深意。我母亲走得比较早。父亲倒是能吃能喝，只是脑子有点小糊涂。但这种事他是明确的：我没有任何兄弟姐妹——这你们第一次就了解的。穆良用更耐心的语调回答。同胞兄弟是最初的假设，看来到现在还没有放弃。他倒巴不得是这个呢。

自然情况，有时也会发生变化。厚眼袋略带疲惫的语气，穆良喜欢他那疲态。

是啊，自然情况。穆良积极应和。我很简单的。就在本地上的大学，学的是公共管理，毕业后就考到这里坐办公室。爱人是数学老师，去年底怀上了小孩。

想到什么特别的，或忘记什么没讲的。跟我们联系。

好的好的，号码一直存着的。二位慢走。

2

从五年前第一次被警方找上门开始，穆良就有隐约的感知，监控里与他酷似的那人，他见过。但仅止于此，他并没有去进一步推敲或计较。这里有种难以解释的淡漠与懒洋洋。反正跟他无关，反正在那些被怀疑的时间段，他是绝对干净的。不仅是那些时间段，他所有的时间、地点、经历，都可以呈堂证供。他有写日记的习惯，记下白天各样事情。他喜欢结结实实、天地坦荡的感觉。

那人没有出现在日记里，并非有意：穆良只记录自己了解和熟悉的人物。那人绝不能算的，连姓甚名谁他都不知道——

那天，有敲门声，穆良即刻去应门，以为是下楼散步的父亲回来了。父亲一敲就得开。有一回，他迟开了一会儿，父亲就掉头下楼走到另一幢楼的同一个位置去敲了，敲不开，他又下楼继续往另一幢去了——楼道与入户口的探头记录下了父亲这滑稽的执着。父亲倒也坦然，事后，他用冷静的口气，像老中医自把脉：我记忆力出了问题。随便哪家，只要给我开门，我就进去做父亲，都行！他摸摸下巴，颇得意似的。

门外不是父亲，是一个惊奇：穆良感到他是打开了一面镜子，镜子当中就站着他本人。当然，这略带夸张，如果定下神来细看，两人的肤色、发型并不同；来人的胡子没刮，个子也略高几厘米。开口之球与枪后，也能听出口音上的差别，他不是本地的。

外地人微微点头，用营销人士的口气，自我介绍说是替附近新开张的健身会所做入户调查的，对照着表格，他一边问一边打钩：家里常住人口、年龄大小、从事职业，然后奉赠了一只粉色户外包与优惠办卡券。穆良顺从答问，又顺手接过那只包，觉得这颜色只适合年轻女人使用。来人显然跟他想到一处了，他合上调查本："看来家里还没女主人？得加紧啦。"

短暂对视中，来人目光闪动，看来也意识到外貌上的彼此酷似。但他显然并无意特地谈论或指出，只是口气不那么营销了。穆良遂也决定平常待之。"还没谈女朋友呢。"穆良怔忡地邀他坐下，心里涌上一层薄薄的不常有的欢愉。

两人在茶几边坐下，聊了几句平淡无奇的话。对方问穆良有没有健身习惯。穆良承认他很懒，不爱运动，工作就是坐办公室。可有可无、没完没了。"多好的工作！稳定呀。"像是为了烘托穆良的这种"稳定"，来人用脏话嘲弄他自己，他妈的，他每一份活儿都比鸡巴还短。

还接着前面的话头聊到了女主人。脱口而出的，穆良吐露他对此事的无能为力，大意是：太难了，怎么能确定下这么重大的事情呢。来人颇不以为然，大大咧咧地总结了几条他对找老婆的看法，并打赌似的送出预言：你啊，绝对十个月内解决问题——到时候，我来讨要喜糖。

对方告辞要走的时候，穆良晃晃手中的粉色包表示出礼貌的兴趣：那健身房离我家倒是不远。

健什么狗屁身啊，我也就是替他们发个广告，保不齐过几天就走人不干了。他在门垫处换好鞋子，很随意地道别了。

几分钟后，又有人敲门，这次是父亲。瞅着前来开门的穆良，老人遽然宣称，几乎是带着胜利感："我绝对有毛病了。刚才在院子里碰到我儿子了，还给了我一根烟，你看，这烟都还没有抽完。那现在给我开门的，是谁呢。我真的可以确诊了。"又来了，父亲抓住一切机会证明他出了毛病。穆良一度觉得既可笑又无情。渐渐也木然了，老爹就是急着不想认识这个世界了。随他吧。

到第二天出门上班，穆良才发现他的黑皮鞋被昨天那人穿错了，好在两人码数一样。他穿上丢下的那双黑皮鞋，只小半天，就觉察不出任何异样，都怀疑并没有谁穿错谁的。不过心里又强烈希望着，他那双鞋，正在偌大的城里走大街串小巷，像两张随意飘移又形影不离的树叶——这浮想中的画面真不错，他喜欢。

……这些，确实没办法写到日记里的。谁会在日记里写到一个上门做推销的人呢；谁会相信这个推销员跟自己酷似呢；又如何传达和证明因这酷似而产生的莫名愉悦感呢。

3

第一次被双眼皮和厚眼袋问询的时候，穆良已与数学老师确立了恋爱关系，不出意外的话，他会与她结婚。

这场指向婚姻的恋爱，此时已延宕小半年，也算达到要这样一个关乎终身决定的时间长度，当然这是被众多细胞、细节和空气所支撑和膨化了的表面长

303

度。真正的决定，差不多只有一周。

那一周，穆良终于接受了一位同事大姐的推荐，与其所介绍的女方见了面。他们一起吃了顿晚饭、看了场电影。简单几个动作，发现她具备三条起码的标准：胃口好。不大手大脚，有耐心。吃饭时，硬是吃掉了多点的一份鱼，为此还多加了半碗饭。买到的电影票是四十分钟后的场次，两人长时间默然对坐，专心等着电影开场。送她回家时，女孩显示出对公交换乘的熟稔。穆良就此做出决定：诚恳地去追求与爱慕她，结婚生子过日子。此决定一下，顿感百骸通畅、身轻如燕，简直都有了一种宽广的平静感。

只是，那几条找老婆的杠杠，是打哪里冒出来的呢？怔了一会儿，穆良终于想起来，就是上门发健身房优惠卡的那位酷似者说的嘛。记得他那信口开河的表述，夹杂着脏话。也许正是那不负责任般的粗鲁，让穆良给记住了，并照此办理了。也不排除穆良本来就是这样想的，只不过，需要借他之口总结出来罢了。

穆良很高兴他记起了这个出处，同时也顺带想起，那人还说过要上门讨喜糖的呢——固然，穆良跟这位数学老师，并不是非彼此不可，但这无碍他们的结合。两个人的或对坐或同行或拥卧，总归比一个人的枯坐、孤行与独眠，看上去要稳定和像样子多了。这确实应当记上那位酷似者的一笔功劳，得给他备好喜糖。穆良在脑子里想着。不久，忙于筹备婚事和应对老父，也就淡忘了。

老父的病症，如他本人所竭力追求的，越发严重了。买豆腐、理发以及散步，走了十来年的路了，统统会迷路，困在四五公里之外的绿岛或双向车道当中。被求助的派出所警员总不急不忙喝一口水、含半根茶梗子在嘴里："你晓得全国？算了，就我们全市吧，不，就咱这所的管辖范围，注意，绝对不算公司、银行、学校、超市、小区里头他们自个儿配的那些，就光这大马路，你猜，有多少个监控头？"穆良摇头，求知和佩服的表情。警员把茶梗子换到另一边嘴角："说出来真怕能吓死你！总之，每个路口吧，起码仨枪头，广场什么的还加球形，180度或360度。"他很灵活地先后比画出打枪、划弧线和棒球的手势。"只需要把各个路口的数据啪啪啪切出来，一碰，你家老爷子的路演大片就出来了。"他终于吐出茶梗子，大力敲打键盘。实际上，"路演大片"比他所吹嘘的要费劲很多，太多机位又太多主演了，而且画面都很枯燥。夜深人稀时，偶尔路过的身影要不黄巴巴要不蓝荧荧，如同孤魂野鬼。白天更麻烦，人影稠密而混乱，走走停停像一群无头虫子，好几次，都要循着警员的食指，穆良才能勉强辨认出灰扑扑的父亲。每个路口，老人家都审慎地驻足良久——其实，这些街巷兜兜转转，起码有两个方向，都是能够绕回家的，父亲最终所选，必然是那第三条路径。穆良抱歉地瞅瞅警员，后者灌一嘴茶，熟练地又抿住一根茶叶："关医院去吧。老这么折腾有意思啊。"

穆良最终会在某处接到父亲，后者表演似的瞪着他。穆良只好自我介绍，父亲专等着一般，追根刨底地诘问：怎么我就是你爹、你就是我儿子了？你给我说清楚，你到底是谁？你干吗的呀？"穆良虽是一丝不苟地反复作答，解释自己的姓名工作父子关系，却总也感到一种莫名的理亏，好像反倒是他本人经不得追究似的。"听听看，你这都是什么呀！"父亲笑了，"你绝对、绝对不是我儿子。"

穆良也试着介绍未婚妻给父亲，话才讲到一半，父亲阴下脸打断，"搞什么啊，你自己都讲不清，还要再加一个讲不清的……送我走吧，这里真是待不下去了。"父亲挥手，强化或驱赶某种想法，面容中竟显出无限哀戚。数学老师被吓住了："这么严重，肯定得送医院啊。"穆良干巴巴地笑着，无意也无从辩护。证明自己证明女方证明爱情都是困难的，继而再证明他们的这桩婚姻，难度又何止是翻倍？

他这才又想到卖健身卡的那位，多少带点怨尤，可不就是听信了他的那几条胡扯。随即又自嘲起这种怨尤，那只是偶然登门的陌生人而已啊。

直到双眼皮和厚眼袋双双登门，他们拿出一张不大清楚的打印照片，还有一张很清楚的个人证件照——无论清楚与否，二者都指向穆良，穆良逐一点头承认。等他点完头，双眼皮告知，前者来自新近发生的劫案监控，嫌疑人腋下的挎包里有八万现金，被劫者刚刚离开银行五分钟。后者则取自穆良单位。

穆良听罢，忙以口头方式把点过两次的头收回一次，脑子里笔直就想到了健身优惠卡，心里"呀"一声，有种打起惊鸟、却在彼处的收获感。他探讨般地追问："这打印太糊了，你们从监控录像里头看，真的像我？"问了一遍之后，又换种方式问了二遍三遍。三度的确认使他感到一种踏实，像摸索中的搭扣"咔嚓"碰牢似的。

双眼皮把这理解为一种嘲讽。从电信局调出的单子来看，抢劫发生时，穆良所在的办公室正好有通话记录，据来电市民表示，他打到这个号码政策咨询，得到了刻板但还算负责的人工解答——任何人都可以替穆良接电话不是吗。但他们初次的问询还是显得客气而保守，忍受着穆良有些勃勃然的兴奋感："这么说，我有可能既在办公室接电话，同时又当街抢钱、完了还成功逃逸了？八万？不少哇。"

此后不久，在父亲本人几乎是满地打滚、非那么不可的要求下，穆良把他送去了一家老年康复中心。随后穆良结婚了——布置婚房的时候，他带点后怕地发现：父亲幸亏是住到外面（医院）去了，否则，这么个小套房还真是不方便结婚。早为什么没有意识到呢，他们是一对没有能力买大房的父子。

新婚妻子在客厅和卧室都放着他们的结婚照。穆良的目光时常从自己脸上掠过，由于光线在脸上形成的阴影，或是头上被抹了过多的发油，他觉得那照片里的新郎实在太像那人了，尤其是笑容，显出一种多么肤浅的喜悦啊：这全然不是他对这种生活的真实感受。

下班回家时，穆良会在楼下仰脖子看几眼窗户上的红双喜，似一种提醒与确认。

4

窗户上贴的红喜字掉色发白、显出风雨旧相的时候，那人再次出现，没带任何入户广告。

妻子不在家，她的确勤勉，每个周末都去一家教育机构带学生。穆良指着照片介绍。客人只点点头，跟上次比，他肤色白了些，低头看东西时，有了双下巴，显得踌躇有志。

"最近不错嘛？"穆良寒暄着疑惑他的来意，又觉得自己应当是知道的。"很不错。"悍勇的笑声，指着穆良："看你，也胖了嘛。"他为此有点乐不可支，"我们连胖瘦也同步啊。"——后来想想，这大概是他唯一一次提到他们的酷似，还如此隐晦。

是的胖了。借着这也算名正言顺的婚后发胖，穆良讲起妻子拿手的几样菜式，每周轮着做；讲到他们的作息起居，正在形成的家庭分工上的规律。比如他从来不洗内裤袜子，但要负责清洗马桶。他睡在床的左边。起床后要把睡衣挂到阳台晾起。等等。他复述这些平白无奇的细节，好像这就是婚姻中值得称道的关键所在。

如穆良隐约预感的那样，对方果然爱听。他两只手抱着后脑勺，歪靠在沙发上，不时打断、追问，似分毫都不能听岔或错漏……喝水的时候，他在茶几上拈起一张皱巴巴的超市收银单子，用手指肚捋平，举到齐眼高，"5号电池、防蛀牙膏、橄榄菜、胶皮手套、黄桃风味酸奶"。他大声朗诵，显出无比赞赏的样子。

"收银条他妈的真是太有趣了，我经常从地上捡起来瞧上两眼，好玩哪，什么都有人在卖，什么也都有人买。货不对板的歪瓜裂枣，贵得不讲理的洋盘玩意儿，随便什么，都会一本正经地被打在清单上，被放到袋子里，被人花力气拎上楼梯，到男人女人小孩老人的手里，被吃掉被用掉被扔掉……这他妈的真叫人喜欢。"

穆良犹豫地笑着，也拿起那收银条，暗中咀嚼那一排平淡的日用品，齿舌拨动中心生戚戚，他同意的：这皱巴巴的小纸条之下，确实包裹着盎然绿意，有令人潜然的东西。也许就像他上回信口讲出"找老婆"的标准一样，这是再一次的、一种钝痛又快感的卯合。

"哦对了这个。"漫不经心从裤口袋掏出样小东西，右手换到左手又抛回右手，然后才递给穆良，眉毛挑高："你没留喜糖给我，我可给你备着贺礼呢。"

穆良正在续水，手有点儿湿，他注视着那份贺礼，一边在衣服上蹭掉水珠，然后才接过来。是一小坨金块，凹凸不平，似方又圆，勉强可以看作心形。熔断处有些捏合的痕迹，他把自己的手指放上去，被唤起记忆一般，感到一种温热。

穆良意识到对方在看着，或者说，在等他的反应，忙抬起头，显得有点用力了。其实并没想好，也不打算特意去想，自己该是什么表情，他只知道一点，那照镜子的鬼魅之感又来了。心里喜悦急跳，飘飘然如御风。

他重新提壶续水，讲起件小事。有天他在办公室泡茶，发现茶叶没了，于是到隔壁办公室倒了一小撮。次日他带了茶过去，也倒出一小撮茶叶，送到隔壁，让对方"也、尝一尝、他的"——一边讲着，穆良把另一只手合拢，插到裤口袋，松开五指，听任那金坨坠下，他感到那玩意其实很轻，像羽毛一样永远无法到达口袋底部，只痒痒地挠着他的半边身子。

"妈的我第一眼就瞧出你是个仔细人，不爱多占。"显然很喜欢他这个故事，笑嘻嘻骂他两声，起身告辞。穆良的注意力还在裤口袋里，跟那变成羽毛的小金坨在一起。糊涂中把客人送到门口，一边想起到现在还不知道人名字哪，显然将永远都不会知道，更显然的一点是，他们一定还会再见。仓促中，穆良脑里冒出个AB。挺好。

AB后来又来过三两次，都是周末，但间隔拉得很长，差不多都是穆良快要忘了他的时候。有次他吊着只胳膊，石膏脏得发黄，脖子也缠着纱布，须发无序，喉结都显得突出了。AB瞧着穆良欲言又止的闪避模样，索性大刺刺解开外衣，又把裤子往下褪褪，展示腰背上的各种新旧疤痕，有大有小，如若干怪眼直瞪着穆良，他挺得意："这些个，你可没有吧。"

AB从包里掏出几只极大的石榴，是路上顺道买的，"很少看到这么大个儿的！"他喜滋滋地，"我这人可会买东西了。还有这包，你也留着吧，口袋多，贼耐脏。"

穆良瞧瞧包，很平常的一只黑色帆布包，上下班用用倒是合适。心里一下子想到什么，即刻打住，只专心对付起大石榴来——不必思考，平静地接受AB的一切，哪怕只是出于懒惰——石榴真的好，籽儿一粒粒的鲜红欲滴，如同血钻石。AB赞喝一声，毫不客气地抓起一大把倒进嘴里连核大嚼："就得连核儿吃，大补。"他口齿不清地吞咽着，能感到汁水在他口腔里的崩射。

AB总是这样的，很享受"作客"，如同逛铺子或参观博物馆，他喜欢东摸西瞧、问长问短。

"这干什么用的？"拿起阳台上一只竹篾。

"晒茶叶。旧茶叶做枕头芯，去火。在卫生间烧，除臭——我老婆就爱瞎折腾。"

书桌上一盆仙人掌。他有意碰一碰，刺到了，挺高兴，"没感觉啊，他妈的这能算疼吗。"

打开冰箱，拿出酱菜瓶。哦宝塔菜，哦甜生姜。扔到嘴空口就吃起来，嘎嘣嘎吱，再喝一大口茶。

"小日子啊这小日子。"他显得那样心满意足，索要一份餐后甜点似的提出要求："跟我讲讲你上班的地方吧。那稳当工作！"

"我那工作啊……"心里一阵唔叹，穆良还是依言描述了他的办公室。恒温空调与下午的西晒。一盆绿萝，所有的办公室都有那么一盆不是吗。电脑电话机。废纸篓边上是电源插座。编了号的桌椅，椅子很硬，但也惯了。他把视线停在半空、虚拟中绕着办公室转了一圈。哦，门后面有拖把和毛巾，沙发旁边挂着备用雨伞。他无一遗漏地描述，一边感到常有的那种心怵感：就是这样一个地方，他慢慢地坐过了每一天。

AB带笑不笑地咬着下嘴唇，穆良每讲一样，他就在纸上飞快划一样，比例和位置并不准确，来不及画的他就直接写字，字挺难看。最后在办公室前的椅子上画了一个火柴棒样的人形，那便是穆良："那每天坐着坐着，忙啥呢。"他皱着眉，带着真诚的无知。

就那些呗。要是旁人，穆良还真以为是在讽刺——转文件，打字，复印，填表格，接电话，收邮件再回邮件。有时上市里去开会，有时下县里去开会，有时就在本单位开会，有时到隔壁办公室坐坐。所以也不是只坐这里（他指指AB面前的纸），是经常换地方坐的，坐着开会——有次被父亲当作陌生人追问时，也这样解释过他的工作，看到父亲那有意捣乱的眼神，忙加了一个概括的说法：上情下达，下情上传。更引得父亲拍腿大笑："看看你，你这好比是……"他笑得呛住了，以致没能想到一个比喻。

穆良盯着AB。也许很像后者递出他那一小坨金块时的等待吧。AB短促地哦了一声，垂下眼皮，用笔在纸上点着。

穆良喜欢AB这时的缄默，他还没有说完呢。

"最滑稽的是快要下班，眼看着太阳在外头要没了、天要黑下来的那半个钟点。"穆良脱口讲出他的黄昏恐慌症，这是他心里的胡乱命名。每至一日将尽，就有种被压榨过的恓惶感。瞧着吧，又过去了，他正在变淡变薄，无色无味，像一张甚至都没有写字的旧纸，一天下来，连道折痕都没有增加，就要被翻过去了。这一辈子都会这样的，然后就没有了。"我经常靠在椅子上，看着光一毫米一毫米从我办公桌上移走，一秒钟一秒钟看着天黑。"吐瓜子壳似的吐词，好像一个词就代表当时的一秒钟。

AB还是没有吭声，但给穆良丢烟，并给他点上。这根烟显得比平常更经抽。

直到掐灭烟头时，AB才借着一阵呛咳恢复了他的粗暴。照旧用脏话起头、穿插和结尾，讲起他的"太阳快要落山"。有那么一段时间，一到这个时辰，他就得发动机似的、突突冒着烟开始往外边跑，因为只有到那个时候每家每户才开始有人嘛。他给煤气公司抄表，替电器卖场回收旧家电，上门疏通管道。也送过一阵外卖，尤其很冷很热的那种鬼天气。

带点莫名的欣快，他掰着指头讲起登门入户所见。披头散发，剩菜味道，沙发上的屁股印子，难看的睡衣，地板上的头发卷。

"最好玩还是在十字路口发广告单！晚高峰啊，每个人都像赶死队。他妈的我才不管，偏要恶作剧地堵住他们，特别殷勤地往他们手里塞，偶尔有人会突然光火，卷成一团扔回我脸上，可绝大部分人都会顺从地接过去，只要是白送的，他们总会伸手来拿……"他乐不可支地模仿那种半拒半迎、贪便宜的姿势，然后倒在沙发上喘着粗气大笑。

穆良盯着他，深为感染，亦有种新鲜的振奋，随着AB的讲述，他能清清楚楚地看到——不是AB，而是他，一脚踏入那粗暴而激情的黄昏，敲开陌生的门户，闯入到一个毫无防备、裸露着的家庭内部；拦住那些奔劳的路人，打断他们的心事重重或百无聊赖，与他们的愠怒面面相觑。多棒呀。

他回过神，AB正抹把脸，又用力伸一个懒腰，像重新拾掇过并加满油的一辆旧车，从软绵绵的沙发中弹起身，要离开了。

5

手机里跳出"茄子"二字，是妻子发来的。她孕期已六个多月了，还保留着强烈的妊娠反应，忽地想吃这个，忽地又想吃那个。常常穆良才跑到半路，她换花样了。有时都烧好端上桌子了，她只看了一眼便全无胃口。穆良想，这确实是怀孕应有的样子，他也该有将为人父的样子。

快要落市的菜场很脏，大半摊位近空。穆良把一家摊子当天所剩下的茄子全都买下，价格很合算，那位摊主也就此欢喜地提前收工了。带着因这笔小交

311

易而来的愉悦心情，他往外走。到出口处，手机又动了，果然是妻子：想吃雪里蕻炒香干毛豆米，新上市的毛豆米。穆良仰头发笑，那就再去买空一家摊子呗。抬头的余光里，他看到一道幽幽然的黑色目光。定睛重看，是摄像枪头。一想也对，连公厕门口都有配的呢。

　　穆良于是掉头重回菜场里头，搬着左右腿，高一脚低一脚，眼光保持着所需要的注意力，顺着摊子留意毛豆干子与雪里蕻。可与此同时他感到自己还站在菜场门口那个摄像头下面，整整背包，捋了把头发，像是在调校和对照监控中的形象。由于父亲总是走失，也由于与双眼皮与厚眼袋的多次交道，对那样的画面，他算是颇有些心得——怎么讲呢，监控里的人形，确有着一望而知的基本要素，供以辨识出某人或酷似某人（比如父亲、他、AB），可与此同时，又发散甚至强调着一种似是而非。可能是由于断帧与频闪，由于拼图般的色块黏合，尤其是那种呆板的取景位，导致画面里一会儿许多车，一会儿空荡荡，一会儿两只狗；更带古怪意味的，是画面角落里那总在细密闪动的数字，形成一种时不我待、细小不舍的紧迫感，似总该发生点儿什么的定时导火索……真的，讲老实话，发自内心的话，穆良真的喜欢所有那些监控，说狂喜也不为过——想想看啊，几乎每一个路人的每一天都可以在那里头找到记录，就像是一份什么也不舍得错过的爱之凝视，如此之深沉，如此之壮丽。如果把所有这些被记录下的画面归拢在一起，那简直就是人类运行轨迹的一个大全辑啊！所有的日夜与四季，祖先与子孙，伟大如那些远方的大人物，渺小如他这般的小人物，哪怕是像父亲这样故意把自己给弄丢的，最终也必将在这些画面里得以追索、得以建构、得以永生。

　　穆良持续甩胳膊迈腿，以监控视角推动着自己继续寻找毛豆干子与咸菜。像走在漫漫长道的追光灯里，被一种奇异的温情所笼罩……到第六个摊子，穆良买齐了毛豆米与豆腐干，但没找到咸菜。穆良知道街对过那条巷子尽头有个野菜场，由一小撮郊区农民自发形成的，没准就有雪里蕻。不过他不打算去了：那边极有可能还没有装上监控。他把毛豆米与茶色干子塞进背包打道回

312

府，心里有点小小的得意，虽然世界上大概没人能够欣赏得了他这样的谨慎做吧，也许除了AB，当然，他绝不会向后者转述此事的。

因为少了雪里蕻，晚饭不太成功。就是买到了，恐怕也不会太成功，妻子的胃口仍然不好。他们一边吃饭，一边进行着晚饭桌上应有的谈话——毛豆倒是蛮嫩的。再喝碗汤吧。不添点儿饭吗——像是各自分配到适于此情此景的台词，一旦念出口确实也显得情意真切。

记得婚后不久，妻子曾在一次闲谈中提到她对丈夫的基本准入条款：得比她高半个头以上（实在接受不了被一个矮个男人抱住），不上夜班或轮班（家里不成了旅馆嘛），不留长指甲（女里女气），不抖腿（最最讨厌了）。穆良差点笑不出来：这算什么，因此他才得以入选了？妻子沉着地补充：真能全都满足，其实就挺不容易的了。穆良这时也记起自己当初的几条考量，看来啊，这桩婚姻会如他们各自所选择的那样：适配，平静，白头到老。

更多时候他们并不交谈，只有抽油烟机在勤勉转动，排去厨房里残留的最后几缕油烟味——静听那轻柔的噪音，穆良想起AB还干过上门拆洗油烟机的活儿，据他抱怨，这是所有活儿里头最腌臜的。那些油腻子，厚得像黑墙砖，他总是一边刮一边盘算着，这户人家，得吃多少顿家常饭，才积得成这么厚的油垢啊。穆良记得AB瞪大眼睛表示恐怖的可笑样子，并骄傲地晃起腿：我有个纪录保持至今，从不在同一个地方连续吃两次。郑州东火车站边上有家鳗鱼饭，绝对天下第一。丽水、浙江丽水你知道吗？当地有一道炸知了，香到裤裆里。有次我去口外晃荡，吃过一家大排档的烤羊腰子，妈的，那个膻，每个男人都该去吃一下。他炫耀地咽着唾沫：就算吃泡面，那我也是在不同的旅馆或车站吃。你说这够牛的吧，谁能打包票他从不在同一个地方吃饭哪！不过……他忽地又跳到起初的话题，啧啧有声、眉毛皱拧地抱怨：操，那些陈年油垢，真他妈的太恶心。他们得在家里吃多少顿饭才能吃成这样啊——直到此刻，对着平淡无奇的家常饭，在油烟机不知疲倦的转动声中，穆良才终于回味出来，AB那语气并不是抱怨。是什么他说不好，但绝对不是抱怨。

妻子吃不下了，穆良把她的半碗剩饭及毛豆米干子都一并吃掉了。"都不嫌我脏嘛。"妻子捂着胃部，挺满意地笑了。"不能浪费的啊。"他匀称地咀嚼，也可能是在咂摸AB。为什么那家伙也会乐此不疲地过来见他哪，一定不是长相，也一定不是为了送金坨、石榴或背包，是他这里，有着什么别的，持久吸引着AB——就像AB也吸引着他的、那不知何谓的东西。咂摸到这一点，穆良感到挺大一份的欣然。

6

周日下午，穆良照旧去看父亲，略尽孝道。

入住康复中心后，父亲确实稳定多了，处于一种并无大碍、又需基本护理的微妙状况，退休工资刚好可以负担，像是在康复中心租用了一个终身床位，附赠有病友、食堂、护士与可散步的楼下花园。穆良是在多次探视之后，才觉悟到这可能是父亲的策略：用一种六亲不认的公共化的方式去度过他的晚年，直至老死。当然，这只是穆良单方面的简单推演，也并不愿作进一步求证，也不为此感到别扭或委屈。生活反正都是经不起深究的。唯一能够让人踏实的，嘿，没准就是那些像是不怀好意实际上慈悲极了的球型或枪型摄像头。

康复中心车库入口，穆良在减速带上挺腰端坐，给了斜上方摄像头一个正脸。双井电梯间，L形通道，等候大厅、探视登记处，他一路搜寻着半空中的监控头进行肉身签到，移步换景间流利无缝切换，这就是他所生活着的样态与证据所在啊。穆良飞快地回忆了一下，是从上次菜场买毛豆米干子开始的？还是更早一些？他就开始了这种下意识的、毫不费力的合作了，毫无疑问，这会达成一个可预期的圆满：以他穆某为个体单位的那一辑记录合成，在时间与空间上是几无死角且坚硬可信的，这可比写日记强多了——这样胡乱想着，他抵达病房了。

穆良给自己和父亲分别点上一根烟，一边挖空心思地回顾过去的一周见闻。新鲜毛豆米上市了。胎儿做了六个月的产检。小区里共有三种取快递的自助机器：云柜、格格、菜鸟。父亲安静地抽烟，不点头不摇头，也不看他。穆良继续想话题。啊对，双眼皮和厚眼袋上周来过，他忽而振作起来，非常详尽地从这两位的外貌特征开始讲起——这下子好了，前后总共来过六趟、有六次问询呢，足以跟父亲讲上好大一会儿了。

穆良清清嗓子开始了。倒叙。先是老凤祥珠宝店的监控，然后是第二次，农业银行门口的拦路抢劫，然后是……这一开口，穆良才意识到，他是多么想对某个人讲讲这些呀。老头子垂着眼皮，连脸上的皱纹都没发生哪怕是最轻微的扭动，抽完一根烟，用未灭的烟头又续上了一根。穆良只管讲着，讲得可真舒服极了。

"我觉得他们的态度，越来越严厉了。当然这可能只是我的一种印象。最早的时候，他们还冲我假笑呢，晓得对我的调查是无稽的。后来就不笑了。前天这次，倒又笑了，并且是真笑。说明他们开始自信了，跑多了，越跑越有把握了。

"也是好玩。到现在还在问我有没有兄弟呢。我想你一定也希望有一个吧？讲实话，我也希望有，那样的话，我就，怎么讲呢，我早就……"

讲到这里，穆良有意停住，等了一会儿。父亲仍在认真抽烟，很长地吸入，又徐徐吐出。穆良又一次涌上那种感觉、跟以前若干次探视时一样：他要是走到隔壁房间，坐到隔壁床边上，对另一个老头讲同样的话，一起抽掉两三根烟。绝对也是一样一样的。

跟以前不一样的是：今天他很喜欢这感觉。

临走前，被叫去了值班室。医生拿出几张自来水缴费单，穆良茫然地翻了翻。医生解释：我们各楼层是分开结算的。每层都是十二个病房。喏，你看，所有楼层都是一千多块。可第四层，是两千多块。穆良还是没明白。医生挪挪电脑鼠标，激活一个显然早就打开的画面。俯拍，看到一个半秃的头顶——这种情况下，医生跟他谈的，显然应当是他的父亲；父亲也的确是半秃头顶。

"一个病区共六张病床，合用一个卫生间。这个监控本来是为了防止医患纠纷的。你知道的，常有病人在卫生间自杀。"医生接着说，"你仔细看，这是403室的。"画面中的半秃头顶，并没有坐在马桶上，而是蹲在边上，一只手去揿下开关。半侧着头，保持那个姿势不动。无声的画面像卡住了。好一会儿之后，半秃头顶又去揿马桶，再侧过头不动。如此反复，如同循环播放。"好几个月了，每晚他都蹲在卫生间忙活这事儿，从凌晨一点忙到凌晨四五点，干通宵。"

"是在干什么呢？"垫补完水费，穆良试着这么问，他本该表示不满或什么的，也懒得了。毕竟是父亲，毕竟是儿子。

"人老了，啥怪事都会有。没准就是想听听马桶冲水的动静。"医生站起身示意会谈结束，"主要是跟家属知会下，我们打算从明天起，睡前可给他加服安眠药。"

"谢谢。不如就让他继续听那动静吧，水费我来垫。"

离开康复中心的路上，穆良从电台里听到报日期、报时、报天气，主持人非常顺溜地一口气报。他听着，一边看车窗外闪过的行人，心里有点不自在。

——根据以往的规律，但凡有警员来找过他，随后起码得半年以上，AB都不会再登门了。这样算来，到下一次再见到AB，他应当已经做爸爸了，父亲应当已听了好一笔银子的抽水马桶，到那时，他脚下这双鞋子总该要穿坏吧——穆良低头看看鞋，还是AB那双。他常常想起他自己被换走的那双，被AB上天入地、日里雨里的，一定早就穿烂了。多么也想穿烂脚下这双啊，偏是每天都走不出几步路，恐怕永远都不能够了。

这样想着，越发感到某种丧绝，都无法往前开车。打起双跳往路边靠，忽然想起这里并不能停车，并且他这时也该回家做饭了。妻子今晚想吃的是萝卜烧肉，得炖好一会儿呢。因此实际上，穆良只是踩了个刹车减了一下速，比往常晚了十五分钟到家。这十五分钟里，有十四分钟是被值班医生耽搁的。

他跟妻子说起迟归的原因。妻子今晚胃口不错，虽然萝卜还不够烂。妻子认为穆良补缴的那笔水费是冤大头了，谁说那一定是他父亲呢。不要讲监控会搞错了，就连眼睁睁面对面，也会稀里糊涂呢。妻子举例道，有一天，她早起赶时间，只画了一边的眉毛就跑去上班了。嗬，上午下午共四节课啊，还去教研组开了一个会，愣是没任何人发现。要知道，她眉毛特别淡，又剃过，不描的话几乎就没有眉！包括你，你也没发现。我真怀疑，你这天天儿的，有没有好好看过我？

可不嘛，穆良急于补救，也举例附和。有次他的电话机坏了整整两天，根本打不通。有一段时间他的微博被人盗用，发各种美容广告。好多这样的事情，也都没人在意到。这样的事情可多啦对吧。

所以嘛，到下一次，你可以拒付那个水费。你甚至可以反问医生，他们是不是用：这段录像让好几个秃顶老头的家属都垫付水费了。总之，道理在你这一边。妻子总结道，添了半碗萝卜肉汤。但没吃完，穆良照例吃掉她剩的——这也成为家里的习惯了，下回可以讲给AB听，他准喜欢这样最无聊的家常事情。

入睡前他们做了爱。这是妻子从孕妇手册上看到的建议，六个月后适当交合，由此给子宫带来的缩放会有益胎儿活力。为了不压到腹部，他采取了不常用的后入。

穆良行动着，一边很不合适地想起了AB曾经讲到的一个细节。

起因是穆良问起他有没有过女人，可能就是婚后的那次见面吧，穆良觉得他有义务关心一下。AB闻言大笑，拿拳头直锤沙发："你应当问我有多少个才是。"随后他抚摸着下巴沉吟："可老实讲，也都相当于同一个人。我都是从后面，从来不看她们的脸，我感到，她们也不想看我。"他的声音不知怎么搞的，听起来有点硌耳朵。"对了，你被舔过屁眼吗？"他表情突然异常狎昵，可能是为了迅速改变气氛。见穆良不安地直摇头，他笑得更歪了，"软绵绵的舌头舔在屁眼上，那可是特别、特别舒服的。"

此时此刻，穆良想到AB那也许是刻意为之的猥琐，感到一阵迟来的懊恼，为什么从来就没想到要邀请AB正式做一次客呢，吃顿他早就吃够了的但AB从没吃过的家常饭呢，介绍贤惠的妻子给他认识，甚至带他去见见老父亲什么的。不不，他和AB，怎么能同时出现在妻子、父亲或任何人面前呢，那是对……的打破与违背吧。打破什么了呢，他又全完是糊涂的。

但总之穆良很高兴他与妻子彼此都看不到脸，只听到妻子像是来自腹部深处的堕落哼叫。从这陌生的哼哼里，他得到一个预感，从此，他们都不会再面对面做爱了。这太好了不是吗。

穆良到卫生间，黑暗中熟稔地拧开莲蓬头，打了点肥皂，冲洗，用浴巾揩干。挂回浴巾时，被马桶墩子绊了一小下，顺势也就在马桶盖上坐下。

他想坐一会儿。

可能坐了好大一会儿吧，听到妻子在床上嘟囔着什么，忙小声应了一句，一边下意识地揿下马桶冲洗钮。然后，他听到极其寂静的深夜里，响起了可以称得上是喧嚣的冲水声，激流打着富有气势的逆时针漩涡，裹带着整栋楼或全城或者全人类的排泄物，跌入深渊的尽头。穆良感到他的小腿肚子有点打晃，好像是站在什么大瀑布或大峡谷边上似的——父亲或不是父亲的那个秃顶老头的这项娱乐，真是值得赞服的一个伟大发明。他非常愿意额外支付那笔水费。

7

穆良拿出薄纸片，看了一遍他早就记下的那个号码。他在脑子里把前后几次的案子大致过了一遍——从双眼皮与厚眼袋那一轮又一轮发牢骚般的、遍布自问自答的调查中，他已掌握足够多的细节了，就算偶有差池，也在正常的记忆力疏忽范畴，谁都会乐于宽容并就此结案的。他所交不出的那些赃物，估计全部会被折算成时间吧。时间倒是管够的。反正随便待在哪里，与坐办公室，去菜场，或待在妻子身边，并没多大的分别。

AB那边，也应当没有任何讶异，相信他会在瞬间浮出一丝意料之中的兄弟之笑，然后以他特有的粗鲁与自在劲儿，光滑无痕地与他交换位置，互为弥合亦互成镜像。穆良也相信，此一决定绝非冲动、自私的失德之举，包括对所涉的父亲、贤妻，双眼皮与厚眼袋，都是值得称颂的好人好事。

　　拨通号码，刚"嗳"了一声，对方、不知是两人当中的哪一个，一下听出了他，并像责怪一盘早就点好了的、但才端上桌的菜："瞧你，害我们等到现在。"

原载《上海文学》2018年第10期

深山来客

朱山坡

有一年夏天，洪水过后，镇上的人看到一个陌生的中年人背着一个耷拉着头的女人走进电影院。他们觉得很奇怪，迅速摸了一下情况。令人吃惊的是，中年人是撑船从上游的支流鹿江来的。一条简陋的乌篷船，窄小得只能挤得下两个人。蛋河很少行船了，因为湾多水急，十分危险，曾经翻过好几次船，淹死过人，尤其是洪水过后，河道更加凶险莫测。鹿江很长，很窄，满是水草，几乎不为人知，它的尽头是鹿山。对蛋镇上的人来说，鹿山既陌生又遥远，像传说中的地名。蛋镇没几个人去过鹿山，不仅仅是因为偏僻，还险峻，不通公路，是深山野岭，仿佛是世外之地。过去是瑶民住的地方，他们很少出山，现在已经人迹罕至。中年人自称从鹿山来，都把蛋镇人吓了一跳，那得经历多少艰险啊！

"我们大清晨撑船出发，晌午到达蛋镇，刚好赶得上电影。"中年人长得高高瘦瘦的，憨厚老实，脸膛比镇上的男人都白净，还显得比镇上的男人更斯文，"看完电影还得回去。船上有火把，还有猎枪。"

人们不知道中年人叫什么名字，或者他说过了，他们也记不住。他们都叫他鹿山人。背上的女人是他的妻子。

看上去鹿山人的妻子五官长得真好看，是一个美人的模样，很年轻，但身体不好，脸色苍白，嘴唇没有一点血色。主要是腿不好，走不了路，浑身没有力气似的。蛋镇上的人都替她担心，也很疑惑：费那么大的劲来到蛋镇，难道就只为看一场电影？

是的，鹿山人的妻子来蛋镇就只为看一场电影。那天，鹿山人背妻子进电影院后，随即出来了，蹲在海报墙墙脚下卷烟叶，一直在烧烟。烟很香，把电影院门卫卢大耳吸引过来了。他给了卢大耳烧了一卷烟叶，呛得卢大耳一边粗俗地骂街一边大声地叫好。

"你不陪老婆看电影？"卢大耳问。

"不陪。电影跟戏一样，全是骗人把式，我不爱看。"

"你对老婆真不赖。"卢大耳说，"烟叶也很好，我怎么从没烧过这么好的烟叶。"

"这是山里的野烟，遍地都是。除了电影院，山里什么都有的。"鹿山人把口袋里剩下的烟叶都送给了卢大耳。烟把卢大耳呛得涕泪横流。

电影散场，他赶紧逆着人流进去找他的妻子。然后，背着妻子匆匆往蛋河方向走。步伐仓促，似乎又去赶下一场电影。

后来，在镇上几乎每个月都能见到一次鹿山人背着他的妻子来到电影院。每次都是，从蛋河旧码头下了船，鹿山人背着她赤脚经过碾米房，从四方井过来，沿着石板路，穿过肉行，来到电影院外，在海报前驻足一会，看看今天放什么电影，然后去售票口买一张电影票。电影快要开始了，鹿山人把妻子背进电影院，安置好，便出来，决不偷窥一眼银幕。电影散场了，他进去把妻子背出来，往河边走，上船，离开蛋镇，从不过多停留，更不在镇上过夜。卢大耳和鹿山人建立了相互信任的关系。卢大耳掐过时间，鹿山人从不在电影院里多待一分钟，他出来后，有时候还跟卢大耳边烧烟边攀谈一小会。卢大耳知道，鹿山人不看电影其实是为了省钱。他的衣服补丁很多，补丁的颜色各不相同，看上去实在有点寒碜。他还自带了干粮，烤红薯或南瓜饼。镇上的人都同情

321

他，实际上也是担心居住在鹿山的人：在深山里，他们靠什么为生呀？靠什么养活孩子呀？

人们的好奇心和注意力主要在那女人身上。后来他们都知道了，鹿山人的妻子病得很重，危在旦夕。这让我们感到异常吃惊。但鹿山人似乎习以为常了，远没有他们揪心。趁她看电影之机，鹿山人从船上取下一些山货，竹笋呀、木耳呀、山药呀、干果呀，还有兽肉什么的，卖给镇上的人。"山里人不容易，能帮就帮吧。"大伙对这些东西并不是十分热爱，但也呼朋唤友把它们都买了。鹿山人千恩万谢，然后飞跑去卫生院买些药。药不多买，鹿山人说，山里什么草药都有，什么病都能治，买点西药主要是为了应急。

鹿山人的妻子得什么病，大伙都慢慢看得出来。严重贫血症，根治不了，而且会越来越严重，慢慢地，最后死掉。有人说，像这种病应该往北京、上海，至少得往省城的大医院送治。可是，哪怕是把鹿山卖掉，鹿山人也筹不到那么多钱啊。他就只能按山里的医道医术和药物治疗。这也没什么不对，很多城市里治不好的病，在山里却能治好。因此，大伙也没有责难他，只是觉得他可怜，他的妻子更可怜。

"她哪里也不愿意去。她只喜欢看电影。只要看上一场电影，她就觉得病好了一大半。"鹿山人说。

见过鹿山人妻子的人都相信鹿山人说的话是对的，因为他们发现，从电影院里出来后，鹿山人的妻子原来苍白的脸竟然变得有些绯红，耷拉着的头也抬了起来，尤其是那双暗淡无光的眼睛变得像野草叶尖上闪亮的露珠。甚至，她要尝试着双脚踮地走路。电影真的有神奇的疗效。然而，未必每一部电影都是一剂良药。有一次，看了香港电影《胭脂扣》，从电影院出来，她在鹿山人的背上两眼发直，披头散发，哭得像山猫一样。鹿山人一边安慰她，一边往河边飞奔。好像是，若慢一点，她便要断气了。

如果不是为了看电影，鹿山人夫妇是不会千辛万苦撑船来到蛋镇的。鹿山人自己说，他原来也不是鹿山里的人，是从他曾祖父那代才从武汉搬迁到那里的。曾祖父是武汉最有名的戏子。有一天，一个国色天香的女子来听他的戏，迷上他了，连听了一个月。跟戏里一样的是，两个人走到了一起。山盟海誓、众所周知之后，曾祖父才知道她竟是一个北京王爷的爱妾，但已经无法回头，只好带着她一路逃奔。辗转无数地方，才最终在鹿山安定下来。只是，从此以后，隐姓埋名，不再唱戏，做普通人。鹿山人没去过大地方，来到蛋镇也不愿意过多抛头露面，低调而谦卑，办完事就离开，好像跟他的祖宗一样，还坚持隐姓埋名、小心谨慎地生活。

卢大耳知道许多鹿山人的秘密。经过卢大耳的传播，秘密便成了公开的消息。卢大耳说，鹿山人的妻子身世也很复杂。她是来自武汉的知青。来到鹿山前，她的父亲跳进长江不见了。来到鹿山后第二年，她患贫血病的母亲也死了。鹿山来了十一个知青，到最后只有她一个人留了下来。武汉没有亲人了，她不愿意回去了。更重要的原因是，她和鹿山人好上了。

从神态和动作就轻易看得出来，鹿山人和妻子十分恩爱。从河边到电影院的路上，鹿山人不断地转过头来问背上的妻子：累不累？饿不饿？晕得厉害吗？妻子每次都是做出否定的回答，还不时给鹿山人擦汗，轻轻摸他的脸……蛋镇人把鹿山人当成了楷模，不少平时经常争吵的夫妇自从见识鹿山人之后竟然变得相敬如宾。蛋镇人还把鹿山人夫妇当成了客人，每次见到他们都主动凑上去，问鹿山人：这次又带什么山货给我们？他们对山货倾注了最大的热情，一抢而光，扔下来的钱让鹿山人感到既惊喜又不安。而他们更关心的是鹿山人的妻子。电影还没有开始，她就坐在电影院墙脚下等待。他们围着她嘘寒问暖，有时给她递上一碗热粥，一杯热开水，或者一根冰棍。还有人给她塞人参、鱼肝油、麦乳精甚至雪花膏，被她婉拒了。有一次，鹿山人上船离开了，走了好长一段水路，竟然又折返回来。因为妻子才发现有人在她的布袋里塞了名贵的山东阿胶，她坚决要物归原主。可是没有人承认是自己塞的，大伙都劝她收下，补补身子。但她一再拒绝，决不肯接受。鹿山人很焦急，最后把阿胶交给了老吴，请他代转交原主，她才同意回家。

"你们不必为我们担心。鹿山，除了电影院，什么都有。"她苍白的脸上一边是歉意，另一边是感激。

这天晌午，鹿山人背着妻子又来到了蛋镇电影院，却在海报墙上看到一张白纸黑字的告示：台风将至，今天不放电影。妻子难掩失望，立马瘫软在鹿山人的背上，用力扯他的耳朵，责怪他来晚了，要是昨天或前天来就不会错过电影。鹿山人不断地解释安慰。他的两只耳朵红彤彤的，都被扯裂了吧。街道上的人为应付即将到来的台风正疲于奔命，顾不上他们，只是匆匆跟他们打一声招呼就算了。

鹿山人背着妻子要走，却被妻子阻止了。

"我要看电影！"妻子像孩子撒娇似的说。

鹿山人说："台风要来了，今天电影院不放电影，我们赶紧回家吧。"

妻子说："可是，我们比台风先到呀。"

鹿山人说："台风过后，我们再来。"

妻子说："你害怕台风呀？你害怕回不了家呀？"

鹿山人沉默了。谁不害怕台风呀？台风来了，摧枯拉朽，地动山摇。还有暴雨、山洪，猛烈得惊心动魄。

妻子从鹿山人的背上挣扎下来，扶着墙挪步到电影院正门，伸手摸了摸"蛋镇电影院"的牌子，突然变得莫名的哀伤，竟掩面低声地抽泣。

鹿山人吃惊地问："好好的你为什么哭？"

妻子说："我心里的悲苦，像台风，像鹿江，像山洪暴发。"

鹿山人知道妻子内心的悲苦，但她还是第一次说出来。平时，她从不埋怨，也从不哀叹，心里最难受、最绝望的时候，也只是对鹿山人说："我想看一场电影。"于是，鹿山人连夜准备，第二天一早便出发。这一次，本应该是昨天或前天出发的，但因为要收割最后的一亩庄稼推迟了。

鹿山人也黯然神伤，向妻子保证说："台风过后我们还来看电影，一个月看两场。"

妻子说："我不等了，等不及了……我等不到台风过后了。"

风似乎越来越紧了，天空中的云朵也变得慌乱起来。鹿山人不知道怎么说服妻子，只是俯下身子，试图让她爬到他的背上，然后回家。可是，她固执地拒绝了。鹿山人尝试性地去背她，被她推开了。鹿山人站起来，要抱她。她躲闪开了，双手抚着电影院的牌子，突然号啕大哭。那哭声就是山洪暴发，悲痛欲绝。后来镇上的人回忆说，这辈子从没有听到过如此撕心裂肺的哭声，像孟姜女哭长城，电影院都快被她哭塌了。路过的人们都停下手里的活，围过来劝慰她。

"台风马上要到了，电影院没人上班了，连学生都放假回家了。"

"只是少看一场电影嘛，又不是世界末日。只要电影院还在，就还会有电影看。"

"台风过后，你可以连看三天电影。住我家里，管吃管穿，要住多久都行。"

……

可是，谁也无法劝止她的哭。不是一个孩子在哭，而是一个内心悲苦的人在宣泄。鹿山人和大伙都束手无策。这样哭下去，对本来就病弱的她会雪上加霜。

这个时候，电影院院长老吴从电影院走出来："这是哪个龟孙子贴的告示？"一把撕下自己亲手贴上的告示，对鹿山人的妻子说，"今天照常放映！"

鹿山人妻子的哭声戛然而止，用哀求的眼神将信将疑地盯着老吴。老吴让鹿山人背起妻子跟着他走进电影院。不一会，电影院里便传出片头曲的声音。

鹿山人从电影院里走出来兴奋地告诉大伙，真的放电影了！你们也进去看呀。

电影院的大门敞开着，没有售票员，守门的卢大耳也不见踪影，但大伙只是侧耳倾听，没有谁趁机混进去。他们都明白，这场电影是老吴专门给鹿山人的妻子放映的。在蛋镇电影院历史上，这是头一次免费给一个人放电影。可是，没有谁说阴阳怪气的话。

鹿山人在电影院外头蹲着，独自烧着烟叶。他们走过来，心照不宣地摸摸他的头，然后默默走开。不断有女人过来叮嘱他："电影散场了，你带她到我家吃碗热鸡汤再走。"她们不厌其烦地给他指路，哪条街哪条巷。鹿山人一概答应，反复致谢。女人们发现，鹿山人满脸疲惫，更瘦了，明显苍老了许多，不禁叹息："他怎么还背得动自己的女人啊！"

这次，鹿山人始终没有离开电影院一步，一直到电影院结束，传来片尾曲的歌声，才进去把妻子背出来。

鹿山人的妻子脸上的绯红色更加明显，看上去比任何时候都亢奋。她在他的背上仍兴致勃勃，热泪盈眶。那是电影带来的泪水。鹿山人觉得今天的电影很好，妻子看开心了，心里感觉特别幸福。

老吴对鹿山人说，台风过后，欢迎你们再来看电影。

鹿山人对老吴千恩万谢。他的妻子眼含泪水，频频点头向老吴表达谢意。

老吴像一个老父亲，抬手轻轻地替她捋了捋被风吹乱的头发。

"你今天特别漂亮！"老吴慈爱地赞美了她。台风的先头部队已经到了，它们攻打着电影院的窗户。上次台风攻陷放映室，砸毁了一台放映机。老吴不敢掉以轻心，转身跑回电影院。

鹿山人以为妻子同意跟他回家了，可是，她说要去照相馆，"老吴说我今天特别漂亮。"

"时候不早了……"鹿山人说。

妻子说："反正每次都要点火把回家的。"

"台风来了！"鹿山人伸出一只手去捕捉风，感受到了异样，焦急而不安地说。

妻子说："死都不怕，我还怕台风吗？"

鹿山人只好改弦易辙，去往国营照相馆。

326

这是蛋镇人最后一次见到鹿山人和他的妻子。这次台风过后，多少次台风过后，再也没有看到他们的踪影。

老吴有点想念鹿山人。他断言，鹿山人永远不会再带他妻子来蛋镇看电影了。可是，当别人问"为什么"时，他只是摇头，叹息，不愿意向大伙解释。

有人猜测说，洪水过后，是不是鹿江河道阻塞，行不了船？

也有人乐观地估计说，可能鹿山也有了电影院，比蛋镇电影院更宽敞更坚固，还免费，即使台风来了也不耽误看电影。

还有人小心翼翼地说，鹿山人可能带妻子去武汉治病了，只有大医院能治好她的病。

但就是没有人愿意说出那句话：鹿山人的妻子或许已经离开了人世。

······

有一天，国营照相馆在玻璃橱窗展出了一幅32英寸的大型彩色照片，装了金色的边框。照片里的女人穿着橘红色的旗袍端坐在黑色的椅子上，秀发及肩，脸色绯红，面带微笑，双目炯炯有神。

"多漂亮的女人啊！像《胭脂扣》里的如花。"

不少人乍看以为真的是演员梅艳芳饰的如花。但眼尖的人一眼便能辨认出照片上的人是鹿山人的妻子，当然，也看得出来，是化了妆的。国营照相馆的人说，鹿山人说好台风过后来取照片的，但两年多过去了，仍不见有人来取。

无论从哪个角度来说，这张照片都好得无可挑剔。后来，它一直摆在橱窗里，已经成为国营照相馆的广告。

镇上见过鹿山人妻子的女人，有时特意路过国营照相馆，就为瞧一眼她的照片。常常有人在照片前驻足良久，一言不发，仿佛是，想跟她说些什么，却又不知从何说起，直到惋惜和哀伤使她们的脸不堪重负，才默默走开。

原载《芙蓉》2018年第5期